ANN B. ROSS

Das unerwartete Erbe

Miss Julia macht eine unheilvolle Entdeckung

Aus dem Amerikanischen von
Sylvia Strasser

BASTEI
LÜBBE

BASTEI LÜBBE TASCHENBUCH
Band 15 121

1. Auflage: April 2004

Hinweis: Der Roman ist ein fiktionales Werk.
Abbotsville existiert nicht, und Miss Julia gibt es
nur in der Fantasie der Autorin. Die hier beschriebenen
Ereignisse sind nicht wirklich geschehen –
obwohl sich alles durchaus so zugetragen haben könnte.

Vollständige Taschenbuchausgabe

Bastei Lübbe Taschenbücher ist ein Imprint
der Verlagsgruppe Lübbe

Deutsche Erstveröffentlichung
Titel der amerikanischen Originalausgabe: *Miss Julia Speaks Her Mind*

Einbandgestaltung: Tanja Østlyngen
Titelbild: © mauritius/Doug Scott
Satz: hanseatenSatz-bremen, Bremen
Druck und Verarbeitung: Maury Imprimeur S.A.
Printed in France
ISBN 3-404-15121-6

Für Alice, Charles und John Michael

DANKSAGUNG

Ich danke allen Wordwrights, insbesondere Elizabeth, Katie, Susan, Sally und Ted, unserem furchtlosen Anführer. Ich danke auch den Anwälten Boyd B. Massagee jun., Charles Waters und Sharon Alexander, die mir gute Ratschläge gaben, die ich jedoch nicht immer befolgte (also geben Sie nicht ihnen die Schuld!); sowie Marion für seine Geduld und Marian, Claudia und John für ihre unermüdliche Unterstützung und Aufmunterungen. Ferner danke ich jenem Freund, dessen Name mein Geheimnis bleibt, und ganz besonders Jennifer Robinson, Delin Cormeny und Katharine Cluverius.

Kapitel 1

ICH HATTE MICH gerade vom Schock über das plötzliche Ableben meines Ehemanns erholt, als sein jüngstes Vermächtnis an einem heißen, stillen Augustmorgen unverhofft an meine Tür klopfte. Wir hatten Wesley Lloyd Springer einige Monate zuvor zu Grabe getragen, und ich hoffte, dass endlich alle Formulare unterschrieben, jede Einzelheit mit den Anwälten besprochen und sämtliche Dokumente und Unterlagen durchgesehen wären. Also ich muss schon sagen, man sollte gar nicht glauben, wie viel Papierkram das Sterben mit sich bringt. Der Verstorbene hat ja keine Ahnung, was man alles mitmacht, bis man seine Angelegenheiten geordnet hat, und die von Wesley Lloyd hätten nicht geordneter sein können. Dachte ich jedenfalls.

Himmel, das war vielleicht eine Hitze an diesem Morgen, und ich musste wieder einmal daran denken, dass Wesley Lloyd sich immer gegen den Einbau einer Klimaanlage gesträubt hatte, selbst dann noch, als die Conovers eine ihr Eigen nannten, noch dazu eine zentral gesteuerte! Reine Geldverschwendung, meinte Wesley Lloyd, und außerdem sei frische Luft viel gesünder. Das galt anscheinend nur für zu Hause, denn sein Büro in der Bank war so gut klimatisiert, dass er tagein, tagaus im dreiteiligen Anzug hinging.

Aber man soll nicht schlecht über Tote reden, nicht einmal dann, wenn es der Wahrheit entspricht.

Ich saß also im Wohnzimmer und versuchte mich von der Hitze abzulenken, indem ich einige Versandhauskataloge durchblätterte, eine Liste von den Dingen anfertigte, die ich mir bestellen wollte, und mich glänzend dabei amüsierte. Binkie Enloe hatte mich nämlich beschworen, mehr Geld auszugeben. Sam Murdoch war der gleichen Ansicht, und er sollte es wissen, schließlich war er der Vollstrecker des Testaments, das mir dieses überaus weiche finanzielle Polster beschert hatte. Herrgott, es war mehr Geld da, als ich je vermutet hätte, und es gehörte alles mir, Wesley Lloyds trauernder Witwe. Einer Witwe, die es mit Stolz erfüllte, sich einen so wunderbaren Mann ausgesucht zu haben.

Ich kann Ihnen sagen, mich hätte fast der Schlag getroffen, als ich ihn mausetot in seinem neuen Buick fand, einem stahlgrauen mit Velourspolstern. Er hatte ihn draußen in der Einfahrt geparkt und war tot hinter dem Steuer zusammengebrochen.

Das war so ein Schock, dass ich dachte, ich käme nie darüber hinweg. Aber ich hab's schließlich doch geschafft und ein anständiges presbyterianisches Begräbnis für Wesley Lloyd organisiert, wie er sich das gewünscht hätte. Danach bekam ich einen weiteren Schock, als ich herausfand, wie vermögend er war. Abgesehen von der Bank, die sein Daddy ihm hinterlassen hatte, gehörte ihm anscheinend nicht nur das halbe County, sondern auch Aktien und Rentenpapiere, und alles zusammen brachte Tag für Tag noch mehr Geld ein. Wenn ich daran denke, wie er mir jeden Freitag mein Haushaltsgeld in die Hand gedrückt und mahnend gesagt hatte: »Sieh zu, dass du damit auskommst, Julia. Geld wächst nicht auf Bäumen, weißt du.« Und dabei nannte er einen ganzen Wald sein Eigen! Genützt hat es ihm letztendlich gar nichts, weil jetzt jeder Penny mir gehörte.

Nachdem ich also vierundvierzig Jahre in seliger Ahnungslosigkeit verbracht hatte, was Wesley Lloyds finanzielle und sonstige Aktivitäten betraf, genoss ich jetzt die Vorzüge der Witwenschaft und eines dicken Bankkontos. Ich kam mit beidem ohne nennenswerte Probleme zurecht.

Ich schaute zum Fenster hinaus. Auf der Polk Street fuhren einige Autos Richtung Main Street. Heutzutage hatte anscheinend jeder ein Telefon am Ohr kleben, obwohl diese Stadt so klein war, dass man auf der Fahrt zum Supermarkt getrost auf die Dienste der Telefongesellschaft verzichten konnte. Direkt gegenüber, auf der anderen Straßenseite, erstreckte sich ein Parkplatz bis zur Rückseite der First Presbyterian Church von Abbotsville, der Kirche, der ich angehörte und die Wesley Lloyd wie vor ihm sein Vater mit seiner Anwesenheit, seiner Kirchensteuer, seinen Spenden und seinen Stiftungen beehrt hatte. Nicht zu vergessen, mit seinem Rat, der allerdings nicht immer willkommen war. Die heiße Luft waberte über dem Asphalt des Parkplatzes, und ich betrachtete die Autos, die dort standen, genauer. Es interessierte mich nun mal, was um mich herum vor sich ging, und da Pastor Ledbetter montags frei hatte, fragte ich mich natürlich, warum er sich an seinem freien Tag mit einigen Vorstandsmitgliedern unserer Kirchengemeinde traf. Nicht, dass ich neugierig wäre, Gott bewahre!

In der Küche summte Lillian zu einer Melodie aus dem

Radio und klapperte mit den Töpfen. Noch etwas, das sich jetzt, wo Wesley Lloyd nicht mehr zum Essen nach Hause kam, geändert hatte. Ruhe, pünktliche Mahlzeiten und ein geregelter Tagesablauf waren ihm über alles gegangen. Ich hatte diesen geregelten Ablauf nach seinem Ableben rasch und freudig durchbrochen, indem ich Lillian sagte, künftig würden wir essen, wenn einer von uns Hunger bekäme oder sie den Drang verspürte, etwas Leckeres auf den Tisch zu bringen.

Ich befeuchtete den Zeigefinger und blätterte eine Seite im Weihnachtskatalog um. Was Sam und Binkie wohl sagen würden, wenn ich etwas von diesem Kitsch bestellte? Also wirklich, manche Angebote waren offenbar für Leute mit mehr Geld als Verstand, was auf mich glücklicherweise nicht zutraf, obwohl einige Leute das vielleicht anders sehen würden.

Wie auch immer. Einen Herzanfall hatte Wesley Lloyd bei aller Umsicht und allem Weitblick nicht mit einkalkuliert. Ich wusste so sicher, wie ich hier saß, dass es niemals seine Absicht gewesen war, mir seinen gesamten Besitz zu hinterlassen. Klar geworden war mir das, als sich Pastor Ledbetter keine zwei Tage nach Wesley Lloyds Beerdigung an mich herangepirscht und gemeint hatte, er wisse natürlich, dass ich Mr. Springers letzten Willen erfüllen würde, auch wenn er nie schriftlich festgehalten worden sei. Da hatte ich zum ersten Mal gehört, dass Wesley Lloyd geplant hatte, sein Vermögen der First Presbyterian Church zu vermachen und Pastor Ledbetter sowie ein Vorstandsmitglied der Kirchengemeinde zu Treuhändern zu bestimmen. Mir sollte lediglich ein monatliches Taschengeld ausbezahlt werden.

Und wo wir gerade vom Geld reden: Sie glauben gar nicht, mit wie vielen Anrufen und Postwurfsendungen und Prospekten und Schreiben auf geprägtem Briefpapier von Vermögens-, Wirtschafts-, Finanz- und sonstigen Beratern ich bombardiert wurde, und alle wollten, dass ich ihnen mein Vermögen anvertraue. Ganz egal, ob Kirche, College, Wohltätigkeitsverein oder Geschäftsmann: Jeder wusste, was das Beste für mich war. Ich solle ruhig alles ihnen überlassen, dann bräuchte ich mich um nichts mehr zu kümmern und erhielte für den Rest meines Lebens garantiert vierteljährlich ein kleines Sümmchen ausbezahlt. Doch genau davon hatte ich nach vierundvierzig Jahren genug, vielen Dank! Ich wollte mein Geld nicht tröpfchenweise, ich wollte alles, und zwar auf einmal!

Die Morgensonne schien herein, und ich zog die weinroten Samtvorhänge ein Stückchen zu – wenn man nicht aufpasst, sind die Orientteppiche schnell verschossen – und rückte meinen Stuhl aus dem grellen Licht. Dabei rutschte mir eine Haarnadel aus den Locken, und als ich sie wieder hineinsteckte, fiel mir ein, wie Velma bei meinem letzten Friseurbesuch angefangen hatte zu plaudern, anstatt sich auf ihre Arbeit zu konzentrieren, die darin bestand, mir Dauerwellen zu legen. Mir war richtig schlecht geworden, als ich das Ergebnis sah. Die Welle würde lockerer fallen, wenn das Haar erst einmal gewaschen sei, meinte sie beschwichtigend. Außerdem hätte ich eben sehr feine Haare, und die Haarstruktur verändere sich im Alter, ob ich das denn nicht wüsste? Vielleicht nähme ich ja auch ein Medikament ein, das sich nicht mit dem Fixiermittel vertrug. Also wirklich, ich möchte ein einziges Mal erleben, dass die Frau zugibt, einen Fehler gemacht zu haben, anstatt mir oder meinen Haaren die Schuld daran zu geben, dass ich aussehe wie ein Topfreiniger aus Stahlwolle.

Aber mit manchen Dingen muss man wohl einfach leben. Mit krausen Haaren zum Beispiel. Oder der Tatsache, dass keine Kinder da sind, die einem im Alter zur Seite stehen. Beides Grund genug zum Heulen.

Man muss es eben von der positiven Seite sehen: Die Krause wächst sich aus, und Kinder werden älter und streiten sich irgendwann übers Erbe, also sollte ich mich nicht allzu sehr bemitleiden. Nicht, dass ich einem Kind je verweigern würde, was ihm rechtmäßig zustand, aber möglicherweise würden sie sich untereinander zanken. So blieb mir wenigstens das beschämende Schauspiel einer Familie, die sich über der Frage, wer was bekommt, in die Wolle kriegt, erspart. Ich weiß, wovon ich rede, weil ich das in unserer Stadt leider allzu oft gesehen habe. Ich glaube, kein Testament hat es jemals allen Begünstigten recht gemacht, deshalb nahm ich es relativ gelassen hin, die einzige Hinterbliebene zu sein.

Ich seufzte und blätterte um. Ich war so in die Glitzerwelt des Katalogs versunken, dass ich zu Tode erschrak, als die Türglocke schrillte.

Ich ging zur Vordertür. Durch das Fliegengitter sah ich eine Frau auf viel zu hohen Absätzen, in einem viel zu kurzen Rock und mit viel zu blonden Haaren. Obendrein war sie viel zu jung für die sichtbaren Spuren, die ein hartes Leben rings um ihre Augen und die glänzenden roten Lippen hinterlassen hatte. Hinter ihr stand, mit hängendem Kopf, ein magerer kleiner Junge, und ich dachte, sie wolle mir etwas verkaufen. Hausierer machen das gern, wissen Sie, ein Kind mitnehmen, damit man ein schlechtes Gewissen bekommt, wenn man sie abwimmeln möchte. Ich machte schon den Mund auf, um »Vielen Dank, ich brauche nichts« zu sagen, doch da hatte sie bereits angefangen zu reden.

»Entschuldigen Sie bitte die Störung«, sagte sie und hakte den Daumen unter den Schulterriemen ihrer Handtasche. Unter der Schminke glänzte ihr Gesicht feucht vom Schweiß. Sie holte tief Luft und platzte heraus: »Ich würde das nicht tun, wenn ich nicht müsste. Aber er hat mir keine andere Wahl gelassen, und ich muss uns irgendwie durchbringen. Sie wissen ja, wie das ist. Na ja, vielleicht auch nicht. Jedenfalls will ich auf die Kosmetikschule in Raleigh und einen Kurs in Nagelpflege besuchen, Kunstnägel und all so was, wissen Sie. Mit Nägeln kann man ganz schön was verdienen, und ich weiß auch nicht, was ich sonst machen könnte.«

Ich öffnete ein paar Mal den Mund, um ihr zu sagen, sie habe sich in der Adresse geirrt, ich würde sie überhaupt nicht kennen, aber sie gab mir keine Gelegenheit dazu. Sie zog das Kind hinter sich hervor und schubste es zur Fliegengittertür. Der kleine Kerl sah zum Erbarmen aus, mager und blass. Mit Armesündermiene stand er da, eine braune Einkaufstüte von einem Supermarkt in beiden Händen.

»Das hier ist Wesley Lloyd junior, obwohl das nicht unbedingt sein rechtmäßiger Name ist, wie Sie selbst wohl am besten wissen dürften«, fügte sie mit einem nervösen Lachen hinzu. »Ich nenn ihn Wesley Lloyd junior Springer, mir egal, was auf der Geburtsurkunde steht. Aber sein Daddy ist als Vater eingetragen. Sehen Sie? Hier steht's.« Sie streckte mir ein Blatt Papier hin, auf dem ganz oben »Geburtsurkunde« stand.

Wie eine Schlafwandlerin machte ich die Tür auf, nahm den Wisch in die Hand und las den Namen meines Mannes. »Vater: Wesley Lloyd Springer. Mutter: Hazel Marie Puckett.«

»Ich muss ihn bei Ihnen lassen«, sagte Hazel Marie Puckett und schob mir den Kümmerling hin. »Mir bleibt nichts anderes übrig, als auf Ihre christliche Nächstenliebe zu hoffen. Wesley Lloyd hat mir nämlich keinen roten Cent hinterlassen. Ich hab mit Ihrer Anwältin gesprochen, und sie hat gesagt, ich krieg nicht mal das Haus, in dem ich seit zwölf Jahren wohne. Ich bin völlig abgebrannt, Mrs. Springer, und ich bitte Sie um nichts weiter, als dass Sie sich um meinen Jungen kümmern, während ich auf der Schule bin. Ich hab sonst niemanden, und ich meine, er ist ja fast so was wie Ihr Stiefsohn, oder? In spätestens sechs Wochen hol ich ihn wieder ab, ich mach das wirklich nicht gern, glauben Sie mir, aber es geht nicht anders. Sei brav, hörst du?«, fügte sie, an den Jungen gewandt, hinzu und tätschelte ihm den Rücken, während sie mit dem Fuß einen Pappkoffer neben ihn schob.

»Du tust, was Mrs. Springer dir sagt, verstanden?« Sie küsste ihn flüchtig aufs Haar, drehte sich um, tänzelte die Treppe hinunter und eilte auf einen kastanienbraunen und weißen Wagen zu, der vor dem Haus parkte und meine Buchsbaumsträucher in dicke Abgaswolken hüllte.

Endlich fand ich die Sprache wieder. »Miss! Miss!«, rief ich und hastete auf die Veranda hinaus. »Kommen Sie sofort zurück! Das können Sie doch nicht machen! Ich kann das Kind nicht bei mir aufnehmen! Ich rufe den Sheriff, wenn Sie nicht auf der Stelle zurückkommen!«

Aber sie sprang schon in das wartende Auto, und es

preschte davon, bevor sie die Beifahrertür richtig geschlossen hatte. Die Beifahrertür, schoss es mir durch den Kopf. Jemand anders saß am Steuer.

»Was ist denn das für ein Geschrei?« Lillian stand an der Tür, ihre weiße Tracht schimmerte durch das Fliegengitter. Man hätte sie für eine stämmige Krankenschwester oder Kellnerin halten können, wären da nicht die Schuhe mit den abgetretenen Absätzen gewesen, die bei jedem Schritt flappten. Sie sah erst mich an, und dann schauten wir beide auf den Jungen.

Ich hatte noch nie so ein Häufchen Elend gesehen. Ich schätzte, dass er neun oder zehn war. Das glatte braune Haar hing ihm in die Augen, die große Hornbrille war ihm auf die Nase gerutscht, die blasse Haut mit Sommersprossen übersät, und die Augen huschten unruhig hin und her. Er stand da mit hängenden Schultern. Die Ansteckfliege saß schief auf dem dünnen Baumwollhemd, und die glänzende Hose wurde fast auf Brusthöhe von einem braunen Stretchgürtel, zweifellos Marke Wal-Mart, zusammengehalten. Ich musterte den Knirps eingehend, während Lillian mit offenem Mund dastand. Ich fasste ihn am Kinn und zwang ihn, den Kopf zu heben. Ein prüfender Blick in sein Gesicht bestätigte das Offensichtliche, und mir plumpste das Herz in die Hose. Vor mir stand der um gut sechzig Jahre verjüngte Wesley Lloyd Springer. Er glich ihm wie ein Ei dem andern, bloß dass der jüngeren Ausgabe die Selbstsicherheit der älteren fehlte.

Ich holte tief Luft. »Schau mal, Lillian, was Mr. Springer mir noch hinterlassen hat.«

Kapitel 2

RUF DEN SHERIFF«, sagte ich und wandte mich wieder Richtung Straße. Ich hätte mir das Kennzeichen merken sollen. Aber als mir das einfiel, war der Wagen schon davongerast und rechts in die Lincoln Street verschwunden. Schwarze Abgaswolken wälzten sich träge die Straße hinunter.

Als sich hinter mir nichts rührte, drehte ich mich um und sah, dass Lillian die Arme um den kleinen Bastard gelegt hatte und er den Kopf an ihren weißen Nylonkittel lehnte. Er ließ die Einkaufstüte lange genug los, um sich mit dem Ärmel den Rotz abzuwischen, wobei er seine Brille noch mehr verschmierte. Ein Anblick, bei dem einem wahrlich schlecht werden konnte.

Lillian guckte mich an, als hätte ich den Verstand verloren. »Sie können den armen kleinen Kerl doch nicht dem Sheriff übergeben. Was hat er Ihnen denn getan?«

»*Er* hat mir gar nichts getan. Außer dass er da ist. Aber seine Mama werde ich anzeigen.« Ich verschränkte die Arme über der Brust und setzte mich auf mein höchstes Ross. »Sie kann ihr Kind doch nicht einfach bei irgendjemandem abgeben. Ich werde den Sheriff und den Staatsanwalt und jeden verständigen, der mir einfällt. Stellt ihn einfach vor meiner Tür ab und verschwindet! Das muss man sich mal vorstellen! Und ob ich den Sheriff rufen werde. Wenn er sich beeilt, erwischt er sie vielleicht noch. *Sie* hat die Verantwortung für das Kind, nicht ich!«

Meine Rede hatte ein neuerliches schleimiges Schniefen von dem lebenden Strandgut und einen weiteren bösen Blick von Lillian zur Folge.

»Oh ja, natürlich, und Sie freuen sich bestimmt schon darauf, die ganze Geschichte auf der Titelseite der *Abbotsville Press* lesen zu können, hab ich Recht? Haben Sie daran schon mal gedacht? Haben Sie an das Gerede und das Getuschel und die wilden Spekulationen gedacht? Haben Sie daran gedacht, was Ihr Pfarrer dazu sagen wird? Und die Kirchengemeinde? Und Mrs. Conover?«

Nein, daran hatte ich ehrlich gesagt nicht gedacht. In den zwanzig Jahren, die Lillian jetzt bei mir war, hatte ich mich immer auf ihren Rat verlassen können. Wir kannten einander in- und auswendig und nahmen kein Blatt vor den Mund, wussten aber, wo die Grenzen lagen. Deshalb waren wir wohl auch so etwas wie Freundinnen geworden. LuAnne Conover warf mir vor, ich sei meiner Hausangestellten gegenüber zu großzügig, das würde nur zum Stehlen ermuntern, was wiederum zu frechen Antworten und dann, wenn ich nicht Acht gäbe, zu ausgesprochener Faulheit führen würde. Besser eine geschäftsmäßige Beziehung mit der nötigen Distanz, meinte sie. Aber da es keine Haushaltshilfe je länger als sechs Monate bei LuAnne ausgehalten hatte, sah ich keinen Grund, ihren Rat zu befolgen.

Außerdem war Lillian eine tüchtige, selbstbewusste Frau, nicht so wie ich: Ich hatte Wesley Lloyd immerzu fragen müssen, was ich über dieses oder jenes denken sollte. Lillian hingegen hatte eine gehörige Portion gesunden Menschenverstand – trotz des Goldzahns, den sie sich vor einigen Jahren hatte einsetzen lassen. Ich gab offen gestanden mehr auf ihre als auf LuAnnes Meinung. LuAnne erzählte doch jedem, der es hören wollte, was für eine wichtige Person ihr Mann sei. Leonard, ein hängeschultriger, dickbäuchiger Kerl, mit dem Wesley Lloyd nie viel anfangen konnte, war ein hohes Tier in der Kommunalpolitik. Er hatte für ein halbes Dutzend Ämter kandidieren müssen, um wenigstens eins zu ergattern. In der Stadt hatte sich schon jeder über Leonards immer wiederkehrenden Namen auf den diversen Wahllisten amüsiert, sodass wir ihn vor ein paar Jahren aus lauter Mitleid hinter einen Schreibtisch im Anbau des Gerichtsgebäudes wählten, nur damit endlich Ruhe war. Für diesen Job müsse man weder Anwalt sein noch eine Collegeausbildung haben oder sich in den Gesetzen auskennen, erklärte mir Wesley Lloyd, als er sagte, ich solle meine Stimme Leonard geben. Da Leonard alle diese Bedingungen erfüllte, stimmte ich also für ihn, und zum Dank musste ich mir jetzt von LuAnne in einem fort anhören, wie einflussreich seine Entscheidungen und wie sehr Anwälte und Richter auf ihn angewiesen seien. Wenn man sie hörte, könnte man glauben, ohne Leonard liefe im County überhaupt nichts mehr. Ich brachte es nicht übers Herz, ihr zu sagen, dass Wesley Lloyd gemeint hatte, auf diesem Posten könne er wenigstens keinen Schaden anrichten. LuAnne sonnte sich genüsslich im vermeintlichen Glanz von Leonards Stellung. Natürlich hatte ich es als Wesley Lloyds Frau nicht anders gemacht, doch das versuchte ich jetzt zu verdrängen.

Um auf Lillian zurückzukommen: Sie hatte mehr Verstand als LuAnne und ich zusammen. Ich trat ans Verandageländer. Ich musste mich daran festhalten, als ich mir Lillians Worte durch den Kopf gehen ließ und meine Knie zu zittern anfingen. Ich wusste, sie hatte weiter vorausgesehen als ich in meinem Schock.

»Also gut«, sagte ich. »Dann weck Deputy Bates.«

»Ich werde nichts dergleichen tun. Der Mann hat die ganze Nacht gearbeitet, er braucht seinen Schlaf.«

Ich seufzte theatralisch und ging ins Haus. »Dann bring wenigstens den Jungen herein, bevor ihn die ganze Stadt sieht. Oder hast du dagegen auch etwas einzuwenden?«

Deputy Coleman Bates wohnte bei mir zur Miete. Sam hatte mir nach Wesley Lloyds Tod zum Vermieten geraten. Nicht, weil ich das Geld gebraucht hätte, sondern weil Sam meinte, er würde ruhiger schlafen, wenn er wüsste, dass ein Mann im Haus war. »Es gibt eine Menge Gesindel, Julia«, hatte er gesagt. »Und eine Frau allein, vor allem eine vermögende wie du, würde jeden Dieb und schlimmeren Abschaum anlocken.« Das Auto eines Deputys in meiner Einfahrt würde abschreckender als jede Alarmanlage wirken, fügte er hinzu. Also richtete ich das Schlafzimmer im oberen Stock her, das über die Hintertreppe und die hintere Veranda zu erreichen ist, und vermietete es. Zuerst gab es Gerede deswegen, es wurde darüber spekuliert, ob Wesley Lloyd mir doch nicht so viel hinterlassen hatte, wie alle dachten. Aber kurz nachdem der junge Mann eingezogen war, verkaufte ich Wesley Lloyds Buick, weil ich keine Lust hatte, sozusagen in seinem Totenbett herumzufahren, und kaufte mir stattdessen ein kleines ausländisches Sportcoupé . Dann ließ ich die Hausfassade streichen, leistete mir neue Wohnzimmervorhänge und spendete obendrein eine beträchtliche Summe für die Kirchenorgel. Das stopfte den Klatschmäulern den Mund.

Ich hämmerte an Deputy Bates' Tür. Er solle aufstehen, wir hätten ein ernstes Problem, rief ich. Ich hatte absolut kein schlechtes Gewissen, weil ich ihn aus dem Schlaf riss. Immerhin wohnte er jetzt schon volle sechs Wochen bei mir, und ich hatte ihn bisher noch nie wegen irgendetwas belästigt. Er habe einen ruhigeren, weniger anstrengenden Posten gesucht und deshalb bei der Polizei in Atlanta gekündigt, hatte er mir erzählt. Aber ich dachte mir, ein bisschen Stress gelegentlich könne nicht schaden, und so hämmerte ich abermals an die Tür.

Ich hörte, wie er aus dem Bett sprang und eine Schublade aufgerissen wurde. Dann flog die Tür auf, und Deputy Bates stand in rot-weiß gestreiften Boxershorts vor mir, mit glasigen Augen und einer mattgrauen Pistole in der Hand.

»Was ist?« Sein Blick huschte hin und her. »Was für ein Problem?«

»So ernst, dass Sie jemanden erschießen müssten, ist es nun auch wieder nicht«, sagte ich und deutete auf die Waffe. Derjenige, der es verdient hätte, war bereits tot.

Er sah mich blinzelnd an und schüttelte dann den Kopf. »Ich will mir nur schnell was anziehen.«

Ich ging wieder hinunter und in die Küche, wo ich Lillian herumhantieren hörte. Der Junge saß am Tisch, vor sich ein riesiges Stück Schokoladenkuchen und ein Glas Milch. Ich schnappte empört nach Luft. Mein Mund zog sich zu einer dünnen Linie zusammen.

»Das ist kein Gast, den du bewirten musst, Lillian«, sagte ich säuerlich. »Der Junge wird uns verlassen, sobald ich weiß, wohin ich ihn abschieben kann.«

»Kinder haben nun mal Hunger«, erwiderte sie mit einem prüfenden Blick in einen Topf auf dem Herd. Sie vermied es, mich anzusehen, was bedeutete, sie billigte meine Haltung ganz und gar nicht. Nun, damit konnte ich leben.

Ich ignorierte sie und trat neben den Jungen. Ich stand da und klopfte ungeduldig mit der Fußspitze auf den Boden, während es in mir gärte. Ich ballte die Fäuste. Der Kleine sackte mehr und mehr in sich zusammen, bis sich sein Gesicht etwa auf gleicher Höhe mit der zweiten Tortenschicht befand. Die Einkaufstasche lag neben dem Stuhl.

»Wie heißt du, mein Sohn?«, fragte ich.

Tränen strömten unter den verschmierten Brillengläsern hervor, aber er machte keine Anstalten, sie wegzuwischen. Er saß einfach da, die Hände im Schoß, und heulte lautlos vor sich hin.

»Du meine Güte!«, entfuhr es mir. »Ich hab dir eine einfache Frage gestellt, also setz dich gerade hin und antworte mir.«

Er tat sein Bestes, aber schon fingen die knochigen Schultern an zu zucken. Da beschloss Lillian einzugreifen. Der Himmel weiß, dass es dazu nicht viel brauchte.

»Junior«, sagte sie zu mir, und zwar in scharfem Ton. »Junior heißt er, und das ist keine Art, mit einem kleinen Kind zu reden.«

Ich verdrehte die Augen. Kleines Kind! Das *kleine Kind* war ungefähr neun! Ich wusste, ich hätte nicht so gehässig sein sollen, aber jedes Mal, wenn ich den Jungen ansah, verspürte ich den Wunsch, jemandem ordentlich wehzutun, und derjenige, der es verdient hätte, war nun mal nicht greifbar.

»Hier wird jedenfalls niemand Junior zu ihm sagen«, erklärte ich. »Nicht in diesem Haus. Das ist nicht rechtens, und solange du dich in meinem Haus aufhältst«, fügte ich an den kleinen Schniefer gewandt hinzu, »was nicht sehr lange sein wird, werden wir dich Lloyd nennen.«

»Ja, Ma'm«, murmelte er. Es klang, als wäre er unter Wasser. Was er ja auch war.

Deputy Bates kam herein. »Okay, Miss Julia.« Das durchs Fenster hereinströmende helle Sonnenlicht flutete über ihn hinweg und ließ seine vergoldete Armbanduhr und die feinen blonden Härchen auf seinen Armen funkeln, und ich musste an einen braun gebrannten, lichtumspielten Rettungsschwimmer denken, der mir einmal auf Pawley's Island aufgefallen war. Der Deputy trug jetzt Jeans über den Boxershorts – und Cowboystiefel, um Himmels willen! Dennoch machte er eine gute Figur mit seinem weißen T-Shirt, das sich über seinen muskulösen Oberkörper spannte. Und er hatte keine Waffe mehr in der Hand, wie ich erleichtert feststellte. »Wo ist das Problem?«

»Hier sitzt es«, sagte ich und deutete mit dem Zeigefinger auf den Jungen, der daraufhin das Gesicht verzog und von neuem überfloss.

»Hallo, Kleiner«, sagte der Deputy. Er nickte dem Kind freundlich zu, ohne sein Geheule zu beachten, und wandte sich dann Lillian zu. »Noch Kaffee da?«, fragte er grinsend.

»Ich brüh gerade welchen auf«, antwortete sie und strahlte, wie jedes Mal, wenn sie einen Mann verwöhnen konnte. Vor allem diesen. Sie hatte Deputy Bates vom ersten Moment an, als er in dunkelblauer Uniform samt Abzeichen, Gummiknüppel, Pistole, Funkgerät und was weiß ich noch allem ins Haus marschiert war, ins Herz geschlossen. Sie wissen ja, wie manche Frauen sind!

Ich verdrehte abermals die Augen und setzte mich Deputy Bates gegenüber. »Wenn dann endlich alle versorgt sind, könnten wir uns vielleicht auf mein Problem konzentrieren«, sagte ich gereizt, nachdem Lillian eine dampfende Tasse vor ihn hingestellt und dem Kind eine Gabel in die Hand gedrückt hatte.

»Erzählen Sie«, forderte Deputy Bates mich auf. Und das tat ich.

»Das ist ja eine schöne Geschichte«, meinte er, als ich mit einem entrüsteten Kopfschütteln geendet hatte. »Und Sie hatten keine Ahnung?« Er zog eine Augenbraue in die Höhe und streifte Little Lloyd mit einem Seitenblick.

»Nicht die geringste! Kein Mensch hat etwas davon geahnt. Ist es nicht so, Lillian?«

»Ja, Ma'm«, brummelte sie und rührte den Mais in der Pfanne, als erforderte das ihre ganze Konzentration.

»Lillian! Hast du es etwa gewusst?«, fragte ich beunruhigt und richtete mich halb auf. »Antworte mir!« Angst und Scham spülten über mich hinweg wie eine riesige Welle. Ich hatte das Gefühl, umgerissen und herumgewirbelt zu werden, bis mir der Sand zwischen den Zähnen knirschte.

»Sie kennen doch das Gerede der Leute.« Sie vermied es, mich anzusehen, und hantierte stattdessen mit ihren Töpfen.

Ich griff mir an die Brust und krächzte: »Soll das etwa heißen, dass *alle außer mir wussten*, was Wesley Lloyd die ganze Zeit trieb?«

Ich konnte es nicht fassen. Da war ich nichts ahnend, den Kopf stolz erhoben, durch die Stadt gelaufen, in die Kirche, zum Friseur, in den Winn-Dixie-Supermarkt gegangen, während alle gewusst hatten, dass mein Mann – der

Bankdirektor, der Kirchenälteste, das Finanzgenie, die Leitfigur – ein Verhältnis mit einem Flittchen hatte. Ich sah im Geist die Gesichter von Freunden, Nachbarn, Mitgliedern der Kirchengemeinde, Kaufleuten – sogar der Zeitungsjungen! – vor mir, und alle tuschelten, glotzten, kicherten oder grinsten hämisch. Einige lachten mich aus, andere hatten Mitleid mit mir. Ich wusste nicht, was schlimmer war.

Kapitel 3

GANZ BENOMMEN LIESS ich mich in meinem Stuhl zurückfallen. »Was in aller Welt soll ich denn jetzt nur machen?«, flüsterte ich.

»Gehen wir die Sache doch einmal in Ruhe durch«, sagte Deputy Bates. »Das Jugendamt könnte sich ein paar Tage um den Jungen kümmern, während wir versuchen, seine Mutter ausfindig zu machen. Gelingt uns das nicht, werden sie Pflegeeltern für ihn suchen.« Er fuhr sich nachdenklich mit dem Finger über den Mund. »Falls wir seine Mutter aber doch finden, wird es vermutlich eine Verhandlung geben. Und dann müssten Sie als Zeugin aussagen. Möglicherweise wird ihr das Sorgerecht entzogen werden, dann würde das Jugendamt die Vormundschaft für den Jungen übernehmen.«

Das Kind hatte den Deputy keine Sekunde aus den Augen gelassen, während es, immer noch schniefend, an seinem Kuchen knabberte. Als die Worte »Jugendamt« und »Vormundschaft« fielen, ließ Little Lloyd den Kopf hängen. Lillian kam zu uns an den Tisch; ihre Absätze schlappten über den Linoleumboden. Die Arme in die Seiten gestemmt, blickte sie mir in die Augen und sagte:

»Wenn Sie das tun, Miss Julia, werden alle Leute wissen, dass sie die ganze Zeit mit ihren Vermutungen Recht gehabt haben. Ziehen Sie das Gesetz und die Gerichte mit rein und alles wird rauskommen, das garantier ich Ihnen!«

Sie hatte natürlich Recht. Ich sah mich im Geist vor einem Richter stehen und erzählen, wie ich zu Wesley Lloyd junior Springer gekommen war. Ich konnte schon hören, wie sich die Leute vor Lachen ausschütten würden. Wesley Lloyd war ein zu gerissener Geschäftsmann gewesen, als dass sein jäher Sturz selbst noch nach seinem Tod nicht ein schadenfrohes Grinsen auslösen würde. Und was mich betraf, so war ich selbst zu stolz – und war zu stolz auf meinen Mann gewesen –, um die viel sagenden Blicke oder das süffisante Lächeln der Leute, während sie gleichzeitig Respekt heuchelten, ignorieren zu können.

»Was soll ich denn jetzt bloß machen?«, flüsterte ich abermals.

»Ich könnte ein paar Nachforschungen anstellen«, schlug Deputy Bates vor. »Inoffiziell natürlich. Wenn ich die Mutter finde und sie nimmt den Jungen wieder zu sich, hat sich der Fall erledigt. Wenn sie sich aber weigert oder ich sie nicht ausfindig machen kann, können Sie immer noch überlegen, ob Sie das Jugendamt einschalten wollen. Dann wird es sich allerdings nicht vermeiden lassen, dass die Sache an die Öffentlichkeit kommt, die Presse lauert doch nur auf so was.«

»Inoffiziell?«, fragte ich hoffnungsvoll. »Könnten Sie das wirklich tun? Ich meine, so, dass niemand mitkriegt, warum Sie sich für diese Frau interessieren?«

Er fuhr sich übers Haar und verzog den Mund. »Versuchen kann ich's, aber ich kann nichts versprechen. Was ich jedoch tun könnte«, fuhr er, sich aufrichtend, fort, »ist, mich hier ein wenig umsehen, die Verhaftungsprotokolle und die Wahllisten durchgehen, bei der Kfz-Zulassungsstelle nachfragen, überprüfen, ob sie vielleicht Verwandte in der Stadt hat. Nur um sicherzugehen, dass an ihrer Geschichte was dran ist.«

»Und ob da was dran ist«, meinte Lillian, wobei sie den Jungen ansah. »Es sei denn, Mr. Springer hätte einen Bruder gehabt, von dem niemand was wusste.«

»Lillian, bitte!«, stöhnte ich. Dann hatte ich einen Gedankenblitz und rief: »Ich hab's! Wir sagen einfach, der Junge ist ein Neffe von Mr. Springer! Ein Sohn seines Bruders oder seiner Schwester, der zu Besuch da ist. Das würde auch die Ähnlichkeit erklären.« Ich lachte erleichtert auf. Warum war mir diese geniale Idee nicht schon früher gekommen?

»Hm-hm«, machte Lillian kopfschüttelnd und spitzte die Lippen. »Das wird nicht funktionieren. Die Springers sind seit Generationen bekannte Leute in dieser Stadt. Mr. Springer ist hier aufgewachsen und abgesehen von der Zeit auf dem College nie weg gewesen. Kein Mensch würde Ihnen abnehmen, dass er noch einen Bruder oder eine Schwester hatte – oder die Leute würden denken, sein Daddy hätte ein uneheliches Kind gehabt.«

Ich stieß einen tiefen Seufzer aus. Lillian hatte ja Recht. Cousins oder Cousinen hatte Wesley Lloyd auch nicht. Er war allein gewesen, seit er auf der Welt war. In dieser Stadt konnte jeder die Verwandtschaftsverhältnisse des anderen über einen Zeitraum von mindestens hundert Jahren zurückverfolgen. Die alten Männer, die im Frisiersalon und an der Ecke vor der Bank miteinander plauschten, würden jeden Versuch, einer anderen Generation eine Lügengeschichte anhängen zu wollen, sofort aufdecken und weitererzählen.

»Ich will mich nicht dem Gerede der Leute aussetzen, die ganze Sache ist auch so schon schlimm genug«, murmelte ich. Ich fühlte mich zutiefst gedemütigt. »Im Augenblick ist es mir ziemlich egal, was sie von Mr. Springer denken, aber dass ich mich zum Gespött der Leute mache, das ist mir nicht egal. In dieser Stadt bin ich doch erledigt!«

Ich spürte, wie sich mir die Kehle zuschnürte. Tränen stiegen mir in die Augen. Ich presste ein Taschentuch vors Gesicht und versuchte mich zusammenzunehmen. Jedes Mal, wenn ich die Augen zumachte, sah ich das Bild dieses Jungen vor mir. Und wenn ich sie aufmachte, sah ich ihn dasitzen, mit weit aufgesperrtem Mund, und mich hinter den dicken Brillengläsern hervor anstarren. Womit hatte ich das bloß verdient?

»So schlimm wird es schon nicht werden, Miss Julia«, sagte Deputy Bates beschwichtigend. »Ich finde, Sie tun ein gutes Werk, wenn Sie diesen Jungen bei sich behalten, bis wir seine Mutter ausfindig gemacht haben. Außerdem haben Sie doch nichts getan, dessen Sie sich schämen müssten.«

Ich brachte ein schwaches Lächeln zustande. Er wollte mich nur trösten, das war mir klar, aber er war ja so naiv! »So läuft das leider nicht, Deputy Bates. Wenn ein Mann fremdgeht oder zu trinken anfängt oder zum Spieler wird oder Bankrott macht, ist immer die Frau schuld daran – haben Sie das nicht gewusst? Es sind die Ehefrauen, die ihre Männer aus dem Haus oder zur Verzweiflung treiben. So sieht's aus.«

»Das stimmt doch gar nicht!«

»Oh doch! Und es gibt nichts, was man dagegen tun könnte. Schon gar nicht jetzt, wo Pastor Ledbetter ständig predigt, wie sehr das Wohlergehen der Familie von der Ehefrau und Mutter abhängt.« Ich atmete tief durch und faltete mit zitternden Fingern mein Taschentuch zusammen. »Ich werde mich daran gewöhnen müssen, dass die Gerüchteküche brodeln und die Telefone in der Stadt heiß laufen werden. Die Leute werden alle nur denkbaren Entschuldigungen für Wesley Lloyd suchen, damit sie mir die Schuld in die Schuhe schieben können.«

Lillian nickte zustimmend. »Für einen Mann finden Frauen immer eine Entschuldigung. Darin sind sie ganz groß.«

»So ist es«, pflichtete ich ihr bei. »Sie glauben, wenn sie sich anstrengen, werden ihre Männer nicht über die Stränge schlagen. Aber selbst wenn sie perfekt wären – ein Mann macht, was er will, ganz gleich, was für eine Frau er hat«, fügte ich bitter hinzu. Diese Ungerechtigkeit trieb mir von neuem die Tränen in die Augen, und ich tupfte sie schniefend trocken. Der Junge sah mich unverwandt an. Er war sichtlich auf der Hut, was in seiner Situation nur verständlich war.

Ich wischte mir ein letztes Mal über die Augen und straffte dann energisch die Schultern. Mein Selbstmitleid verflog, stattdessen wurde ich zornig. »Ich bin der beste Beweis dafür! Ich habe mir rein gar nichts zuschulden kommen lassen, ich habe immer alles, wirklich *alles* so gemacht, wie Wesley Lloyd es wollte. Ich habe weder das Haus verlassen noch den Mund aufgemacht, ohne ihn vorher zu fragen! Die Frau sei dem Manne untertan, heißt es in der Bibel, und daran hab ich mich gehalten, und was ist der Dank dafür? Dass ich jetzt die Suppe auslöffeln soll, die er mir eingebrockt hat!«

Mit jedem Wort fühlte ich mich stärker und entschlossener. Ich setzte mich noch aufrechter hin. Mir war nicht mehr nach Weinen zumute. Den Kochlöffel in der Hand, von dem sahnige Maissoße auf den Boden tropfte, stand Lillian da und guckte mich blinzelnd an. Little Lloyd war die Kinnlade heruntergeklappt, und Deputy Bates lächelte ein wenig unsicher.

»Ich weiß, was ich machen werde«, sagte ich.

»Oh-oh«, machte Lillian.

»Da bin ich aber gespannt«, meinte Deputy Bates.

Little Lloyd schniefte wieder gotterbärmlich.

»Gib dem Jungen doch mal ein Taschentuch, Lillian, das ist ja furchtbar«, sagte ich und fuhr dann fort: »Also: Ich werde auf keinen Fall das Jugendamt einschalten. Mich um dieses Kind zu kümmern ist das Kreuz, das ich tragen muss, auch wenn ich das nicht verdient habe, aber das ist die einzige Möglichkeit, es Wesley Lloyd heimzuzahlen. Zehn Jahre lang hat er den Jungen versteckt – *ich* werde ihn nicht verstecken. Und mich auch nicht. Warum sollte ich auch? Ich kann schließlich nichts dafür. Reden werden die Leute sowieso, also sollen sie wenigstens einen Grund haben. Ich werde den Kopf so hoch wie möglich tragen, und wenn es das Letzte ist, was ich tue. Und ich werde keine Rücksicht auf Wesley Lloyd Springer nehmen. Sollen ruhig alle wissen, dass das da sein Sohn ist. Ich werde das Kind in der ganzen Stadt herumzeigen!«

»Schön und gut«, warf Deputy Bates ein, »ich versteh nur nicht, wie Sie Mr. Springer damit treffen wollen.«

»Glauben *Sie* denn nicht an das ewige Leben? Wir Presbyterianer schon. Verlassen Sie sich drauf: Wo immer Wesley Lloyd Springer jetzt auch sein mag – er wird Qualen leiden. Sein guter Ruf ging ihm über alles, und ich habe mein Leben lang versucht, seinen hohen Maßstäben gerecht zu werden. Damit ist jetzt Schluss! Ich werde das Kind überallhin mitnehmen, und ich werde dafür sorgen, dass alle erfahren, wessen Sohn er ist! Sollen sie sich selbst einen Reim darauf machen!«

»Ich weiß nicht, ob das so eine gute Idee ist«, meinte Lillian zweifelnd.

»Haben Sie sich schon mal überlegt, wie sich der Junge dabei fühlen wird?«, meinte Deputy Bates. »Ich will Ihnen ganz bestimmt keine Vorschriften machen, aber für ihn könnte es ganz schön hart sein.« Er zuckte mit den Schultern. »Sollte man vielleicht dran denken.«

Der Kopf des Jungen war während unserer Unterhaltung von einem zum andern geschwenkt, und ich fragte mich, wie viel er wohl von dem, was gesprochen wurde, verstehen mochte. Offensichtlich nicht viel, seinem verwirrten, konfusen oder – der Himmel bewahre! – schwachsinnigen Gesichtsausdruck nach zu urteilen.

Ich musterte das Kind eingehend, ließ den Blick über sein fleckiges, tränennasses Gesicht, die schiefe Brille, die verrutschte Fliege, die ganze knochige Gestalt gleiten und spürte, wie sich mein Magen zusammenkrampfte.

»Ich habe es mir überlegt«, sagte ich. »Er kann sich's aussuchen. Entweder er steht die Sache mit mir gemeinsam durch und zeigt es den Leuten, oder aber er versteckt sich im Schrank, bis seine Mutter zurückkommt. Vielleicht möchte er ja auch, dass ich ihn dem Sheriff und dem Jugendamt übergebe.« Ich beugte mich über den Tisch und schaute dem Jungen ins Gesicht. »Möchtest du das, Kleiner? Willst du ins Waisenhaus gesteckt werden?«

»Nein, Ma'm.« Seine Schultern zuckten vor Anstrengung, die Tränen zurückzuhalten.

»Seht ihr? Er weiß, was gut für ihn ist«, rief ich triumphierend. Jetzt, da ich eine Entscheidung getroffen hatte, war mir bedeutend wohler.

»Hören Sie auf, dem Kind Angst einzujagen, Miss Julia«, sagte Lillian tadelnd. »Iss du nur deinen Kuchen, Schätzchen, und achte nicht auf sie.«

»Hör du lieber auf, mir in den Rücken zu fallen«, konterte ich. »Wir werden Folgendes machen. Deputy Bates, Sie versuchen alles über den Jungen und seine Mutter herauszufinden, aber unauffällig, damit nicht plötzlich irgendeine Behörde bei mir anklopft, die meint, sie müsste die Sache in die Hand nehmen. Lillian wird mir hier mit dem Jungen helfen, und du, Little Lloyd« – er zuckte zusammen, als ich mich ihm zuwandte – »du bist Mr. Springers einziges Kind – hoffe ich jedenfalls –, du hast allen Grund, stolz zu sein. Verstehst du das?«

Er nickte kläglich, aber ich hatte keine Zeit für Mitleid.

»Hoffentlich wissen Sie, was Sie da tun. Sie bringen nämlich sich selbst und alle andern in ganz schöne Schwierigkeiten«, sagte Lillian anklagend. »Mr. Springer hatte nun mal keine rechtmäßigen Kinder, und Sie machen die Sache womöglich noch komplizierter, als sie jetzt schon ist.«

»Es war auch nicht rechtmäßig, dass er noch eine andere Frau außer mir hatte«, fauchte ich zurück. »Es ist, wie es ist, und ich muss sehen, wie ich damit fertig werde. Dieser Junge ist Mr. Springers Sohn, und früher oder später werde ich den gerechten Lohn dafür bekommen, dass ich meiner Christenpflicht mehr als nur Genüge getan habe!«

»Na schön, wie Sie meinen.« Lillian wischte sich die

Hände an einem Küchentuch ab. Sie konnte sich nur mit Mühe beherrschen, um nicht die Augen zu verdrehen. Sie wusste, wie sehr ich das hasste.

»Sie sind mir vielleicht eine, Miss Julia«, meinte Deputy Bates und grinste übers ganze Gesicht. »Ich habe Atlanta immer für ein gefährliches Pflaster gehalten, aber ich habe das Gefühl, das war gar nichts gegen das, was mich hier erwartet.«

Kapitel 4

An diesem Nachmittag verzweifelte ich schier bei dem Versuch, Sam zu erreichen. Ich konnte mir schon denken, wo er steckte, aber das machte das Warten nicht leichter. Sam hatte seine Kanzlei kurz nach Wesley Lloyds Tod aufgegeben – zu einer Zeit, als ich ihn dringender denn je gebraucht hätte. Und wofür? Um seinem Hobby zu frönen und *angeln* zu gehen! Man sollte es nicht für möglich halten! Meine Routineangelegenheiten hatte er Binkie Enloe übergeben, sodass ich jetzt zwei Anwälte hatte: eine junge Frau, deren Fähigkeiten ich erst angezweifelt hatte, und einen alten Mann, der lieber fischte statt Geld zu verdienen.

»Einen Versuch noch«, sagte ich halblaut zu mir selber, »und wenn er immer noch nicht da ist, geh ich rüber zu ihm und setz mich auf die Veranda, bis er nach Hause kommt.«

Hinterm Haus sah ich Deputy Bates und den Jungen. Eigentlich hätte er das Kind ausfragen sollen, um mehr über diese Puckett und ihre Pläne herauszufinden, aber ich hatte eher den Eindruck, dass er mit dem Kleinen spielte. Anscheinend behandelte er die Angelegenheit nicht mit der gebotenen Ernsthaftigkeit!

Als ich am Fenster stand und dieses Kind beobachtete,

das so gar nichts Liebenswertes an sich hatte – wer außer der eigenen Mutter konnte so ein Kind lieben? (Und sogar die hatte es im Stich gelassen!) –, packte mich plötzlich und für mich selbst unerklärlich Mitleid mit dem kleinen Kerl. Es wurde noch schlimmer, als ich sah, wie er von einem Weinkrampf geschüttelt wurde und Deputy Bates in die Hocke ging und den Jungen in die Arme nahm. Ich hielt mich an der Spüle fest und ließ den Kopf sinken. Gefühle, die keinen Sinn zu machen schienen, stürmten auf mich ein. Aber ich bin ja immer schon weichherzig gewesen, wenn es um Kinder geht.

Obwohl ich die Absicht hatte, den Jungen in der ganzen Stadt herumzuzeigen, war ich in diesem Moment froh, dass die Tannenhecke rings um den Garten ihn vor neugierigen Blicken abschirmte. Ich musste mich ganz schön zusammenreißen, wenn ich in der Öffentlichkeit so tun wollte, als wäre dieses unerwartete Erbe nicht der Schock meines Lebens gewesen. Ich hob den Kopf und schaute wieder zum Fenster hinaus. Der Junge nahm seine schiefe Brille ab und wischte sich mit dem Taschentuch, das der Deputy ihm gegeben hatte, über die Augen. Der Kleine brauchte dringend ein bisschen Abwechslung und Ablenkung, sonst würde er bald die halbe Stadt unter Wasser gesetzt haben. Da Wesley Lloyd und mir Kinder versagt geblieben waren – besser gesagt, da *mir* Kinder versagt geblieben waren –, gab es natürlich keine Spielsachen im Haus. Ich würde lediglich ein paar Schecks für eine Schaukel und Ähnliches ausstellen müssen, und schon würden alle wissen, wie sehr ich mich über den Besuch des Kleinen freute.

Ich wandte mich seufzend um und wählte ein weiteres Mal Sams Nummer.

Endlich nahm er den Hörer ab. »Sam! Ich muss mit dir reden, kannst du rüberkommen?«

»Schön, von dir zu hören, Julia«, erwiderte Sam Murdoch. Seiner Stimme war anzuhören, dass er lächelte. Ich hatte diesen Tonfall, in den er seit Wesley Lloyds Tod noch öfter als vorher verfiel, nie sonderlich geschätzt, aber in diesem Moment ging er mir noch mehr auf die Nerven als sonst. »Wo brennt's denn?«

»Das sag ich dir, wenn du da bist. Also leg deine Angelrute oder was du gerade in Händen hältst beiseite und setz dich in Bewegung! Ich habe mehr Probleme, als ich bewältigen kann.«

»Meine Güte, dann muss es ja was Ernstes sein. Bin schon unterwegs.«

Ich wartete im Wohnzimmer auf meinem antiken Sofa auf ihn. Obwohl er mich so oft auszulachen schien, hatte ich Vertrauen zu ihm. Früher hatte ich ihn für Wesley Lloyds besten Freund gehalten, aber inzwischen hatte ich den Eindruck, mein Mann hatte überhaupt keine guten Freunde gehabt. Wesley Lloyd hatte Wert darauf gelegt, alles selbst unter Kontrolle zu haben – eine lobenswerte Eigenschaft für einen gerissenen Geschäftsmann, die das Herzinfarktrisiko allerdings stark erhöhte, wie er zu seinem Leidwesen selbst erfahren hatte.

Ich kannte Sam Murdoch, seit ich als Jungverheiratete nach Abbotsville gekommen war, und ich hatte ihn und Mildred immer als Freunde betrachtet. Früher, bevor der Herr Mildred vor ein paar Jahren zu sich geholt hatte, hatten wir sonntagnachmittags oft eine Spritztour zusammen unternommen – Sam und Wesley Lloyd saßen vorne und Mildred und ich hinten. Die Männer hatten sich über Geschäftliches und die Kirche unterhalten – beide waren Kirchenälteste – und wir Frauen über den Haushalt und die Kirche, wobei wir das Ganze mit ein paar Klatschgeschichten würzten, im Flüsterton, weil Wesley Lloyd Getratsche nicht ausstehen konnte.

Jeder Ausflug endete an der Milchbar, wo Sam uns ein Eis – Vanillesofteis mit Schokoladeüberzug – spendierte. Nur Wesley Lloyd aß sein Eis aus einem Becher und mit dem Löffel. Er wollte sich seinen Dreiteiler nicht bekleckern. Er war in allen Dingen die Umsicht in Person, und damals war ich insgeheim stolz darauf. Er rührte zum Beispiel seinen Eistee exakt siebzehn Mal um – ich habe mitgezählt –, und jedes Mal stieß er mit dem Löffel hörbar gegen den Glasboden.

Man durfte sich von Sam Murdochs zerknautschtem Äußeren und seiner bedächtigen Art nicht täuschen lassen. Er brachte es fertig, zu einem auswärtigen Anwalt aus Charlotte oder Raleigh zu sagen: »Ich bin bloß ein kleiner Advokat aus einem Provinzkaff.« Kam der Betreffende dann siegessicher zu einer Verhandlung nach Abbotsville, nahm Sam ihn im Gerichtssaal derart auseinander, dass der andere mit eingezogenem Schwanz aus der Stadt schlich.

Sam hielt seinen schweißfleckigen Panamahut in der Hand, als ich ihm öffnete. Er war offensichtlich die vier Straßen hierher gelaufen, und das bei dieser Hitze!

»Komm rein, Sam, du bist ja schweißgebadet«, sagte ich und hielt ihm die Fliegengittertür auf. »Wie kann man nur bei solcher Hitze in der Gegend herumlaufen! Wir müssen ja an die fünfunddreißig Grad haben!«

»Ja, es ist ganz schön warm.« Sam trat ins Wohnzimmer. »Ob Lillian wohl einen Eistee für mich hat?«

Ich nickte. »Zu einem Stück Schokoladenkuchen wirst du vermutlich auch nicht Nein sagen, wie ich dich kenne. Komm mit in die Küche. Ich möchte dir sowieso etwas hinterm Haus zeigen.«

Er folgte mir in die Küche und setzte sich an den Tisch, an dem Lillian und ich schon viele Male bei einer Tasse Kaffee gesessen und geplaudert hatten. Mir fiel auf, wie selbstverständlich ich mit Sam in die Küche ging – mit Wesley Lloyd wäre mir das im Traum nicht eingefallen. Er war kein Mann für die Küche gewesen. Er pflegte seine Mahlzeiten im Esszimmer einzunehmen. »Alles an seinem Platz, Julia«, sagte er immer.

Lillian war nicht da. Ich schaute zum Fenster hinaus und sah sie draußen im Garten mit Deputy Bates und dem Jungen. Ich stellte Sam ein Glas Eistee und ein Stück Kuchen hin, setzte mich dann ebenfalls und erzählte von der schweren Prüfung, die mir auferlegt worden war.

Sam aß und hörte mir schweigend zu, nickte gelegentlich und zog die Stirn in Falten. Als ich geendet hatte, sagte er sanft: »Es tut mir Leid, dass du es auf diese Weise herausfinden musstest, Julia.«

Einen Augenblick starrte ich ihn nur an. Ich war wie vor den Kopf geschlagen. Die leise Hoffnung, dass Wesley Lloyds schändliche Aktivitäten sich vielleicht doch nicht in der ganzen Stadt herumgesprochen hätten, war zerstoben.

»Warum hast du mir nie etwas davon gesagt?«, fragte ich fassungslos. Ich wusste nicht, ob ich mir die Seele aus dem Leib schreien oder losweinen sollte.

»Solche Dinge erzählt man einer Ehefrau nicht.« Das Mitleid in seiner Stimme brachte mich schier um. »Und außerdem wusste ich es nicht mit Sicherheit. Ich hatte nur den starken Verdacht, dass da eine andere Frau war. Niemand, der auch nur einen Funken Verstand hat, würde aufgrund eines Gerüchts zu dir kommen und so eine Geschichte ausplaudern.«

»Es gibt eine Menge Leute in dieser Stadt, die keinen Funken Verstand haben«, versetzte ich trocken. »Deshalb wundert es mich auch, dass nie jemand auch nur eine Andeutung gemacht hat.«

»Die Leute haben eben Angst vor dir, Julia«, meinte Sam. Seine Augen lächelten mich schon wieder an.

»Angst – dass ich nicht lache! Warum sollte jemand vor *mir* Angst haben?«

»Du hast einen starken Gerechtigkeitssinn, und du scheust dich nicht, den Leuten unmissverständlich den Unterschied zwischen Recht und Unrecht klar zu machen.«

»Das ist doch alles nur Fassade«, flüsterte ich und kramte mein feuchtes Taschentuch hervor. »Ich habe doch immer nur nachgeplappert, was Wesley Lloyd mir vorgesagt hat. Ich habe nie eine eigene Meinung vertreten, das ist mir heute klar. Vielleicht hätte ich schon früher gemerkt, was los ist, wenn ich meinen eigenen Verstand benutzt hätte.« Nach einer Pause fuhr ich fort: »Sag mir eins, Sam. Warum in aller Welt hat er nicht in irgendeiner Weise für diese Frau und ihr Kind vorgesorgt? Waren sie ihm so gleichgültig? Hat er sich nie überlegt, was aus ihr und dem Kind werden soll, wenn er einmal nicht mehr ist? Diese mangelnde Umsicht sieht ihm gar nicht ähnlich!«

»Julia, ich habe jahrelang auf ihn eingeredet, ihn ermahnt, seine Angelegenheiten in Ordnung zu bringen. Es gab nur dieses Standardtestament, das ihr beide damals aufgesetzt habt – zwanzig Jahre muss das jetzt her sein. Erinnerst du dich? Er wollte, dass ihr euch gegenseitig zum Alleinerben einsetzt. Das sei nur ein vorläufiges Testament, meinte er damals zu mir, bis er die Zeit fände, ein richtiges in allen Einzelheiten auszuarbeiten.«

Ich riss die Augen auf und spürte, wie mir alles Blut aus dem Gesicht wich. »Und ob ich mich daran erinnere! Als wäre es gestern gewesen. Das war unmittelbar nach Papas Tod, als ich fünfundzwanzigtausend Dollar aus dem Verkauf meines Elternhauses geerbt hatte.« Ein heißer Schmerz durchzuckte mich. »Sam, er hat das Testament nur gewollt, um sicherzugehen, dass er alles bekommt, falls ich vor ihm sterben sollte. So war es doch, nicht wahr? Er hat garantiert nicht damit gerechnet, dass er vor mir gehen würde! Und ich habe in gutem Glauben alles unterschrieben, was er mir vorgelegt hat.« Der Schmerz in meiner Brust war so heftig, dass ich die Augen schloss und erst einmal Luft holen musste. »Er wollte mir nie alles vermachen, das weiß ich. Er hielt mich in finanziellen Dingen für unfähig, deshalb verstehe ich nicht, warum er das Testament später nicht geändert hat.«

»Ich weiß es nicht, Julia. Als ich mich zur Ruhe gesetzt habe, habe ich Binkie eingeschärft, dafür zu sorgen, dass der alte W. L. sein Testament auf den neuesten Stand bringt.«

»Der alte W. L.«, wiederholte ich mit einem wehmütigen Lächeln. »Er konnte es nicht ausstehen, wenn du ihn so genannt hast.«

»Ja, er war formeller, als gut für ihn war. Weißt du, vielleicht hat er die Testamentsänderung hinausgeschoben, um sich nicht zu dieser Frau bekennen zu müssen. Er hätte mir schließlich die Gründe nennen müssen, warum er sie und das Kind in seinem Testament berücksichtigt wissen wollte. Deshalb dachte ich, Binkie würde es eher schaffen, ihn umzustimmen.«

Ich machte eine wegwerfende Handbewegung. »Binkie hätte keine Chance gegen Wesley Lloyd gehabt. Er hätte sich niemals einem unerfahrenen Grünschnabel anvertraut, noch dazu einer Frau! Überleg doch mal, Sam: Er hätte die Frau und das Kind doch auch auf andere Weise absichern können – indem er ihr zum Beispiel ein Haus gekauft und für das Kind ein Konto eingerichtet hätte. Warum hat er nicht wenigstens das gemacht?«

Sam stieß einen Seufzer aus. »Über Tote soll man nichts Schlechtes sagen, aber wenn du mich fragst, Julia, dann war W. L. einfach nicht imstande, jemandem Freiraum einzuräumen. Er musste immer alles und jeden unter Kontrolle haben – eine Schwäche vieler Erfolgsmenschen. Sag mal, warum interessierst du dich denn so für die beiden? Du hast doch nicht etwa Schuldgefühle, weil du alles geerbt hast? Oder tut dir der kleine Kerl da draußen etwa Leid?«

»Unsinn!«, entgegnete ich beinah ärgerlich. Ich stieß meinen Stuhl zurück und sprang auf. »Von Schuldgefühlen oder Mitleid kann keine Rede sein. Ich bin schlicht und ergreifend fuchsteufelswild. Hätte er nämlich irgendwie für die beiden gesorgt, würde ich niemals von ihrer Existenz erfahren haben. Ich wusste ja nichts über die Höhe seines Vermögens, es wäre mir also niemals aufgefallen, wenn etwas gefehlt hätte. Ich sag dir was, Sam: Wenn er sich schon mit dieser Frau einlassen musste, dann hätte er zumindest dafür sorgen können, dass sie mich in Ruhe lässt! Stattdessen habe ich jetzt dieses ... dieses uneheliche, illegitime und unerwünschte Kind am Hals!«

Kapitel 5

DAS TASCHENTUCH WRINGEND, ging ich in höchster Erregung auf und ab. Als ich mich schließlich wieder hinsetzte, legte Sam beruhigend seine Hand auf meine. Aber ich war viel zu sehr in Fahrt, um mich so leicht trösten zu lassen.

»Da ist noch etwas, Sam«, sagte ich, fest entschlossen, so viel wie möglich über den Mann zu erfahren, an dessen Seite ich über vierzig Jahre zugebracht hatte. »Hast du von irgendwelchen Plänen gewusst, der Kirche etwas zu vermachen?«

Sam legte beide Hände auf die Tischkante, stieß sich ab und balancierte den Stuhl auf den hinteren Stuhlbeinen. Lächelnd schüttelte er den Kopf. »Wesley Lloyd hat mir gegenüber nie auch nur eine Andeutung in der Richtung gemacht. Aber bei einer Sitzung des Kirchenältestenrats wurde darüber geredet. Anscheinend hat W. L. Larry Ledbetter gegenüber eine Bemerkung fallen lassen, und Ledbetter nahm es gleich für bare Münze. Er verplant den warmen Regen seit Jahren, und seit Wesley Lloyds Ableben wird im Rat lebhaft über neue Bauvorhaben diskutiert. Das ist mit ein Grund, warum ich zurückgetreten bin.«

Ich starrte ihn ungläubig an. »Was?« Ich dachte, ich hätte mich verhört. »Du kannst nicht zurücktreten! Du bist gewählt worden, Sam, da gibt man sein Amt nicht einfach auf. Das geht doch nicht!«

»Und ob das geht. Ich dachte, die Dinge würden sich nach Einführung des Rotationsprinzips ändern, aber nichts hat sich geändert, gar nichts. Im Rat sitzen die gleichen alten Trottel, die seit fünfzig Jahren keine eigene Idee entwickelt haben. Ich bin's leid, ständig gegen diese Betonköpfe anzukämpfen.«

»Also ich muss schon sagen«, brachte ich mühsam hervor. Ich hatte noch nie gehört, dass jemand von seinem Amt als Kirchenältester zurückgetreten war – es sei denn, er wäre todkrank gewesen oder in eine andere Stadt gezogen. »Na ja, bei dir sollte mich eigentlich nichts mehr wundern, Sam Murdoch.«

Ich stand auf und trat ans Fenster. Falls ich insgeheim gehofft hatte, mein Problem hätte sich inzwischen in nichts aufgelöst, wurde ich enttäuscht. Der Junge hockte mit gesenktem Kopf, die Einkaufstasche an sich gepresst, auf der Gartenbank. Deputy Bates kauerte vor ihm, die Ellenbogen auf die Knie gestützt, und redete auf ihn ein. Der Kleine schüttelte erst den Kopf, dann nickte er.

»Was soll ich denn jetzt machen, Sam?« Ich wandte mich zu ihm um. Mir wurde klar, dass ich großen Wert auf seine Zustimmung zu meiner Entscheidung legte – egal, wie sie ausfallen würde.

»Du willst den Jungen bei dir behalten, wenn ich dich richtig verstanden habe, oder?«

»Hab ich eine andere Wahl? Deputy Bates wird zwar versuchen, diese Frau ausfindig zu machen, aber ...« Ich brach achselzuckend ab und kramte dann, als mir die Ungerechtigkeit dieser Situation bewusst wurde, abermals mein Taschentuch hervor. »Verklagen sollte ich diese Person! Vielleicht tu ich das auch, falls er sie je findet.«

»So etwas sollte man nicht leichtfertig sagen, Julia«, meinte Sam bedächtig. »Bei der letzten Sitzung des Kirchenältestenrats sprachen einige davon, *dich* verklagen zu wollen.«

Ich schaute ihn entgeistert an. »Mich? Warum denn das?«

Sam rieb Daumen und Zeigefinger aneinander. »Eine ganze Reihe von denen ist der Ansicht, die Chancen, sich etwas von Wesley Lloyds Vermögen zu sichern, stünden aufgrund seiner Ledbetter gegenüber gemachten mündlichen Zusage gar nicht schlecht. Ledbetter glaubt offenbar, ein einem Pastor gegebenes Versprechen hat größeres Gewicht als ein zwanzig Jahre altes Testament.« Sam machte eine Pause. Schließlich blickte er von seinem leeren Teller auf und sah mich an. »Wenn ein Prediger und der Ältestenrat seiner Kirche der Meinung sind, der Herr bräuchte ein neues Haus, dann gibt es nicht viel, was sie aufhalten kann. Außer der Frage der Finanzierung. Und da kommst du ins Spiel. Nimm dich in Acht, Julia! Deute nichts an, versprich nichts und vor allem unterschreib nichts, hörst du?«

Ich war wie vom Schlag gerührt. Doch dann kam mir ein beruhigender Gedanke. »Deshalb bist du zurückgetreten, nicht wahr, Sam?«

»Da ich der Vollstrecker des Testaments bin, kann ich mich schlecht jenen anschließen, die es außer Kraft setzen wollen. Geld ist wichtig, das will ich gar nicht leugnen, aber es geht mir ganz entschieden gegen den Strich, dass die Kirche eines ihrer Mitglieder verklagen möchte, um an sein Geld heranzukommen. Vor allem, wenn es sich bei diesem Mitglied um eine hilflose Witwe handelt.« Er grinste mich an, und ich musste unwillkürlich lächeln.

»Hilflose Witwe – von wegen! Die werden mich kennen lernen!«, stieß ich grimmig hervor. »Und ein paar Bibelverse werde ich ihnen auch um die Ohren hauen. Zum Beispiel ›Ihr sollt keine Witwen und Waisen bedrängen‹. Exodus Kapitel zweiundzwanzig, Vers zweiundzwanzig. Weißt du, was mich wundert? Dass sie eine Klage überhaupt in Erwägung ziehen, obwohl sie wissen, dass ich dich und Binkie auf meiner Seite habe – vom Herrn ganz zu schweigen.«

»Oh, sie werden versuchen, eine große Kanzlei in Raleigh oder Atlanta zu beauftragen, aber sie werden kein Glück haben. Eine Klage hätte nur dann Aussicht auf Erfolg, wenn sie ein neueres Testament vorlegen könnten.«

»Idioten sind das«, erklärte ich mit Bestimmtheit. »Aber im Moment hab ich andere Sorgen.«

»Das weiß ich doch, Julia, und das tut mir wirklich Leid. Ich möchte dich nicht noch mehr beunruhigen, aber ich frage mich, warum diese Puckett nicht auf den Gedanken gekommen ist zu klagen. Sie hätte bessere Erfolgsaussichten als die Kirche. Vorausgesetzt, sie kann Beweise für ihre Behauptungen vorlegen.«

»Sie hat gesagt, sie hätte mit Binkie gesprochen – vielleicht zieht sie doch eine Klage in Betracht.«

»Dann setz dich mit Binkie in Verbindung und erzähl ihr, was vorgefallen ist. Woher wollen wir wissen, dass diese Puckett wirklich wegen einer Schulung die Stadt verlassen hat? Vielleicht sucht sie einen Anwalt auf. Und lässt den Jungen bei dir in der Hoffnung, dass du weich wirst, ihn möglicherweise anerkennst oder Mitleid mit ihm hast – nur für den Fall, dass eine Klage nicht den gewünschten Erfolg haben sollte.«

»Das ist das Dümmste, was ich je gehört habe«, wies ich

Sam energisch zurecht. »Als ob mir ein Kind wie dieses auch nur das Geringste bedeuten könnte! Nein, nein, *die* Gefahr besteht wirklich nicht, aber diese ganze Situation zerrt an meinen Nerven, Sam, das kann ich dir sagen. Was soll ich bloß machen?«

»Mir scheint, du hast alles bereits gründlich durchdacht. Wollen wir hoffen, dass Coleman die Mutter des Jungen findet und sie ein besseres Arrangement treffen kann. Und wenn nicht« – er zuckte mit den Schultern –, »dann machst du das einzig Anständige, das man in dieser Situation tun kann. Es ist schrecklich, wenn ein Kind in die Mühlen des Systems gerät, weißt du. Aber sei auf der Hut, Julia, übertreib es nicht. Dir mag es egal sein, was die Leute über W. L. oder dich reden, aber dem Kleinen dort draußen könnten sie wehtun.«

»Das würde ich ihnen nicht raten«, sagte ich drohend, während ich mein Taschentuch bis zum Anschlag in den Händen wrang. »Sonst kriegen sie es mit mir zu tun!«

»Also *ich* würde mich bestimmt nicht mit dir anlegen wollen«, meinte Sam. Er stand auf und fügte hinzu: »Es sei denn, zu meinen Bedingungen!«

Die erste Nacht, die der Junge unter meinem Dach schlief, war die schlimmste meines Lebens. Am Abend war ich so nervös und unruhig, dass ich außerstande war, irgendetwas für ihn zu tun.

»Würdest du bitte ein bisschen länger dableiben, Lillian, und den Kleinen ins Bett bringen?«, bat ich. »Ich glaube nicht, dass ich ihn oder etwas von seinen Sachen anfassen kann.«

»Daran sollten Sie sich aber schnellstens gewöhnen«, erwiderte sie streng. »Wenn Sie mit dem Jungen eine Schau abziehen wollen, wie Sie gesagt haben, dann müssen Sie so tun, als wären Sie froh, dass er bei Ihnen ist. Und das heißt, Sie müssen sich um den kleinen Schatz kümmern.«

»Das weiß ich selbst«, entgegnete ich gereizt. »Aber im Moment bin ich so durcheinander, dass ich nur daran denken kann, wie dringend der Junge zum Friseur muss. Man sollte meinen, bei all meinen Problemen müsste ich andere Sorgen als seinen Strubbelkopf haben.« Ich bin immer der Meinung gewesen, dass der äußere Eindruck wichtig ist, aber um die Wahrheit zu sagen, sorgte ich mich mehr darum, was für einen Eindruck *ich* machte mit diesem Kind im Schlepptau.

»Ph«, machte Lillian und marschierte zurück in die Küche zu dem Jungen. »Dann lassen Sie ihm die Haare schneiden und der Fall ist erledigt. Eine Sorge weniger, dafür wird eine andere auftauchen.«

Wo sie Recht hat, hat sie Recht, dachte ich. Ich hörte sie mit dem Jungen nach oben gehen. Lillian bezog das Bett in dem Zimmer gegenüber meinem Schlafzimmer, brachte das Kind zu Bett und kam wieder herunter. Ich solle schlafen gehen und mir keine Gedanken machen, meinte sie und ging dann nach Hause.

Das war leichter gesagt als getan. Es war die schlimmste Nacht meines Lebens – sogar noch schlimmer als jene, die ich verbracht hatte, nachdem ich Wesley Lloyd zusammengesunken hinter dem Lenkrad seines Autos gefunden hatte, Augen und Mund weit aufgerissen, als hätte er die Überraschung seines Lebens erlebt.

Ich hatte den Schlaf des Gerechten geschlafen, als ich

ihn gegen Mitternacht in die Einfahrt einbiegen hörte, genau wie an jedem Donnerstag in den vergangenen zehn Jahren oder so. Wesley Lloyd glaubte an einen geregelten Tagesablauf, und seiner hätte geregelter nicht sein können. Donnerstagabends bereitete er alles für die Sitzung am andern Morgen in der Bank vor – hatte ich jedenfalls bislang geglaubt. Ich hatte mich also umgedreht und auf das Geräusch der zuschlagenden Autotür, das Klirren des Schlüsselbunds, das Klappern der Absätze auf den Betonplatten gelauscht. Aber es blieb totenstill.

Nach einer Weile stand ich auf, warf meinen Morgenmantel über und ging hinunter, um nachzusehen, wo Wesley Lloyd so lange blieb. Es musste schon einen guten Grund geben, wenn er von seiner Routine abwich. Und es gab einen guten Grund: Er war nämlich mausetot. Hinterm Lenkrad seines neuen Buick zusammengebrochen, eines stahlgrauen mit – aber das hab ich ja bereits erwähnt.

Es war grauenvoll. Nie wieder wollte ich etwas so Schreckliches erleben müssen. Würde ich auch nicht, da ich nicht die Absicht hatte, ein zweites Mal zu heiraten und noch einen Ehemann zu beerdigen. Na ja, das mit der Beerdigung war eigentlich nicht so schlimm gewesen, dank der Art und Weise, wie die Leute hier und meine Kirche trauernden Hinterbliebenen Trost zu spenden pflegen. Sie brachten haufenweise Essbares und Blumen und spendeten für meinen Lieblingswohltätigkeitszweck, und von morgens bis abends war immer jemand an meiner Seite und las mir jeden Wunsch von den Augen ab. Ich kam mir vor wie der Star von Wesley Lloyds Beerdigung – Königin für einen Tag oder zwei, bis sie der Meinung waren, es sei nun an der Zeit, dass ich allein zurechtkäme. Und das habe ich dann ja auch mit Lillians und Binkies und Sams Hilfe geschafft. Es war im Grunde so kinderleicht gewesen, dass ich mich fragte, warum sich eine Witwe überhaupt wieder verheiraten sollte. Vielleicht würde es ihr dann wie mir ergehen, und sie würde irgendwann, wenn es zu spät wäre, noch etwas zu ändern, herausfinden, mit was für einem Mann sie da zusammengespannt war.

Nicht, dass ich gewusst hätte, was ich hätte ändern können, wenn ich das alles früher erfahren hätte! Aber als ich in dieser Nacht wach lag und an das Kind auf der anderen Seite des Flurs dachte, sagte ich mir immer wieder, *irgendetwas* hätte ich ganz bestimmt getan.

Wer nicht über eine Sache Bescheid weiß, kann logischerweise auch nichts dagegen unternehmen. Und ich war vollkommen ahnungslos gewesen, bis dieser Knirps vor meiner Tür stand. Keine Frau in North Carolina konnte so blind sein wie ich! So bin ich eben erzogen worden – konservativ, wie es in den Südstaaten üblich ist, und als gute Presbyterianerin. Ich habe immer alles geglaubt, was man mir gesagt hat, vor allem dann, wenn es von einem Mann kam. Nein, das nehme ich zurück. Ich habe nur für bare Münze genommen, was von Larry T. Ledbetter, meinem Prediger, von Sam Murdoch, meinem Anwalt, oder von Wesley Lloyd Springer kam, dem Mann, mit dem ich vierundvierzig Jahre lang verheiratet gewesen war.

Ich war so stolz darauf gewesen, die Frau eines vermögenden, einflussreichen Mannes zu sein, einem der wenigen, die eine eigene Bank besaßen. Und beide, den Mann wie die Bank, hatte ich für solide gehalten. Die Leute vertrauten ihm ihr Geld an und, das muss ich ihm lassen, ihr Geld war bei ihm immer sicher gewesen.

Wir hatten eine gute Ehe. Dachte ich jedenfalls. Ich hatte Wesley Lloyd in meiner Heimat South Carolina kennen gelernt, wo er sich für die Bank, die er von seinem Vater geerbt hatte, über neue Methoden der Geschäftsführung informierte. Wesley Lloyd war damals schon ein Mann mit fortschrittlichen Ansichten gewesen. Und ein eifriger Kirchgänger. Dort, in meiner Kirche, sind wir uns auch das erste Mal begegnet – nach dem Sonntagsgottesdienst. Nichts konnte ihn vom sonntäglichen Kirchenbesuch abhalten. »Der Sonntag ist der Tag des Herrn, Julia«, pflegte er zu sagen. »Deshalb sollten wir an diesem Tag in seinem Haus sein.« Nach dem Segen und dem siebenfachen Amen hatte er an jenem Sonntag vor so vielen Jahren erst dem Prediger die Hand gegeben und dann mir.

Ich war zu Hause die Älteste und die Einzige, die noch nicht verheiratet war. Meine beiden Schwestern hatten bereits einen Mann gefunden, und alle dachten, ich würde als alte Jungfer enden. Ich war dreiundzwanzig, ledig und ohne Perspektive. Heutzutage klingt das erbärmlich, nicht wahr? Ich weiß wirklich nicht, warum ich damals nicht einfach von zu Hause fortgegangen bin und mein Leben selbst in die Hand genommen habe. Aber das ist nicht so leicht, wenn man in einer konservativen, traditionsverhafteten Kleinstadt aufgewachsen ist. Eine Zeit lang hatte ich das Lehrerseminar in Winthrop besucht, aber als Papa daheim Hilfe brauchte, habe ich alles hingeschmissen und bin brav nach Hause gefahren. Papa rief, und ich sprang, so war das schon immer gewesen. Er hätte es lieber gesehen, wenn eine meiner Schwestern gekommen wäre (ist Ihnen schon mal aufgefallen, dass derjenige, der es immer recht machen will, anderen nur auf die Nerven geht?), doch jetzt hatte er mich am Hals. Jedenfalls bis Wesley Lloyd Springer auftauchte.

Hört sich nach einer richtigen Liebesgeschichte an, nicht wahr? Es war aber keine – trotzdem war ich dankbar dafür. Wesley Lloyd war nicht der Typ für Romantik und Gefühle und all die Dinge, von denen man immer liest. Er war Geschäftsmann, er wusste, was er wollte und wie er es bekommen konnte. In dieses Schema passte auch sein Heiratsantrag. Alle hielten es für Liebe auf den ersten Blick, für eine stürmische, leidenschaftliche Affäre, weil alles so schnell gegangen war. Aber in Wesley Lloyds Leben war kein Platz für Leidenschaft.

»Ich brauche eine Frau mit Charakter und Niveau«, sagte er zu mir, als wir im Wohnzimmer meines Elternhauses saßen. Ich betrachtete den halbkarätigen Diamanten in dem blauen Samtetui, das er mir überreicht hatte. »Ich habe eine gewisse gesellschaftliche Position zu wahren«, fuhr er fort, zog seine goldene Taschenuhr aus der Westentasche und warf einen flüchtigen Blick darauf. Das war eine Angewohnheit von ihm, die er nie ablegen sollte. Zeit ist Geld, lautete seine Devise. »Deshalb brauche ich eine Frau, die mein Haus in Ordnung hält und mir in meiner Heimatstadt eine gute Gefährtin ist. Ich bin nicht reich, aber dir wird es nie an etwas fehlen.«

Ich nahm den Ring heraus und drehte ihn hin und her. Dann probierte ich ihn an. Er passte, und das schien mir ein Zeichen zu sein. Ich achtete nämlich ständig auf irgendwelche Zeichen, die mir einen Hinweis darauf gaben, was ich tun sollte und was nicht. Und so nahm ich Wesley

Lloyds Heiratsantrag an, obwohl weder Glocken erklangen noch Musik zu hören war wie in den Filmen, die ich mir samstagnachmittags immer ansah. Ich konnte auch gut darauf verzichten. Für meine Schwestern hatte der Himmel voller Geigen gehangen, als sie geheiratet hatten, doch schon wenige Jahre später machte sich Verzweiflung breit, weil es immerzu Streit ums liebe Geld gab. Ich war stolz darauf, meine Wahl aus Vernunftgründen getroffen zu haben, und fand, dass Wesley Lloyd und ich gut zusammenpassten: Wir standen beide mit den Beinen fest auf der Erde. Ich wollte meinen eigenen Haushalt und einen Mann, der mir das bieten konnte, und bekam genau das, was ich mir gewünscht hatte.

Vor vierundvierzig Jahren brachte er mich hierher, in sein Haus, und wahrscheinlich werde ich den Rest meines Lebens hier verbringen. Aber der Teufel soll mich holen, wenn ich tot hinterm Lenkrad eines Autos zusammenbreche! Damals war das Haus neu gewesen, ein zweistöckiger Backsteinbau mit einer Veranda davor, von der man einen freien Blick auf das Kommen und Gehen in der First Presbyterian Church hatte. Die Main Street liegt ganz in der Nähe, ich befinde mich also sozusagen im Zentrum des Geschehens. Er habe das Haus für seine junge Frau gebaut, sagte Wesley Lloyd, und ich weiß noch, wie stolz ich damals war und wie sehr ich mich darüber gefreut habe. Erst später begriff ich, dass er es gebaut hatte, noch bevor er mich überhaupt kannte. Aber so war Wesley Lloyd nun einmal – immer vorausschauend, immer vorsorgend. Dachte ich.

Ich passte in diese Stadt, als hätte ich nie woanders gelebt, als wäre hier eine Nische für mich vorgesehen gewesen, in die ich perfekt hineinpasste. Jeder in Abbotsville respektierte und achtete Wesley Lloyd. Andere mochten größer oder kräftiger sein oder eine tiefere Stimme haben, aber wenn Wesley Lloyd einen Darlehensantrag prüfte, war er der Größte. Die Leute hörten auf seinen Rat, nicht nur in finanziellen Dingen. Kommunalpolitiker suchten ihn auf, Anwälte riefen ihn an, Geschäftsleute besprachen sich mit ihm, und die First Presbyterian Church gab keinen Penny ohne seine Einwilligung aus. Er war eine Führernatur – jeder wusste das.

Und ich war ja so maßlos stolz darauf gewesen, dass dieser Mann mein Ehemann war. Ich war wer! Julia DeWitt Springer, Wesley Lloyd Springers Frau!

Die dümmste Kuh in der ganzen Stadt.

Kapitel 6

Es grenzte an ein Wunder, dass ich in dieser Nacht, während das uneheliche Kind meines verstorbenen Mannes gleich nebenan schlief, überhaupt ein Auge zumachte! Ich war vollkommen am Boden zerstört. Jahrelang hatte mich Wesley Lloyd hintergangen, hatte sein Ehegelübde gebrochen, ein Doppelleben geführt, mich jeden Donnerstagabend betrogen! Diese Ungeheuerlichkeit machte mich rasend.

Und womöglich war diese Puckett nicht die Erste gewesen. Wer weiß? Mein ganzes Leben, alles, woran ich geglaubt, worauf ich mich verlassen hatte, fiel zusammen wie ein Kartenhaus. Ich stand vor einem Scherbenhaufen. Zu guter Letzt sagte ich mir, dass ich die Dinge nun mal nicht ungeschehen machen, die Vergangenheit nicht ändern konnte. Jetzt galt es, die Scherben zusammenzufegen und mit kühlem Kopf in die Zukunft zu blicken.

Als es endlich hell wurde, hatte ich einen Entschluss gefasst.

Eines würde ich ganz sicher nicht tun: Wesley Lloyds Fehlverhalten beschönigen. Der Mann war ein Heuchler allererster Güte gewesen, aber ich sah nicht ein, warum ich es genauso machen sollte. Nach außen hatte er immer eine blütenweiße Weste präsentiert, doch dahinter war er verfault bis ins Mark. Oh, ich war so wütend, so wütend über das, was er mir angetan hatte, so wütend, dass er diese Schande nicht mehr erleben musste. Jetzt begriff ich, wie eine Frau dazu kam, ihrem Mann den Hals umzudrehen!

Glauben Sie ja nicht, ich hätte aus Liebe und Eifersucht vor Wut geschäumt. Ich hatte zwar immer geglaubt, ich liebte Wesley Lloyd – schließlich war er mein Mann. Doch das war es nicht – o nein! Am meisten erboste es mich, dass er an mich so hohe moralische Ansprüche gestellt, mich in einem fort belehrt, kritisiert, mit Bibelzitaten eingedeckt hatte, während er unterdessen mit einer anderen ins Bett stieg!

Verstehen Sie mich nicht falsch – es ist nicht so, dass ich gern das gleiche Recht für mich in Anspruch genommen hätte. Du lieber Himmel, nein! Mir ging es ums Prinzip.

Meine Empörung schlug bei dem Gedanken daran, wie dieses pikante Thema wohl in der Stadt aufgegriffen würde, in tiefe Scham um. Es würde mich meine ganze Kraft kosten, mit hoch erhobenem Haupt durch die Straßen zu gehen und die hämisch grinsenden Gesichter zu ignorieren. Ich wünschte nur, Wesley Lloyd könnte sehen, wie stark ich sein würde. Ich würde ihm zeigen, was Charakterstärke war! Schließlich machte ich jetzt schon Dinge, die er mir niemals zugetraut hätte, zum Beispiel Buch führen, Schecks ausstellen, über meine Ausgaben und Einnahmen genau Bescheid wissen.

Binkie Enloe hatte kaum glauben können, wie sehr Wesley Lloyd mich vor der rauen Wirklichkeit beschützt hatte. Bei unserer ersten Begegnung saß ich in meinem grauen Kreppkleid und weißen Schuhen, meine Handtasche auf dem Schoß, in ihrem Büro und ließ mir die wichtigsten finanziellen Grundregeln erklären. Binkie schaute mich über ihre goldgefasste Lesebrille hinweg an und meinte: »Miss Julia, ich hätte ehrlich gesagt nicht gedacht, dass es noch Frauen gibt, die nicht wissen, wie man einen Scheck ausstellt.«

»Oh ja«, erwiderte ich mit einem stolzen Lächeln, »Mr. Springer hat mich sehr behütet.« Binkie atmete hörbar aus und zeigte mir dann, wie man Schecks ausfüllt und Buch führt. Es war kinderleicht! Ich verstand gar nicht, warum Wesley Lloyd glaubte, ich hätte kein Gespür für Zahlen.

Um halb sieben war ich bereits fertig angezogen. Ich wollte Binkie in ihrem Büro in der Stadt aufsuchen, auch wenn ich lange auf sie warten musste – sie kam normalerweise erst um acht in die Kanzlei. Als ich hinuntergehen wollte, sah ich den Jungen auf der Treppe sitzen. Er hatte dieselben billigen Sachen vom Vortag an, einschließlich der Ansteckfliege. Ich hatte die ganze Nacht nichts von ihm gehört, doch da hockte er, Koffer und Einkaufstüte neben sich.

Ich stand zwei Stufen über ihm und musterte die kleine Gestalt, die sich an die Wand drückte, ihre Sachen näher an sich zog, um Platz zu machen, und mich mit einem flüchtigen Blick streifte. Allem Anschein nach war nicht viel in der Tüte drin, aber dem Jungen war sie offensichtlich sehr wichtig. Ich hatte von den Schätzen gehört, die kleine Jungs gern mit sich herumtragen, deshalb wollte ich lieber nicht darüber nachdenken, was sich möglicherweise darin befand.

»Schon auf?«, fragte ich. Was sagt man frühmorgens zu einem Neunjährigen?

»Kommt meine Mama heute?«, fragte er zurück.

Ich holte tief Luft. Was sollte ich darauf antworten? Ich entschied mich für die Wahrheit. »Ich glaube nicht. Komm mit in die Küche, Lillian wird gleich kommen, und dann gibt's Frühstück. Du kannst deine Sachen so lange dalassen.«

Er stand auf und folgte mir. Mit seinen hängenden Schultern sah er aus wie ein krummer alter Mann. Er hatte rein gar nichts von Wesley Lloyd. Er sah zwar aus wie er, aber mein verstorbener Mann, obwohl nicht besonders groß, hatte sich immer kerzengerade gehalten und war mit kräftigen, forschen Schritten gegangen.

Ich deutete auf einen Stuhl, und der Junge setzte sich, während ich Kaffee aufbrühte. Es war ein herrlicher Tag, die Sonne schien, die Vögel zwitscherten, die Blüten meiner Impatiens waren schwer vom Tau. Das Leben ging einfach weiter, ohne Rücksicht darauf, dass meine Welt völlig aus den Fugen geraten war.

Ich schenkte zwei Tassen Kaffee ein und stellte dem Jungen eine hin. Er schaute zu mir auf, senkte den Blick aber schnell wieder. Lillian muss ihm unbedingt diese Brille putzen, dachte ich und verzog den Mund. Ich schob dem Kleinen Zucker und Sahne hin. »Hier, bedien dich.«

Er goss Sahne in den Kaffee, rührte zwei Löffel Zucker hinein und probierte dann. Er schnitt eine Grimasse und gab noch einmal zwei Löffel Zucker hinein. Scheint kein Kaffeetrinker zu sein, dachte ich. Ich setzte mich ihm gegenüber und starrte meine Tasse an.

Ich brachte es nicht fertig, dem Jungen ins Gesicht zu sehen. Als ich ihm einen verstohlenen Blick zuwarf, merkte ich, dass auch er mich heimlich musterte. Wir hatten uns nichts zu sagen, und ich wünschte, ich hätte das Radio angestellt. Ich zermarterte mir den Kopf auf der Suche nach einem Gesprächsthema – ich bin immer schon der Ansicht gewesen, der Gebildete zeichnet sich durch die Kunst der Konversation aus.

Ich stellte meine Tasse hin und sagte: »Hast du schon Stuhlgang gehabt?«

Der Junge schrak zusammen. Kaffee schwappte aus seiner Tasse in die Untertasse. »Ma'am?«

»Ob du schon Stuhlgang gehabt hast, seit du hier bist.«

Seine Augen huschten hektisch hin und her. »Äh, ja. Ein bisschen.«

»Dann streng dich an, damit es heute richtig klappt. Probleme lassen sich besser bewältigen, wenn man regelmäßig Stuhlgang hat. Ich kann dir auch ein Abführmittel geben, wenn du willst.«

»Nein, danke, Ma'am, ich brauch keins.«

Er konzentrierte sich wieder auf seinen Kaffee, und damit war die Unterhaltung beendet. Ich gab es auf. Wenig später fragte er schüchtern nach Deputy Bates. Der müsse nachts arbeiten, erklärte ich, er werde aber bald kommen und sich schlafen legen, deshalb dürften wir dann auch keinen Lärm machen. Das schien ihm zu genügen. Ich war heilfroh, als die Hintertür aufging und Lillian hereinkam. Sie legte die *Abbotsville Press* auf den Küchentisch und sah mich streng an.

»Sie geben dem Kind *Kaffee*?«

»Warum denn nicht? Ein bisschen was zum Munterwerden hat noch keinem geschadet.«

Kopfschüttelnd drehte sie sich um und machte sich daran, Schinken und Rührei zuzubereiten. Der Junge war ganz schön heikel, was das Essen anbetraf, das war mir schon am Abend vorher aufgefallen. Mehr oder weniger lustlos stocherte er auf dem Teller herum. Ich nahm mir vor, in der Drogerie ein Stärkungsmittel für ihn zu besorgen. Und ihm bei Buddy's einen Haarschnitt verpassen zu lassen.

Um sieben Uhr fünfundvierzig rückte ich vor dem Spiegel in der Diele meinen Hut zurecht, griff dann nach meiner Handtasche und machte mich auf den Weg zu Binkie. Ich war schon auf dem Gehsteig, als ich beschloss, den Stier unverzüglich bei den Hörnern zu packen. Ich kehrte noch einmal um.

Ich öffnete die Haustür und rief: »Little Lloyd! Ich möchte, dass du mich begleitest!«

Die Einkaufstüte in der Hand kam er angetrottet. Er machte ein Gesicht, als wartete ein Zahnarztbesuch oder Schlimmeres auf ihn. Er sah wirklich jämmerlich aus, aber das war schließlich nicht meine Schuld.

»Willst du die Tüte nicht dalassen?« Ich dachte mir, ohne sie würde er vielleicht nicht ganz so armselig wirken.

»Nein, Ma'am.« Er drückte sie an seine Brust.

Ich rollte gereizt mit den Augen. »Wie du willst. Bleib immer in meiner Nähe, verstanden? Wir müssen in die Stadt, wir haben etwas zu erledigen.«

Er tappte einen halben Schritt hinter mir her. Ich begann mir ernsthaft Sorgen zu machen wegen seiner krummen Haltung. Solche Haltungsfehler kann man sich oftmals nicht mehr abgewöhnen, und das ist dann kein schöner Anblick, kann ich Ihnen sagen!

Es waren noch keine Fußgänger außer uns unterwegs, aber mehrere Autos fuhren vorbei, und die Fahrer winkten mir zu. Ich konnte sehen, wie sie den Innenspiegel verstellten, um einen besseren Blick auf uns zu erhaschen.

Binkie bat uns praktisch sofort in ihr Büro. Das ist der Vorteil, wenn man Geld hat: Man muss nicht lange warten oder erst einen Termin machen oder so etwas. Binkie blickte immer sehr ernst drein, um älter zu wirken, doch es nutzte nichts, genauso wenig wie die Brille, die sie abnahm, wenn sie mit Nachdruck auf etwas hinweisen wollte. Sie trug immer ein dunkles Kostüm und eine schlichte Leinenbluse. Ihre Locken versuchte sie mit einem radikalen Schnitt zu bändigen, was ihr jedoch nicht gelang. Spätestens um die Mittagszeit glich ihre Frisur einer wilden Mähne. Das war wahrscheinlich auch ein Grund für ihr betont sachliches Auftreten. Haarprobleme müssen irgendwie kompensiert werden – das ist jedenfalls meine Erfahrung. Wie auch immer, ich weiß nicht, was ich in den letzten Monaten ohne Binkie gemacht hätte (obwohl ich ihr, wie ich gestehen muss, anfangs nicht einmal zugetraut hätte, dass sie allein zur Toilette fand).

»Sie kennen den Jungen, nicht wahr?«, fragte ich, noch bevor ich mich gesetzt hatte. »Seine Mutter sagte, sie sei bei Ihnen gewesen.«

»Ja, das ist richtig«, erwiderte Binkie ungerührt. Sie war wirklich nicht leicht aus der Fassung zu bringen. »Und wieso haben *Sie* ihn jetzt?«

Ich erzählte ihr, was vorgefallen war. Sie zog die Augenbrauen hoch und sah mich entgeistert an.

»Ich verstehe«, sagte sie schließlich. »Und Sie wollen ihn bei sich behalten, bis seine Mutter gefunden wird?«

»Was bleibt mir anderes übrig? Hör auf herumzuzappeln, Little Lloyd«, wies ich den Jungen, der auf einem der hohen Stühle saß und die Beine hin und her schwang, scharf zurecht.

»Na ja, Sie könnten –«

»Kommt nicht infrage«, fiel ich ihr ins Wort. »Ich werde ihn nicht dem Jugendamt übergeben, falls Sie das vorschlagen wollten. Sonst sieht es so aus, als würde ich mich der Wahrheit verschließen wollen, und dann reden die Leute erst recht. Nein, ich werde die Stadt mit den Tatsachen konfrontieren. Und wenn Mr. Springers Ruf darunter leiden sollte – von mir aus. Also: Sam Murdoch riet mir, Sie zu informieren, was ich hiermit getan habe. Außerdem möchte ich wissen, wie viele Leute die Absicht haben, mich zu verklagen. Die Mutter des Jungen? Meine eigene Kirche? Wer sonst noch?«

»Niemand, bis jetzt«, antwortete sie. »Ich hab da zwar was läuten hören, was die Kirche angeht, aber das braucht Sie nicht zu beunruhigen. Versprechen beziehungsweise Absichten zählen nicht. Mr. Springer hat Sie als seine Alleinerbin eingesetzt und damit basta. Die Kirche kann höchstens drohen und mit den Zähnen knirschen.« Ein schwaches Lächeln spielte um ihre Lippen. Hinter mir hörte ich Little Lloyd die Nase hochziehen. Ich drehte mich um und reichte ihm ein Papiertaschentuch. »Miss Puckett hat keinerlei Andeutungen in der Richtung gemacht«, fuhr Binkie fort. »Aber ich muss Sie warnen, Miss Julia: Sollte sie ihre Behauptungen beweisen können, hätte sie mit einer Klage gute Aussichten auf Erfolg.«

»Mein Gott, sie hat eine Geburtsurkunde des Jungen, auf der groß und deutlich Mr. Springer als Vater eingetragen ist! Was braucht sie denn noch?«

»Die Angaben, die in der Geburtsurkunde eingetragen

werden, macht die Mutter normalerweise gegenüber einer Krankenschwester. Sie können stimmen oder auch nicht. Wenn sie allerdings durch Quittungen, Belege und Ähnliches beweisen kann, dass Mr. Springer für den Jungen aufgekommen ist, sieht die Sache schon ganz anders aus.«

»Sie hat kein Wort davon gesagt, dass sie irgendwelche Ansprüche geltend machen will. Ich soll mich lediglich um den Jungen kümmern, während sie diesen Kurs besucht, damit sie selbst für ihn sorgen kann. Ich sag Ihnen eines, Binkie: Ich möchte nicht verklagt werden. Was auch Mr. Springers *Absichten* gewesen sein mögen – *mir* hat er alles vermacht und ich habe nicht die Absicht zu teilen.«

»Schön.« Sie nickte, und ich wusste, sie gab mir völlig Recht. Es war schließlich nur fair. »Wir können nicht viel tun – außer abwarten, ob jemand Klage gegen Sie einreichen wird. Aber wo Sie schon mal da sind, können wir gleich noch ein paar andere Punkte klären. Die First Union und die Wachovia Bank sind an der Übernahme der Springer Bank and Trust interessiert, möchten sich zu diesem Zeitpunkt allerdings noch nicht festlegen. Sie hoffen, Sie werden mit dem Preis noch ein wenig runtergehen, aber die Bank ist jeden Penny wert, den wir verlangen. Ich werde noch ein, zwei weitere Banken kontaktieren – mal sehen, ob sie das ein bisschen aufschreckt. Ich werde herausholen, was herauszuholen ist, verlassen Sie sich darauf. Zu viel Bargeld sollte aus Steuergründen nicht fließen, dafür nehmen wir einen höheren Anteil an Aktien. Das ist doch in Ihrem Sinne?«

»Absolut – vorausgesetzt, die Bank ist gesund. Ich will nicht eines Tages mit einem Schließfach voll wertlosen Papiers dastehen, weil wir einem faulen Kunden aufgesessen sind.«

Ein Lächeln huschte über ihr Gesicht. Sie vertiefte sich wieder in ihre Unterlagen, hob dann den Kopf und betrachtete einen Moment lang den Jungen, den lebenden Beweis für die Scheinheiligkeit meines verstorbenen Mannes. Kopfschüttelnd meinte sie schließlich: »Halten Sie mich auf dem Laufenden. Und geben Sie mir Bescheid, falls Miss Puckett sich bei Ihnen meldet.«

Ich dankte ihr, fasste Little Lloyd an der Hand und ging ins Vorzimmer. Ich war schon an der Tür, als ich mich noch einmal umdrehte und mich Mary Alice McKinnon, die an ihrem Schreibtisch saß, zuwandte. Die freundliche junge Frau stellte mich jedes Mal, wenn ich anrief, direkt zu Binkie durch.

»Mary Alice«, sagte ich und drehte den Jungen zu ihr hin, »darf ich Ihnen Mr. Springers Sohn vorstellen? Das ist Lloyd Springer. Sag Miss McKinnon Guten Tag, Lloyd.«

Er zog den Kopf ein, und Mary Alice holte hörbar Luft und lief rot an. Sie stammelte ein, zwei Worte – sie war schließlich gut erzogen –, doch es war nicht zu übersehen, dass meine Offenheit sie tief beeindruckt hatte.

Draußen auf dem Gehsteig sagte ich: »Siehst du, das war doch gar nicht so schlimm! Komm mit in den Drugstore, ich spendier dir eine Coke.«

Kapitel 7

NACHDEM WIR UNSERE Coke getrunken hatten, marschierte ich mit dem Jungen ein Stück weiter die Straße hinunter zu Buddy's Barber & Expert Depilatory Shop. Im vorderen Teil des Salons standen zwei Stühle, wo Buddy Whitesides und Arlo Turner Rasuren, Bart- und Haarschnitte ausführten (und den Kunden anschließend mit Talkpuder bestäubten). Der hintere Teil des Ladens war durch einen grauen Flanellvorhang abgeteilt. Dort kümmerte sich Buddys Frau Alva um jene Kunden, die Haare an Stellen hatten, die man in der Öffentlichkeit nicht präsentieren konnte – Sie wissen schon, was ich meine. Keine zehn Pferde hätten mich bewegen können, hinter diesen Vorhang zu gucken!

Buddy und Arlo hatten Kunden, allem Anschein nach Farmer, als wir den Salon betraten. Und auf einem der braunen Kunstlederstühle mit dem rostigen Chromgestell saß ausgerechnet Leonard Conover und wartete darauf, bis er an die Reihe kam. Beim Bimmeln der Ladenglocke schaute er auf, schlug schnell die Illustrierte, die er gelesen hatte, zu und schob sie unter einen Stapel Zeitungen auf dem Tisch neben ihm.

»Julia! Das ist aber eine Überraschung!«, meinte er. Eine scheußliche Röte überzog sein Gesicht. »Dich hätte ich hier nicht erwartet.«

»Ich hatte auch nicht die Absicht herzukommen«, erwiderte ich. »Buddy, der Junge braucht einen Haarschnitt. Wer von euch kann das am besten?«

»Oh, das können wir beide gleich gut«, meinte er. Die Haarschneidemaschine in Händen, schaute er erst mich, dann den Jungen an. »Ist der Kleine ein Freund von Ihnen?« Er deutete mit dem Kinn auf Little Lloyd.

»So könnte man es nennen.« Ich setzte mich neben Leonard und bedeutete dem Jungen, sich ebenfalls zu setzen. »Und, Leonard? Wie geht's? Wie läuft's im Gericht?«

»Glänzend, danke, die Arbeit geht mir nicht aus«, antwortete er, sah dabei aber nicht mich, sondern den Jungen an. Er platzte schier vor Neugier. Ich hätte etwas sagen sollen, Nachrichten verbreiten sich am schnellsten, wenn man sie im Kosmetik- oder Friseursalon ausstreut. Doch ich schwieg.

»Hinzu kommen noch die tausend Dinge, die ich für die Kirche zu erledigen habe«, fuhr Leonard fort, während die Röte allmählich wieder aus seinem Gesicht wich. »Pläne, weißt du. Eine Menge Pläne. Das nimmt viel Zeit in Anspruch.« Er nickte zur Bekräftigung.

»Das glaube ich gern«, entgegnete ich und musste innerlich schmunzeln. Leonard war nicht gerade als Energiebündel und Hansdampf bekannt. Ich stellte meine Handtasche auf die Knie, legte die Hände darauf und heftete den Blick auf Buddy, damit er sich ein wenig beeilte.

»Weißt du, Julia«, begann Leonard und drehte sich halb zu mir um. Mir fiel sein schütteres graues Haar auf, seine schlaffen Schultern, seine dickliche Figur. Ob LuAnne sich wohl an diesen Dingen störte? Aber wenn man erst einmal verheiratet ist, findet man sich mit dem anderen ab – egal, wie er sich im Lauf der Zeit verändert haben mag. »Eigentlich ist das streng vertraulich«, fuhr er im Flüsterton fort, »weil sich das Ganze noch im Planungsstadium befindet. Die Kirchengemeinde ist so groß geworden, dass wir eine bauliche Erweiterung in Betracht ziehen müssen. Und da dachte ich mir – also das ist nur so eine Idee von mir, ich meine, jetzt wo Wesley Lloyd nicht mehr unter uns weilt –, ich dachte mir, du könntest dir vielleicht ein kleineres Haus suchen und dein jetziges samt dem Grundstück der Kirche schenken. Wir könnten den Platz gut gebrauchen, und sei es nur, um einen Parkplatz daraus zu machen.«

Ich drehte mich langsam zu ihm um und sah ihm in die Augen. Mühsam beherrscht, stieß ich zwischen den Zähnen hervor: »Ihr wollt mein Haus abreißen, damit ihr einmal die Woche eine Stunde lang eure Autos dort parken könnt? Da könnt ihr warten, bis ihr schwarz werdet, Leonard Conover!«

Er hob eine Schulter, ließ sie wieder sinken und sich zurückfallen. Leonard war es gewohnt, dass er mit seinen Ideen abblitzte. »Na ja, es war ja nur so ein Gedanke. Für den Fall, dass dir das Haus einmal zu groß wird.«

Arlo rasierte seinem Kunden das Genick aus, Buddy schnippelte die Ohren seines Kunden frei, aber beide konzentrierten sich mehr auf unsere Unterhaltung als auf ihre Arbeit. Es war überhaupt ungewohnt still im Salon. Keiner wollte etwas von unserem Gespräch versäumen, und alle wunderten sich über das Kind in meiner Begleitung, das ihnen zudem so bekannt vorkam.

»Mach dir keine Hoffnungen – das wird so schnell nicht passieren«, gab ich zurück. »Buddy, ich möchte Sie ja nicht drängen, aber ich habe auch noch anderes zu tun, als hier zu sitzen und zu warten.« Er nickte und schnippelte schneller. »Nicht jeder hat es so gut und arbeitet am Gericht.«

Leonard stemmte sich in seinem Stuhl hoch. »Mir scheint, du hast keine Ahnung, wie viel Arbeit auf mich wartet, Julia. Sei froh, kann ich da nur sagen! Wesley Lloyd hätte übrigens nicht gewollt, dass dir eine solche Verantwortung aufgebürdet wird. Seine Hinterlassenschaft ist doch viel zu viel für einen Einzelnen, zumal du keinerlei Erfahrungen in geschäftlichen Dingen hast. Glaub mir, ich weiß, wovon ich rede. *Ich* würde jedenfalls nicht wollen, dass LuAnne eine so schwere Last zu tragen hat.«

Ich starrte ihn an. Die Wahrscheinlichkeit, dass LuAnne mit Leonards Vermögen belastet würde, war etwa so groß wie die, dass sie den Pulitzer-Preis gewinnen würde.

»Glaubst du etwa, ich schaffe das nicht?«, fragte ich scharf.

»Na ja«, meinte Leonard und tauschte ein viel sagendes Lächeln mit Buddy und Arlo. Diese Frisiersalonmachos! »Du wirst auch nicht jünger, Julia.«

Was du nicht sagst, dachte ich.

Buddy zog seinem Kunden schwungvoll den Umhang von den Schultern und stäubte Talkpuder auf das Genick des armen Mannes.

»Komm, Little Lloyd«, sagte ich und ergriff die Hand des Jungen, »Mr. Buddy hat jetzt Zeit für dich.«

Ich half ihm auf den Stuhl. »Nimm die Brille ab.« An Buddy gewandt, fügte ich hinzu: »Kein modischer Schnickschnack! Ich will einen anständigen Schnitt, damit er die Augen und das Genick frei hat. So wie Sie es bei seinem Vater immer gemacht haben.«

Jetzt dämmerte es ihnen. Alle erstarrten. Arlo quollen schier die Augen aus dem Kopf, die Kinnlade fiel ihm herunter. Sein Kunde, der den Zusammenhang nicht begriff, runzelte verwirrt die Stirn. Leonard saß wie gelähmt auf seinem Stuhl, nur sein Mund ging auf und zu, auf und zu, und jedes Mal, wenn sich die Lippen berührten, gab es ein schmatzendes Geräusch. Im Hintergrund dudelte ein Countrysong in das betretene Schweigen hinein.

»Worauf warten Sie? Fangen Sie endlich an«, forderte ich Buddy ungeduldig auf. Er stand da mit erhobenen Händen wie ein Chirurg kurz vor dem Eingriff.

»Äh, ja, natürlich, Ma'am, sofort«, stotterte er. »Ich werde sehen, was ich machen kann.« Er wirbelte herum, riss einen Kamm vom Tablett herunter, ließ ihn fallen, griff mit einer fahrigen Geste nach einem anderen und grinste mich dümmlich an. Endlich machte er sich an die Arbeit.

Manche Leute sind völlig überfordert, wenn sie mit der Wahrheit konfrontiert werden.

Wir trafen danach noch eine ganze Reihe von Bekannten. Als wir uns endlich auf den Heimweg machten, war ich völlig ausgelaugt. Die Wahrheit zu sagen zehrt ganz schön an den Kräften, wie ich feststellen musste. Little Lloyd erging es nicht besser. Er war so erschöpft, dass er nur noch neben mir herschlurfte.

»Heb gefälligst die Füße beim Gehen«, fuhr ich ihn an, »und gib mir die Hand und lächle, damit alle sehen, wie glücklich du bist.«

Er schob seine Hand in meine und sagte: »Ich bin aber nicht glücklich.«

»Das ist ja auch kein Wunder unter den Umständen – deine Mutter ist fort, du bist bei Leuten, die du nicht kennst. Aber man muss immer so tun, als ob alles in Ordnung sei, weißt du, damit die Leute dir deine Sorgen nicht anmerken und über dich reden. Da fällt mir ein – wir hätten noch etwas zum Spielen kaufen sollen. Was machst du am liebsten?«

Er dachte einen Augenblick nach. »Ich puzzle ganz gern. Und ich hör gern Musik.«

»Ich hab früher auch gern gepuzzelt. Wir werden uns ein paar besorgen und sie zusammen machen. Was für Musik hörst du denn gern?«

»Eigentlich alles, aber am besten gefallen mir Tim McGraw und Sawyer Brown. Meine Mama mag am liebsten Dwight Yoakam. Sie sieht sich immer seine Videos an.«

»Was du nicht sagst«, murmelte ich. Ich hatte nicht die geringste Ahnung, wovon er sprach. »So, da wären wir wieder.« Ich bog in den Gartenweg zur vorderen Haustür ein. »Ich muss schon sagen, wir haben die Zeit gut genutzt. Und dabei haben wir noch den halben Tag vor uns!«

Für mich wurde es noch ein langer Tag. LuAnne wartete nämlich auf mich. Sie hatte auf einem meiner mit weinrotem Samt bezogenen viktorianischen Stühle gesessen und sprang auf, als wir zur Tür hereinkamen, vor Aufregung mit den Händen wedelnd.

»Julia, oh Julia!«, flötete sie und eilte mir entgegen, als ob ich gehbehindert wäre und Hilfe bräuchte. »Oh, ich habe die schreckliche Nachricht gerade eben erfahren – ich kann es einfach nicht glauben! Sag mir, dass das nicht wahr ist! Oh Julia, wenn du wüsstest, wie ich mit dir fühle! Wie wirst du nur damit fertig? Wie geht es dir überhaupt?«

Eigentlich sprach sie ja mit mir, aber ihre vor Neugier funkelnden Augen waren unverwandt auf den Jungen gerichtet.

»Setz dich, LuAnne«, sagte ich genervt, während ich mit meinem Hut kämpfte, der mir am Kopf festzukleben schien. »*Mir* geht es gut, aber *du* brauchst anscheinend Hilfe. Hat Lillian dir nichts angeboten?«

»Oh, ich würde keinen Bissen runterkriegen, ich bin viel zu aufgeregt! Es tut mir ja so *entsetzlich* Leid für dich, Julia. Was genau ist eigentlich passiert? Erzähl doch mal.« Sie hatte sich neben mich aufs Sofa gesetzt und beugte sich so weit zu mir herüber, dass ihr Gesicht fast meins berührte. »Du glaubst gar nicht, was für wilde Gerüchte in der Stadt kursieren!«

»Oh doch«, antwortete ich seufzend, »das glaub ich dir aufs Wort.« Ich kannte die Stadt besser als irgendjemand sonst. Daher wusste ich, dass Mary Alice und jeder andere, den wir heute Morgen getroffen hatten, die Neuigkeit in Windeseile weiterverbreitet hatte. »Ach übrigens – um ihn hier dreht sich die ganze Aufregung.« Ich schaute zu dem Jungen hinüber, der an der Tür stehen geblieben war. »Komm her und sag Mrs. Conover guten Tag, Lloyd. Und dann lauf in die Küche und lass dir von Lillian was zu essen machen.«

Er zog den Kopf ein, murmelte einen Gruß in Richtung LuAnne und huschte hinaus. Seine Manieren ließen wirklich zu wünschen übrig. Die von LuAnne allerdings auch: Sie starrte ihm mit weit aufgerissenem Mund nach.

Schließlich stieß sie atemlos hervor: »Ich würde es nicht glauben, wenn ich es nicht mit eigenen Augen gesehen hätte! Als mir jemand erzählte, du hättest den Jungen bei dir aufgenommen, habe ich gesagt: ›Ach was, so was würde Julia nie machen.‹ Was denkst du dir bloß dabei, Julia? Wie kannst du dieses Kind in deinem Haus dulden? Also wenn Leonard sich so etwas leisten würde, ich würde seinen« – sie brach ab, blickte sich um und flüsterte – »*Bastard* bestimmt nicht bei mir aufnehmen.«

»Man tut, was man tun muss, LuAnne, und genau das tue ich jetzt auch. Ich möchte dich was fragen. Hast du von Wesley Lloyd und dieser Frau gewusst?«

»Ach Julia, *alle* wussten davon! Äh, ich meine«, verbesserte sie sich hastig, »es gab Gerüchte, seit Jahren schon. Du weißt doch, wie das ist.«

»Und warum hast du mir nie etwas davon gesagt?«

»Weil ich kein Wort davon geglaubt habe.« Sie lachte nervös, verstummte jedoch, als sie meinen Blick auffing. »Niemand hat das ernst genommen, wirklich nicht! Vielleicht dachten die Leute auch, du wüsstest Bescheid und es sei dir egal. Ann Landers sagt, die Ehefrau weiß immer Bescheid, und die andern sollten sich um ihre eigenen Angelegenheiten kümmern.«

»Oh mein Gott!«, stöhnte ich und presste die Hände an die Schläfen.

Das Telefon klingelte, und Lillian nahm ab. Ich hatte keine Lust, mich mit irgendjemandem zu unterhalten, LuAnne eingeschlossen, doch sie plapperte munter weiter.

»Julia, die Leute begreifen einfach nicht, wie du so etwas machen kannst, und einige befürchten, du seist nicht mehr imstande klar zu denken. Versteh mich nicht falsch«, fügte sie schnell hinzu, als ich sie böse anfunkelte. »Wir alle wissen, dass die seelische Belastung sehr groß für dich war. Wesley Lloyds Tod und das ganze Drum und Dran – das war einfach alles zu viel für dich. Du musst dich endlich ein bisschen schonen. Wozu hat man Freunde? Leonard hat erst kürzlich zu mir gesagt, es gebe genügend rechtliche Hilfsmittel.«

»Rechtliche Hilfsmittel? Wovon zum Teufel redest du, LuAnne?«

»Na, von deinen Problemen! Leonard hat ja praktisch jede Woche mit solchen Dingen zu tun, und die schweren Entscheidungen, die er da treffen muss, machen ihn ganz krank.«

Ich lehnte den Kopf an die Sofalehne und schloss die Augen. »Herr, erbarme dich«, bat ich, laut genug, dass nicht nur er, sondern auch LuAnne es hören konnte. Wenn ich so dumm wäre, Leonard Conover Entscheidungen für mich treffen zu lassen, müsste ich wirklich Hilfe in Anspruch nehmen – und mich einer Elektroschockbehandlung unterziehen.

»Ich werde dir helfen, so gut ich kann, Julia«, fuhr LuAnne fort. »Deshalb bin ich ja hier. Leg dich ruhig ein bisschen hin, ich bleibe da, öffne die Tür und gehe ans Telefon. Ich werde Buch über jeden Besucher und Anrufer führen. Die Leute werden schließlich wissen wollen, wie es dir geht!«

»LuAnne, hier ist niemand gestorben! Und ich will keinen hier sehen, der nur kommt, um seine Neugier zu stillen! Außerdem habe ich noch eine Menge zu tun, du kannst also getrost wieder nach Hause gehen und dich um deinen Leonard kümmern!«

»Wie du meinst«, sagte sie verschnupft. Ich hatte offensichtlich ihre Gefühle verletzt. Und wenn schon. *Sie* hatte *meine* auch verletzt. »Ich wollte dir nur eine gute Freundin sein und dir in dieser schweren Zeit beistehen.«

»Die ›schwere Zeit‹ hatte ich all die Jahre, als Wesley Lloyd mich mit einer anderen betrog! *Da* hätte ich eine Freundin brauchen können!«, erwiderte ich bitter.

»Ich sehe schon, im Moment kann man mit dir nicht reden, aber es ist ja verständlich, dass du so aufgebracht bist.« Sie stand auf und legte mir die Hand auf die Schulter. »Ich werde für dich beten und alle aus unserer Frauengebetsgruppe auch. Ich habe sie informiert, bevor ich hergekommen bin.«

»Danke«, sagte ich leise. Was hätte ich sonst sagen sollen? Die Frauengebetsgruppe unserer Kirchengemeinde trug dazu bei, alle Arten von Neuigkeiten in Windeseile zu verbreiten – ob es sich nun um Krankheiten, Unfälle, Todesfälle, Scheidungen, Schwangerschaften, Teenagerprobleme oder Zahlungsunfähigkeit handelte. Na ja, ich hatte auch nichts anderes erwartet. Ich selbst hatte die Gruppe oft genug informiert, wenn ich etwas Derartiges erfahren hatte.

Als LuAnne endlich gegangen war, kam Lillian herein und stellte mir ein Tablett auf die Knie.

»Ich habe Ihnen einen Teller Suppe gemacht. Der Junge isst in der Küche. Wenn er fertig ist, wird er mir helfen, Äpfel für einen Kuchen zu schälen. Sie müssen was essen, Sie werden die Kraft brauchen. Das war nämlich Ihr Prediger, der da angerufen hat. Er wollte wissen, ob Sie rüberkommen wollen. Er meinte, Sie könnten ein wenig geistlichen Beistand brauchen.«

»Danke, Lillian. Ich werde gleich nachher rübergehen.«

Ich bin mein ganzes Leben lang Christin gewesen und die meiste Zeit Presbyterianerin. Meine Erziehung und später meine Ehe hatten mir keine große Wahl gelassen. Dennoch war ich nie der Typ gewesen, der geistlichen Beistand benötigt hätte – Wesley Lloyd übrigens auch nicht. Doch jetzt hoffte ich, dass mein Prediger mich über den Schmerz hinwegtrösten und mir helfen würde, die mir von meinem verstorbenen Mann auferlegte Bürde zu akzeptieren.

Vier, nein, ungefähr fünf Jahre hatten wir diesen Prediger jetzt, und er machte seine Sache recht ordentlich. Larry Ledbetter hieß er. Nicht Lawrence, sondern Larry, die Kurzform. So ruft man einen kleinen Jungen, keinen erwachsenen Mann! Ist Ihnen schon mal aufgefallen, wie viele Prediger Kleine-Jungen-Namen haben? Man braucht nur in die *Abbotsville Press* zu schauen und findet jeden Tag Inserate eines Jimmy, Johnny, Billy Earl oder Ronnie, der seine Dienste anbietet. Meistens wird er von einer Dawn, Tammy oder Debbie begleitet, die singt, Klavier oder Saxophon spielt oder etwas in der Art. Man sollte meinen, erwachsene Männer legen kindische Gewohnheiten und kindische Namen irgendwann ab!

Ich mochte die presbyterianische Kirche nicht zuletzt deshalb, weil wir dort alles so machten, wie es sich gehörte. Wer zu uns kam, wusste, was ihn dort erwartete. Wir legten keinen Wert auf Überraschungen oder Unterhaltung. Auch nicht auf Veränderungen.

Wenn ich nur an jenen Pastor, eine Vertretung, denke, der die Reihenfolge innerhalb des Gottesdienstes geändert hatte und die Kollekte *nach* der Predigt anstatt vorher durchführen ließ! Man hätte meinen können, er hätte etwas Unanständiges eingeführt! Viele Leute empörten sich darüber. Ich hielt es auch nicht für eine gute Idee, aber aus rein praktischen Erwägungen: Der Pastor ging damit ein gewisses Risiko ein, fand ich – wenn er einmal einen schlechten Tag hatte und die Predigt nicht so hervorragend ausfiel, würde das kaum zum Spenden animieren.

Wesley Lloyd hatte ihn darauf angesprochen, und prompt wurde die Änderung zurückgenommen, und alles ging wieder seinen gewohnten Gang.

Pastor Ledbetter hatte die Situation vom ersten Moment an erfasst und sich nicht den geringsten Fehler geleistet. Er hatte ein ausgezeichnetes Gespür dafür, wer wichtig und einflussreich war, und redete diesen Leuten bereitwillig nach dem Mund. Anders als die meisten jüngeren Priester der neuen Generation war er ein waschechter Calvinist – und hatte genau wie Wesley Lloyd stets den passenden Bibelvers parat, um seine Ansichten zu untermauern. Der Pastor und Wesley Lloyd waren immer einer Meinung gewesen, und sollte das ausnahmsweise einmal nicht der Fall gewesen sein, dann hatte Pastor Ledbetter es sich jedenfalls nicht anmerken lassen. Er hatte schnell erkannt, dass Wesley Lloyd keinerlei Diskussionen über die Kirche und die Art, wie sie geleitet wurde, duldete.

Mir war aufgefallen, dass der Pastor in letzter Zeit irgendwie erleichtert wirkte. Er schien sich nicht nur freier zu bewegen, sondern auch unbeschwerter zu predigen, was er übrigens beim geringsten Anlass tat. Ich glaube, ich weiß, wie er sich fühlte – als wäre die Kette, an die man ihn gelegt hatte, endlich zerrissen worden.

Kapitel 8

ICH ATMETE AUF, als ich die Hitze draußen hinter mir ließ und in die kühle, klimatisierte Kirche trat. Ich durchquerte den Versammlungsraum. Dahinter lag das Büro des Pastors. Norma Cantrell, Ledbetters Sekretärin, tat immer, als würde sie dir einen riesigen Gefallen erweisen, wenn sie dich zum Pastor vorließ. Als ich ihr Büro betrat, verrenkte sie sich den Hals, um hinter mich in den Saal gucken zu können: Sie wollte sehen, ob ich den Jungen mitgebracht hatte, und ich war froh, dass er zu Hause geblieben war. Norma gab sich zwar immer sehr sachlich und professionell, war aber die größte Klatschbase weit und breit. Deshalb liebte sie ihre Tätigkeit auch so, denn früher oder später suchte jeder Presbyterianer in Nöten den Pastor auf. Ich hatte Pastor Ledbetter gewarnt, aber er hatte bloß meine Schulter getätschelt und gemeint, er kümmere sich schon darum. Seit dem Tag plusterte sie sich jedes Mal, wenn ich kam, mächtig auf. Der Pastor hatte ihr also offensichtlich von meiner Warnung erzählt. Seitdem war ich vorsichtiger in meinen Äußerungen ihm gegenüber.

Aber er war nun mal mein Pastor, und Wesley Lloyds Beerdigung hatte er wunderbar gestaltet, das musste man ihm lassen. Ich hätte mir keine schönere Predigt wünschen können. Er hatte alles aufgezählt, was der Verstorbene für die

Kirche und die Gemeinde getan hatte, und mich damit schrecklich stolz gemacht.

Jetzt allerdings fühlte ich mich weniger stolz, sondern eher gedemütigt und ziemlich klein. Angesichts des zweifachen Schicksalsschlags, den ich erlitten hatte, brauchte ich dringend geistlichen Beistand.

Norma fasste sich an ihr toupiertes Haar und griff mit der andern Hand an die Perlenkette, an der ihre Brille befestigt war. »Guten Tag, Miss Julia«, sagte sie und langte nach einem Bleistift, um mir zu zeigen, wie beschäftigt sie war. »Möchten Sie zu Pastor Ledbetter? Das ist im Augenblick ganz schlecht, er hat *soo* viel zu tun!«

»Ach ja? Er rief gerade an und bat mich rüberzukommen. Das dürften Sie doch am besten wissen, Norma, Sie haben ihn schließlich mit mir verbunden, oder etwa nicht? Und jetzt sagen Sie ihm bitte, dass ich da bin.«

Sie warf mir einen bösen Blick zu, wie er in einer Kirche höchst unangebracht war, nahm den Hörer ab und drückte eine Taste. Mit zwei Schritten wäre sie im Büro des Pastors gewesen, aber nein, sie musste die Sprechanlage benutzen!

Den Kopf zur Seite gedreht, sprach sie im Flüsterton in die Muschel: »Mrs. Springer ist da. Soll ich sie bitten zu warten?«

Anscheinend bekam sie nicht die gewünschte Antwort – sie spitzte die Lippen und legte auf. Fast im gleichen Moment riss Pastor Ledbetter die Tür auf. Er strahlte Autorität aus und hatte das, was man Charisma nennt. Die Bedeutungen dieses Wortes waren einmal Thema einer seiner Predigten gewesen. Im Priesterseminar hatte er nämlich Griechisch gelernt, und er ließ keine Gelegenheit aus, uns daran zu erinnern.

»Miss Julia!«, sagte er betont herzlich. »Nur hereinspaziert! Wie geht es Ihnen? Schön, dass ich Sie auch einmal an einem anderen Tag als dem Sonntag sehe!«

»Pastor Ledbetter, montags nehme ich am kirchlichen Frauenkreis teil und mittwochabends bin ich zum gemeinsamen Gebet hier«, erinnerte ich ihn. Dachte er tatsächlich, ich käme nur sonntagmorgens?

»Aber das weiß ich doch«, erwiderte er mit seinem strahlenden Lächeln. »Nur ein kleiner Scherz, Miss Julia. Kommen Sie, setzen wir uns.« Er schloss die Tür und deutete auf die beiden bequemen Ohrensessel vor der Fensternische. Von dem Geld für die wunderschönen, mit cremefarbenem Damast bezogenen Sessel hätte eigentlich eine Schaukel für den Kinderspielplatz gekauft werden sollen.

Ich setzte mich und strich meinen Rock glatt. Obwohl ich mir keiner Schuld bewusst war, war ich nervös, wie immer, wenn ein Prediger mich zu sich bat. Ich kam mir vor wie ein Schulmädchen, das ins Büro des Direktors zitiert worden ist. Ich rechnete damit, dass der Pastor mit mir über irgendwelche Bauvorhaben und meinen Beitrag dazu sprechen würde, zumal Leonard diesbezüglich schon eine Andeutung gemacht hatte. Lieber wäre es mir allerdings, wenn er mir in dieser unerträglichen Situation, in die ich dank Wesley Lloyd geraten war, Trost spenden und mit mir beten würde. Ich könnte ein wenig Mitleid gebrauchen!

»Nun, Miss Julia«, begann er, stützte die Ellenbogen auf und legte die Fingerspitzen aneinander. Dann legte er die Beine übereinander und beugte sich vor. Er besaß wirklich eine ungeheure Ausstrahlung, ich konnte es förmlich spüren, und ich musste daran denken, was für ein begabter Prediger er doch war. Er eignete sich besser für das Priesteramt als irgendjemand sonst, den ich kannte. Wenn er von der Kanzel predigte, zog er jeden in seinen Bann.

»Nun, Miss Julia«, sagte er noch einmal in zutiefst betrübtem Tonfall. »Was kommt mir denn da über Sie zu Ohren?«

Eine seltsame Unruhe erfasste mich, als hätte ich ein schlechtes Gewissen – obwohl ich nicht hätte sagen können, warum.

»Keine Ahnung. Sagen *Sie* es mir.«

»Ah!« Er musterte mich eindringlich und nickte dann, als ob sein Verdacht bestätigt worden wäre. »Das Gedächtnis lässt einen immer öfter im Stich, nicht wahr? Aber der Verlust des Kurzzeitgedächtnisses ist im Alter etwas ganz Natürliches. Auf diese Weise sorgt der Herr dafür, dass die Bande, die uns an weltliche Dinge fesseln, durchtrennt werden.«

»Mein Gedächtnis, egal ob Kurzzeit oder Langzeit, funktioniert bestens! Aber in dieser Stadt schwirren so viele Gerüchte herum, dass ich unmöglich wissen kann, welches Sie meinen.«

»Ich spreche von diesem Kind, das Sie überall als Mr. Springers Sohn vorstellen.«

»Oh Pastor!«, entfuhr es mir erleichtert. Ich hatte schon befürchtet, er werde mir erklären, der Herr bräuchte mehr Parkplätze! »Sie glauben gar nicht, wie sehr ich auf Ihre Gebete angewiesen bin! Das war der Schock meines Lebens, wie Sie sich sicher denken können, als ich von Mr. Springers schuldhaftem Verhalten erfuhr. Obwohl es mir unendlich schwer fällt, versuche ich dennoch, eine wahre Christin zu sein.«

»Ich verstehe«, erwiderte er so voller Güte und Verständnis, dass mir die Tränen kamen. Neugier und Spott ließen mich ungerührt, aber bei Freundlichkeit wurde ich schwach.

»Ja«, fuhr er fort, »ich kann verstehen, was Sie durchmachen. Ihre Gefühle sind so sehr in Aufruhr, dass Ihre Urteilskraft getrübt ist. Nehmen Sie sich in Acht, Miss Julia. Sie sind zu gutgläubig, skrupellose Leute könnten das für sich ausnutzen. Ich fürchte, genau das ist jetzt der Fall, und Ihr Denkvermögen wird durch diese Situation beeinträchtigt. Wir erkennen den Willen des Herrn nicht immer. Und was wir für einen Akt christlicher Nächstenliebe halten, ist in Wahrheit vielleicht gar keiner. Deshalb wollte ich Sie sprechen.«

Meine Tränen versiegten schlagartig. Ich war verwirrt. »Ich weiß nicht, was Sie meinen. Ich dachte, ich tue das, was der Herr von mir erwartet.«

»Nun, die Angelegenheit ist ein wenig kompliziert, aber wir werden das sicherlich klären können. Sehen Sie, Miss Julia, Mr. Springer war ein sehr angesehener Mann in dieser Stadt, man kann sagen, in diesem Teil des Staates. Und wenn ich nur daran denke, was er alles für unsere geliebte Kirche getan hat! Deshalb sollten wir alles vermeiden, was seinen guten Namen beflecken könnte.«

»Ich kann Ihnen nicht ganz folgen«, sagte ich langsam. Ich spürte, wie sich mein Magen zusammenkrampfte.

»Ich will damit sagen, dass es sich für eine gute Christin, wie Sie es sind, nicht schickt, überall in der Stadt herumzuerzählen, dass dieser Junge Mr. Springers Sohn sei.« Er beugte sich so weit vor, dass ich das Pfefferminz in seinem Mund riechen und hören konnte, wie es mit einem leisen Klacken gegen seine Zähne schlug. »Sie wollen Mr. Springers Ruf doch nicht schaden, Miss Julia! Wie Sie wissen, haben die Springers der Kirche das Land, auf dem sie erbaut wurde, geschenkt und sie immer wieder mit großzügigen Spenden unterstützt.«

»Das ist mir bekannt.« Meine Hände zuckten nervös auf den Armlehnen des Sessels. Ich legte sie in den Schoß und verschränkte die Finger ineinander.

»Der Sonntagsschulsaal wurde nach Ihrem Mann benannt, und in den Gebetbüchern, die er gespendet hat, steht sein Name ebenfalls.«

»Auch das ist mir bekannt«, stieß ich gepresst hervor. Der Ehering, den Wesley Lloyd mir übergestreift hatte, als er das eheliche Treuegelübde ablegte, schnitt mir schmerzhaft in den Finger.

»Was Sie aber vermutlich nicht wissen, ist, dass die Gemeinde den Bau eines Freizeitzentrums mit einem breiten Angebot für die ganze Familie plant. Wir denken etwa an eine Sporthalle, eine Videothek für die Jugend, einen Lesesaal und andere Einrichtungen, die die Kirche in den Mittelpunkt unseres Lebens rücken.« Er sah mich prüfend an und fügte dann im Flüsterton hinzu: »Wir beabsichtigen, es das Wesley Lloyd Springer Activities Center zu nennen!«

Ich starrte ihn entgeistert an. Ich sah den Jungen mit seiner Rotznase, den verschmierten Brillengläsern und dem offenen Mund vor mir, und sein Gesicht verwandelte sich in das von Wesley Lloyd, wie es von einem Ölgemälde im Freizeitzentrum auf die Besucher herabschaute. »In Anbetracht von Mr. Springers besonderen Aktivitäten halte ich das für keine gute Idee«, brachte ich schließlich hervor.

»Miss Julia, Miss Julia!«, sagte der Pastor mahnend und wie zu einem Kind. »Sehen Sie, genau das meine ich! Sie begreifen nicht, worauf es mir ankommt. Und diese mangelnde Fähigkeit zur Einsicht wird mit der Zeit schlimmer werden. Sie sollten ernsthaft in Erwägung ziehen, eine Person Ihres Vertrauens mit einer Vollmacht auszustatten, damit Sie sich nicht länger mit diesen komplizierten Angelegenheiten belasten müssen.«

»Ich habe Sam, der mir diese komplizierten Angelegenheiten abnimmt.«

»Mag sein, aber sobald der Nachlass geregelt ist, werden Sie sich selbst um jede Kleinigkeit kümmern müssen. Und ich kann mir nicht vorstellen, dass Sie das wirklich wollen. Oder dazu in der Lage sind, wenn Sie mir diese Bemerkung gestatten.«

Da hatte er nicht Unrecht. Ich hatte selbst meine Zweifel, ob ich das schaffen würde. Sam würde nicht ewig für mich da sein, und Binkie hatte auch so schon genug zu tun.

»An wen haben Sie denn gedacht, Pastor?«

»Jedenfalls nicht an einen Anwalt«, sagte er sofort, als hätte er meine Gedanken erraten. »Einem Anwalt sind Sie hilflos ausgeliefert, er beleuchtet ein Problem umständlich von allen Seiten, überlässt Ihnen am Ende die Entscheidung und berechnet Ihnen jede einzelne Minute. Sie sollten einen Mann auswählen, der erstens Christ und zweitens ein zuverlässiger, solider Familienvater ist. Jemand, der bewiesen hat, dass er imstande ist, für die seinen zu sorgen. Jemand aus dieser Gemeinde, der sich durch Weitblick und Umsicht auszeichnet. Jemand, der in der Lage ist, Täuschungsmanöver zu durchschauen – ich meine diese hinterlistigen Versuche, an Mr. Springers Vermögen heranzukommen, wie das zurzeit mithilfe dieses Jungen geschieht, den Sie so leichtsinnig bei sich aufgenommen haben.«

»Ich weiß nicht, ob ich Sie richtig verstehe«, sagte ich leicht benommen. »Wollen Sie damit sagen, dass ich die Abstammung dieses Kindes verleugnen soll, obwohl jeder nur einen Blick auf den Jungen zu werfen braucht, um zu wissen, wer sein Vater war? Wollen Sie damit sagen, dass ich lügen soll?«

Er schüttelte lachend den Kopf über meine Begriffsstutzigkeit. »Aber nein, Miss Julia! Schweigen ist doch nicht das Gleiche wie lügen. Mr. Springer hat so viel Gutes in seinem Leben getan und wird in Zukunft noch mehr Gutes tun – da können wir doch über seine ... äh ... menschlichen Schwächen hinwegsehen, denke ich. Ein Christ ist ein Mensch, dem seine Sünden vergeben werden, ist es nicht so?«

Meine Nerven waren inzwischen zum Zerreißen gespannt. Jedes Mal, wenn ich dachte, es könne nicht schlimmer kommen, sagte er etwas noch viel Ungeheuerlicheres. »Sie wollen also, dass ich die Existenz dieses Kindes leugne.«

»Nun, wir können nicht mit Bestimmtheit sagen, wessen Kind es ist, nicht wahr?« Die Stirn sorgenzerfurcht, betrachtete er mich lange und fuhr dann fort: »Ich mache mir ernsthaft Sorgen um Sie, Miss Julia. Ich fürchte, Sie haben nicht alle Folgen Ihres Handelns bedacht. Deshalb scheint es mir erforderlich, Ihnen einen verantwortungsbewussten geistigen Führer zur Seite zu stellen. Haben Sie sich beispielsweise überlegt, dass das Kind Anspruch auf Mr. Springers Vermögen erheben könnte? Und Sie es durch Ihr Verhalten in seinem Recht bestärken? Der Junge braucht sich nur einen guten Anwalt zu nehmen, und schon sind Sie Ihr Vermögen los! Können Sie es verantworten, dass Mr. Springers Besitz in falsche Hände gerät?«

Jetzt war mir klar, worauf er hinauswollte. Mit den »falschen Händen« meinte er natürlich alle außer seinen eigenen. Er hatte Angst, mein Geld könnte ihm durch die Lappen gehen, denn dann würde er seine Baupläne abschreiben können. Manche schreckten wirklich vor nichts zurück, um ihren Klingelbeutel zu füllen. Vor kurzem hatte ich von einem Prediger in Chapel Hill gehört, der eine Banknotenzählmaschine in seiner Kirche hatte installieren lassen.

»Ich möchte Sie etwas fragen, Pastor. Haben Sie von Wesley Lloyds Ehebruch gewusst?«

»Nun«, antwortete er lächelnd, lehnte sich zurück und fixierte einen Punkt über meinem Kopf, »ich glaube, dieses Thema sollten wir ausklammern. Es ist Ihnen bestimmt unangenehm, und Klatsch – und mehr war es nicht – ist unter unserer Würde, meinen Sie nicht auch?«

»Sie haben es also gewusst«, stellte ich fest.

Er beugte sich wieder vor, stützte die Arme auf die Knie und setzte eine ernste Miene auf. »Miss Julia, manche Männer haben die Last großer Verantwortung zu tragen. Für sie gelten in mancher Hinsicht andere Maßstäbe, auch wenn wir das nicht verstehen. Denken Sie nur an David und seine vielen Ehefrauen und Nebenfrauen. Er hat Ehebruch, ja sogar einen Mord begangen, und dennoch ließ ihm der Herr seine Gnade zuteil werden. Verstehen Sie, was ich damit sagen will? Wir müssen jenen vergeben, die uns Überdurchschnittliches zu geben haben.«

Ich fragte mich, warum mir bisher nie aufgefallen war, wie großporig seine Haut war und wie eng seine Augen zusammenstanden. »Mal sehen, ob ich Sie richtig verstanden habe. Im Gegensatz zu armen Leuten dürfen wohlhabende sündigen, ohne ihr Seelenheil aufs Spiel zu setzen. Und außerdem fürchten Sie, der kleine Junge könnte an das Geld herankommen, das Sie gern für die Kirche hätten. Ist das so richtig?«

»Nein, nein!« Wieder lächelte er, als ob er es mit einer Schwachsinnigen zu tun hätte. »So dürfen Sie das nicht sehen. Ich möchte lediglich verhindern, dass Mr. Springers Name – und Ihrer – in den Schmutz gezogen wird. Mr. Springer war der First Church so eng verbunden, dass alles, was seinen Ruf befleckt, auch auf die Kirche zurückfällt. Deshalb sollten wir zusammenhalten, Miss Julia! Wenn Sie die Wege des Herrn erst einmal akzeptiert haben, geht es Ihnen bestimmt viel besser. Und jetzt lassen Sie uns gemeinsam beten.«

Er hob das Gesicht zur Decke und schloss die Augen. Als er den Mund öffnete, um den Herrn anzurufen, stand ich auf und verließ ohne ein weiteres Wort den Raum.

Norma stopfte hastig eine Serviette in ihre Schreibtischschublade und stieß sie dann zu. Es roch nach gefülltem Doughnut.

»Schon fertig?«, flötete sie. »Ich dachte, die Besprechung würde länger dauern.«

»Sie sollten nicht so viel denken, Norma.« Ich rauschte an ihr vorbei durch das Büro. »Der Pastor befürwortet Ehebruch, ich nicht – die Fronten waren klar, das hat die Sache sehr beschleunigt.«

Ich blickte flüchtig zurück und sah, wie ihr der Kiefer herunterklappte. »Sie haben Zucker auf der Bluse«, sagte ich und marschierte hinaus.

Kapitel 9

ICH WEISS NICHT, wie ich es geschafft habe, erst den Parkplatz, dann die Straße zu überqueren und schließlich die Stufen zu meiner Veranda hinaufzusteigen, so sehr zitterten mir die Knie. Irgendwo in den Tiefen meines Bewusstseins nahm ich wahr, dass der heiße Asphalt unter meinen Füßen nachgab und bei jedem Schritt an meinen Schuhen zerrte. Und dass ein UPS-Laster sich näherte, als ich über die Straße wollte, sodass ich einen Moment warten musste. Alles andere ging unter in dem Dröhnen in meinem Kopf. Ich wollte nur noch auf meine Veranda.

Ich ließ mich in den Korbschaukelstuhl fallen, der zum Glück in jener Ecke der Veranda stand, die von der Wisteria überwuchert war. Niemand konnte mich hier sehen, und das war gut – ich musste ein paar Minuten für mich allein sein.

Mein Prediger! Ein Mann Gottes! Und sagte solche Dinge! Und verglich Wesley Lloyd ausgerechnet mit David, der bekanntlich auch in fremden Betten gesündigt hatte. Doch das entschuldigte Wesley Lloyds Verhalten nicht. Und wenn doch, dann war alles, was ich jemals von einer Kanzel gehört und in der Bibel gelesen, alles, woran ich mein Leben lang geglaubt hatte, absolut bedeutungslos.

Ich umklammerte die Armlehnen und fing an zu schaukeln. Und ich dachte nach. Ich dachte nach und zog Bilanz. Die Möglichkeit, dass mein Priester in dieser Situation nicht auf meiner Seite sein könnte, war mir gar nicht in den Sinn gekommen. Wie oft hatte ich ihn predigen hören, es sei unendlich schwer, das Richtige zu tun? Dieses Kind aufzunehmen war das Richtige – ich wusste es, weil ich mir nichts vorzustellen vermochte, das mir schwerer gefallen wäre. Pastor Ledbetter hätte das erkennen und mich unterstützen müssen.

Auch recht, sagte ich mir und schaukelte schneller. Die meisten Gemeindemitglieder würden sich Pastor Ledbetters Meinung anschließen – egal, wie sie ausfiele. Eine kirchliche Gemeinde wurde nicht ohne Grund eine Herde genannt. Ich würde mich also wappnen müssen, wenn ich mit Little Lloyd den Gottesdienst besuchen wollte. Die Tage bis Sonntag würde ich nutzen, um mich vorzubereiten. Ich hatte nicht die Absicht, meine Pflicht – nämlich diesen Jungen angemessen zu erziehen, und sei es nur für kurze Zeit – zu vernachlässigen. Sollte sich die Kirche ruhig von mir abwenden – *ich* würde mich ganz bestimmt nicht von *ihr* abwenden. Prediger kamen und gingen, aber wir Presbyterianer blieben.

Meine Knie waren immer noch ziemlich wacklig, als ich schließlich aufstand und in die Küche ging. Lillian musterte mich mit einem einzigen Blick und griff dann nach der Kaffeekanne.

»Der Prediger war keine große Hilfe, oder?« Sie schenkte zwei Tassen ein und stellte sie auf den Tisch.

»Das ist eine glatte Untertreibung«, erwiderte ich seufzend und sank auf einen Stuhl. »Er hat alles noch viel schlimmer gemacht!« Ich fasste meine Unterhaltung mit dem Pastor kurz zusammen. »Und dann besaß er noch die Frechheit, mir weismachen zu wollen, es sei der Wille des Herrn, dass ich seinen Rat befolge!«

Lillian schüttelte den Kopf. »Prediger kennen den Willen des Herrn manchmal am allerwenigsten. Die verwechseln meist ihre eigenen Absichten mit denen unseres Herrn! Das hab ich oft genug erlebt, oh ja! Erinnern Sie sich noch an den Prediger, von dem ich Ihnen mal erzählt habe? Der, der was mit der Leadsängerin des Chors anfing? Das war ein Theater, bis wir die beiden losgeworden sind! Ihr Mann drohte, den Prediger zu erschießen, und der Prediger behauptete, er habe nur dem Herrn gehorcht.« Sie warf den Kopf zurück und lachte. »Gehorcht hat er schon, aber bestimmt nicht dem Herrn!«

Ich musste lächeln. Ich legte die Hände um meine Tasse und sagte: »Das scheint vielen Männern so zu gehen, hab ich den Eindruck.« Das Thema war mir irgendwie peinlich.

»Wo steckt der Junge eigentlich?«, fragte ich unvermittelt. Ich hätte ihn fast vergessen, weil ich nicht daran gewohnt war, noch jemanden im Haus zu haben.

»Ich habe ihn vorhin ins Bett geschickt. Er machte so einen schlappen Eindruck. Hoffentlich brütet er nichts aus.«

»Oh nein, bitte nicht!« Mein Leben war auch so schon kompliziert genug. »Ich gehe gleich in den Drugstore und besorge ein Stärkungsmittel. Wollte ich schon längst tun. Ach ja, und nach einer Wippe wollte ich mich erkundigen.«

»Der Junge ist zu alt für eine Wippe«, meinte Lillian. »Außerdem hat Deputy Bates gesagt, er würde einen Autoreifen zum Schaukeln an dem großen Baum hinterm Haus aufhängen, wenn Sie nichts dagegen haben.«

»Von mir aus.« Noch vor ein paar Tagen wäre ich davon

genauso begeistert gewesen wie von einem mit Blumen bepflanzten Weißwandreifen in meinem Vorgarten. »Das ist eine gute Idee. Lillian, ich leg mich ein wenig hin. Ich bin fix und fertig.«

Auf Zehenspitzen, um Deputy Bates, der Nachtschicht gehabt hatte, nicht zu wecken, schlich ich die Treppe hinauf. Oben sah ich, dass die Tür zum Gästezimmer einen Spalt offen stand. Ich stieß sie auf.

Das Bett war leer, der Junge fort. Er ist fortgelaufen, um seine Mutter zu suchen, schoss es mir durch den Kopf. Mein zweiter Gedanke war, dass alles seine Grenzen hatte, und den Sheriff zu alarmieren, damit er nach dem Jungen suchen ließ, überstieg meine Kraft eindeutig.

Ich beschloss, den Deputy zu wecken – Nachtschicht hin oder her. Doch wen entdeckte ich vor seiner Tür? Little Lloyd. Die Knie angezogen, die Einkaufstüte an sich gepresst, lag er auf dem Fußboden und schlief tief und fest. Erst wollte ich ihn wecken, doch dann holte ich ein Kissen und eine leichte Decke aus dem Gästezimmer, schob ihm das Kissen unter den Kopf und breitete die Decke über ihn. Er schien es nicht zu spüren. Dann ging ich in mein Schlafzimmer und schloss die Tür. Meinetwegen konnte er schlafen, wo er wollte. Sein Vater hatte es ja auch so gemacht.

Ich dagegen fand keine Ruhe. Jedes Mal, wenn ich die Augen zumachte, sah ich mich kommenden Sonntag mit dem Jungen die Kirche betreten, und alle verrenkten sich den Hals und tuschelten hinter meinem Rücken. Ich wusste, was sie sagen würden: Endlich hatte Julia Springer eins auf die Nase bekommen! Und sie würden sich darüber freuen. Obwohl ich nichts getan hatte, dessen ich mich schämen müsste, machte mich der Gedanke ganz krank. In der Bibel steht zwar, dass Kinder für die Sünden ihrer Väter büßen müssen, aber dummerweise ist nirgends die Rede davon, dass Ehefrauen unter den Sünden ihrer Männer zu leiden haben! Je länger ich darüber nachdachte, desto unruhiger wurde ich. Schließlich stand ich gereizt wieder auf und ging hinunter.

»Lillian, ich drehe eine kleine Runde mit dem Auto. Ich muss raus hier und meine Gedanken ordnen.«

»Seien Sie vorsichtig«, ermahnte sie mich. »Sie sind keine besonders gute Fahrerin, und wenn Sie dann noch mit den Gedanken woanders sind ...«

Diese Bemerkung hatte nun wirklich keine Antwort verdient, deshalb bekam sie auch keine. Ich holte mein neues Auto aus der Garage und fuhr einfach los, ohne Ziel und ohne den Druck, rechtzeitig vor Wesley Lloyd wieder zu Hause sein zu müssen. Das war eine ganz neue Erfahrung für mich. Ich steuerte den Wagen aus der Stadt hinaus und suchte mir kleine Nebenstraßen mit wenig Verkehr. Ich fuhr langsam an Feldern und Obstgärten vorbei, an Abpackbetrieben und schmucken Farmen, die sich in die hügelige Landschaft schmiegten. Ich entdeckte Gegenden, in denen ich nie zuvor gewesen war, kam durch kleine Orte am French Broad River und am Briar Creek, zuckelte hinter Lastwagen her und sah Traktoren, die, rote Staubfontänen aufwirbelnd, über die Äcker rumpelten. Ich mied den Highway, weil es in meinem Zustand gut möglich gewesen wäre, dass ich vielleicht einfach weitergefahren wäre, immer weiter. Wenn wir früher irgendwohin gefahren waren und den Highway genommen hatten, hatte natürlich Wesley Lloyd am Steuer gesessen – meine Aufgabe war es, die Karten zusammenzufalten.

Ja, am liebsten wäre ich einfach weitergefahren und hätte alle meine Probleme hinter mir zurückgelassen.

Mechanisch registrierte ich die Apfelbäume, die in langen Reihen standen, mit Früchten voll. Lastwagen überholten mich. Ich war gedrückter Stimmung. Dieser Schlamassel, den Wesley Lloyd mir da hinterlassen hatte, machte mir schwer zu schaffen. Ich überlegte hin und her, versuchte alle Möglichkeiten in Betracht zu ziehen.

An der Kreuzung von Craven Gap Road und Jessup hielt ich an. Und wohin jetzt? Im Westen ging die Sonne langsam hinter den Bergen unter, färbte sie violett und ließ die Schatten der Bäume am Straßenrand länger werden. Es war einsam hier draußen, zu einsam für meinen Geschmack, und da ich bei Dunkelheit nicht allein unterwegs sein wollte, beschloss ich, mich auf den Heimweg zu machen.

Ein tiefes Dröhnen schreckte mich aus meinen Gedanken. Einen Augenblick war ich ganz verwirrt. Ich dachte zuerst an ein Flugzeug, das Schädlingsbekämpfungsmittel versprühte und zum Landen auf der Straße ansetzte.

Ich schaute mich um, von wo das Dröhnen kam. Zu guter Letzt warf ich einen Blick in den Rückspiegel, und da hätte mich fast der Schlag getroffen. Unmittelbar hinter mir ragte drohend der Kühlergrill eines riesigen Pick-ups auf. Durch die getönte Windschutzscheibe konnte ich nicht viel erkennen. Möglich, dass zwei Leute drinsaßen, aber sicher war ich mir nicht. Ich fuhr schnell auf die Kreuzung und bog nach rechts ab in Richtung Stadt. Der Pick-up folgte mir im Abstand von wenigen Metern. Jetzt konnte ich ihn besser sehen. Er war schwarz und hatte eine Reihe gelber Scheinwerfer über dem Führerhaus, aber das Auffälligste waren die Reifen: Sie waren so riesengroß, dass die Karosserie hoch über der Fahrbahn thronte. Wer um Himmels willen kaufte sich denn so ein Monstrum?

Ich dachte, er wolle mich überholen, deshalb drosselte ich das Tempo. Er tat das Gleiche und blieb hinter mir. Ich fuhr wieder schneller, aber nicht so schnell, dass er am Ende glaubte, ich hätte Angst vor ihm. Hatte ich auch nicht – und trotzdem fühlte ich etwas Bedrohliches von ihm ausgehen. Es wurde rasch dunkel. Ich schaltete die Scheinwerfer ein. Der Pick-up ebenfalls. Alle seine Scheinwerfer, und es waren nicht wenige, verströmten gelbes Licht.

Bald konnte ich im Rückspiegel nur noch diese seltsamen gelben Scheinwerfer sehen, die hoch über der Straße zu schweben schienen. Das gefiel mir ganz und gar nicht. Ich kam mir einsam vor und hatte ein ungutes Gefühl, obwohl der Pick-up nichts weiter getan hatte, als sich an meine Stoßstange zu hängen.

Er blieb hinter mir, bis ich auf den Highway einbog, der nach Abbotsville hineinführte. Ich war froh, wieder unter Menschen zu sein, unter anderen Autos. Ich drehte mich ein paar Mal um, aber der Lastwagen war verschwunden. Ich hatte mich umsonst geängstigt. So was Albernes aber auch! Wahrscheinlich war das nur ein junger Mann gewesen, der mit seiner Freundin ins Kino wollte und zufällig denselben Weg hatte wie ich.

Trotzdem fiel mir ein Stein vom Herzen, als ich in meine Einfahrt einbog. Drinnen im Haus brannte Licht. Plötzlich hob sich meine Stimmung. Ich kehrte nicht in ein leeres, stilles Haus zurück – da war jemand, der auf mich wartete.

Lillian empfing mich aufgeregt und überschüttete mich mit Vorwürfen. Das ging mir einerseits auf die Nerven, andererseits war es schön zu wissen, dass sich jemand um mich sorgte. Da Deputy Bates und Little Lloyd schon gegessen hatten, machte ich mir rasch selbst etwas.

»Um ein Haar hätte ich Deputy Bates gebeten, eine Fahndung rauszuschicken«, murrte Lillian.

»Du siehst zu viele Krimis, Lillian. Wo ist der Deputy eigentlich? Ich würde gern wissen, ob er was herausgefunden hat.«

»Der Junge braucht nicht mit anzuhören, wie Sie beide über seine Familie reden«, sagte Lillian energisch. Sie nahm eine Packung Eiscreme aus dem Gefrierfach und gab eine ordentliche Portion in eine kleine Schale. »Das da mit Schokolade mag er am liebsten«, meinte sie und ging mit dem Eis ins Wohnzimmer hinüber, wo der Kleine und Deputy Bates sich eine Wiederholung einer Folge von *Baywatch* ansahen. Diese halb nackten jungen Dinger waren weiß Gott nichts für ein Kind, aber ich war einfach viel zu erschöpft, um aufzustehen und den Jungen vom Fernseher wegzuholen.

Einen Augenblick später kam der Deputy in die Küche. Er setzte sich mir gegenüber und sagte: »Ich hab mich umgehört, Miss Julia, aber ich weiß nicht, ob Sie was damit anfangen können. Über eine Hazel Marie Puckett habe ich nichts gefunden, aber eine Menge über die Pucketts im Allgemeinen. Als ich meinen Stellvertreter fragte, ob er schon mal was mit einem Puckett zu tun gehabt habe, meinte er, die seien in jedem Dezernat hinlänglich bekannt. Scheint eine von den Familien zu sein, die ständig in irgendwelchen Schwierigkeiten stecken – zumindest gilt das für einige ihrer Mitglieder.«

»Und was für Schwierigkeiten sind das?«

»Hauptsächlich Familienstreitigkeiten. Außerdem Erregung öffentlichen Ärgernisses, Trunkenheit am Steuer, Prügeleien, Ruhestörung und so weiter. Vor Jahren waren sie wegen Schwarzbrennerei dran, jetzt bauen sie Marihuana an. Sie kommen alle aus der Gegend um Benson's Gap, und alle sind irgendwie miteinander verwandt. Wenn sie sich nicht gerade mit ihren Nachbarn prügeln, gehen sie sich gegenseitig an die Gurgel. Mein Stellvertreter meint, früher oder später hätte ich bestimmt das Vergnügen, Bekanntschaft mit der Sippe zu machen.«

»Ach du meine Güte, das ist ja noch schlimmer, als ich befürchtet habe!«

»Das möchte ich nicht sagen«, erwiderte der Deputy kopfschüttelnd. »Wie gesagt, gegen die Frau liegt offenbar nichts vor, wenigstens nicht in diesem Bezirk. Es gibt in solchen Familien immer Ausnahmen von der Regel.«

»Ich kann mir einfach nicht vorstellen, dass Wesley Lloyd jeden Donnerstagabend bis nach Benson's Gap fährt und sich mit solchen Leuten abgibt! Sie haben ihn nicht gekannt, aber ich sage Ihnen, das sieht ihm absolut nicht ähnlich!« Ich hatte den Satz noch nicht zu Ende gesprochen, als mir klar wurde, dass nichts, was ich nach seinem Tod über ihn herausgefunden hatte, ihm ähnlich sah. Und dabei hatte ich geglaubt, ich würde meinen Mann kennen!

»Haben Sie nicht gesagt, diese Puckett hätte etwas von einem Haus erzählt?«

»Stimmt!«, rief ich. »Sie sagte, er hätte ihr nicht einmal das Haus, in dem sie zehn Jahre oder länger gewohnt habe, hinterlassen. Wenn wir wüssten, wo das ist, könnten wir mit den Nachbarn reden. Vielleicht könnten die uns weiterhelfen.«

»Rufen Sie Ihren Anwalt an. Das Haus ist schließlich Teil

Ihres Erbes, da muss es doch irgendwo aufgelistet sein. Mithilfe des Jungen sollte es möglich sein herauszufinden, um welches Anwesen es sich handelt. Viel hab ich bisher nicht aus ihm herausbekommen. Sie hätten auf dem Land gelebt, und er sei mit dem Bus in die Schule gefahren. Aber er würde das Haus bestimmt wiedererkennen.«

Ich schüttelte verständnislos den Kopf. »Man sollte meinen, ein Kind weiß, wo es wohnt.«

»Ich habe den Eindruck, sie hat den Jungen kaum aus dem Haus gelassen.« Der Deputy spielte abwesend mit dem Salzstreuer. »Eingekauft hat sie meistens in Delmont, und den Jungen hat sie auf eine Schule außerhalb geschickt. Scheint, als hätte sie sich von Abbotsville fern halten wollen.«

»Anscheinend nicht fern genug«, murmelte ich. Um meine Hände zu beschäftigen, schob ich die Limabohnen auf meinem Teller hin und her. Es war so demütigend, mit Deputy Bates – oder jemand anderem – über die Aktivitäten meines Mannes und seine Anstrengungen, sie vor mir geheim zu halten, zu diskutieren. Natürlich hatte er sie nicht nur vor mir verborgen, sondern vor jedem, der ihn für einen aufrechten, anständigen Mann hielt.

»Besorgen Sie sich eine Liste von allen Häusern außerhalb, die Mr. Springer gehörten. Ich werde morgen Nachmittag frühzeitig aufstehen, dann nehmen wir den Jungen und klappern alle infrage kommenden Anwesen ab«, sagte Deputy Bates.

»In Ordnung.« Ich nickte. »Ich weiß zwar nicht, was es bringen soll, wenn ich weiß, wo sie gewohnt hat, aber zumindest hab ich dann eine Vorstellung vom Ort des Geschehens.«

Kapitel 10

Die Liste, die ich von Binkie bekam, war trotz der Einschränkungen, die wir gemacht hatten, noch immer lang genug. Deputy Bates saß am Steuer meines Wagens, ich auf dem Beifahrersitz und der Junge im Fond, seine Einkaufstüte neben sich.

»Ich kann es kaum erwarten«, sagte Little Lloyd aufgeregt. Er ließ das Gurtschloss einschnappen und fügte hinzu: »Mein Haus wird Ihnen gefallen. Es ist wirklich ein schönes Haus!«

»Davon bin ich überzeugt«, erwiderte ich trocken und warf Deputy Bates einen scharfen Seitenblick zu. Doch der Deputy konzentrierte sich aufs Fahren. Ich wollte keine anzüglichen Bemerkungen über den Käufer des Hauses und den Grund des Hauskaufs hören. Deputy Bates neigte zwar nicht dazu, anzügliche Bemerkungen zu machen, aber man konnte ja nie wissen. Ich drehte mich zu dem Jungen um und sagte: »Und du hast wirklich keine Ahnung, in welcher Richtung euer Haus liegt?«

»Nein, Ma'am, hier bin ich noch nie gewesen«, antwortete Little Lloyd, während er zum Fenster hinausschaute. Wir fuhren zuerst nach Benson's Gap und durch die kleinen Ortschaften am Fluss. Ich muss dem Jungen unbedingt beibringen, dass man die Leute anschaut, wenn man mit ihnen redet, dachte ich. Aber vielleicht fiel ihm das ja auch nur bei mir so schwer – umgekehrt galt nämlich genau das Gleiche.

Wir kamen an Farmhäusern vorbei, die entweder nicht gestrichen waren oder von denen die Farbe schon wieder abblätterte. Bei vielen standen durchgesessene Sofas auf der Veranda, und rings ums Haus rosteten landwirtschaftliche Maschinen vor sich hin. Deputy Bates verlangsamte jedes Mal das Tempo, damit Little Lloyd sich das Anwesen genau anschauen konnte.

»Kommt dir das bekannt vor?«

Aber der Junge schüttelte immer nur den Kopf. Dann näherten wir uns einigen Holzhäusern mit einem Lebensmittelladen und einem Postamt dazwischen, vor dem eine staubige Fahne schlaff an einer Fahnenstange hing.

»Da ist es!«, rief Little Lloyd plötzlich. Er zeigte nach vorn.

»Welches meinst du, Kleiner?«, fragte der Deputy.

»Das da hinten! Das Letzte! Vielleicht ist meine Mama ja daheim!«

Er beugte sich weit vor, damit er besser durch die Windschutzscheibe schauen konnte. Vor Aufregung ging sein Atem stoßweise und seine Brille beschlug.

Wir bogen in die unbefestigte Auffahrt ein. Das kleine, weiß getünchte Haus im Schatten einer riesigen Eiche hatte eine von einem Geländer umgebene Veranda. Eine hohe Tannenhecke grenzte den Vorgarten und den Hof hinter dem Haus zu den Nachbargrundstücken ab. Von einer Doppelgarage führte ein überdachter Weg zu einem Seiteneingang des Hauses. Deputy Bates schaltete die Zündung aus, und wir saßen da und lauschten dem Geräusch des abkühlenden Motors. Abgesehen davon herrschte ringsum tiefe Stille. Kein Laut war zu hören, nichts regte sich. Mir gab es einen Stich, als ich daran dachte, wie oft mein Mann seinen Wagen in diese Garage gefahren und sich dann in das Haus gestohlen hatte, in dem das Kind hinter mir gezeugt und aufgezogen worden war.

»Das ist es! Hier wohne ich«, sagte der Junge. »Schön hier, häh?«

»Schön hier, nicht wahr?«, verbesserte ich ihn.

»Sag ich doch!«

Ich verdrehte die Augen und atmete geräuschvoll aus. »Sehen wir nach, ob jemand da ist.«

Wir kletterten aus dem Auto. Little Lloyd rannte zur Haustür und schrie: »Mama, Mama! Ich bin wieder da!«

Ich hoffte inständig, er würde eine Antwort bekommen.

Der Junge stieß die Haustür auf und ging hinein. Der Deputy und ich folgten ihm. Ich konnte hören, wie der Knirps durchs ganze Haus rannte und nach seiner Mutter rief. Vor Verzweiflung wurde seine Stimme immer schriller. Ich konnte es ihm nicht verdenken: Das Haus war vollkommen leer geräumt, kein einziges Möbel, kein einziges Kleidungsstück befand sich darin. Absolut nichts.

Ein Ausdruck nackter Panik lag auf dem Gesicht des Jungen, als er zurückkam. Wäre ich nicht so wütend auf seine Mutter gewesen, weil sie ihn einfach abgeschoben hatte und abgehauen war, hätte er mir richtig Leid getan.

»Komm mal her zu mir, Sportsfreund.« Der Deputy zog ihn an sich. »Deine Mutter hat doch gesagt, sie will nach Raleigh – weißt du noch? –, damit sie einen Beruf erlernen und für euch beide sorgen kann. Und weil sie nicht weiß, ob ihr hierher zurückkehren werdet, hat sie alle Möbel mitgenommen. Oder irgendwo untergestellt. Wein doch nicht! Das hat überhaupt nichts zu bedeuten.«

Hoffen wir's, dachte ich. Man sollte diese Person am nächsten Baum aufknüpfen! Ihr Kind einfach bei Fremden abzustellen wie einen Koffer!

»Vielleicht sollten wir uns ein wenig umsehen, wo wir schon mal da sind«, schlug ich vor. Es waren nur wenige, kleine Räume. Little Lloyds Vater schien nicht sehr großzügig gewesen zu sein, was sein Liebesnest betraf. Ich hätte mich geschämt für seinen Geiz, wenn ich mir nicht andauernd hätte vorstellen müssen, was er darin getrieben hatte.

Der Rest des Hauses war so leer wie das Wohnzimmer. Sogar die Kücheneinrichtung fehlte. Deputy Bates schaute in jeden Einbauschrank, suchte die Decken nach einem Zugang zum Dachboden ab, den es aber offenbar nicht gab, und ging dann in die Garage hinüber.

»Ihr bleibt da«, befahl er, als ich ihm mit dem Jungen folgen wollte. »Wartet im Auto auf mich, ich komme gleich nach.«

Da ich eine leere Garage nicht besonders interessant fand, diskutierte ich nicht lange, sondern schob den Jungen aus dem Haus und ging mit ihm zum Auto zurück.

Wir ließen die Fenster herunter und warteten in der drückenden Stille des heißen, schwülen Nachmittags. Schmetterlinge flatterten zwischen den Sträuchern vor der Veranda, Insekten zirpten, Little Lloyd zog geräuschvoll die Nase hoch. Ich nahm ein Papiertaschentuch aus meiner Handtasche und reichte es ihm, aber mir fiel nichts ein, was ich zu ihm hätte sagen können. Wir hatten beide unsere Probleme.

»Und wenn meine Mama nie mehr zurückkommt?«, schniefte er.

»Ach, Unsinn! Natürlich kommt sie zurück. Mach dir keine Sorgen.« Es genügte, wenn *ich* mir welche machte.

»Aber ich meine« – seine Stimme war heiser vor Kummer –, »ich meine, wenn ihr etwas passiert ist und sie nicht zurückkommen *kann!* Was soll ich denn dann machen?«

Du meine Güte, der Kleine schien tatsächlich zu denken, ich würde ihn einfach auf die Straße setzen! Wie kam er bloß auf *so was?*

»Wenn deiner Mutter wirklich etwas zugestoßen sein sollte, was ich stark bezweifle, kannst du bei mir bleiben, bis wir eine Lösung gefunden haben. Mach dir mal keinen Kopf deswegen!«

Ich hoffte, dass ihn das beruhigte. Dennoch hatte ich nicht die Absicht, auf Dauer Kindermädchen zu spielen, und mochte der Kleine auch noch so arm dran sein. Endlich kam Deputy Bates aus dem Haus. Sein Gesicht war verschlossen und nachdenklich, als er einstieg und den Motor anließ.

»Haben Sie in der Garage etwas gefunden?«, fragte ich, als er den Wagen rückwärts aus der Einfahrt lenkte.

»Nicht viel, bloß ein paar Ölflecken und einige Kleinigkeiten.« Er nagte an seiner Unterlippe und warf im Innenspiegel einen flüchtigen Blick auf den Jungen, der sich im Fond in eine Ecke drückte. »Was halten Sie davon, wenn ich uns in dem Lebensmittelladen eine Coke hole? Es ist verfl... ich meine, es ist ganz schön heiß heute«, beendete er den Satz grinsend.

»Einverstanden.« Ich nickte. »Ich könnte eine vertragen und Little Lloyd bestimmt auch.«

Der Deputy stellte den Wagen im Schatten eines Baumes auf dem unbefestigten Parkplatz vor dem Laden ab und ging hinein. Rostige, verbogene Blechschilder warben für Winston-Zigaretten und Peeler's Milch. Auf einem handgeschriebenen Zettel an der Fliegengittertür las ich, dass es heute frische Eier und Tomaten aus eigenem Anbau gab. Ich stieg aus, setzte mich auf die Bank unter dem Baum und hoffte auf ein kühlendes Lüftchen. Meine Güte, war das heiß und stickig heute! Ich fischte das Kirchenblatt vom letzten Sonntag aus meiner Handtasche und fächelte mir Luft zu. Little Lloyd blieb im Auto und starrte trübsinnig auf die Ladentür.

Der Deputy kam, reichte ihm eine eisgekühlte Flasche durchs Fenster und gesellte sich dann zu mir.

»Fahren Sie mit dem Jungen nach Hause, Miss Julia.« Sein Ton ließ mich aufhorchen. »Ich werde hier auf Sheriff Frady und einige Beamte warten. Die können mich später mit in die Stadt zurücknehmen.«

»Ich verstehe nicht. Was will Earl Frady denn hier?«

»Ich habe ihn angerufen«, sagte der Deputy und sah mir ruhig in die Augen. »Ich habe noch etwas anderes außer Ölflecken in der Garage entdeckt. Könnte harmlos sein, aber für mich sieht es aus wie Blut.«

Als ob mich das nicht schon genug beunruhigt hätte, wartete zu Hause die nächste böse Überraschung auf mich. Als ich in die Einfahrt einbog und Lillian auf der Hintertreppe sitzen sah, die Hände vors Gesicht geschlagen, wusste ich sofort, dass etwas nicht stimmte. Sie sprang auf und kam auf uns zugelaufen.

»Was ist denn jetzt wieder passiert?«, sagte ich mehr zu mir selbst.

Noch bevor ich den Schlüssel aus dem Zündschloss gezogen hatte, stand sie neben der Fahrertür. Ein Blick auf ihr Gesicht genügte, und ich hatte das Blut auf dem Garagenboden vergessen.

»Oh Miss Julia!«, kreischte sie, als ich ausstieg. »Sie werden es nicht glauben! Ich habe nicht gewusst, was ich machen soll! Ich hab die ganze Zeit auf Sie gewartet! Es ist schrecklich, einfach schrecklich!«

»Lillian, beruhige dich doch!« Ich legte ihr den Arm um die Schultern. »So schlimm wird es schon nicht sein! Was ist denn überhaupt passiert?«

»Ich bin einkaufen gegangen, so wie immer, und hab die Türen abgeschlossen. Sie wissen, dass ich immer alles abschließe! Und ich hab's nicht mal gemerkt, bis ich alles weggeräumt hatte, weil die Küche völlig in Ordnung war. Aber dann bin ich ins Wohnzimmer gegangen, und da hab ich gedacht, ich fall tot um!«

»Ich versteh kein Wort! Wovon redest du eigentlich?«

»Es ist eingebrochen worden, davon rede ich! Alles ist durchwühlt und umgeworfen! Jedenfalls im Wohnzimmer. In den andern Räumen war ich noch nicht. Ich hab mich hier draußen auf die Treppe gesetzt und nichts angerührt. Ich meine, jeder, der Krimis sieht, weiß doch, dass man nach einem Einbruch nichts anrühren darf, um keine Spuren zu verwischen.«

»Oh mein Gott!«, hauchte ich. Mir wurde schwindlig, und ich musste mich einen Augenblick an das Auto lehnen. Als ich mich wieder gefasst hatte, sagte ich: »Gib mir die Hand, Little Lloyd. Wir wollen uns die Bescherung einmal ansehen.« Ich ergriff seine Hand und versuchte nicht daran zu denken, wie oft er sich wohl damit über die Nase gewischt hatte. In der andern Hand hielt er die Einkaufstüte. »Komm mit, Lillian.«

»Wir dürfen doch nichts anfassen«, beharrte sie.

»Das will ich auch gar nicht. Ich möchte nur sehen, ob sie im ganzen Haus waren und ob etwas gestohlen wurde. Außerdem muss ich zum Telefon und den Sheriff rufen.« Dummerweise befand der sich gerade am andern Ende des Distrikts, zusammen mit Deputy Bates.

Es sah wirklich schlimm aus. Als ob Wandalen gewütet hätten! Schubladen waren herausgerissen, Papiere und Silberbesteck auf dem Fußboden verstreut, die Sofakissen heruntergerissen und die Stühle umgeworfen worden. Meine schönen Spitzenkissen waren durchs Zimmer geschleudert worden, und eine Tischleuchte lag zerschmettert am Boden.

»Oh nein!« Ich schwankte und musste mich festhalten. »Meine schöne Tiffanylampe! Wer war das? Wer hat mir das angetan?«

Wir gingen nach oben. Meine Befürchtungen bestätigten sich: Auch mein Schlafzimmer war verwüstet worden. Die Schubladen der Kommode waren herausgerissen, der Inhalt auf das Bett und den Fußboden gekippt worden. Meine Unterwäsche lag im ganzen Zimmer verstreut, Kleidungsstücke waren auf dem Boden auf einen Haufen geworfen, Schuhkartons und Hutschachteln ausgeleert und zerrissen worden. Nicht einmal die Badezimmer- und Wäscheschränke waren verschont geblieben – es sah aus, als ob jemand mit dem Arm Regal für Regal leer gefegt hätte. Seifen, Badezusätze, Talkpuder, Kölnischwasser, Handtücher bedeckten den Fußboden. Jemand war darauf herumgetrampelt. Eine Rolle Toilettenpapier und das rote Plastiktäschchen, in dem ich Hygieneartikel aufbewahrte, waren in die Kommode gestopft worden. Der frische Zitronenduft meines Eau de Cologne war fast stark genug, um den fauligen Gestank des Haufens Sie-wissen-schon-was auf meinen flauschigen weißen Handtüchern zu überlagern.

»Allmächtiger!«, entfuhr es mir. Ich schlug mir die Hand vor den Mund. »Das ist ja unglaublich!« Ich zog Little Lloyd von der Tür zurück, um ihn vor dieser unerhörten Beleidigung eines jeden empfindsamen Gemüts zu bewahren.

»So was habe ich ja noch nie erlebt«, meinte Lillian entsetzt. »Wer macht denn so was? Wir sollten die Polizei rufen.«

»Genau das hab ich auch vor«, erwiderte ich und zerrte den Jungen hinter mir her aus dem Zimmer. »Werfen wir erst noch einen Blick in die anderen Räume.«

Dort sah es genauso aus. Obwohl ich es nicht für möglich gehalten hätte, herrschte in Little Lloyds Zimmer ein noch größeres Chaos als in meinem. Die Matratze war aus dem Bett gewuchtet worden, Kleidungsstücke lagen überall herum, der Pappkoffer war aufgeschnitten und zertrampelt worden. Fassungslos betrachteten wir das Werk sinnloser Zerstörung. Ich spürte, wie sich die feuchte Hand des Jungen fester um meine schloss.

»Ich habe Angst«, sagte er kläglich.

»Das brauchst du nicht«, beruhigte ich ihn. »Komm, wir gehen in die Küche, damit ich den Sheriff verständigen kann. Hab keine Angst, Little Lloyd. Das waren böse, kranke Menschen, die das getan haben, aber sie werden es nie wieder tun. Dafür sorge ich schon, verlass dich drauf.«

Kapitel 11

WÄHREND ICH MIT dem Büro des Sheriffs telefonierte, ging Lillian in der Küche auf und ab, knetete nervös ihre Schürze, weinte und jammerte, das sei alles nur ihre Schuld. Warum sei sie auch einkaufen gegangen? Die Augen vor Angst weit aufgerissen, hielt sich der Junge dicht an meiner Seite.

Ich legte auf und sagte mit zitternder Stimme: »Sie schicken gleich jemanden rüber. Ich hab sie gebeten, auch Deputy Bates zu benachrichtigen. Jetzt setz dich endlich hin, Lillian, du machst mich ganz nervös! Nimm dich zusammen! Das war nicht deine Schuld, also hör auf, dir Vorwürfe zu machen. Meiner Meinung nach gibt es zwei Möglichkeiten: Entweder hat jemand etwas ganz Bestimmtes gesucht oder aber es waren Wandalen, die aus purem Übermut alles kaputtgeschlagen haben. Es fehlt ja nichts, soweit ich sehen kann. Der Fernseher ist noch da, mein Silber auch. Die Unterlagen im Schreibtisch muss ich noch durchsehen, aber ich kann mir nicht vorstellen, dass jemand ungültige Schecks mitgehen lässt, oder? Jetzt setz dich endlich hin, Lillian! Du machst mich noch wahnsinnig! Lass uns überlegen. Wer könnte das getan haben? Hast du bemerkt, dass etwas fehlt? Wie, glaubst du, sind sie überhaupt ins Haus gekommen?«

Lillian ließ sich auf einen Stuhl fallen und wischte sich

mit der Schürze übers Gesicht. »Über die Hintertreppe, nehme ich an. Die Tür zu Deputy Bates' Zimmer stand doch auf. Jemand hat die Scheibe eingeschlagen, ist Ihnen das nicht aufgefallen?«

»Natürlich, du hast Recht! Daran habe ich gar nicht mehr gedacht! Ich muss andauernd an diese ekelhafte Hinterlassenschaft in meinem Bad denken.«

Kurze Zeit später trafen zwei Deputys ein, die sich umsahen und ein Protokoll aufnahmen. Dafür wollten sie doch tatsächlich wissen, wie alt ich sei! Was, frage ich Sie, hat das denn mit dem Einbruch zu tun? Bald danach kamen auch Sheriff Frady und Deputy Bates, und wir mussten die ganze Geschichte noch einmal erzählen. Mindestens ein Dutzend Mal wurde ich gefragt, ob etwas fehle, aber inzwischen waren wir mehrmals durch sämtliche Räume gegangen, und ich war sicher, dass nichts gestohlen worden war. Polizeibeamte schwärmten im Haus umher, steckten überall ihre Nase rein und stellten eine Unmenge Fragen. Allmählich verlor ich die Geduld. Dann sah ich, wie ein Beamter einen Plastiksack, den er auf Armeslänge von sich hielt, hinaustrug. Deputy Bates wollte wissen, ob ich meine Handtücher wiederhaben wolle. Ich winkte ab. Ich war ihnen wirklich dankbar, dass sie diese Visitenkarte aus meinem Bad entfernt hatten, und Lillian bestimmt auch.

Schließlich kehrte wieder Ruhe ein. Mein Bedarf an Aufregung war für diesen Tag wirklich gedeckt! Lillian hatte zwei ihrer Enkelinnen gebeten, beim Aufräumen zu helfen, was ich sehr zu schätzen wusste. Deputy Bates stand in der Küche. Er hatte eine Tasse Kaffee in der Hand und machte ein besorgtes Gesicht.

»Geh ein bisschen nach draußen an die frische Luft, Little Lloyd«, sagte ich. »Das wird dir gut tun, nachdem du den ganzen Tag nur im Auto und im Haus gehockt hast. Hier« – ich drückte ihm eine Tüte Kekse aus der Speisekammer in die Hand – »damit du was zu knabbern hast. Das Abendessen wird heute wahrscheinlich knapp ausfallen.«

Als er mich durch die dicken Brillengläser hindurch ansah, erschrak ich unwillkürlich, so sehr erinnerten mich seine Augen an die meines verstorbenen Mannes.

Die Tüte Kekse im Arm, trollte sich der Junge. Ich wandte mich Deputy Bates zu. »Was in aller Welt hat das alles zu bedeuten? Erst finden Sie Blut in der Garage des Hauses, wo der Junge gewohnt hat, und jetzt ist hier eingebrochen worden. Ich habe allmählich das Gefühl, bei mir jagt ein Unheil das nächste! Glauben Sie, der Einbruch könnte ein Racheakt sein von jemandem, den Sie festgenommen haben?«

»Unwahrscheinlich. Ich bin noch nicht lange genug in der Stadt, um mir solche Feinde gemacht zu haben. Die vorläufige Untersuchung dieses Flecks in der Garage durch die Spurensicherung hat übrigens ergeben, dass es sich tatsächlich um Blut handelt. Ob von einem Menschen, können wir erst nach der Laboranalyse sagen. Wir haben einige Spritzer und eine lange Schmierspur an der Wand sowie eine kleine, noch klebrige Lache auf dem Fußboden gefunden. Das heißt, die Spuren sind noch relativ frisch – obwohl die Luftfeuchtigkeit in der geschlossenen Garage wohl auch dazu beigetragen haben dürfte, dass das Blut noch nicht getrocknet ist. Falls es sich um menschliches Blut handelt, werden Sie Sheriff Frady erklären müssen, wie Sie zu dem Jungen gekommen sind. Das wird sich leider nicht vermeiden lassen. Wir werden seine Mutter ausfindig machen müssen, um sicherzugehen, dass es nicht *ihr* Blut ist – sie hat schließlich zuletzt in dem Haus gewohnt. Und Sie dürften vermutlich die Letzte sein, die sie hier in der Gegend gesehen hat. Das heißt, die Geschichte zieht einen ganzen Rattenschwanz nach sich!«

Ich ließ mich gegen die Küchentheke sinken und stieß einen tiefen Seufzer aus. Allmählich hatte ich diesen Schlamassel, den ich Wesley Lloyd zu verdanken hatte, wirklich satt! »Jemand anders saß am Steuer des Wagens, als sie von hier wegfuhr, das habe ich Ihnen doch erzählt, nicht wahr? Ich bin also nicht die Letzte, die sie gesehen hat.«

»Schon, aber das hilft uns nicht weiter. Wir wissen nicht, wer der Fahrer war. Wir wissen nicht, ob sie von hier aus direkt nach Raleigh oder erst noch einmal nach Hause fuhr. Wir wissen nicht, ob der Blutfleck schon in der Garage war, bevor sie den Jungen herbrachte, oder ob er erst später dorthin kam. Wir wissen überhaupt nichts. Wir müssen diese Frau finden – nur sie kann Licht in die Angelegenheit bringen. Ich möchte nur, dass Sie auf alle Eventualitäten vorbereitet sind. Sie werden den ermittelnden Beamten alles erzählen müssen. Und rechnen Sie mit der Möglichkeit, dass die Mutter des Jungen etwas über den Blutfleck in der Garage weiß. Oder dass das Blut von ihr stammt.«

»Oh mein Gott!« Ich musste mich an der Theke festhalten. »Sie glauben doch nicht wirklich, ihr könnte etwas zugestoßen sein?« Dann würde ich den Jungen ja für alle Ewigkeit am Hals haben, schoss es mir, wie ich zu meiner Schande gestehen muss, als Erstes durch den Kopf. Ich fing mich jedoch schnell wieder und fügte hastig hinzu: »Die arme Frau!«

»Wir müssen die Ermittlungen abwarten, dann wissen wir mehr. Jetzt werde ich erst mal ein paar zusätzliche Sicherheitsschlösser besorgen. Und eine Fensterscheibe für die Tür oben.«

»Gehen Sie zu Prince's«, sagte ich, »und lassen Sie alles auf meine Rechnung setzen.«

Ich wollte Lillian und ihren beiden Enkelinnen im Wohnzimmer beim Aufräumen helfen, war aber nicht willkommen. Also ging ich hinters Haus und setzte mich zu dem Jungen auf die Veranda. Ich faltete die Hände im Schoß und seufzte.

»Möchten Sie auch einen Keks, Lady?« Little Lloyd hielt mir die Packung hin.

»Ja, gern, danke.« Ich griff in die Tüte. »Sag Mrs. Springer zu mir. ›Lady‹ klingt, als wüsstest du nicht, wer ich bin.«

»Nein, Ma'am. Ich meine, ja, Ma'am.« Er knabberte an dem Keks wie eine Maus – er nagte ihn ringsum ab, drehte ihn, mümmelte weiter, bis nur noch ein winziges Mittelstück übrig war. Wesley Lloyd hatte auch so seltsame Essgewohnheiten gehabt.

Ihm zuzuschauen machte mich ganz nervös. »Willst du nicht was spielen?«

»Nein, hab keine Lust.« Er drehte den Kopf beim Sprechen in meine Richtung, sah mich aber immer noch nicht an.

Mir war auch nicht nach Reden zumute, und so aßen wir schweigend unsere Kekse und lauschten dem Gezwitscher der Vögel.

Nach einer Weile streckte Lillian den Kopf zur Hintertür heraus. »Sie haben Besuch! Mrs. Conover und Mr. Sam und Ihr Prediger sind da!«

Ich stand seufzend auf. »Es ist besser, wenn du draußen bleibst«, sagte ich zu dem Jungen. »Neuigkeiten verbreiten sich in dieser Stadt wie ein Lauffeuer, weißt du. Würde mich nicht wundern, wenn der Polizeinotruf eine direkte Verbindung zur Frauengebetsgruppe hätte!«

Das Wohnzimmer war zum Glück schon wieder so weit hergerichtet, dass man Besuch darin empfangen konnte. Sam, den Hut auf den Knien, hatte es sich in einem Sessel bequem gemacht; LuAnne plapperte aufgeregt, wie es ihre Art war, und Pastor Ledbetter stand am Fenster, als wollte er das Haus vor einem möglichen weiteren Einbruch schützen.

Der Pastor und LuAnne stürzten mir entgegen und redeten gleichzeitig auf mich ein – wie es mir ginge, ob etwas gestohlen worden sei, ob ich einen Verdacht hätte. Auch Sam erhob sich, hielt sich aber im Hintergrund.

»Alles in Ordnung, uns ist nichts passiert«, versicherte ich. »Setzt euch. Ich weiß eure Anteilnahme zu schätzen, aber es ist wirklich alles in Ordnung. Wahrscheinlich waren da einfach Wandalen am Werk.«

»Ganz bestimmt sogar«, pflichtete der Pastor mir bei. »Es gibt heutzutage einfach keine Moral mehr. Und es wird immer schlimmer! Das fängt doch schon bei zerrütteten Familienverhältnissen an! Deshalb müssen Sie dieses Kind seiner Familie zurückgeben, Miss Julia, damit es wieder glücklich mit den seinen vereint ist. Dem wollen Sie doch sicher nicht im Weg stehen? Überlegen Sie – all Ihre Schwierigkeiten fingen damit an, dass Sie den Jungen seiner Mutter wegnahmen.«

Sam machte ein finsteres Gesicht, öffnete schon den Mund, wandte sich dann aber ab, als könnte er sich nur mühsam beherrschen. Ich holte tief Luft, fand es dann aber zu aufreibend, den Prediger darüber aufzuklären, dass ich den Jungen keineswegs seiner Mutter weggenommen hatte. Der Gedanke, der Einbruch könnte etwas mit Little Lloyd zu tun haben, war mir allerdings auch schon gekommen.

»Ich weiß Ihre Sorge zu schätzen, Pastor, aber bedenken Sie bitte, dass nicht ich diejenige war, die eine Familie zerstört hat.«

»Aber es ist unser aller Pflicht, die familiären sittlichen Werte, so wie sie schon in der Bibel definiert wurden, zu wahren und vorzuleben!«

Ich wurde das Gefühl nicht los, dass er mir die Schuld an dem Einbruch in meinem Haus und am Zerfall der amerikanischen Familie gab. Jetzt reichte es mir aber!

»An welche Bibelstelle haben Sie denn gedacht?«, fragte ich bissig zurück. Mir fielen auf Anhieb jede Menge ein, in denen sich die »familiären sittlichen Werte« auf Ehebruch, Brudermord, Inzest, Mord, Vielweiberei, Neid und Niederträchtigkeiten aller Art beschränkten.

»Ach, Julia!« LuAnne ergriff meine Hand und tätschelte sie. »Reg dich doch nicht so auf!«

»Ich reg mich auf, wann ich will!«, fauchte ich und riss meine Hand zurück. »Wie würdest du denn reagieren, wenn jemand deine Sachen, deine Unterwäsche, deine Schränke durchwühlt hat? Setz dich endlich hin, Sam. Ich weiß nicht, was daran so komisch ist!«, fügte ich hinzu, weil ein kleines Lächeln um seine Lippen spielte.

»Nein, komisch ist es wirklich nicht, du hast Recht«, sagte er. Wahrscheinlich hatte er sich vorgestellt, wie jemand meine Schlüpfer durch die Gegend warf. Typisch Sam! »Was sagt Coleman eigentlich dazu?«

»Was soll er sagen? Die Ermittlungen laufen, es ist noch zu früh für irgendwelche Ergebnisse. Und wie wir jetzt gesehen haben, schützt ein Deputy im Haus jedenfalls nicht vor Einbruch.«

»Stimmt«, gab Sam zu. Ein abwesender Ausdruck trat in seine Augen. So wie ich Sam kannte, würde er zu der gleichen Schlussfolgerung kommen wie ich: Jemand war hinter irgendetwas her, und um es zu bekommen, ging er sogar das Risiko ein, ausgerechnet hier einzubrechen.

Nachdem ich LuAnne und Pastor Ledbetter noch einmal versichert hatte, es sei alles in bester Ordnung, komplimentierte ich die beiden hinaus. Ich wollte unter vier Augen mit Sam reden. LuAnne meinte, sie müsse Leonard das Abendessen machen, könne später aber wiederkommen.

»Das ist wirklich nicht nötig, LuAnne«, erwiderte ich mit Bestimmtheit. »Ich werde früh zu Bett gehen. Es war ein anstrengender Tag, und wir sehen uns morgen sowieso in der Kirche.«

Als sie einsah, dass ich nicht umzustimmen war, ging sie zu ihrem Auto. Pastor Ledbetter, der offensichtlich noch etwas auf dem Herzen hatte, wartete, bis sie eingestiegen war. Dann sagte er im ernsten Ton eines Arztes, der seinem Patienten mitteilt, er habe nicht mehr lange zu leben:

»Miss Julia, ich ersuche Sie dringend, dieses Kind seiner Familie zurückzugeben. Dieser schreckliche Vorfall ist eine Warnung, die Sie nicht auf die leichte Schulter nehmen sollten! Mir scheint, Sie wissen nicht, worauf Sie sich da eingelassen haben. Sie könnten in große Gefahr geraten!«

Wie gern hätte ich ihm mein Herz ausgeschüttet und mich von seinem Rat leiten lassen! Aber ich kannte seine Position inzwischen, und die ließ sich nicht mit meiner vereinbaren. Manchmal, häufiger als wir denken, wissen wir, was das Richtige ist, auch ohne dass es uns jemand sagt. Und ich wusste, dass es richtig war, mich um den Jungen zu kümmern, ganz gleich, ob das Blut in seiner Garage oder der Einbruch in meinem Haus in irgendeinem Zusammenhang mit ihm stand oder nicht.

»Pastor, dieser kleine Junge hat nichts mit dem Einbruch zu tun. Er war mit mir und Deputy Bates zusammen, als es passierte. Ich sage Ihnen, das waren Wandalen!«

»Ich behaupte ja auch nicht, dass das Kind den Einbruch begangen hat, Miss Julia. Es ist nur einfach so, dass wir, wenn wir erst einmal auf dem falschen Weg sind, anfällig für alle möglichen Dummheiten werden. Sie stellen sich zwischen das Kind und seine Mutter, und das ist nicht richtig. Wir müssen alles dafür tun, dass Familien zusammenbleiben – das muss unser vorrangiges Ziel sein. Sehen Sie das nicht auch so?«

Nein, ehrlich gesagt nicht. Ich hatte viel zu oft von Familien gehört, die man besser auseinander gerissen hätte, Familien mit prügelnden Vätern, betrunkenen Müttern, drogenabhängigen Freunden, misshandelten Ehefrauen und so weiter und so weiter. Wie seinen Predigten zu entnehmen war, schien Pastor Ledbetter Beten und familiäre Werte als Patentlösung für alle diese Probleme zu betrachten. Ich war da radikaler – meiner Meinung nach half in solchen Fällen nur ein Baseballschläger!

»Sam wartet auf mich, Pastor«, sagte ich. »Wahrscheinlich hat er noch etwas Geschäftliches mit mir zu besprechen. Danke, dass Sie gekommen sind.« Ich drehte mich um und ging hinein.

Als ich die Tür hinter mir geschlossen hatte, fragte ich:

»Sam, denkst du auch, dass ich die Familie dieses Kindes zerstöre?«

Er lachte. »Julia, der Vater des Jungen ist tot, und die Mutter hat ihn einfach abgeschoben! Hör nicht auf Ledbetter. Die einzige Familie, die der Kleine noch hat, das bist du und Lillian und Coleman. Benutz deinen Verstand, Julia!«

»Ich versuch's ja. Aber ich bin allmählich ganz wirr im Kopf.« Ich erzählte ihm von dem Blut in der Garage und von Deputy Bates' Hinweis, dass ich möglicherweise alles dem Sheriff erzählen müsste. »Dann wird sich natürlich das Jugendamt einschalten, und sie werden mir den Jungen wegnehmen! Was glaubst du, was das für ein Gerede geben würde, wenn man den Jungen wie einen Sozialfall behandelte, während ich dank Wesley Lloyds Vermögen ein fürstliches Leben führe! Als ob die das etwas anginge, *wer* sich um den Jungen kümmert!«

»Falls es wirklich so weit kommen sollte, werden wir eine Lösung finden«, sagte Sam beschwichtigend. »Warum solltest du als Pflegemutter nicht infrage kommen, wenn sie unbedingt nach den Buchstaben des Gesetzes handeln müssen? Mach dir deswegen keine Gedanken, Julia. Ich werde gleich Montag früh mit Binkie sprechen. Uns fällt schon was ein.«

»Damit würdest du mir wirklich einen großen Gefallen tun, Sam. Ich hab auch so schon genug um die Ohren! Weißt du, ich glaube offen gestanden nicht an die Theorie von den Wandalen. Deputy Bates übrigens auch nicht. Wir glauben, jemand hat etwas gesucht. Ich kann mir nur nicht vorstellen, was das sein könnte. Sämtliche Wertgegenstände sind noch da, nichts fehlt.« Ich ließ den Kopf auf die Sofalehne sinken und starrte an die Decke. »Wonach könnte der Einbrecher gesucht haben? Was ist im Haus, das früher nicht da war?«

Sam drehte seinen Hut in Händen und musterte mich mit einem Seitenblick. »Nichts, Julia – bis auf den kleinen Jungen dort draußen.«

Kapitel 12

DER GEDANKE LIESS mir an dem Abend keine Ruhe mehr. Little Lloyd durfte aufbleiben, bis er vor Müdigkeit die Treppe hinauftaumelte. Wir waren alle nervös und trauten uns kaum noch allein irgendwohin. Nach außen gab ich mich des Jungen wegen zwar gelassen, aber die Vorstellung, dass ein Fremder in meinem Haus gewesen war und meine Sachen durchstöbert hatte, machte mich ganz kribbelig.

Lillian bot an, die Nacht über dazubleiben, aber ich schickte sie nach Hause. Hier hätte sie ja doch kein Auge zugemacht, obwohl es höchst unwahrscheinlich war, dass der Einbrecher es ein zweites Mal versuchen würde – zumal es den ganzen Nachmittag auf dem Grundstück von Polizei nur so gewimmelt hatte. Mir wäre allerdings schon wohler gewesen, wenn Deputy Bates im Haus gewesen wäre. Er musste arbeiten, versprach aber, immer wieder eine Streife vorbeizuschicken. Ich sah tatsächlich mehrmals in dieser Nacht einen Scheinwerfer über Haus und Garten schwenken. Meine Steuergelder waren offenbar gut angelegt!

Nachdem ich mich mindestens ein Dutzend Mal vergewissert hatte, dass alle Türen abgeschlossen waren, ging ich nach oben. Ich wusste, ich würde wach liegen und auf jedes Geräusch lauschen. Ich ließ die Tür zu meinem Schlafzimmer und die zum Gästezimmer offen, damit sich der Junge sicherer fühlte. Als ich am andern Morgen aufstand, lag er zusammengerollt draußen im Flur neben meiner Schlafzimmertür. Anscheinend hatte das Kind eine Schwäche für Parkettböden.

Ich beschloss, ihn nicht in die Sonntagsschule zu schicken, weil ich es ihm ersparen wollte, mit neugierigen Neunjährigen konfrontiert zu werden, die zu Hause alle möglichen Klatschgeschichten aufgeschnappt hatten. Die Woche war auch so schon zermürbend genug für ihn gewesen – von *meiner* Woche wollte ich gar nicht reden. LuAnne würde in der Lula-Mae-Harding-Klasse ganz in ihrem Element sein. Ich konnte sie vor mir sehen, wie sie den Jungen und den Einbruch bis in die kleinste Einzelheit schildern würde. Einzelheiten seien enorm wichtig, behaupteten die Mitglieder der Lula-Mae-Harding-Klasse, damit unsere Gebete auch Wirkung zeigten. Als ob der Herr darauf angewiesen wäre, dass wir ihm berichten, was geschehen ist! Heute würde er jedenfalls einiges zu hören bekommen, da war ich mir ganz sicher.

Ich legte dem Jungen die Kleider zurecht, die ich ihm auf Deputy Bates' Rat hin gekauft hatte: Khakihose, weißes Hemd, marineblauen Blazer und einen rot-blau gestreiften Schlips. Mit diesem hatte er Probleme, also nahm ich die Sache in die Hand. Als ich ihm den Schlips umgebunden hatte und mein Werk betrachtete, sah ich, dass ein Ende über dem Hosenbund hing und das andere gerade bis zum Brustbein reichte.

»Das war ja wohl nichts«, sagte ich und schickte mich an, einen zweiten Versuch zu unternehmen.

»Ich könnte doch die andere tragen«, meinte der Junge.

»Dieses Ansteckding? Ausgeschlossen! Zum Kirchgang zieht man seine besten Sachen an.« Mir lag schon eine Bemerkung über seine Kleider und die Frau, die sie ausgesucht hatte, auf der Zunge, doch ich beherrschte mich. Das Kind konnte schließlich nichts dafür.

»Kopf hoch!«, befahl ich. »Ich versuch's noch mal. Also wirklich«, fügte ich kopfschüttelnd hinzu, »mir scheint, dieses Ding hat ein Eigenleben!«

»Aber es ist ein schöner Schlips«, tröstete mich der Junge.

»Ja, und er steht dir ausgezeichnet. So, das hätten wir!« Ich rückte den Knoten zurecht. »Schau mal in den Spiegel, ich glaube, so geht's, oder was meinst du?«

Mit ernster Miene betrachtete er sein Spiegelbild und berührte ehrfürchtig die Krawatte.

»Ich wünschte, meine Mama könnte mich sehen«, sagte er schließlich. »Sie mag schöne Sachen. Vielen Dank, Mrs. Springer.«

»Gern geschehen, mein Junge. Und jetzt los, sonst kommen wir noch zu spät.«

Ich reichte ihm den Blazer und setzte meinen Hut auf, auch wenn es heutzutage als altmodisch galt, mit Hut in die Kirche zu gehen.

»Eh ich's vergesse – du weißt doch hoffentlich, wie man sich in einer Kirche zu benehmen hat?« Es hätte ja sein können, dass der Junge bisher nie ein Gotteshaus von innen gesehen hatte.

»Ja, Ma'am.« Er dachte so angestrengt nach, dass ihm die Brille auf die Nase rutschte. »Stillsitzen, Mund halten, aufpassen, artig sein.«

»Ausgezeichnet!«, lobte ich, als er mich erwartungsvoll

ansah. »Das sind gute Regeln fürs ganze Leben.« Ich erstarrte mitten in der Bewegung. Ich hatte mich *mein* ganzes Leben lang an exakt dieselben Regeln gehalten, und was war der Dank dafür? »Andererseits«, fuhr ich fort, »solltest du, sobald du alt genug bist, anfangen, selbstständig zu denken. Bist du so weit?«

»Ja, Ma'am.«

Wenigstens einer, dachte ich. Aber jetzt gab es kein Zurück mehr.

Ich stieg die Treppe hinunter. »Denk daran – sei höflich, aber beantworte keine Fragen. Überlass das Reden mir.«

»Ja, Ma'am.«

Ich zog die Haustür hinter uns zu, und wir gingen über die Veranda und die Stufen hinunter. Ich zupfte ihm eine Fussel vom Ärmel und sagte: »Viele Menschen sind nur aufs Tratschen aus, weißt du, also beachte sie einfach nicht.«

»Ja, Ma'am.«

An der Bordsteinkante legte ich ihm die Hand auf die Schulter. »Schau erst nach links und rechts, bevor du über die Straße gehst.«

»Ja, Ma'am.«

Das Kind war wirklich lernwillig, doch das änderte nichts daran, dass meine Nerven bis zum Zerreißen gespannt waren, als wir auf die Kirche zumarschierten, wo zweihundert oder mehr neugierige Augenpaare uns anstarren würden.

Ein Auto nach dem andern bog auf den Parkplatz ein. Die Leute strömten in die Kirche. Am Hintereingang standen ein paar Männer, hauptsächlich Geistliche, und rauchten eine letzte Zigarette. Der Stechpalmenstrauch dort war schon halb tot vom Gift der unzähligen Zigarettenkippen, die im Mulch ringsum ausgetreten und verscharrt worden waren.

Sonntagmorgens betrat ich die Kirche normalerweise durch den Haupteingang. Als ich an diesem Sonntag um die Ecke bog, hätte ich jedoch beinahe wieder kehrtgemacht, als ich das grellbunte Stoffvordach erblickte, das sich über dem Eingang spannte. Pastor Ledbetter hatte es genau eine Woche nach Wesley Lloyds Beerdigung anbringen lassen. Er hatte seit einer Ewigkeit davon geträumt, aber Wesley Lloyd war dagegen gewesen: Wir seien Presbyterianer, keine Baptisten, hatte er gemeint, und ein Vordach mit einer Anzeigetafel, der man das Thema der nächsten Predigt entnehmen konnte, sei unpassend und nicht akzeptabel. Aber Wesley Lloyd war nicht mehr da, und sonst traute sich keiner, dem Pastor die Meinung zu sagen. Also war dieses Ding montiert worden. Es machte mich wahnsinnig, an diesem Morgen noch mehr als sonst. Das Thema des Gottesdienstes lautete nämlich: »Die Frau – der Fels in der Familie«.

Aber ich drehte nicht um, sondern ging hinein und führte den Jungen über den Marmorfußboden zu meinem Platz in der vierten Reihe am Mittelgang. Früher hatte ich die Hand in die Armbeuge meines Mannes geschoben, jetzt legte ich sie Little Lloyd auf die Schulter, damit er nicht herumtrödelte oder auf die Idee kam, sich die Nase am Ärmel abzuwischen. »Kopf hoch, Little Lloyd«, flüsterte ich ihm zu.

Wir gingen nebeneinander durch den Mittelgang. Ich schaute nicht nach rechts und nicht nach links, aber ich nahm aus den Augenwinkeln wahr, wie die Leute lange Hälse machten, und ich hörte ihr Getuschel. LuAnne Conover fielen fast die Augen aus dem Kopf. Und Mamie Harrison zeigte mit dem Finger auf uns und redete in aufgeregtem Flüsterton auf ihren stocktauben Mann ein. Ich hatte den Zeitpunkt bewusst so gewählt, dass vor dem Gottesdienst niemand Gelegenheit hatte, uns anzusprechen. Wir hatten uns kaum hingesetzt, als wir schon wieder aufstehen mussten, weil der Chor zu singen anfing und Pastor Ledbetter im Priestergewand hereinkam.

Ich brachte den Gottesdienst irgendwie hinter mich – anders kann ich es nicht ausdrücken. Nach einer Viertelstunde begann der Junge unruhig zu werden. Ich drückte ihm ein Kirchenblatt und einen Stift in die Hand, damit er etwas zum Malen hatte.

Der Herr, begann der Pastor, habe ihm die Bürde auferlegt, über die Pflichten der Frau und der Mutter und jener Frauen, die Mütter sein wollten, es aber nicht waren, zu sprechen. Damit meinte er natürlich mich! Ich heftete meinen Blick auf ihn, während er von christlichen Frauen faselte, die unter dem Einfluss weltlicher Freuden die biblischen Lehren vergäßen, die Aufgaben übernähmen, für die sie nicht ausersehen, und Entscheidungen, finanzielle und andere, träfen, für die sie nicht kompetent seien. Und all das führe zur schwersten Krise, die die Kirche jemals durchgemacht hätte.

Ich ließ ihn keine Sekunde aus den Augen, und nach ein paar Minuten schaute er überallhin, nur nicht in meine Richtung. Er dominierte auf seinem Podest zwar über seine Schäfchen, aber *ich* hatte die Kontrolle über *ihn*. Er kam mehrmals ins Stocken, musste erst in seinen Notizen nachschauen, wiederholte sich. Als sich die Predigt dem Höhepunkt näherte, gewann er noch einmal an Fahrt.

Er schob seine Notizkärtchen zusammen und tönte salbungsvoll: »Ihr werdet euch fragen, worauf ich mit meinen Ausführungen hinauswill. Nun, betrachten wir frommen Herzens den jüngsten Beschluss der Generalsynode. Ein Beschluss, der die Anerkennung und die *Billigung* der Homosexualität in unserer geliebten Kirche zur Folge hat! Dies ist ein weiterer Schritt auf dem Weg zur rasanten Zerstörung der biblischen Fundamente unseres Glaubens! Das zeigt uns, liebe Gemeinde, wie weit die Liberalen gehen werden, wenn wir ihnen auch nur ein winziges Stückchen entgegenkommen! Und ihren Anfang nahm diese verhängnisvolle Entwicklung vor fünfundzwanzig Jahren mit der Zulassung von Frauen zum Priesteramt!«

Er machte eine bedeutungsschwere Pause und ließ den Blick über seine Gemeinde schweifen. Es war so still, man hätte eine Nadel fallen hören können.

Leiser, um uns zur Aufmerksamkeit zu zwingen, fuhr er fort: »Mir ist bewusst, dass einige von euch nicht mit dem, was ich gerade gesagt habe, einverstanden sind – vor allem nicht jene Frauen, die in dieser Kirche ein verantwortungsvolles Amt bekleiden. Hört mich bitte dennoch zu Ende an. Ich werde euch anhand eines Beispiels erläutern, was passieren kann und wird, wenn wir die Heilige Schrift missachten. Dort ist ganz klar festgelegt, ob es uns nun gefällt oder nicht, dass nur Männer in den Dienst der Kirche treten sollen. In seinem ersten Brief an Timotheus schreibt Paulus, ein Bischof soll eines Weibes Mann sein – ein klarer Hinweis darauf, dass er den Frauen nicht die Rolle eines Diakons oder Kirchenältesten zudachte. Im selben Brief schreibt er außerdem, er gestatte es den Frauen weder zu lehren noch sich über den Mann zu erheben – stattdessen sollen sie still sein. Das zu akzeptieren fällt natürlich schwer, zumal Frauen in unserer Glaubensgemeinschaft immer schon treue und fähige Dienerinnen des Herrn gewesen sind. Doch das ist nicht der springende Punkt! Der Punkt ist, dass wir Gottes heilige Gebote missachten! Mit dem Ergebnis, dass sich Homosexuelle an unseren Schulen, in unserer Armee, auf unseren Kanzeln ausbreiten! Ich sage euch, wir müssen uns dem Willen des Herrn bedingungslos unterwerfen, wenn wir den Fortbestand unserer Kirche und unserer Nation sichern wollen!«

Ich blendete seine Stimme so gut es ging aus. Ich war diese taktischen Manöver leid, bei denen Männer über der Frage nach der Rolle der Frau in der Kirche gegeneinander ausgespielt wurden. Pastor Ledbetters Position kannte ich ja bereits. Er vertrat die Auffassung, Frauen sollten den Kopf bedecken, den Mund halten und sich um den Haushalt kümmern. Das hatte ich weiß Gott alles lange genug getan! Doch als er die Schuld für alle kirchlichen Missstände den weiblichen Geistlichen anlastete, hätte ich Paulus und Timotheus mit Freuden den Hals umdrehen können, weil sie Männern wie Pastor Ledbetter eine Rechtfertigung für ihre Vorurteile lieferten. Soll mir bloß keiner erzählen, Unterwürfigkeit adle eine Frau! So ein Blödsinn! Ich war die Unterwürfigkeit in Person gewesen, und was hatte es mir eingebracht? Eine Demütigung in Gestalt des Knirpses an meiner Seite.

Als die Predigt endlich, endlich vorüber war, schnappte ich mir den Jungen und zog ihn hinter mir her durch den Mittelgang. Die Leute machten uns bereitwillig Platz. Sie hatten begriffen, wem die Predigt gegolten hatte. Einige lächelten mir zu und verschlangen das Kind mit neugierigen

Blicken. Andere unterhielten sich angeregt mit ihrem Sitznachbarn, um uns nicht bemerken zu müssen. An der Tür stand Pastor Ledbetter und verabschiedete sich mit einem Händedruck von seinen Schäfchen. Wenn er geglaubt hatte, ich würde mich durch den Seitenausgang verdrücken, hatte er sich getäuscht! Ich marschierte geradewegs auf ihn zu und schob den Jungen zwischen ihn und mich.

»Little Lloyd, das ist Pastor Ledbetter, der sich so sehr um dein Wohlergehen sorgt«, sagte ich laut. Die Gespräche ringsum verstummten, die Schlange der zum Ausgang Strömenden geriet ins Stocken. »Pastor, es war ein Vergnügen, Ihre Predigt zu hören, aber ich denke, die Bürde, die der Herr Ihnen auferlegt hat, war zu leicht. Vielleicht sollten Sie ihn einmal fragen, was er zu den Pflichten von Ehemännern und Vätern und jenen Männern, die beides in unterschiedlichen Familien sein wollen, zu sagen hat. Und wenn die Zulassung von Frauen zum Priesteramt der Auslöser dafür ist, dass wir auf dem schmierigen Hang der Sünde ins Verderben rutschen, dann würde ich zu gern wissen, auf welchem Gipfel die Kirche in den letzten zweitausend Jahren thronte, als die Männer das Sagen hatten!«

Einige Frauen ringsum schnappten hörbar nach Luft, doch ich beachtete sie nicht. Mit hoch erhobenem Kopf, wenn auch vor Erregung schnaufend, rauschte ich mit dem Jungen davon.

Ich war so wütend, dass ich das Auto, das vor meinem Haus parkte, erst gar nicht bemerkte. Es war ein alter Straßenkreuzer, braun und weiß, mit Heckflossen und einem verrosteten Kotflügel.

»Mein Gott, Little Lloyd!« Meine Hand schloss sich fester um die des Jungen, und zum ersten Mal seit Tagen durchflutete mich ein Gefühl freudiger Erleichterung. »Ist das nicht das Auto deiner Mama?«

»Ja, das ist es! Das ist es! Sie ist wieder da!« Er riss sich los und rannte auf das Haus zu.

Kapitel 13

HALT, WARTE!«, RIEF ich. »Lauf ja nicht über die Straße, bevor ich da bin, hörst du?« Ich eilte dem Jungen nach, und wir überquerten gemeinsam die Straße und hasteten die Stufen zur Veranda hinauf. Ich hatte Herzklopfen vor Aufregung, ich konnte es kaum erwarten, dieser Person ordentlich die Meinung zu sagen. Zurechtstutzen würde ich sie, dass ihr Hören und Sehen vergehen würde!

Doch dazu kam es leider nicht, denn in meinem Schaukelstuhl hinter der Wisteria saß ein Mann. Hazel Marie Puckett war nirgends zu sehen.

Little Lloyd verlangsamte den Schritt, ich blieb abrupt stehen. Der Fremde war nicht besonders groß, aber kräftig gebaut. Er hatte tiefschwarze Haare, die glänzten, als hätte er sie mit Pomade oder Gel oder etwas Ähnlichem geglättet, und dunkle Augenbrauen. Sein Spitz- und Oberlippenbart waren sorgfältig getrimmt. Eine Locke fiel ihm auf die Stirn. Er trug einen graugrünen Anzug, ein weißes Hemd und einen Schlips in Grün- und Brauntönen. Und – man sollte es nicht für möglich halten – weiße Socken! Das Zifferblatt seiner großen goldenen Armbanduhr am rechten Handgelenk war zum Körper hin gedreht, und an beiden Mittelfingern funkelten auffällige goldene Ringe. Eine ledergebundene Bibel mit Goldschnitt lag auf seiner

Brust. Ich hielt ihn zuerst für einen Prediger – einen von der aalglatten Sorte. Nicht, dass ich voreingenommen wäre!

Der Mann lächelte und erhob sich, als wir auf die Veranda traten. Little Lloyd drückte sich näher an mich.

»Mrs. Springer«, sagte der Fremde feierlich und verbeugte sich geradezu ehrerbietig. »Ich bin gekommen, mich für das schändliche Verhalten meiner Nichte, Hazel Marie Puckett, zu entschuldigen und Ihnen im Namen der ganzen Familie Puckett für Ihre christliche Nächstenliebe zu danken. Es war ausgesprochen großzügig von Ihnen, Junior bei sich aufzunehmen und für ihn zu sorgen. Wir alle, ich mit eingeschlossen, stehen tief in Ihrer Schuld. Ich bin gekommen, Sie von dieser Last zu befreien, und Junior in den Kreis seiner Lieben, wo er sehnsüchtig erwartet wird, zurückzuführen!«

Halleluja!, durchzuckte es mich. Erleichtert lächelte ich meinen sonderbaren Retter an.

»Verzeihen Sie, Ma'am«, fuhr er fort, bevor ich etwas sagen konnte, »ich habe mich noch gar nicht vorgestellt. Aber vielleicht kennen Sie mich ja aus dem Fernsehen. Bestimmt haben Sie meine Sendung *Schüret das Feuer Gottes* schon einmal gesehen. Sie wird jeden Dienstagabend von neun bis zehn auf WCHR, Kanal acht, ausgestrahlt und erreicht mit der Macht Gottes Tausende christlicher Familien im Westen und Norden von North Carolina.« Ich schüttelte den Kopf und murmelte, ich sähe kaum fern. Er lächelte so gewinnend, als hätte er in mir ein potenzielles Mitglied seiner Fangemeinde erkannt. »Ich bin Reverend Vernon Puckett, weithin bekannt als Bruder Vern. Es wäre mir eine Ehre, wenn auch Sie mich so nennen würden.« Er hielt mir die Hand hin, und ich drückte sie. Sie war schweißnass. Ich schob es auf die Hitze.

»Setzen Sie sich doch, Mr. Puckett«, sagte ich, »und erzählen Sie uns, wo die Mutter des Jungen steckt.«

»Sie ist in Raleigh«, erwiderte er seufzend und ließ sich in den Schaukelstuhl fallen. Seine Oberschenkel drohten fast seine Hose zu sprengen. Normalerweise achte ich bei einem Mann nicht auf solche intimen Dinge, aber Polyester schmiegt sich nun einmal eng an den Körper an. Er wischte sich mit einem großen Taschentuch über das Gesicht, ehe er weiterredete. »Was diese Frau uns Pucketts schon Nerven gekostet hat! Ich muss Ihnen sicherlich nicht sagen, warum, Mrs. Springer.« Sein bohrender Blick machte mir klar, dass er über ihr Verhältnis mit Wesley Lloyd Bescheid wusste. »Nun, durch meine Arbeit für den Herrn komme ich weit herum. Erst vor einigen Monaten war ich in Kalifornien, und ich kann Ihnen sagen, Mrs. Springer, dort wird das Wort Gottes nötiger gebraucht als an jedem anderen Ort, den ich jemals besucht habe! Ich gehe, wohin man mich ruft. Gelobt sei der Herr – er sorgt schon dafür, dass mir die Arbeit nicht ausgeht. Wie es der Zufall will, werde ich nächste Woche Erweckungsversammlungen in der Baptistengemeinde Bethany Crossroads abhalten. Das ist ganz in der Nähe von Raleigh. Sind die Wege des Herrn nicht wunderbar, Mrs. Springer? Es ist nämlich noch keine zwei Tage her, dass Hazel Marie anrief und sagte, falls jemand zufällig dort unten zu tun habe, solle er den Jungen mitnehmen und zu ihr bringen.« Er sah Little Lloyd an und fragte: »Möchtest du zu deiner Mama, mein Sohn?«

»Ja, Sir«, antwortete er. Er hielt mit einer Hand die Armlehne des Stuhls, auf dem ich saß, umklammert. Vor Aufregung und Freude, wie ich annahm.

»Nun denn«, sagte Bruder Vern und schlug sich mit der Bibel aufs Knie. »Pack deine Sachen, damit wir gleich fahren können. Ich muss heute Abend noch dort sein, weil ich morgen Früh im Fernsehstudio erwartet werde. Halleluja! Ich muss immer mit den Hühnern aufstehen!« Er warf den Kopf zurück und lachte, und ich sah seine großen, falschen Zähne. Der Mann war mir nicht sonderlich sympathisch – zu schmierig und theatralisch für meinen Geschmack. Aber da er im Fernsehen auftrat, nahm ich an, das Schauspielern gehörte zu seinem Metier. Das war bei den meisten Predigern so.

Little Lloyd hatte sich nicht vom Fleck gerührt. Was war denn mit dem Jungen? Freute er sich nicht, dass unsere Gebete erhört worden waren? Er würde wieder bei seiner Mutter sein, und ich wäre meine Probleme mit einem Schlag los!

»Nun geh schon«, ermunterte ich ihn. »Pack alles in den Koffer, den ich dir gekauft habe, auch deine neuen Sachen. Die kannst du behalten. Deine Mama kann es bestimmt kaum erwarten, dich zu sehen.«

»Sagen Sie Deputy Bates Auf Wiedersehen von mir?«, fragte er mit einem Seitenblick auf seinen Onkel. Großonkel, besser gesagt.

»Sicher, das mach ich doch gern. Du kommst uns bestimmt einmal besuchen, dann siehst du ihn ja wieder.«

Ein Lächeln huschte über sein Gesicht. Er lief ins Haus, und ich hörte ihn die Treppe hinaufpoltern. Ich lehnte mich zurück. Ich war ja so froh, dass dieses Kind dorthin zurückkehrte, wo es hingehörte. Als ich mich wieder dem

Prediger zuwandte, sah ich gerade noch, wie der finstere Blick, mit dem er den Jungen beobachtet hatte, verschwand und er ein strahlendes Lächeln aufsetzte.

»Mr. Puckett –«

»Ah-ah«, machte er und wackelte vorwurfsvoll mit dem Zeigefinger.

»Also gut, Bruder Vern«, verbesserte ich mich. »Ich hoffe, Sie werden Ihrer Nichte ins Gewissen reden. Sein Kind einfach bei völlig Fremden abzugeben – wo gibt's denn so was! Vor allem unter diesen Umständen, die Ihnen ja offensichtlich bekannt sind.«

»Allerdings.« Er beugte sich mit jener Vertraulichkeit vor, die alle Prediger schon auf dem Priesterseminar zu lernen scheinen. Der Moschusgeruch eines schweren Kölnischwassers stieg mir in die Nase, und ich sah ein Kreuz auf seiner Krawatte funkeln. Zirkonia? Diamanten? Diamanten wohl kaum. Ich lehnte mich zurück, um der Duftwolke zu entkommen. »Ich sage Ihnen, ich war zutiefst schockiert, als ich vor einigen Jahren vom Lebenswandel meiner Nichte erfuhr. Ich habe gebetet – und wie ich zu unserem Herrn gebetet habe! –, ich habe mit ihr gesprochen und sie beschworen, Vernunft anzunehmen, aber es war alles vergebens. Ich habe auch für Sie gebetet, Mrs. Springer, obwohl ich Sie gar nicht kannte.«

»Nun, ich muss schon sagen ...«, stammelte ich und war unwillkürlich gerührt.

»Oh ja, diese Frau hat uns allen unsagbaren Kummer bereitet, aber ich weiß, dass sie ihren Jungen liebt. Und die Liebe einer Mutter wiegt selbst die schwersten Sünden auf, halleluja!«

»Das mag schon sein, doch da fällt mir gerade ein: Sie

können sich doch nicht auf den weiten Weg machen, ohne eine kleine Stärkung zu sich genommen zu haben! Wo habe ich nur meine Gedanken? Ich werde schnell eine Kleinigkeit zu essen machen. Und bei der Gelegenheit nachschauen, wo der Junge so lange bleibt.« Ich stand auf, aber der Prediger war blitzschnell auf den Füßen.

»Das ist wirklich nicht nötig, Ma'am«, versicherte er hastig. »Wir werden bei Burger King am Highway Halt machen. Gelobt sei der Herr, der bestens für die seinen sorgt! Die Zeit drängt, und Hazel Marie erwartet uns. Aber ich danke Ihnen für Ihre Gastfreundschaft, halleluja!«

Im gleichen Moment kam Little Lloyd heraus, den Koffer in der einen Hand, seinen Blazer in der anderen. Die Brille war ihm auf die Nasenspitze gerutscht, und er blinzelte verwirrt über die dicken Gläser hinweg. Ohne sie schien er so gut wie blind zu sein. Ich hätte ihm eine bessere Brille gekauft, wenn er länger geblieben wäre. Na ja, wenigstens hatte er jetzt einen anständigen Haarschnitt.

»Nun, Little Lloyd, wir werden dich vermissen«, sagte ich. Der Herr würde mir die Lüge sicher vergeben. Was waren gute Manieren schon anderes als Lügen und Heucheleien? »Lillian wird bestimmt enttäuscht sein, wenn sie morgen kommt, und du bist nicht mehr da. Und Deputy Bates wird nicht wissen, was er jetzt mit der Schaukel hinterm Haus anfangen soll! Ich hoffe, du wirst uns einmal besuchen kommen, mein Junge!« Ich wartete, ob mich der Blitz treffen würde für diese zweite Lüge, aber nichts geschah.

»Ja, Ma'am«, murmelte er mit gesenktem Kopf. Er bot ein solches Bild des Jammers, dass mich das Mitleid packte. Nicht, dass mir der Junge irgendetwas bedeutet hätte – ach was, wo denken Sie hin! –, aber auf gewisse Weise fühlte ich mich für ihn verantwortlich, und ich konnte mir einfach nicht vorstellen, wie seine Mutter für ihn sorgen wollte.

»Wissen Sie, Mr. Puckett, ich glaube, ich sollte den Jungen hier behalten, bis sich seine Mutter direkt bei mir meldet. Nicht, dass ich Ihnen misstrauen würde«, fügte ich hinzu, als er mir einen scharfen Blick zuwarf, »aber Sie haben doch mit Ihrer Fernsehsendung und Ihren Erweckungsversammlungen ohnehin schon genug zu tun. Und wenn Sie seine Mutter nun verpassen? Wollen Sie das Kind überallhin mitschleifen, die halbe Nacht aufbleiben lassen, mit Hamburgern und solchem Zeug voll stopfen? Nein, nein, ich finde, der Junge ist hier bei mir besser aufgehoben.«

Little Lloyd war sichtlich unschlüssig und Bruder Vern sichtlich erschrocken.

»Das kommt überhaupt nicht infrage!« Bruder Vern hob die Hand, als wollte er den Verkehr anhalten. »Verzeihen Sie, Mrs. Springer, ich wollte nicht unhöflich sein. Aber Sie müssen verstehen, ich habe den Auftrag, den Jungen zu seiner Mutter zu bringen. Ich habe es ihr versprochen und außerdem ...« Er brach ab und schüttelte den Kopf. Seine Augen verengten sich, als er hinzufügte: »Ich werde Ihnen die Wahrheit sagen, Mrs. Springer. Mit dieser Frau legt man sich besser nicht an! Sie ist unberechenbar, wenn sie wütend ist, und zu allem fähig.«

»Wenn das so ist«, sagte ich. Im Geist sah ich mein von Einbrechern verwüstetes Haus. Aber diese Puckett konnte es nicht gewesen sein, sie war schließlich in Raleigh. Oder etwa nicht? »Tja, was wollen wir denn jetzt machen? Was meinst du dazu, Little Lloyd?«

»Er möchte zu seiner Mutter«, antwortete Bruder Vern schnell. »So ist es doch, nicht wahr, mein Junge?«

»Ja, Sir, ich –«

»Dann bedank dich bei der freundlichen Dame, damit wir endlich aufbrechen können.« Bruder Vern, dessen Gesicht feucht vom Schweiß glänzte, stemmte sich aus dem Schaukelstuhl und knöpfte sein zweireihiges Jackett zu. Ein Mann seines Umfangs sollte wirklich keinen Zweireiher tragen! Dann klemmte er die Bibel unter den Arm und wandte sich zum Gehen.

»Hast du auch alles?«, fragte ich den Jungen. »Dein Malbuch und die Stifte? Was zum Lesen für unterwegs?«

»Ja, Ma'am, ich hab alles eingepackt.« Er hob den Kopf und blickte mir ernst in die Augen. Ich erkannte den Jungen, der mit hängenden Schultern umhergeschlichen war und meinem Blick beständig auswich, nicht wieder.

»Und deine –«

»Ich hab alles eingepackt«, wiederholte er. Er blinzelte und schob die Stirn in Falten, dass seine Augenbrauen nur so zuckten. Ich fürchtete schon, er habe eine Art Anfall! Dann überraschte und beschämte er mich, als er sagte: »Danke, dass ich bei Ihnen bleiben durfte. Es tut mir Leid, dass ich Ihnen so viele Unannehmlichkeiten bereitet habe.«

»Ach, nicht der Rede wert«, stammelte ich. »Es war schön, dich hier zu haben.« Diesmal wird mich hundertprozentig der Blitz treffen, dachte ich. Aber ich hatte den Gedanken noch nicht zu Ende gedacht, da wurde mir klar, dass ich es sogar aufrichtig meinte.

Den Koffer in der einen Hand, schob der Prediger mit der anderen den Jungen vor sich her, die Treppe hinunter und zum Auto. Ich sah den beiden nach und rechnete damit, dass sich ein Gefühl der Erleichterung einstellen würde, doch es kam nicht. Schwarze Abgaswolken wälzten sich aus dem Auspuff, als der Motor dröhnend ansprang.

»Oh mein Gott!«, entfuhr es mir. Wie konnte ich nur so dumm sein! Als diese Puckett vor knapp einer Woche hier gewesen war, hatte jemand anders am Steuer dieses Wagens gesessen. Aber wer? Und wie kam Bruder Vern an das Auto?

»Halt! Warten Sie!«, schrie ich und rannte wild gestikulierend die Treppe hinunter. Das Auto brauste davon. Ich sah Little Lloyds mir zugewandtes Gesicht hinter der Seitenscheibe. Dann bogen sie rechts in die Lincoln ein und waren fort. Dunkle Abgaswolken waberten um meine Buchsbaumsträucher.

Ein tiefes Röhren grollte in die Stille hinein. Es dröhnte mir im Kopf, und ich schaute mich nach der Geräuschquelle um. Dann sah ich den schwarzen Pick-up mit den hohen Monsterreifen. Er bog um die Ecke und rollte auf mich zu. Oh mein Gott, schoss es mir durch den Kopf, während mir das Herz bis zum Hals schlug, das ist der Wagen, der mich neulich abends verfolgt hat! Er musste es sein – er hatte die gleichen gelben Scheinwerfer über dem Fahrerhaus, die gleichen Reifen, die gleichen dunkel getönten Scheiben. Als er keine drei Meter von mir entfernt langsam vorbeifuhr, fiel mir auf der Tür ein aufgemalter orangeroter Blitz auf. Ich stand da wie vom Donner gerührt. Der Wagen bog ebenfalls in die Lincoln ein, und nach einer Weile verlor sich das Dröhnen des Motors in der Ferne.

Ich stieg mit zitternden Knien die Stufen zur Veranda hinauf und ließ mich in den Schaukelstuhl fallen. Konnte das Zufall sein? Ich starrte auf die leere Straße hinunter und dachte voller Sorge an den Jungen. War der Pick-up etwa gar nicht hinter mir her gewesen, sondern hinter ihm?

Der Rest des Abgasschwadens kräuselte sich um die Verandastufen. Ich kam mir einsamer vor als jemals zuvor in meinem Leben.

Kapitel 14

SPÄTER NAHM ICH die Zeitung zur Hand, um den langen Sonntagnachmittag irgendwie auszufüllen. Sogar die Seniorenseite mit Informationen, die angeblich die ältere Generation interessierten – mich allerdings nicht! –, las ich. Oder versuchte es zumindest. Es war heiß, kein Lüftchen regte sich, das Haus war still und so einsam, dass ich mich fragte, wie es nun weitergehen sollte. Ich hatte einen Kloß im Hals, und jedes Mal, wenn ich an den Jungen dachte – und das war öfter, als mir lieb war –, musste ich schlucken. Wo mochte er jetzt sein, was machte er gerade, warum kümmerte mich das überhaupt?

Tut es ja gar nicht, widersprach ich mir selbst. Er ging mich nichts mehr an, basta. Ich faltete die Zeitung zusammen, legte die Hände in den Schoß und schaute mich um. Vielleicht sollte ich neue Vorhänge kaufen, hellere, freundlichere. Vielleicht sollte ich die Couchgarnitur neu beziehen lassen. Vielleicht würde mich ein solches Vorhaben auf andere Gedanken bringen. Vielleicht auch nicht.

Gegen vier klopfte es an die Tür. Ich war dankbar für die Ablenkung und freute mich noch mehr, als ich Sam erblickte.

»Komm rein, Sam.« Ich öffnete ihm die Fliegengittertür.

»Du wirst dich bestimmt mit mir freuen, dass alle meine Probleme gelöst worden sind!«

»Wie hast du das denn geschafft, Julia?« Er nahm auf einem der viktorianischen Stühle am Kamin Platz. Seine vertraute Gestalt schien den Raum und den einsamen Nachmittag mit Leben zu füllen. Mir fiel auf, dass sein Haar sich gelichtet hatte. Seine blauen Augen dagegen strahlten wie eh und je.

Ich nahm ihm den Hut ab, legte ihn auf die Marmorplatte der Truhe und setzte mich dann aufs Sofa. »Als wir aus der Kirche kamen, hat der Onkel des Jungen, besser gesagt der Onkel seiner Mutter, hier auf uns gewartet. Hazel Marie habe sich bei ihm gemeldet und ihn gebeten, Little Lloyd zu ihr nach Raleigh zu bringen. Anscheinend hat sie eine Möglichkeit gefunden, ihn bei sich unterzubringen. So gegen halb eins, Viertel vor eins sind sie weggefahren. Sie müssten bald dort sein.«

Ich schaute auf meine Armbanduhr und fragte mich, wo der Junge jetzt wohl gerade sein mochte. Sein Gesicht, wie er mich beim Wegfahren aus dem Auto heraus angeschaut hatte, ging mir nicht mehr aus dem Kopf, genauso wenig wie sein merkwürdiges Gewackel mit den Augenbrauen.

»Dann sind deine Probleme ja wirklich gelöst«, sagte Sam. Einen Augenblick betrachtete er mich prüfend. »Warum werde ich das Gefühl nicht los, dass du dich nicht richtig darüber freust?«

»Na ja ...« Ich spielte mit einem Knopf an meinem Kleid. »Inzwischen sind mir ehrlich gesagt Zweifel gekommen, und Little Lloyd schien auch nicht sonderlich begeistert zu sein. Vorhin fiel es mir nicht so auf, weil *ich* so begeistert war von dem Gedanken, ihn loszuwerden. Natürlich hat er sich gewünscht, wieder bei seiner Mutter zu sein, aber er hat sich so komisch benommen, weißt du. Je länger ich darüber nachdenke, desto überzeugter bin ich, dass irgendetwas faul ist an der Sache. Und ich muss zugeben, ich habe in der Situation nicht daran gedacht, Bruder Vern ein paar wichtige Fragen zu stellen. Da ist zum Beispiel die Sache mit dem Auto.«

»Am besten, du fängst ganz von vorn an«, meinte Sam. »Wer ist Bruder Vern und was für ein Auto?«

Ich erzählte ihm alles von Anfang an. Je mehr Einzelheiten ich aus meinem Gedächtnis zutage förderte, desto klarer erkannte ich, dass es ein schrecklicher Fehler gewesen war, den Jungen einem mir völlig Unbekannten anzuvertrauen.

»Aber der Kleine hat ihn doch gekannt, oder nicht?«, fragte Sam.

»Schon, aber er schien ihn nicht sonderlich zu mögen. Ich hätte herausfinden müssen, wo diese Puckett sich aufhält. Dann hätte ich sie anrufen und dafür sorgen müssen, dass der Junge auch wirklich wohlbehalten bei ihr ankommt. *Das* hätte ich tun sollen, Sam!« Ich sprang auf und ging erregt im Zimmer auf und ab. »Jetzt ist der Junge fort, und ich habe keine Ahnung, wo er ist! Oder seine Mutter. Oder Bruder Vern. Ich hätte hart bleiben sollen. Stattdessen konnte ich es kaum erwarten, Wesley Lloyds Kind endlich los zu sein! Ich Egoistin habe nur an mich gedacht!«

»Geh nicht so hart mit dir ins Gericht, Julia! Du hast dich schließlich bereit erklärt, dich um den Jungen zu kümmern.«

»Ja, aber ich habe es nicht wirklich *gewollt!* Das ist der Unterschied zwischen den *Buchstaben* und dem *Sinn* des

Gesetzes. Auf die innere Einstellung kommt es an, Sam, das weißt du so gut wie ich.« Ich holte tief Luft. »Da ist noch etwas, das du wissen solltest.«

Ich erzählte ihm von dem Pick-up mit den Monsterreifen. Als ich geendet hatte, war Sam außer sich. Er sprang auf und legte mir die Hände auf die Schultern. »Bei Nacht allein in der Gegend herumzufahren! Warum machst du so etwas auch!«

»Weil mir danach zumute war«, fauchte ich. »Wesley Lloyd hat mich mein Leben lang wie eine Zehnjährige behandelt, und ich werde mich nie wieder so behandeln lassen, weder von dir noch von irgendjemandem sonst! Merk dir das, Sam Murdoch!«

Er ließ die Hände sinken. »Du hast Recht, Julia. Entschuldige bitte. Ich mache mir eben Sorgen um dich, das darf ich doch, oder?«

Ich tat, als müsste ich darüber nachdenken. Dann nickte ich und sagte: »Meinetwegen. Aber du kannst mir ruhig zutrauen, dass ich ein bisschen Verstand besitze, weißt du.«

Dann benutz ihn auch, hätte Wesley Lloyd darauf erwidert. Aber Sam lächelte nur und meinte: »Dir traue ich noch viel mehr zu, Julia.«

Da ich nicht wusste, was ich darauf antworten sollte, zog ich es vor, das Thema zu wechseln. »Und was schlägst du jetzt vor?«

»Deputy Bates soll sich mit der Polizei in Raleigh in Verbindung setzen, damit sie diese Puckett finden und überprüfen, ob es dem Jungen auch gut geht. Wegen des Jugendamts brauchst du dir jetzt ja keine Gedanken mehr zu machen. Und dann bist du wenigstens beruhigt.«

»Gute Idee. Ich werde den Deputy gleich nachher darum

bitten. Er müsste eigentlich bald herunterkommen. Ich werd schon mal den Kaffee aufsetzen und ihm was zu essen machen. Möchtest du auch eine Kleinigkeit? Ein paar Eier vielleicht?«

»Ja, gern«, sagte Sam. Er folgte mir in die Küche. »Ich wusste ja gar nicht, dass du kochen kannst, Julia.«

»Rühreier kriegt ja nun wirklich *jeder* hin«, brummelte ich. In Wahrheit war es mit meinen Kochkünsten nicht weit her. Und ich hatte auch nicht die Absicht, auf meine alten Tage noch kochen zu lernen!

Obwohl Deputy Bates zugesagt hatte, den Polizeiapparat für die Suche nach Hazel Marie Puckett einzuschalten, verbrachte ich eine unruhige Nacht. Auch der Sheriff interessiere sich für ihren Aufenthaltsort, hatte er gemeint, weil er ihr ein paar Fragen wegen des Blutes in der Garage stellen müsse. Deputy Bates hatte fast bestürzt reagiert, als ich ihm mitteilte, dass der Junge fort war. Seine Enttäuschung und seine Sorge wurmten mich.

»Ich werde den Knirps vermissen«, sagte er.

Ich fasste das als Angriff auf und gab bissig zurück: »Ich bestimmt nicht! Glauben Sie, es macht Spaß, von morgens bis abends an den Seitensprung des eigenen Mannes erinnert zu werden?« Ich spürte, wie mir die Tränen kamen.

»Reg dich nicht auf, Julia«, sagte Sam sanft.

Das machte die Sache auch nicht besser. Ich hatte einen Fehler gemacht, als ich das Kind einfach gehen ließ – sie wussten es und ich auch. Aber was hätte ich tun sollen? Einiges, wie mir hinterher klar wurde. Ich hätte Deputy Bates wecken können. Ich hätte Bruder Vern ausfragen müssen.

Ich hätte ihn um Hazel Maries Adresse bitten sollen – nein, ich hätte sie sogar *verlangen* müssen. Ich hätte den Jungen unter vier Augen fragen sollen, ob er wirklich mit seinem Großonkel gehen wolle.

Es gab so viel, das ich hätte tun können und sollen, aber jetzt war es zu spät. Jetzt musste ich damit leben, nichts getan zu haben. Irgendwann mitten in der Nacht stand ich auf und ging ins Gästezimmer hinüber. Das leere Bett brachte mir die Leere in meinem Haus, vielleicht in meinem ganzen Leben, erst richtig zu Bewusstsein.

Ich war eine selbstsüchtige alte Frau, die vielleicht ein paar Millionen Dollar auf dem Konto, aber keinen Ehemann, keine Kinder, keine Aussicht auf etwas Freude oder Abwechslung hatte. Nicht einmal der Gedanke, dass ich jetzt Schecks ausstellen und mir alles kaufen konnte, was ich wollte, vermochte mich aufzuheitern.

Ich fing an zu weinen. Ich ließ mich im Dunkeln auf Little Lloyds Bett fallen und weinte – eine alte Frau mit blaustichigen Haaren, die ihr Leben lang nur an sich selbst gedacht hatte.

Ich weinte nicht, weil ich den Jungen vermisst hätte – er hatte mich viel zu sehr an Wesley Lloyd erinnert, und *den* vermisste ich bestimmt nicht, auch wenn es noch so gemein klingt. Nein, ich machte mir einfach Sorgen um das Kind – und mir selbst bittere Vorwürfe wegen meiner Nachlässigkeit. Wenn ich sicher sein könnte, dass es ihm gut ging, würde ich die ganze Sache zu den Akten legen und mein Leben weiterleben können. Vielleicht würde ich sogar alle Frauen der Kirchengemeinde zum Tee einladen. Wesley Lloyd war zwar noch kein Jahr unter der Erde, aber das war schließlich kein Grund, wie eine Einsiedlerin zu leben.

Und es wäre eine gute Gelegenheit, allen zu zeigen, dass mein Stolz ungebrochen war. Mit diesem tröstlichen Gedanken ging ich wieder zu Bett. Ich malte mir in allen Einzelheiten die raffinierteste Teetafel aus, die Abbotsville seit Lula Mae Hardings letzter Einladung vor ihrem Ableben gesehen hatte.

Am Montagmorgen trafen Sam und Lillian praktisch gleichzeitig ein – der eine kam durch die Vorder-, die andere durch die Hintertür. In der Küche nahmen wir ein gemeinsames Frühstück ein. Lillian weigerte sich allerdings, sich zu uns zu setzen – es gehöre sich nicht, dass sie gemeinsam mit meinen Gästen am selben Tisch sitze, hatte sie einmal zu mir gesagt. Mich hätte es nicht gestört, zumal ich Sam nicht als Gast, sondern praktisch als Teil der Familie betrachtete. Während Lillian geschäftig hantierte, um ein kräftiges Frühstück für Deputy Bates zuzubereiten, hörte sie uns aufmerksam zu und tat ihre Meinung durch ihr Mienenspiel kund. Ihr gefiel es überhaupt nicht, dass ich den Jungen einem »angeblichen Onkel« anvertraut hatte.

»Was haben Sie sich nur dabei gedacht, Miss Julia? Überlassen den Kleinen dem Erstbesten, der vorbeikommt! Wer soll sich denn jetzt um das Baby kümmern?«

»Er ist der Onkel seiner Mutter, nicht der Erstbeste, der vorbeikam! Was kann ich denn dafür, dass seine Mutter so gleichgültig ist!«

»Was für eine klägliche Entschuldigung«, hatte sie vorwurfsvoll gemeint.

Sam rührte seinen Kaffee um. Dann legte er seine Hand auf meine und sagte: »Ich habe heute Morgen mit Sheriff

Frady gesprochen. Deine Beziehung zu dem Jungen hat ihn natürlich mächtig interessiert, wie du dir denken kannst. Er rief diesen Lieutenant herein, und ich musste alles noch einmal erzählen. Dieser Lieutenant ist ein intelligenter Bursche. Er hat sofort einen Zusammenhang zu den Blutflecken im Haus des Jungen gesehen.«

Überrascht blickte ich auf. »Ich habe gedacht, Deputy Bates hätte seinem Vorgesetzten längst Bericht erstattet!«

»Nein, anscheinend hat er nur erwähnt, dass der Junge bei dir zu Besuch war und ihr drei zu dem Haus gefahren seid, um nach dem Rechten zu sehen. Er stellte es so dar, als ob diese Puckett eine Bekannte von dir wäre und du dich bereit erklärt hättest, den Jungen bei dir aufzunehmen. Auf diese Weise vermied er, dass das Jugendamt sich einschaltete.«

»Hoffentlich bekommt er keinen Ärger deswegen!«

»Das glaube ich kaum. Er hielt sich an die Fakten, nicht mehr und nicht weniger. Aber du musst selbst mit den Beamten reden, Julia. Dieser Lieutenant – wie hieß er doch gleich ... Peavey, also dieser Peavey möchte deine Version der Geschichte hören. Für ihn gilt diese Puckett als vermisst, und nach allem, was ich ihm erzählt habe, wird er den Jungen wohl auch als vermisste Person führen.«

»Aber wieso denn, er ist doch bei seinem Onkel!«, protestierte ich. »Großonkel, meine ich. Ich weiß, ich weiß – spar dir deinen Kommentar, Lillian. Ich hätte ihn nicht gehen lassen dürfen, ich weiß, aber was hätte ich denn machen sollen?« Ich war den Tränen nahe, unterdrückte sie aber und schenkte Kaffee nach. Das war so ungerecht! Ich hatte schließlich nicht darum gebeten, von meinem Mann betrogen zu werden, ich hatte auch nicht darum gebeten, seinen unehelichen Sohn aufnehmen zu dürfen, und ich hatte weiß Gott nicht darum gebeten, für all das auch noch verantwortlich gemacht zu werden!

»Niemand macht dir einen Vorwurf, Julia«, sagte Sam, der einmal mehr meine Gedanken las, beschwichtigend. »Ich habe eine Idee. Wie wär's, wenn du morgen mit mir zum Angeln kämst?«

Lillian prustete los, und ich warf ihr einen bösen Blick zu. »Tolle Idee, wirklich! Ich und angeln! Erstens bin ich noch nie im Leben angeln gegangen und zweitens würden wir den Leuten noch mehr Gesprächsstoff liefern, als sie ohnehin schon haben!«

»Es würde dir bestimmt gut tun, Julia. Lass die Leute doch reden, was kümmert es uns? Die Männer würden sich wünschen, sie wären an meiner Stelle, und die Frauen würden eifersüchtig auf dich sein, weil du den bestaussehenden Mann der ganzen Stadt an Land gezogen hast«, scherzte er.

Lillian lachte schallend. »Das scheint mir aber eine ausgefallene Art Angeln zu sein!«

»Ich warne euch, alle beide!« Ich spürte, wie ich rot anlief. »Ich hab schon genug am Hals, Sam Murdoch, ich brauche nicht noch mehr Probleme!«

»Ach, Julia!« Sam legte den Kopf schief und fuhr leise fort: »Ich will dir keine Probleme machen, ich will dir helfen! Du wirst dich wie neugeboren fühlen, wenn du ein paar Stunden hier rauskommst, glaub mir! Es wird dir bestimmt gefallen.«

»Nein! Das ist mein letztes Wort!«, sagte ich entschieden, ohne Sam anzusehen. »Vertrödel du ruhig deine Zeit – ich hab Besseres zu tun!«

»Sie sollten auf ihn hören, Miss Julia«, mischte sich Lillian ein. »Die Männer rennen Ihnen nicht gerade die Tür ein, wenn Sie verstehen, was ich meine! Vor allem nicht solche wie Mr. Sam.«

Er lächelte. »Danke, Lillian! Vielleicht glaubt sie's, wenn Sie's ihr sagen. Sie lässt sich den Mann ihres Lebens durch die Lappen gehen, hab ich nicht Recht?«

»Und ob!«, pflichtete Lillian ihm bei und warf mir einen mahnenden Blick zu.

»Ende der Diskussion«, sagte ich energisch. Ich hatte genug von ihren Frotzeleien – ich war wirklich nicht in der Stimmung.

Ich war froh, als ich Deputy Bates' Wagen hörte. Einen Augenblick später ging die Hintertür auf, und ein müder Deputy kam herein. Ich hoffte, es würde ihm trotzdem gelingen, die Unterhaltung in vernünftigere Bahnen zu lenken. Sam zog einen Stuhl für ihn heran, und Lillian eilte mit dem Kaffee herbei.

»Ich mach Ihnen zwei pochierte Eier mit Würstchen und Maisgrütze. Wäre Ihnen das recht?«, fragte sie.

»Klingt großartig«, meinte er und verrenkte sich fast, um sein Funkgerät auszuschalten, aus dem Knistern und Wortfetzen eines stark erkälteten Mannes drangen. »Mann, war das eine Nacht! Ein Glück, dass sie vorbei ist!«

»So viele Einsätze?«, fragte Sam.

»Jede Menge. Raubüberfall im Motor Inn. Drei Schlägereien in der Mercer Avenue, Geschwindigkeitsübertretungen im ganzen Distrikt. Dann ein Alzheimerpatient, der aus einem Pflegeheim spazierte und verschwand. Wir mussten die Spurenleser und die Hunde holen, aber zu guter Letzt haben wir ihn gefunden. So ging es in einem fort.«

»Was Sie brauchen, ist ein bisschen was Süßes in Ihrem Leben!«, sagte Lillian. Sie lachte so heftig, dass ich schon um die pochierten Eier bangte.

Deputy Bates grinste. »Wer sagt Ihnen denn, dass ich das nicht schon habe?«

Sie könne es einem Mann ansehen, ob er ein bisschen was Süßes oder eine Menge oder gar nichts habe, behauptete Lillian, und *er* gehöre in die letzte Kategorie. Sam lachte mit ihnen, aber mir wurde die Unterhaltung ein bisschen zu schlüpfrig. Ich meine, immerhin war es *meine* Küche.

»Haben Sie irgendetwas von Little Lloyd oder seiner Mutter gehört?«, fragte ich. Sofort wurden alle wieder ernst.

Der Deputy schüttelte den Kopf. »Absolut nichts.« Er machte sich über sein Frühstück her, als hätte er die ganze Nacht nichts gegessen. »Wir haben eine Beschreibung des Wagens rausgegeben und die Staatspolizei informiert, aber er ist nirgends gesehen worden. Die Polizei in Raleigh wird gleich heute Früh alle Kosmetikerinnenschulen überprüfen, ob diese Puckett irgendwo angemeldet ist. Viel mehr können wir im Augenblick nicht tun. Ach ja, Lieutenant Peavey wird im Lauf des Tags nach Benson's Gap fahren und einige von den Pucketts befragen. Er kennt eine ganze Reihe von ihnen, die meisten hat er irgendwann schon mal festgenommen, und wenn einer von denen was weiß, dann wird er es herausfinden. Könnte ich vielleicht noch ein Ei kriegen, Lillian? Natürlich nur, wenn's keine Umstände macht.«

»Aber nein, das mach ich doch gern.« Sie strahlte übers ganze Gesicht, wie jedes Mal, wenn ihre Kochkünste gut ankamen. Ich verschwieg ihr vorsichtshalber, dass der Deputy am Abend zuvor gleich vier von meinen Eiern gegessen hatte.

Als er fertig war, schob er seinen Teller von sich und lobte Lillian über den grünen Klee. Also wirklich, man konnte es auch übertreiben! Dann holte er tief Luft und sagte:

»Miss Julia, Sheriff Frady wird nachher rüberkommen. Am besten, Sie schenken ihm reinen Wein ein.«

»Sam hat mich schon vorgewarnt«, erwiderte ich. »Und ich habe auch nicht die Absicht, irgendetwas zu verschweigen. Ich möchte, dass der Junge gefunden wird, damit ich mir keine Sorgen mehr zu machen brauche und wieder in Ruhe schlafen kann. Ich bin bloß froh, dass ich kein Geheimnis daraus gemacht habe, dass der Junge der Sohn meines Mannes ist! Sonst würde ich jetzt nämlich ganz schön dumm dastehen, und heraus käme es sowieso. Siehst du, Lillian, manchmal weiß ich eben doch, was ich mache!«

»Manchmal, ja«, gab sie zu.

Draußen wurde eine Autotür zugeschlagen, und mein Herz machte einen Satz. Ich war noch nie verhört worden, und ich hätte auch jetzt darauf verzichten können. Ob es so schlimm werden würde wie die vertrauliche Unterredung mit meinem Prediger? Earl Frady war nur ein kleines Licht, aber in einer sehr einflussreichen Stellung – was seine Frau allerdings nicht daran hinderte, gelegentlich einen draufzumachen. Sie kam nur deshalb nicht in die Ausnüchterungszelle, weil keiner seiner Deputys riskieren wollte, sie festzunehmen.

Sam stand ebenfalls auf, als ich mich erhob. »Kopf hoch, Julia, ich bin ja bei dir«, ermunterte er mich.

Deputy Bates und Lillian folgten uns ins Wohnzimmer. Ich öffnete die Tür und begrüßte den Sheriff.

Kapitel 15

Ich kannte Earl Frady, seit er vor achtzehn Jahren Sheriff von Abbot County geworden war. In seinem braunen Polyesteranzug und den schwarzen, spitzen Schuhen sah er immer noch aus wie ein kleiner, mäßig wohlhabender Ladenbesitzer. Er lächelte nervös und strich das schüttere Haar über die kahlen Stellen am Kopf. Dem hoch gewachsenen Mann in der tadellos sitzenden Uniform, der hinter ihm stand, reichte er gerade bis zur Schulter. Frady schien sich noch unbehaglicher als sonst zu fühlen und wirkte noch weniger kompetent.

Ich öffnete die Fliegengittertür, und Deputy Bates machte mich mit dem hünenhaften Lieutenant Wayne Peavey bekannt. Er trug eine spiegelnde Sonnenbrille, hinter der seine Augen nicht zu erkennen waren, was mich sehr irritierte, und hatte einen dünnen, harten Mund, der aussah, als würde er sein Gesicht beim Lächeln in zwei Teile schneiden.

Jeder im Raum kannte Earl Frady – er wurde mit der Regelmäßigkeit eines Uhrwerks alle vier Jahre wiedergewählt. Der Hauptgrund hierfür war, dass er die Verhältnisse und die Politiker im County in- und auswendig kannte. Außerdem verstand er sich darauf, erfahrene, gut ausgebildete Deputys einzustellen, die für Ruhe und Ordnung sorgten.

Frady mischte sich klugerweise nicht in ihre Arbeit ein. Das war Grund genug, ihn jedes Mal aufs Neue in seinem Amt zu bestätigen.

Er ließ sich nur blicken, wenn etwas Schlagzeilenträchtiges passierte oder eine bekannte Persönlichkeit in ein Verbrechen verwickelt sein könnte – so wie in diesem Fall.

Wir setzten uns, nur Lillian blieb in der Tür zum Esszimmer stehen, und zwar so, dass ich sie sehen konnte. Deputy Bates zog sich die Klavierbank heran, Sam rückte seinen Stuhl neben Sheriff Frady. Alle blickten erwartungsvoll den Sheriff an, doch es war der große Lieutenant, der sich räusperte, ein kleines Notizbuch hervorholte und mir dann Fragen zu stellen begann. Angefangen bei dem Tag, an dem Hazel Marie Puckett vor meiner Tür gestanden hatte, wollte er alles ganz genau wissen. Lillian schaute grimmig drein, sooft er den Mund aufmachte.

Sam machte erst einmal unmissverständlich klar, dass ich mich dieser Befragung freiwillig unterzog und dass, falls der Sheriff eine reguläre Vernehmung im Sinn habe, meine Anwältin hinzugezogen werden müsse. Lillian verschränkte die Arme vor der Brust und nickte beifällig.

»Keine Sorge«, sagte Sheriff Frady. Er streckte ein Bein aus und zupfte sein Hosenbein über dem Knie zurecht. »Uns interessiert lediglich die Abfolge der Ereignisse bis zu dem Einbruch hier vergangenen Samstag. Am helllichten Tag, das muss man sich mal vorstellen! Darauf erstrecken sich unsere Ermittlungen im Wesentlichen. Und auf die Frage, ob Mrs. Springer irgendetwas vermisst.«

Sam warf ihm einen argwöhnischen Blick zu und knurrte: »Dann schießen Sie mal los.«

Der Sheriff bedeutete dem Lieutenant fortzufahren und

lehnte sich dann zurück, als ob ihn die ganze Sache nichts anginge. Und so war es im Grunde ja auch.

Der Lieutenant ging mit mir Stück für Stück die letzten Tage durch und kritzelte ab und zu etwas in sein Notizbuch. Nachdem ich die Ereignisse des Vortags geschildert, Bruder Vern und sein Auto beschrieben und hinzugefügt hatte, dass Hazel Marie Puckett meines Wissens in Raleigh Nägel feilte, klappte Peavey sein Notizbuch zu und stand auf.

»Gut, Mrs. Springer«, sagte er. Ich musste den Kopf weit zurücklegen, um zu ihm aufzublicken. »Wir wissen nicht, was in dieser Garage passiert ist. Die Nachbarn haben bestätigt, dass die Frau und der Junge in dem Haus, das Ihnen gehört, wohnten. Jetzt gelten beide als vermisst – und das, nachdem der Junge mehrere Tage hier bei Ihnen war. Es gibt also offensichtlich eine Verbindung zwischen Ihnen und Mrs. Puckett und ihrem Sohn. Wir fanden übrigens nicht nur Blutspuren in der Garage, sondern auch ein paar Zähne. Noch wissen wir nichts Genaueres, wir müssen die Laboruntersuchungen abwarten.«

»Also *ich* kann Ihnen da nicht weiterhelfen«, erwiderte ich spitz.

»Nein, Ma'am, wahrscheinlich nicht. Die Blutspuren waren relativ frisch, als wir sie fanden, kaum älter als vierundzwanzig Stunden, so viel steht fest. Das heißt, sie müssen irgendwann am Freitagnachmittag oder -abend dorthin gekommen sein.« Er machte eine viel sagende Pause.

Verblüfft sah ich ihn an. »Was wollen Sie damit andeuten? Freitagnachmittag habe ich weder gewusst, wo sich dieses Haus befindet, noch, dass es mir gehört! Ich habe Ihnen bereits gesagt, ich bin ziellos durch die Gegend gefahren, ungefähr drei Stunden lang. Fragen Sie Lillian. Fragen Sie Deputy Bates. Beide waren da, als ich zurückkam.« Der Deputy, der, die Unterarme auf die Knie gestützt, den Boden angestarrt hatte, blickte auf und nickte zur Bestätigung. Lieutenant Peavey achtete nicht darauf.

»Aber in diesen drei Stunden hat Sie niemand gesehen, oder?«

»Bis auf den Fahrer des schwarzen Pick-up.«

Der Lieutenant wandte mir seine spiegelnde Sonnenbrille zu. »Was für ein schwarzer Pick-up?«

Ich erzählte ihm von dem Vorfall. Peavey zuckte mit der Schulter und machte sich nicht einmal eine Notiz. »Schwarze Pick-ups gibt es wie Sand am Meer. Sie brauchen schon einen besseren Zeugen.«

»Schluss jetzt! Das reicht!« Sam sprang erregt auf. »Verdächtigen Sie etwa Mrs. Springer? Glauben Sie im Ernst, *sie* hätte etwas mit diesen Vorkommnissen zu tun? Ich habe Sie gewarnt, Earl«, fügte er an den Sheriff gewandt hinzu, »falls Sie irgendeine Aussage, die in diesem Raum gemacht wurde, verwenden wollen, obwohl Mrs. Springer auf die Anwesenheit ihres Rechtsbeistands verzichtet hat, werden Sie mächtig Ärger kriegen, das verspreche ich Ihnen!«

»Immer mit der Ruhe, Sam.« Der Sheriff erhob sich und wich langsam in Richtung Tür zurück. »Das sind reine Routinefragen. Niemand wird verdächtigt, jedenfalls noch nicht.«

»Das will ich auch hoffen«, entgegnete Sam. »Zumal ich nicht wüsste, wie die Anklage lauten sollte. Abgesehen von dem Einbruch in Mrs. Springers Haus ist kein Verbrechen verübt worden, soviel ich weiß. Oder glauben Sie etwa, Mrs. Springer hätte den Einbruch nur vorgetäuscht?«

»Nein, natürlich nicht«, erwiderte der Sheriff beschwichtigend. Er warf seinem Lieutenant einen erzürnten Blick zu, doch Peavey ignorierte ihn. »Wir müssen einfach jeder Spur nachgehen, Sie verstehen.«

Der Lieutenant sah mich an. »Sie haben hoffentlich nicht die Absicht zu verreisen? Es könnte sein, dass ich noch ein paar Fragen an Sie habe.«

Als sie fort waren, machte Sam seinem Ärger Luft. Es war ihm unbegreiflich, dass ich offensichtlich als Tatverdächtige galt, obwohl überhaupt kein Verbrechen vorlag! Ich war viel zu benommen, um ihn zu beachten. Ich konnte es einfach nicht fassen. Da stellte dieser Junge selbst jetzt, nachdem er fort war, mein Leben immer noch auf den Kopf!

Es war so gegen neun und gerade dunkel geworden, als ich beschloss, ins Bett zu gehen. Nach der wenig erfreulichen Unterhaltung mit dem Sheriff und dem Lieutenant hatte ich allerdings die Hoffnung, einmal wieder richtig schlafen zu können, aufgegeben.

Ich ging in die Küche, um mir ein Glas Milch als Einschlafhilfe warm zu machen. Doch dann hatte ich eine bessere Idee und holte den Sherry, den Lillian zum Kochen verwendete, vom Regal. Presbyterianer sollen zwar keinen Alkohol trinken, aber viele tun es trotzdem. Wesley Lloyd allerdings war aus Überzeugung strikter Abstinenzler gewesen, was natürlich auch für mich absolutes Alkoholverbot bedeutet hatte. Wie auch immer, als ich das widerliche Zeug probiert hatte, sagte ich mir, im ABC-Store müsste ich eigentlich etwas Besseres bekommen können – ich meine, so viele Leute genehmigen sich ganz gern mal ein Gläschen! Ich würde gleich hingehen und mir etwas Anständiges besorgen. Es war mir egal, ob mich jemand sah. Ich brauchte bloß ein bisschen was zum Einschlafen. Und zur Anregung der Verdauung. Schließlich hatte schon Paulus dem Timotheus ein wenig Wein um seines Magens willen empfohlen. Mit dem passenden Bibelvers im Rücken konnte einem Presbyterianer nichts passieren!

Ich stellte die Flasche an ihren Platz zurück. Im gleichen Moment hörte ich ein Kratzen an der Hintertür, dann ein leises Pochen. Ich erstarrte vor Angst. Wer mochte das sein? Alle meine Bekannten würden, zumal um diese Zeit, zur Vordertür kommen, klopfen und laut rufen!

Ich dachte fieberhaft nach. Was tun? Zum Telefon greifen? Schreien wie am Spieß? Durch die vordere Haustür fliehen? *Im Morgenmantel?* Mucksmäuschenstill sein und so tun, als wäre ich nicht da?

Keine Chance – ich stand im Gegenlicht so ungünstig hinter der Tür, dass jeder meine Umrisse durch die Glasscheibe sehen konnte.

Ich holte die Flasche wieder herunter, packte sie am Hals, schlich zur Tür, knipste die Außenbeleuchtung an – und wäre vor Schreck fast in Ohnmacht gefallen!

Hastig stieß ich die Tür auf und Hazel Marie Puckett fiel mir entgegen. Als ich ihr zerschundenes, verschwollenes Gesicht sah, wünschte ich, ich wäre wirklich ohnmächtig geworden!

»Mrs. Springer!«, keuchte sie. Ich musste sie stützen und staunte, wie zerbrechlich sie war. »Es tut mir Leid, dass ich Sie erschreckt habe«, nuschelte sie oder etwas in der Art – ich hatte Mühe, sie zu verstehen. »Ich muss Junior sehen. Bitte! Ich muss ihn sehen!«

»Kommen Sie, setzen Sie sich erst einmal!« Ich legte ihr den Arm um die Taille und führte sie zu einem Stuhl. »Was ist denn passiert, um Gottes willen? Sie sehen ja furchtbar aus!«

Ihre Augen waren fast zugeschwollen. Sie hatte einen Riss in den aufgedunsenen Lippen, Nasenspitze und Mundwinkel waren blutverkrustet, ihr ganzes Gesicht mit blauen und grünlichen Flecken übersät. Ihre Fingernägel waren abgebrochen und hatten schwarze Ränder – dass sie in Raleigh einen Kurs für Nagelpflege besucht hatte, konnte ich schon mal ausschließen. Ihr verdrecktes Kleid war zerrissen, und sie hatte keine Schuhe an: Ihre zerkratzten Füße starrten vor Schmutz. Sie sah, mit einem Wort, zum Erbarmen aus.

»Was ist denn passiert?«, fragte ich noch einmal. Tränen rollten ihr übers Gesicht, und aus dem Riss in der Lippe sickerte Blut. Sie hob die Hand und legte die Fingerspitzen darauf. »Haben Sie etwa getrunken?«

»Oh nein, Ma'am! Ich ... ich hatte einen Unfall. Ja, einen Unfall. Bitte, Mrs. Springer, ich muss zu Junior!«

Zunächst einmal brauchte sie einen Arzt. In ihrer Verfassung konnte ich ihr doch nicht sagen, dass ihr Sohn in Raleigh nach ihr suchte. Ich packte Eiswürfel in ein Geschirrtuch und drückte ihr das Bündel in die Hand.

»Hier, legen Sie sich das aufs Gesicht, damit die Schwellung zurückgeht. Sie sollten ins Krankenhaus, der Riss muss bestimmt genäht werden.«

»Nein! Nicht ins Krankenhaus! Es geht schon, mir fehlen bloß ein paar Zähne«, nuschelte sie, die Eispackung auf dem Gesicht.

»Zähne? Sie haben Zähne verloren? Dann sollten Sie aber

schleunigst einen Zahnarzt aufsuchen! Mit den Zähnen ist nicht zu spaßen! Ich geh zwei Mal im Jahr zum Zahnarzt. Regelmäßig. Auch wenn nichts wehtut.« Ich faselte. Ich fasele immer, wenn ich aufgeregt bin.

»Bringen Sie mich zu Junior«, bat sie. Ihre Stimme klang erstickt, weil sie die Eispackung auf den Mund presste. »Ist er schon im Bett? Bitte, Mrs. Springer! Ich muss wissen, ob es ihm gut geht.«

Ich holte tief Luft. »Also, um die Wahrheit zu sagen ... es gibt da ein kleines Problem. Er ist nämlich in Raleigh, um Sie zu suchen.«

»Was?« Völlig entgeistert starrte sie mich an. »Aber... aber er sollte doch hier bei Ihnen bleiben! Wo er in Sicherheit ist! Ich hab ihn doch extra deswegen hergebracht! Wie kann er da einfach fort sein? Bitte, Mrs. Springer, bitte sagen Sie mir, dass er hier bei Ihnen ist!«

»Nun beruhigen Sie sich doch«, sagte ich besänftigend. »Es geht ihm gut, ganz bestimmt sogar! Ihr Onkel war gestern da und hat ihn nach Raleigh mitgenommen.«

»Mein Onkel? Sie meinen ... Bruder Vern? Sie meinen, er ist bei Bruder Vern?« Mir wurde ganz anders zumute, als ich ihren Gesichtsausdruck sah.

»Äh ... ja.«

»Oh mein Gott!«, schluchzte sie und sank regelrecht in sich zusammen. »Wie konnten Sie ihn einfach gehen lassen? Ich habe mich fest darauf verlassen, dass Sie auf ihn Acht geben!«

»Einen Augenblick mal, Miss!«, sagte ich, empört, weil ich schon wieder für etwas verantwortlich gemacht werden sollte. »Sie haben mich nicht gefragt, ob ich Ihren Sohn bei mir aufnehmen möchte! Sie haben ihn einfach abgegeben und sind verschwunden. Bruder Vern sagte mir, Sie hätten ihn angerufen und gebeten, den Jungen zu Ihnen zu bringen. Hätte ich ihn seinem eigenen Onkel – Großonkel – vorenthalten sollen?«

Sie schüttelte den Kopf. »Ich hab niemanden angerufen, das konnte ich gar nicht. Und *ihn* hätte ich schon gleich gar nicht angerufen! Ich dachte, Junior wäre hier in Sicherheit!«

»Das wäre er auch gewesen, wenn Sie mir von Anfang an reinen Wein eingeschenkt hätten«, rechtfertigte ich mich. Na gut, ich hatte ein ungutes Gefühl bei der ganzen Sache gehabt, aber dass man mir jetzt unter die Nase rieb, nicht gleich auf mein Gefühl gehört zu haben, und mir ein schlechtes Gewissen machte, wurmte mich. »Woher hätte ich das wissen sollen? Ich kann doch nicht Gedanken lesen! Hätten Sie die Freundlichkeit gehabt, mir zu sagen, dass ich den Jungen niemandem, nicht einmal einem Mitglied Ihrer eigenen Familie, anvertrauen darf, dann wäre das alles nicht passiert! Was haben Sie denn erwartet?«

»Entschuldigen Sie, Mrs. Springer«, sagte sie leise und vergrub das Gesicht wieder in der Eispackung. Ich stellte fest, dass ihre blonden Haare dringend gewaschen und neu gefärbt werden müssten. »Es ist nur ... na ja, seit letztem Freitag ist Bruder Vern so komisch. Er ist hinter irgendetwas her. Er hat versucht, es aus mir rauszukriegen, aber ich weiß überhaupt nicht, was er eigentlich von mir will!«

»Er hat *was*?« Plötzlich begriff ich. »Sie hatten gar keinen Unfall, stimmt's? Das war Bruder Vern, der Ihnen das angetan hat!«

Sie schüttelte den Kopf, ohne aufzublicken. »Nein, nicht er selbst. Er hat jemanden beauftragt.«

»Gütiger Himmel!« Ich musste mich setzen. »Dabei ist der Mann ein Prediger! Das darf doch nicht wahr sein!«

»Dass jemand Prediger ist oder sich Christ nennt, will gar nichts heißen, Mrs. Springer.«

Jetzt sackte auch ich ein klein wenig zusammen. »Da erzählen Sie mir nichts Neues, Kindchen.« Wir schwiegen beide. Dann fragte ich: »Warum wollte Bruder Vern unbedingt Little Lloyd mitnehmen?«

»Wen?«

»Little Lloyd«, versetzte ich barsch, »Junior, wie Sie ihn nennen. Sie erwarten hoffentlich nicht, dass ich ihn auch so nenne!«

»Oh.« Sie hob den Kopf und tat einen tiefen Atemzug. Im nächsten Moment schnappte sie hörbar nach Luft, kippte vornüber und hielt sich die Seite. »Meine Rippen! Ich glaub, ich hab mir was gebrochen!«

»Ich ruf den Arzt«, sagte ich und stand auf.

»Nein! Nein, bitte nicht.« Sie berührte meinen Arm. »Erst müssen wir Junior finden. Ich hab so lange durchgehalten, ich schaff es auch noch, bis wir ihn gefunden haben.«

Ich betrachtete sie prüfend. Den Verfärbungen in ihrem Gesicht und dem getrockneten, verkrusteten Blut nach zu urteilen, waren die Verletzungen schon einige Tage alt. Ich wusste zwar nicht, wie sie es ohne ärztliche Versorgung ausgehalten hatte, aber vielleicht würde sie tatsächlich noch ein wenig länger durchhalten können.

»Also gut, meinetwegen. Aber erst müssen wir Sie verarzten.«

»Ich glaube«, meinte sie und zeigte auf die Sherryflasche,

die ich immer noch in der Hand hielt, »das da würde schon helfen.«

Ich gab ihr die Flasche und schaute zu, wie sie ein paar kräftige Schlucke nahm. Als sie sie wieder absetzte, um Luft zu holen, musste sie husten, bis ihr die Tränen kamen.

»Ach du Scheiße! Was ist das denn für ein Gesöff?«

»Keine solchen Kraftausdrücke in meinem Haus, Miss!«, sagte ich streng. »Ich glaube kaum, dass Sie es sich in Ihrer Situation leisten können, wählerisch zu sein.«

»Sie haben Recht, Ma'am. 'tschuldigung. Vielen Dank.« Sie reichte mir die Flasche, wandte sich ab und unterdrückte mit Mühe ein Würgen.

»Kommen Sie rüber an den Schüttstein.« Ich half ihr auf. »Ich gebe Ihnen was, damit Sie den Mund ausspülen können. Dann schmerzt auch die Zahnlücke nicht mehr so sehr.«

»Sieht übel aus, nicht wahr?« Sie zog die Lippe zurück, um mir die Stelle zu zeigen.

Um ein Haar hätte ich auch angefangen zu würgen! Ich löste Salz in warmem Wasser auf und gab ihr das Glas. Als sie den Mund ausgespült hatte, drückte ich ihr ein Aspirin in die Hand. Sie schluckte es brav.

»Kommen Sie«, sagte ich und führte sie zur Treppe, »jetzt nehmen Sie erst mal eine schöne heiße Dusche, und dann fühlen Sie sich gleich besser.«

»Aber ich muss Junior suchen!«

»Jetzt hören Sie mir mal zu!« Ich blieb auf dem Treppenabsatz stehen und fasste sie bei den Schultern. »Sie sind nicht in der Verfassung, irgendjemanden zu suchen! Sie können nicht mal klar denken in Ihrem Zustand. Jetzt ruhen Sie sich erst mal aus, und dann sehen wir weiter.«

Ich half ihr beim Duschen und beim Abtrocknen und gab ihr eins von meinen Nachthemden. Sie konnte sich kaum noch auf den Beinen halten, so groggy war sie – was zum einen an der Erschöpfung, zum andern an vier Aspirin und dem Sherry lag. Ich brachte sie im Gästezimmer zu Bett, schloss die Tür, ging in mein Schlafzimmer und ließ meine Tür offen.

Ich legte mich ebenfalls hin und dachte nach. Ich überlegte, ob ich Deputy Bates oder Sam anrufen sollte, aber was hätten sie schon unternehmen können? Hazel Marie Puckett würde so bald nicht mehr ansprechbar sein.

Ich beschloss, bis zum nächsten Morgen zu warten. Vielleicht würde ich dann mehr aus ihr herauskriegen. Warum hatte Bruder Vern ihr einen Schläger auf den Hals gehetzt? Was wollte er von Little Lloyd? Und was in aller Welt hatte das alles zu bedeuten?

Irgendwann muss ich eingeschlafen sein. Ich träumte, dass ich panisch nach dem Jungen suchte, während ich gleichzeitig auf der Flucht vor mannshohen Killer-Reifen war.

Kapitel 16

Es war alles andere als eine erholsame Nacht gewesen. Um fünf Uhr war ich hellwach und stand auf. Der Junge ging mir nicht mehr aus dem Sinn, ich hatte die ganze Nacht von ihm geträumt. Die Frau im Gästezimmer fiel mir ein. Was sollte ich tun? Den Sheriff oder Deputy Bates informieren und meine Hände in Unschuld waschen? Andererseits hätte ich zu gern Pastor Ledbetters Gesicht gesehen, wenn er von Hazel Marie Pucketts Anwesenheit erführe. Ob er eine Entschuldigung für Wesley Lloyd finden würde, wenn ich ihn an Davids Harem erinnerte?

Der Gedanke deprimierte mich. Mein Haus war eine Zwischenstation für Wesley Lloyds zweite Familie geworden. Wildfremde Leute gingen ein und aus, und ich hatte keine Ahnung, wem ich trauen konnte und wem nicht. Ich wusste nur eins: Ich war schon wieder hereingelegt worden, dieses Mal von einem Gauner im Predigergewand. Wesley Lloyd Springer hatte mich nach Strich und Faden betrogen, und jetzt war mir genau das Gleiche mit Bruder Vernon Puckett passiert. Beide hatten meine Gutgläubigkeit schamlos ausgenutzt. Je länger ich darüber nachdachte, desto wütender wurde ich – nicht nur auf die beiden, sondern vor allem auch auf mich selbst, weil ich so leicht zu übertölpeln war. Das würde mir nicht noch einmal passieren, schwor ich mir.

Und in dem Zimmer auf der anderen Seite des Flurs – in meinem Haus! – schlief das Flittchen, mit dem mein Mann weiß Gott wie viele Jahre ins Bett gestiegen war. Wäre Wesley Lloyd noch am Leben gewesen, hätte er bequem von einem Bett zum nächsten wandern können!

Mir wurde übel bei dem Gedanken. Ich brauchte unbedingt meine morgendliche Tasse Kaffee!

Ich schlüpfte in meinen Morgenmantel und schlich auf Zehenspitzen die Treppe hinunter. Seltsam, dachte ich, dass ich mir heute Morgen Wesley Lloyd mit dieser Frau vorstelle, während ich gestern Abend, als sie in ihrem fürchterlichen Zustand hereingewankt kam, keinen Gedanken an Wesley Lloyd und seine Aktivitäten mit dieser Person verschwendet habe.

Ich brühte Kaffee auf, setzte mich mit meiner Tasse an den Tisch und dachte über die verworrene Situation nach – und versuchte, mir keine Sorgen um den Jungen zu machen, was mir jetzt, da ich wusste, dass seine Mutter vor Sorge um ihn ganz krank war, natürlich schwer fiel.

Es war schon so eine Sache mit Frauen und Kindern. Hazel Marie Puckett hatte kein Geld, kein Zuhause, keinen Ehemann, aber ein Kind. Und ich, eine ehrbare Ehefrau, wäre in der Lage gewesen, einem Kind alles zu bieten, hatte aber keines bekommen. Ich fragte mich wirklich, was sich der Herr manchmal so dachte!

Ich hatte nach meiner Hochzeit fest damit gerechnet, nach angemessener Zeit Mutterfreuden entgegenzusehen. Als dem nicht so war, fand ich mich damit ab. Wesley Lloyd nicht. Eines Morgens, wir waren ein paar Jahre verheiratet, erklärte er mir, er habe einen Termin für mich bei Dr. Monroe gemacht, damit geklärt würde, was bei mir nicht stimmte. Das passte mir absolut nicht, aber wer war ich, dass ich die Entscheidungen meines Mannes anzweifelte?

Die Untersuchung möchte ich lieber nicht in allen Einzelheiten beschreiben, aber glauben Sie mir – Ihnen hätte es auch nicht gefallen! Ich musste mich auf einen Tisch legen und die Füße in diese Metallbügel stellen. Der Doktor deckte mich unten rum mit einem Laken zu und sagte: »Ich werde Sie jetzt ein Stück herunterlassen.« Da lag ich also, mit gespreizten Beinen, und dachte, ich sterbe, als er das Tuch zurückschlug, sich auf einen Hocker direkt vor mich setzte und sich alles ganz genau anschaute. Und diese Krankenschwester stand neben ihm und guckte auch. Und dann ging mittendrin die Tür auf, eine weitere Krankenschwester kam herein, und jeder draußen im Gang konnte auch mal einen Blick hereinwerfen! Wie Dr. Monroe da unten herumstocherte und wo er überall seine Finger hatte, werde ich lieber für mich behalten!

Es war eine demütigende Erfahrung. Als ich wieder aufstehen durfte, schwor ich mir, dass mich keine zehn Pferde jemals wieder auf so einen Untersuchungsstuhl bringen würden. Wenn das erforderlich war, um Kinder kriegen zu können, dann würde ich dankend darauf verzichten!

Und ob Sie es glauben oder nicht: Am nächsten Sonntag wartete Dr. Monroe in der Kirche auf uns und geleitete uns eilfertig zu unserer Bank. Ich konnte ihm nicht ins Gesicht blicken, als er, ganz feiner Herr mit dieser rosaroten Rosenknospe im Knopfloch, lächelnd meinen Arm drückte. Nach allem, was er auf seinem Untersuchungstisch befingert und gesehen hatte, empfand ich das als eine ungeheure Demütigung. Und die Art, wie er Wesley Lloyd die Hand schüttelte und ihn fragte, wie es denn so ginge, behagte mir überhaupt nicht.

Von da an verzichtete ich darauf, die ärztliche Kunst in Anspruch zu nehmen. Als Presbyterianerin, die an Vorherbestimmung glaubte, widerstrebte es mir ohnehin, das Schicksal zwingen zu wollen. Ich erklärte meinem Mann, ich würde genau das tun, was vor mir bereits Sarah und Hannah und andere unfruchtbare Frauen getan hatten – ich würde beten und sonst gar nichts. Da er mir genau das immer ans Herz legte, konnte er schlecht etwas dagegen einwenden. Ich sagte mir, wenn der Herr wollte, dass ich ein Kind bekam, dann würde er mir eins geben.

Little Lloyds blasses Gesichtchen erschien vor meinem geistigen Auge, und ich fuhr zusammen. Kaffee schwappte aus der Tasse. Ich richtete mich auf und sagte laut: »*So* hatte ich das aber nicht gemeint, lieber Gott!«

Allmählich wurde es hell draußen. Die verwaschenen grauen Schatten im Garten nahmen die Gestalt von Bäumen und Sträuchern an. Vögel begannen zu zwitschern und suchten sich ihr Frühstück. Das brachte mich auf die Idee, einen gefüllten Keks zu meiner zweiten Tasse Kaffee zu knabbern. Wesley Lloyd hätte ein solches Frühstück missbilligt, aber wie wir alle wissen, war er ja nun nicht mehr imstande, mich deswegen zu kritisieren.

Ich ging in die Vorratskammer und durchstöberte sie auf der Suche nach den Keksen. Da Lillian sie genauso gern aß wie ich, wetteiferten wir miteinander darum, wer sich das beste Versteck ausdachte. Ich schob Dosen hin und her, Gläser mit Erdnussbutter und Mayonnaise, Weizenmehl-, Zucker- und Maismehltüten, aber die Kekse konnte ich nirgends finden. So schnell würde ich nicht aufgeben! Ich tastete mich durch den Stapel gefalteter Einkaufstüten, die Lillian aufhob, und spürte plötzlich etwas Festes dazwischen.

»Lillian, du hinterlistiges Ding!«, murmelte ich. Ich musste schmunzeln, als ich mir ihr Gesicht vorstellte, wenn sie entdeckte, dass ihr Keksversteck geplündert worden war.

Ich griff in die braune Einkaufstüte und zog ein Bilderbuch heraus. Ich starrte es einen Moment verblüfft an, ehe ich begriff, dass ich Little Lloyds Schatztüte in Händen hielt – jene Einkaufstüte, die er überallhin mitgeschleppt und nicht eine Sekunde aus den Augen gelassen hatte. Nicht im Traum hätte ich es für möglich gehalten, dass er ohne sie von hier fortgehen würde! Kleine Jungs trügen nun mal gern ihre Schätze mit sich herum, hatte Lillian mir erklärt und hinzugefügt, ich solle es mir nicht einfallen lassen, darin herumzuwühlen. Ich betrachtete das abgegriffene Bilderbuch in meiner Hand. Ich hätte es zurücklegen sollen, der Junge musste einen Grund gehabt haben, als er es zwischen den leeren Tüten versteckte.

Doch da ich es nun schon einmal gefunden hatte – unabsichtlich, wie ich betonen möchte! –, schlug ich es auf und las die Widmung, die auf der ersten Seite stand. Ich erkannte die selbstbewusste, große Schrift meines Mannes wieder. »Zum Geburtstag, Wesley Lloyd Springer«, hatte er geschrieben. Ich seufzte. Das Herz wurde mir schwer beim Gedanken an das ausgefüllte Leben meines Mannes und mein eigenes trostloses Dasein. Ich blätterte um. *Aslan's Book of Pictures.* Ich hatte zwar auch keine Ahnung, was sich ein Kind zum Geburtstag wünschte, aber ich glaube, etwas Besseres als ein Buch über Löwen wäre mir schon eingefallen.

Ich hörte Lillians Schritte und bekam ein schlechtes Gewissen, weil ich in den Sachen anderer Leute herumstöberte. Doch dann beschloss ich, Lillian einzuweihen, damit sie beim Aufräumen nicht versehentlich Little Lloyds Schatz wegwarf.

»Wieso sind Sie denn schon auf? Und was machen Sie in der Vorratskammer?«, waren Lillians erste Worte, als sie hereinkam.

»Schau mal, was ich gefunden habe.« Ich zeigte ihr das Buch und erzählte, wie ich es entdeckt hatte, allerdings ohne die Kekse zu erwähnen. »Ich hab was zum Schreiben gesucht.«

»Na, dann legen Sie es eben wieder dahin zurück, wo Sie es gefunden haben.«

»Das hatte ich auch vor.«

»Sie wissen, was das bedeutet, oder?«

»Was meinst du?«

»Das bedeutet, dass er zurückkommen will. Wenn man etwas, das man liebt, an einem Ort zurücklässt, zieht es einen wieder dorthin zurück.«

»Ach, Lillian, das ist doch Unsinn!« Ich verstaute das Buch wieder in der Tüte und klappte die Enden um, wie der Junge es getan hatte.

»So, meinen Sie? Und ich sag Ihnen, das Kind will wieder hierher zurück, weil es das, was ihm am meisten bedeutet, hier gelassen hat.«

»Hm, vielleicht hast du Recht«, sagte ich nachdenklich. Ich war unwillkürlich gerührt. »Warum hätte er die Sachen sonst dalassen sollen? Und die Tüte, oder ihr Inhalt, schien ihm ja wirklich wichtig gewesen zu sein. Ein besseres Versteck hätte er jedenfalls nicht finden können. Wer wäre schon auf die Idee gekommen, hier danach zu suchen? So«, sagte ich und schob die Tüte unter den Stapel leerer Einkaufstüten zurück, »da bleibt sie und wartet auf ihn.«

Ich schloss die Tür zur Vorratskammer und setzte mich an den Tisch. »Schenk dir auch einen Kaffee ein und setz dich zu mir«, forderte ich Lillian auf. »Ich muss dir nämlich noch etwas sagen.«

Ich erzählte ihr von unserem neuen Gast und seinem bedauernswerten Zustand. Lillian rief gelegentlich ein ungläubiges »Nein!« oder »Das gibt's doch nicht!« dazwischen. Als ich geendet und gestanden hatte, dass ich ratlos sei, nickte sie und meinte:

»Der Kleine steckt in großen Schwierigkeiten und seine Mama auch. Wie soll's denn jetzt weitergehen, Miss Julia?«

»Wenn ich das wüsste! Zuerst einmal muss sie etwas essen, damit sie wieder zu Kräften kommt, aber es muss etwas Weiches oder Flüssiges sein, Lillian, ihr fehlen nämlich zwei Zähne!«

»Suppe!« Lillian sprang auf. »Ich mach einen Teller Suppe warm und bröckele ein paar Cracker hinein. Das wird ihr gut tun. Und ein Glas Milch zur Stärkung!« Sie stellte einen Topf auf die Herdplatte und fuhr fort: »Was werden Sie Deputy Bates sagen? Der wird nämlich bald nach Hause kommen!«

»Gar nichts werde ich ihm sagen.« Ich fing ihren finsteren Blick auf und fügte hastig hinzu: »Jedenfalls vorläufig. Versetz dich doch mal in seine Lage, Lillian. Wenn ich ihm von Miss Puckett erzähle, muss er es dem Sheriff melden, und dann wird der Sheriff oder dieser hünenhafte Leutenant sie verhören wollen, und das könnte den ganzen Tag dauern, und wir müssen doch nach Little Lloyd suchen! Wenn Deputy Bates nichts weiß, kann er den Sheriff auch nicht informieren. Ich denke dabei also nur an ihn, wie du siehst.«

»Hmhm«, stimmte Lillian mir zu. Sie schöpfte Suppe in eine kleine Schüssel, krümelte Salzcracker hinein und verrührte alles zu einer breiigen Masse. Dann richtete sie ein Tablett mit der Schüssel, einem Löffel, einer Serviette und einem Glas Milch. Ich stellte ein Fläschchen Aspirin dazu.

»Bringen Sie ihr das rauf«, sagte Lillian. »Ich mach unterdessen das Frühstück für Deputy Bates. Beeilen Sie sich, ich glaub, ich hör seinen Wagen! Und ziehen Sie sich was an! Ich hab das Gefühl, wir haben einen langen Tag vor uns.«

Ich eilte mit dem Tablett die Treppe hinauf. Der Deputy sollte denken, ich sei noch gar nicht aufgestanden. Hazel Marie Puckett stöhnte, als ich ihre Schulter berührte. Ich erschrak. Bei Tag sah sie ja noch schlimmer aus!

»Schsch«, machte ich. »Hier, ich habe Ihnen etwas zu essen gebracht, aber wir müssen leise sein. Es ist ein Deputy im Haus.«

Sie riss die Augen auf, so gut das bei der Schwellung und den Blutergüssen möglich war, und ich sah die Angst darin.

»Ist er meinetwegen gekommen?«, brachte sie mühsam hervor.

»Warum? Hat er einen Grund?«, fragte ich scharf. Mir wurde bewusst, wie wenig ich von ihr wusste.

Sie schüttelte den Kopf. »Aber man kann nie wissen.«

Da hatte sie allerdings Recht. Ich dachte an meine Begegnung mit Lieutenant Peavey. »Essen Sie, aber seien Sie leise! Deputy Bates wohnt hier bei mir, am andern Ende des Flurs. Er wird sich bald schlafen legen.«

Als sie fertig war, half ich ihr in mein Schlafzimmer hinüber und ließ ihr ein heißes Bad einlaufen. Deputy Bates würde denken, es sei für mich. Hazel Marie stieg in die Wanne, und ich zog mich an. Ich brachte ihr Unterwäsche von mir und suchte etwas zum Anziehen für sie heraus. Als sie, sich vor Schmerzen krümmend, in meinem Slip aus dem Bad kam, hielt ich ihr drei Kleider hin, damit sie sich eins aussuchte. Es waren keine Sonntagssachen, aber gute Hemdblusenkleider, wie ich sie gern trug. Sie betrachtete sie lange und sagte dann:

»Haben Sie nichts anderes?«

»Warum, sind Ihnen die nicht gut genug?«

»Entschuldigen Sie, so war das nicht gemeint. Haben Sie keine Jeans oder Shorts?«

»Es gibt Dinge, die eine Dame nicht trägt«, klärte ich sie auf. »Und dazu gehören Jeans und Shorts.«

Sie entschuldigte sich ein weiteres Mal, griff dann nach dem erstbesten Kleid und streifte es über. Es war eine Nummer zu groß, aber sie war ja auch so ein mageres Ding, und länger als ihre üblichen Sachen war es vermutlich auch, doch ich fand, das schadete nicht. Ich suchte nach einem Paar Schuhe, als es leise an die Tür klopfte.

Lillian steckte den Kopf herein. »Er ist schlafen gegangen«, flüsterte sie. Sie schlüpfte ins Zimmer und schloss die Tür hinter sich. »Hier, ich hab was zum Verbinden.« Sie hielt eine aufgerollte elastische Binde hoch.

Wir halfen Hazel Marie wieder aus dem Kleid, und Lillian begann, ihr den Verband um die Brust zu wickeln. Ich musste unwillkürlich daran denken, dass mein Mann seine Arme um ebendiese Brust gelegt hatte.

Kapitel 17

ALS LILLIAN DEN Verband angelegt hatte, musste Hazel Marie ein paar Mal kräftig schlucken. Sie schlug die Hand vor den Mund und gab ein würgendes Geräusch von sich.

Sich mit einer Hand die Rippen haltend, stolperte sie ins Bad. Sie schaffte es gerade noch zum Waschbecken, bevor sie alles wieder von sich gab, was sie gerade zu sich genommen hatte.

Ich wich ans andere Ende des Zimmers zurück, so weit weg von diesen Geräuschen wie irgend möglich. Ich bin ziemlich empfindlich, was solche Dinge anbelangt, und ich brachte es nicht über mich, ins Bad zu gehen und ihr zu helfen. Stattdessen schob ich die Gardine zurück und schaute auf die Straße hinunter. Autos fuhren vorbei, Leute gingen zur Arbeit, zwei Jogger rannten schnaufend und schwitzend den Bürgersteig entlang. Überall ging das Leben seinen gewohnten Gang, nur nicht in meinem Haus. Hilf mir, lieber Gott!

Ich hörte hinter mir Wasser rauschen. Lillian redete besänftigend auf Hazel Marie ein. Ich drehte mich um, als Lillian sie zum Bett zurückführte und ihr das Gesicht mit einem feuchten Lappen abwischte. Sie schlug die Decke zurück und sagte:

»Legen Sie sich wieder hin, Kindchen. Sie sind viel zu

schwach, um aufzustehen. Sie brauchen einen Arzt!« Das Letzte sagte sie mit einem bösen Blick in meine Richtung.

Ich setzte mich auf die Bettkante und versuchte nicht daran zu denken, dass ausgerechnet diese Frau jetzt in *meinem* Bett lag. In meinem *Ehebett!* Ich verdrängte den Gedanken. Der Junge war im Moment wichtiger.

»Miss Puckett, ich weiß, es geht Ihnen nicht besonders, aber es gibt ein paar Dinge, die ich wissen muss. So wie es aussieht, werden Sie bei der Suche nach dem Jungen keine große Hilfe sein, also brauche ich Informationen, damit ich weiß, wo ich ihn suchen soll.«

»Sie müssen ihn finden! Bitte!«

»Wir werden ihn finden, keine Sorge. Also. Wer fuhr den Wagen, als Sie Little Lloyd hierher brachten?«

»Bruder Vern«, antwortete sie mit schwacher, aber fester Stimme. »Er wollte mich nach Raleigh fahren – das war keine Lüge, ich wollte wirklich dorthin, ich hatte mich in einer Kosmetikschule angemeldet. Bruder Vern war gerade aus Kalifornien zurückgekommen, wo er gepredigt hatte, und die Nachricht von Wesley Lloyds Tod nahm ihn fürchterlich mit. Er hatte erst zu Hause davon erfahren, und da bot er mir an, mich nach Raleigh zu bringen, damit ich einen neuen Anfang machen könnte.«

Ich nickte. »Und warum haben Sie es sich dann doch anders überlegt?«

»Hab ich ja gar nicht!« Sie legte eine Hand über die Augen. Tränen kullerten ihr übers Gesicht und in die Haare. »Nachdem wir Junior hier bei Ihnen abgeliefert hatten, sagte Bruder Vern plötzlich, er müsse einen kleinen Umweg machen, weil er noch etwas mit ein paar Leuten zu besprechen habe. Es ginge um Kirchenangelegenheiten und würde nicht lange dauern.« Sie tupfte sich mit einem Zipfel meines teuren Lakens aus Makobaumwolle die Augen ab, atmete tief durch und fuhr fort: »Wir sind in die Hügel gefahren, weit hinauf bis zum Waldrand, ich war noch nie in der Gegend gewesen. Jedenfalls standen dort ein paar Wohnwagen mit Außenaborten, und alles war mit Müll übersät. Die Typen, die dort hausten, waren ein richtig asoziales Pack. Furchtbar!«

Das muss ja wirklich ein schlimmes Völkchen gewesen sein, wenn schon jemand wie Hazel Marie sie als asoziales Pack bezeichnet, dachte ich bei mir, sagte aber nichts.

»Und was geschah dann?«

»Bruder Vern hat mich immer wieder vertröstet, wenn ich ihn zum Aufbrechen drängte. Er sei im Auftrag des Herrn hier, sagte er, und ich müsse Geduld haben. Er meinte, ich bräuchte seelsorgerische Betreuung und hat mir aus der Bibel vorgelesen und für mich gebetet.«

Das kam mir irgendwie bekannt vor.

»Ständig stellte er mir Fragen wegen Wesley Lloyd«, fuhr sie fort, wobei sie erst mich, dann Lillian anschaute. »Wie er ums Leben gekommen sei, ob er in der Gnade des Herrn gestorben sei, ob er seine Angelegenheiten geregelt habe. Woher sollte ich das wissen! Ich schwöre Ihnen, Mrs. Springer, Wesley Lloyd hat mit mir nie über solche Dinge geredet! Das müssen Sie mir glauben!«

»Schon gut, ich glaube Ihnen«, beruhigte ich sie. »Mit mir hat er auch nie darüber gesprochen. Und er ist ganz bestimmt in der Gnade des Herrn gestorben – schließlich war er Presbyterianer und gehörte damit zu den Auserwählten.« Ich stutzte. »Was allerdings die Frage aufwirft, ob das Auswahlverfahren nicht überarbeitet werden sollte. Aber lassen wir das. Und was geschah dann?«

»Na ja, Bruder Vern gab keine Ruhe. Er sagte, Wesley Lloyd habe doch versprochen, für mich und Junior zu sorgen. Er dachte, ich verheimliche ihm etwas, und beschimpfte mich als selbstsüchtig und undankbar. Ich müsse die von Gott gewollte Ordnung respektieren, und sie sehe nun einmal vor, dass die Frau dem Mann untertan sei. So ging es in einem fort, und es wurde immer schlimmer. Sie glauben ja gar nicht, wie jähzornig der Mann ist! Ich hatte Angst, er würde mich verprügeln, so tobte er!«

Über diese »gottgewollte Ordnung« in der Familie, in der zuallererst der Mann kommt – der als Einziger dem Herrn Rechenschaft abzulegen hat –, dann die Frau und zum Schluss die Kinder, war ich hinlänglich von Pastor Ledbetter aufgeklärt worden. Ich fragte mich allerdings, was ein Onkel in dieser Rangordnung verloren hatte. »Eins verstehe ich nicht. Warum glaubt er, er hätte ein Recht auf etwas, das Ihnen gehört?«

»Das ist bei uns in der Familie so. Die Männer kümmern sich ums Geld, falls welches da ist, selbst dann, wenn es den Frauen gehört. Und da mein Daddy tot ist und ich keinen ... na ja, Sie wissen schon. Und deshalb denkt er, es sei seine Aufgabe, meine Angelegenheiten zu regeln. Aber da ist nichts, was geregelt werden müsste!«

»Gütiger Himmel!« Ich wollte schon entnervt mit den Augen rollen, als mir bewusst wurde, dass es mir nicht viel anders als ihr ergangen war, wenn man einmal von der Gewalttätigkeit absah. Aber ich hatte Wesley Lloyd ja auch nie etwas verweigert. »Und dann?«

»Ich sagte ihm immer wieder, dass ich nach Raleigh müsse und er versprochen habe, mich hinzubringen. Irgendwann wurde es mir zu dumm, und ich dachte, dann gehe ich eben zu Fuß, ich laufe einfach, bis ich zu einer Straße komme, der ich folgen kann. Aber sie erwischten mich und holten mich zurück und sperrten mich ein.«

»Das ist doch die Höhe!«, empörte sich Lillian. »Warten Sie, ich will Ihnen nur rasch was zu trinken holen! Bin gleich wieder da!«

Sie brachte ein Glas mit zerstoßenem Eis, einen Löffel und eine Dose Ginger-Ale.

»Hier, lutschen Sie das, damit Sie was im Magen haben.« Sie schob Hazel Marie einen Löffel voll Eis in den Mund. »Wenn sich Ihr Magen beruhigt hat, können Sie das Ginger-Ale trinken.«

»Erzählen Sie weiter«, drängte ich. »Was geschah dann?«

»Na ja, Bruder Vern versuchte, mir das Wort des Herrn nahe zu bringen, wie er es nannte. Er predigte, bis es mir fast zu den Ohren raushing! Er wollte mir einfach nicht glauben, dass Wesley Lloyd mir nichts hinterlassen hatte. Alles, was ich hatte, waren dreihundert Dollar für die Kosmetikschule. Die bot ich ihm an, und er steckte sie ein. Er faselte in einem fort von irgendwelchen Papieren, die Wesley Lloyd gehabt haben müsse. Ich hatte keine Ahnung, wovon er redete, und ich weiß es immer noch nicht. Ehrenwort!

Dann, am Freitag, glaube ich – ja, Freitagabend, befahl er mir, ins Auto zu steigen, und wir fuhren zu meinem Haus. Ich meine das Haus, in dem ich gewohnt habe. Und da bekam ich den Schock meines Lebens, Mrs. Springer! Zwei von meinen Vettern, Jerome und Donnie, waren dabei, meine Möbel in einen Umzugswagen und einen Pick-up zu laden! Ich sagte ihnen, sie sollten sofort damit aufhören, aber sie meinten nur, Bruder Vern habe ihnen erlaubt, alles mitzunehmen, was sie tragen könnten. Ich kann Ihnen sagen, *der* Teil der Verwandtschaft ist keinen Schuss Pulver wert!«

Ich musste bei dieser Formulierung ein Schmunzeln unterdrücken. »Sie haben alle Ihre Sachen abtransportiert?«

»So ist es. Alles, was nicht niet- und nagelfest war.« Sie wischte sich über die Augen und holte zittrig Luft. »Als ich mich deswegen bei Bruder Vern beschwerte, sagte er, Ihr Anwalt würde die Sachen abholen lassen, wenn die Familie ihm nicht zuvorkam. Und er sagte auch, er hätte alles durchgesucht, aber Wesley Lloyds Papiere nicht finden können, und so langsam würde er die Geduld verlieren.«

Sie wandte sich ab und drückte das Gesicht ins Kissen. Lillian tätschelte besänftigend ihren Arm. »Keine Angst, Kleines, keiner wird Ihnen etwas tun, hier bei uns sind Sie in Sicherheit.«

Ich verzog gereizt den Mund. »Und was geschah dann?«

»Er redete mit meinen Vettern, und dann fuhr er davon.«

»Und dann?«

»Dann haben sie mich windelweich geschlagen.«

Ich presste die Lippen zusammen. Ich hatte das Gefühl, dass sie die Wahrheit sagte.

»Bruder Vern kam später zurück«, fuhr sie fort. »Ob ich Vernunft angenommen hätte, wollte er wissen. Aber ich konnte ihm nicht geben, was ich nicht hatte, oder? Da schrie er, wenn ich so ungehorsam sei, müsse er Junior eben von mir fern halten. Wer Gottes Wille missachte, sei nicht fähig, ein Kind zu erziehen. Da lag ich also in dieser Garage, und ich blutete wie verrückt, und alles tat mir so weh, dass ich dachte, ich würde sterben, und er stand einfach da und sagte, er würde Junior so lange bei sich behalten, bis ich bereit sei, mich dem Willen des Herrn zu fügen.

Dann ging er und ließ mich liegen, und ich wusste, dass er sich meinen kleinen Jungen holen würde.«

Sie hatte zu schluchzen begonnen.

Um sie ein wenig abzulenken, erzählte ich ihr, wie wir zu ihrem Haus gefahren waren und Deputy Bates das Blut und die ausgeschlagenen Zähne in der Garage entdeckt hatte. Ich erzählte ihr auch von dem Einbruch bei mir am selben Tag.

»Das waren bestimmt Jerome und Donnie«, meinte Hazel Marie. »Bruder Vern hat wohl angenommen, Wesley Lloyds Papiere wären hier bei Ihnen.«

»Sämtliche Unterlagen befinden sich bei meiner Anwältin. Aber es ist nichts dabei, was Sie oder das Kind betreffen würde. Das wüsste ich.«

»Er war bestimmt ganz schön wütend, als er Little Lloyd hier nicht gefunden hat. Deshalb hat er auch das ganze Haus auf den Kopf gestellt«, meinte Lillian. »Der Kerl ist böse wie eine Klapperschlange! Aber sagen Sie, Kindchen, wie sind Sie denn in Ihrem Zustand hierher gekommen?«

»Auf allen vieren, mehr oder weniger. So, wie ich aussah, hab ich mich nicht getraut, ein Auto anzuhalten, weil ich Angst hatte, jemand könnte die Polizei verständigen. Außerdem würden Jerome und Donnie sicher nach mir suchen. Also bin ich querfeldein gegangen, hab mich tagsüber versteckt und mich erst, als es dunkel wurde, in die Stadt getraut. Ich hab so gehofft, ich würde noch rechtzeitig kommen!« Wieder fing sie an zu weinen.

Ich kam mir ziemlich schäbig vor. Während ich es kaum hatte erwarten können, den Kleinen loszuwerden, war seine Mutter meilenweit marschiert, um ihn vor den Fängen seines Onkels zu retten! Ich kam mir *richtig* schäbig vor.

»Hier, trinken Sie einen Schluck«, sagte Lillian, die ein wenig Ginger-Ale ins Glas geschüttet hatte. »Jetzt müssten Sie es eigentlich drin behalten.«

»Mir ist immer noch schlecht.« Hazel Marie versuchte sich aus dem Bett zu stemmen. »Aber ich kann nicht hier bleiben! Ich muss Junior suchen!«

»Das Problem ist nur – wo wollen Sie anfangen?«, gab ich zu bedenken. »Glauben Sie, Bruder Vern ist tatsächlich mit ihm nach Raleigh gefahren?«

Sie dachte einen Augenblick nach. »Nein. Das hat er nur gesagt, damit er den Jungen loseisen kann. Er ist bestimmt noch in der Nähe, weil er hofft, die Papiere, nach denen er sucht, seien hier irgendwo. Oje«, fügte sie krächzend hinzu und schlug hastig die Decke zurück, »ich glaube, ich muss wieder ...«

Lillian half ihr ins Bad. »Das Kind braucht einen Arzt«, sagte sie energisch.

»Ich will keinen Arzt«, entgegnete Hazel Marie. »Es geht schon.«

»Wir werden Folgendes machen«, entschied ich. »Du bleibst bei ihr, Lillian, und gibst ihr eins von meinen Nachthemden. Ich gehe rasch in den Drugstore und hole ein paar Sachen, damit wir sie selbst verarzten können!«

Ich setzte meinen Hut auf, schnappte mir die Handtasche und machte mich auf den Weg – zu Fuß, um mir die lästige Parkplatzsuche zu ersparen. Perkins Drugs lag nur zwei Blocks entfernt. Während ich mir im Geist eine Einkaufsliste machte, kam mir Myrtie Gossett mit ihrer scheußlichen Einkaufstasche entgegen. Sie wollte auf einen Schwatz stehen bleiben, aber ich winkte ihr nur kurz zu und eilte weiter. Ich hatte keine Zeit zum Tratschen. Und da ich derzeit

Gesprächsthema Nummer eins war, hätte sie mir sowieso nichts Neues berichten können.

Troy Beckworth lehnte in der Tür seines Versicherungsbüros und hoffte auf einen Unglücksfall, der sein Geschäft ankurbeln würde. Seit kurzem warb er im lokalen Fernsehsender für seine Versicherungen, indem er den Leuten Angst vor Flutwellen einjagte, die durch Wirbelstürme ausgelöst wurden. Flutwellen! Bei uns! Abbotsville lag zweihundert Meilen von der Küste entfernt und gut neunhundert Meter über dem Meeresspiegel!

»Guten Tag, Mrs. Springer!«, grüßte er. »Wie geht's denn so?«

»Flutwellen!«, erwiderte ich. »Herr im Himmel!« Und ging weiter.

Im Drugstore traf ich ausgerechnet Norma Cantrell. Sie hatte sich die Haare wie üblich turmhoch frisiert und trug einen türkisgrünen Hosenanzug. Statt im Büro des Pastors ihre Arbeit zu erledigen, ließ sie sich eine Arznei zusammenstellen.

»Miss Julia! Das ist aber eine Überraschung!« Sie fasste sich an die Haare, um sicherzugehen, dass der Turm inzwischen nicht zusammengebrochen war. »Was machen Sie denn im Drugstore?«

»Mich um meine eigenen Angelegenheiten kümmern«, gab ich zurück und fügte mit einem demonstrativen Blick auf meine Armbanduhr hinzu: »Zumal ich nicht zu den Glücklichen gehöre, die ihre Arbeitszeit damit totschlagen können, ihre Nase in fremde Angelegenheiten zu stecken.«

Sie machte ein beleidigtes Gesicht, was mich aber nicht störte. Schließlich wurden sie und der Prediger nicht zuletzt aus meiner Tasche bezahlt, da konnte ich erwarten, dass sie auch dafür arbeiteten!

Ich ging die Regale entlang. Als ich eine Packung Strohhalme, ein Fläschchen Kopfschmerztabletten, eine elastische Binde und eine Wärmflasche beisammen hatte, trug ich alles zur Ladentheke und legte die Waren neben die Registrierkasse, wo Norma stand. Sie tat, als interessierte sie sich nicht für meine Einkäufe, aber in Wirklichkeit entging ihr nichts. Ich sah, wie sie mit dem Kopf ruckte, um Buck Tatum auf die Sachen, die ich hingelegt hatte, aufmerksam zu machen. Doch Buck zählte weiter seine Pillen ab, und ich schlenderte noch einmal durch den Laden.

Als ich mir vergegenwärtigt hatte, wo Hazel Marie überall verletzt war, langte ich zwei weitere Wärmflaschen aus dem Regal. Diese neumodischen elektrischen Wärmekissen mag ich nicht. Solange man stocksteif dasitzt, mögen sie ja ganz gut sein, aber versuchen Sie mal, sich mit so einem Ding im Bett umzudrehen!

Ich legte die Wärmflaschen zu den anderen Sachen und durchbohrte Norma mit einem Blick, der ihr die Lust zu fragen gründlich verdarb. Ich trommelte mit den Fingern auf den Ladentisch und überlegte, was ich sonst noch brauchte.

»Ah ja!« Ich drehte mich auf dem Absatz um und fing aus den Augenwinkeln Normas Blick auf. Nicht mehr lange, und sie würde platzen vor Neugier! Ich machte mich auf die Suche nach einer Salbe gegen Muskelverspannungen, packte Wattestäbchen, Heftpflaster und eine Flasche Jodtinktur dazu und fand auch das deckende Make-up, um das Hazel Marie mich gebeten hatte.

Ich trug alles zur Ladentheke und fragte Buck, ob er mir behilflich sein könne, ich würde noch etwas suchen.

»Ich bin gleich bei Ihnen, Mrs. Springer, ich will nur rasch die Sachen für Mrs. Cantrell fertig machen.«

Mir hätte es nichts ausgemacht zu warten, aber Norma sagte: »Oh, ich habe Zeit, Sie können Mrs. Springer ruhig zuerst bedienen.« Sie wandte sich mir zu und blickte mir in die Augen. »Pastor Ledbetter hat mich nämlich geschickt.« Was so viel heißen sollte wie: Sie war von Amts wegen hier und nicht etwa privat!

»Na schön«, meinte Buck. »Was kann ich für Sie tun, Mrs. Springer?«

»Ich brauche ein starkes Schmerzmittel.« Ich nannte ihm den Namen eines Opiats, das ich selbst schon genommen hatte.

Normas Augenbrauen schossen in die Höhe.

»Das kann ich leider nicht machen, Mrs. Springer. Das Mittel ist jetzt rezeptpflichtig.«

Ich atmete geräuschvoll aus. Warum muss etwas, das jahrelang bestens funktioniert hat, unbedingt geändert werden? »Das heißt, die Leute müssen erst den Arzt holen und dürfen ihn dann auch noch bezahlen, bevor sie ihre Schmerzen loswerden?«

Buck und Norma tauschten einen viel sagenden Blick. Sie schienen zu denken, dass ich entweder blind oder zu blöd war, es zu bemerken.

Buck zupfte an seinem weißen Kittel. Eigentlich hatte er Arzt werden wollen, ob für Menschen oder für Tiere, weiß ich nicht mehr, aber er war nicht zum Studium zugelassen worden. Trotzdem prahlte er gern mit seinen medizinischen Kenntnissen.

»Die Sache ist die, Mrs. Springer, zu viele Leute nehmen Medikamente ein, ohne vorher den Arzt zu befragen. Das kann schlimme Folgen haben. Soll ich Ihren Arzt anrufen, damit er ein Rezept ausstellt?«

»Nein, danke, wenn ich das Zeug so dringend brauchen würde, würde ich ihn selbst anrufen.« Ich hatte keine Lust, einem Arzt zu erklären, wofür ich so ein starkes Schmerzmittel brauchte. »Dann geben Sie mir eben eine große Packung von einem rezeptfreien Mittel.«

Norma hielt es nicht mehr aus. »Darf ich fragen, was Sie mit dem ganzen Zeug vorhaben, Mrs. Springer?«

»Sicher dürfen Sie das«, entgegnete ich und wollte sie schon stehen lassen. Dann überlegte ich es mir anders. »Ich werde es Ihnen sagen. Anstatt zuzusehen, wie die Kirche mein Haus abreißt, werde ich ein Asyl für verletzte Katzen und Hunde daraus machen. Und wenn ich sie gesund gepflegt habe, lasse ich sie auf dem Parkplatz vor der Kirche laufen. Sie werden künftig einiges wegzuschaufeln haben!«

Ich bezahlte und ging – und spürte Normas giftigen Blick noch eine ganze Weile im Rücken, als ich den Bürgersteig entlangmarschierte.

Kapitel 18

Lillian und ich versorgten Hazel Marie, so gut es ging. Ich hoffte, sie würde endlich einschlafen, aber jedes Mal, wenn sie die Augen zumachte, musste sie an den Jungen denken und fing wieder an zu weinen. Und jedes Mal, wenn ich mich umdrehte, gab Lillian ihr etwas zu trinken: Gingerale oder einen Milchshake oder Limonade. Sie müsse doch etwas im Magen haben, beharrte sie. Mich hätte es bei der vielen Flüssigkeit nicht gewundert, wenn Hazel Marie davongeschwommen wäre! Nach einer Weile knabberte sie eine Scheibe trockenes Toastbrot und behielt es zu meiner Erleichterung auch bei sich.

Als sie aufstehen und nach dem Jungen suchen wollte, machten wir ihr klar, dass sie besser im Bett bliebe, solange wir nicht wussten, wo wir überhaupt suchen sollten. Wir beschlossen, dass ich ihre Verwandten in Benson's Gap anrufen und mich als jemanden ausgeben würde, der Bruder Vern als Prediger haben wollte. Little Lloyd würde ich gar nicht erwähnen.

»Das ist das Beste«, sagte ich. »Wir wissen nicht, wer noch alles in dieser Sache mit drinsteckt, aber ich gehe jede Wette ein, wenn wir Reverend Vernon Puckett gefunden haben, haben wir auch den Jungen.«

»Er könnte ihn auch irgendwo versteckt haben«, gab Lillian zu bedenken.

»Mal den Teufel nicht an die Wand! Ich sage dir, ich werde diesen Prediger finden, und wenn ich ihn finden kann, dann finde ich auch den Jungen! Ich werde diesen Kerl so schnell hinter Gitter bringen, dass ihm Hören und Sehen vergeht! Mich so dreist zu belügen, nur um an das Kind heranzukommen! Von dem Einbruch ganz zu schweigen. Der wird sich noch wünschen, er hätte sich nie mit mir angelegt, das schwör ich dir!«

Hazel Marie schlief fast den ganzen Nachmittag. Lillian weckte sie nur gelegentlich, damit sie etwas trank. Ich telefonierte unterdessen alle Pucketts durch. Ich hätte nie für möglich gehalten, dass es so viele gab! Anfangs fiel mir das Lügen schwer, weil ich es nicht gewohnt war, aber nach einer Weile war ich fast selbst davon überzeugt, dass die kleine Glaubensgemeinschaft, die ich erfunden hatte, dringend auf Bruder Verns Hilfe angewiesen war. Ich passte sogar meine Redeweise meinen Gesprächspartnern an und sagte zum Beispiel:

»Ich such den Bruder Vernon Puckett. Wir bräucht'n 'n dringend für 'ne Predigt in unsrer Kirche, weil 'se sonst aus'nander fällt, un' deshalb sollt' er 'ne Erweckungspredigt halten.«

Das öffnete mir mehr Türen, als wenn ich gesagt hätte: »Entschuldigen Sie bitte, aber könnten Sie mir vielleicht sagen, wo ich Reverend Puckett finde?«

Doch keiner konnte – oder wollte – mir sagen, wo er sich aufhielt.

Ich war enttäuscht. Aber dann kam mir eine Idee. Es war Dienstag, der Tag, an dem Bruder Vern seinen abendlichen

Fernsehauftritt hatte! Falls er nicht abgesagt hatte, hieß das, dass er mindestens eine Stunde im Studio des lokalen Fernsehsenders in Spartanburg sein würde.

Als ich Hazel Marie davon erzählte, wollte sie sofort hinfahren.

Ich redete es ihr aus. »Nein, wenn er Sie sieht, bevor die Sendung anfängt, wird er sich aus dem Staub machen. Wir sollten abwarten, um sicherzugehen, dass es eine Live-Sendung und keine Aufzeichnung ist. Es wäre immerhin denkbar, dass er die Sendung aufgezeichnet hat, weil er damit rechnet, dass Sie nach ihm suchen.«

Ich weihte Lillian ein, und sie sagte, sie werde dableiben und mit uns fernsehen. Wir warteten, bis Deputy Bates gegangen war. Ich fragte Hazel Marie, ob sie meinen Baumwollmorgenrock mit Reißverschluss oder lieber den blauen aus Satin und Spitze mit Bindegürtel überziehen wolle (ich hatte ihn mir eigens für den Fall gekauft, dass ich einmal ins Krankenhaus müsste). Sie entschied sich für blauen Satin – hätte ich mir ja denken können!

Wir halfen ihr die Treppe hinunter.

»Kommen Sie mit in die Küche«, sagte Lillian. »Sie sollten noch mal mit Salzwasser gurgeln. Und dann mach ich Ihnen einen Milchshake, damit Sie ein bisschen was auf die Rippen kriegen!«

Hazel Marie nahm ihr Glas mit ins Wohnzimmer und setzte sich aufs Sofa. Lillian stopfte ihr ein paar Kissen in den Rücken, damit sie es auch bequem hatte. Ich schaltete den Fernseher ein, und wir beugten uns gespannt vor, als *Schüret das Feuer Gottes* begann, live mit Bruder Vernon Puckett, dem Gesalbten des Herrn, der mit der Kraft des Heiligen Geistes die frohe Botschaft des Evangeliums verkündete!

Und da war er auch schon, in einem royalblauen Anzug und passender Krawatte mit einer weißen Taube darauf. Seine bis auf die Stirnlocke streng zurückgekämmten Haare schimmerten feucht. Er lachte, als er umständlich ein kleines Mikrofon am Revers befestigte und so tat, als wüsste er nicht, wie es funktionierte. Er gab den einfachen, durchschnittlichen Arbeiter, der von technischen Dingen nicht die geringste Ahnung hat. Währenddessen liefen am unteren Bildschirmrand Telefonnummern, die dafür gedacht waren, den Leuten das Geld aus der Tasche zu ziehen.

»Und jetzt lasst uns beten, ihr Brüder und Schwestern zu Hause an den Bildschirmen«, begann er. *»Herr, wir bitten dich, jag den Teufel in die Hölle zurück und sag deinen Engeln, sie sollen sich hier bei uns niederlassen, damit wir in der richtigen geistigen Verfassung für deinen Segen sind! Gelobt sei der Herr, Amen.«*

Praktisch ohne Luft zu holen, fuhr er fort: *»Heute Abend, liebe Brüder und Schwestern im Herrn, wird euch ein ganz besonderer Segen zuteil werden! Bruder Winslow, dem die nächste Stunde gehört, ist krank geworden – wir beten für dich, Bruder Winslow! Obwohl ich nicht froh über diese Nachricht bin – der Herr bewahre! –, so hat sie doch auch ihr Gutes, denn die freundlichen Leute vom Sender hier haben mich gefragt, ob ich statt der üblichen einen Stunde nicht zwei füllen könnte.«* Er machte eine Pause, setzte eine erstaunte Miene auf und blickte in die Runde. *»Kann ich zwei Stunden füllen? Was für eine Frage! Zehn Stunden könnte ich füllen! Ich predige, solange jemand dort draußen ist, der mir zuhört! Doch bevor ich loslege, wollen wir Schwester Rubynell hören. Hier ist sie schon, zusammen mit der Glory Boys Band! Ein Applaus für Rubynell* *und ihre Jungs! Sie sind aus Shelby, North Carolina, zu uns gekommen, und wir danken ihnen dafür!«*

Hazel Marie setzte sich auf. »Er wird zwei Stunden in Spartanburg sein! Das reicht, um hinzufahren. Ich bring ihn schon dazu, mir zu sagen, wo er Junior versteckt hält!«

»Warten Sie!«, sagte ich. »Bevor wir etwas unternehmen, sollten wir ganz sicher sein, dass das eine Live-Sendung ist.«

Schwester Rubynell war vor die Kamera getreten. Das Kleid, das sie anhatte, sah aus wie eins von meinen Hauskleidern. Ihr silbrig weißes Haar war so hoch toupiert, dass Norma Cantrell bei dem Anblick vor Neid erblasst wäre. Sie musste ungefähr in meinem Alter sein, brachte aber einige Pfund mehr auf die Waage und hatte eine ganze Menge mehr Falten. Abgesehen von einer dicken Schicht blauem Lidschatten trug sie kein Make-up, was einen seltsamen Kontrast zu ihrer kunstvollen Frisur darstellte.

Lillian starrte stirnrunzelnd auf den Bildschirm. »Die sieht aus wie eine halb fertige Zeichentrickfigur!«

So klang sie auch. Als sie den Mund öffnete und zu singen anfing, ohne dass die Band ihr auch nur einen einzigen Takt vorgegeben hätte, musste ich unwillkürlich an Kreide denken, die über eine Tafel quietscht. Ich drehte den Ton leiser. Aber sie steigerte sich bald, schnippte einmal sogar mit den Fingern und rief ihrer sich verausgabenden Band eine Aufmunterung zu, ohne aus dem Takt zu kommen. Kräftige Lungen hatte sie, das musste man ihr lassen!

Ich musterte Lillian und Hazel Marie aus den Augenwinkeln und versuchte ihre Reaktion von ihren Gesichtern abzulesen, bevor ich etwas sagte, das eine von beiden verletzen könnte. In Lillians Kirchengemeinde gehören melodische, von klangvollen Stimmen gesungene Lieder, zu denen man in die Hände klatscht und mit den Füßen stampft, dazu. Lillian machte folglich ein finsteres Gesicht. Hazel Marie dagegen nickte im Takt zu Schwester Rubynells Gekreische. Wir Presbyterianer lassen unsere Lieder von halb professionellen Chören singen und begnügen uns damit, einige wenige Choräle selbst zu murmeln.

»*Tausend Dank, Schwester und auch euch Glory Boys!*«, schmetterte Bruder Vern in den letzten Akkord der elektrischen Gitarre hinein. Beifall brandete auf, als die Kamera über die Hand voll Zuschauer auf ihren Klappstühlen schwenkte.

»*Und jetzt aufgepasst, ihr Leute vor den Bildschirmen im ganzen Sendegebiet!*«, fuhr Bruder Vern fort. »*Ich habe eine gute und eine schlechte Nachricht für euch. Die schlechte Nachricht ist, dass dort draußen der Teufel auf der Suche nach Essbarem umherstreift! Und täuscht euch nicht – er hat nicht etwa Appetit auf Steak und Erdbeertorte. Oh nein! Ihn gelüstet es nach menschlichen Seelen! Nach den Seelen von Männern und Frauen und Kindern. Er nimmt, was er kriegen kann! Aber – und das ist die gute Nachricht – auch JEEEsus war hungrig! Und wisst ihr, was er gegessen hat? Ich werde es euch sagen – den Tod hat er verschlungen! Jawohl, er hat ihn sich geschnappt und mit Haut und Haaren verspeist, und jetzt braucht sich keiner von uns mehr vor der Gefräßigkeit des Teufels zu fürchten! Ich werde euch alles darüber erzählen – sobald ich mir das Gesicht getrocknet habe.*«

Er lachte in seiner leutseligen Art und zog ein großes weißes Taschentuch aus der Tasche, mit dem er sich über das im Scheinwerferlicht glänzende, schweißfeuchte Gesicht fuhr.

»So, jetzt kann's losgehen, also hört mir gut zu.« Er begann auf und ab zu wandern. *»Nehmt JEEEsus in eurem Herzen auf! Wie ihr das anstellen sollt? Ich will es euch sagen: Ihr braucht ihn nicht lange irgendwo draußen im All zu suchen, nein, ihr braucht nichts weiter zu tun, als ihn aufzufordern: Komm rein, Jesus! Das ist alles, schon wird er bei euch sein! Einen Augenblick mal – nicht umschalten, Leute! Ihr werdet nur jemanden sehen, der euch ein Auto oder einen doppelstöckigen Hamburger andrehen will! Und so was braucht ihr nicht, also bleibt dran, ich hab euch nämlich noch eine ganze Menge mehr zu sagen!*

Aber zuerst möchte ich euch einen ganz besonderen Gast hier bei mir im Studio vorstellen. Er ist den weiten Weg von Memphis, Tennessee, gekommen, um uns von jener besonderen Aufgabe zu berichten, für die der Herr ihn auserwählt hat. Gehen wir mal hier rüber mit der Kamera!« Bruder Vern bewegte sich seitwärts, blickte dabei aber über die Schulter zurück, um sich zu vergewissern, dass die Kamera ihm folgte. Er zog einen Stuhl heran und stellte ihn neben ein Sofa, auf dem eine dicke Frau saß. Sie hatte ein Kleinkind auf dem Schoß und war, ihrem Bauch nach zu urteilen, wieder schwanger. Der Mann an ihrer Seite war ein schmales Handtuch mit Glatze. Auch er hatte ein kleines Kind im Arm. Zwischen den Erwachsenen saß ein etwas älteres Kind.

»Das hier sind Bruder Stedman Jones und seine gute Ehefrau, Schwester Leesie. Willkommen bei Schüret das Feuer Gottes, *meine Lieben!«* Bruder Vern blickte direkt in die Kamera, als er fortfuhr: *»Bruder Stedman und Schwester Leesie sind gehorsame Anhänger des göttlichen Gebots, fruchtbar zu sein und sich zu vermehren. Der Beweis sind ihre sechzehn Kinder! Jawohl, ihr habt richtig gehört – sechzehn Kinder, gelobt sei der Herr!«*

Die Kamera schwenkte rasch über eine hinter dem Sofa sich drängende Kinderschar. »Sechzehn hungrige Mäuler!«, meinte Lillian kopfschüttelnd. »Wie kriegen sie die bloß alle satt?«

Bruder Vern kam wieder ins Bild. Er neigte sich seinen Gästen zu und fragte: *»Womit hat der Herr Euch denn jetzt beauftragt, Bruder Stedman?«*

»Ich bin dankbar für diese Frage.« Bruder Stedman rollte einen schmalen, sechzig Zentimeter langen Papierstreifen auf. *»Ich hab hier nämlich etwas ganz Besonderes, deshalb möchte ich, dass ihr alle jetzt sofort zum Telefon greift und dieses wunderbare Geschenk für nur dreiundzwanzig Dollar plus Porto und Verpackung bestellt! Es ist ein Autoaufkleber, damit jeder weiß, wohin ihr geht. Bestimmt nicht zu Wal-Mart, das dürft ihr mir glauben!«*

»Was steht denn drauf?«, fragte Lillian.

Ich kniff die Augen zusammen und versuchte die Schrift auf dem im Scheinwerferlicht spiegelnden, glänzenden Papier zu entziffern. »Da steht ›Achtung! Fahrer kann jeden Moment verschwinden!‹ Was ist das denn für ein merkwürdiger Spruch?«

»Eine Anspielung auf den Tag, an dem alle Gläubigen in den Himmel auffahren«, antwortete Hazel Marie. Ich starrte sie verblüfft an. Dann fiel mir ein, dass ich schon einmal davon gehört hatte, und zwar von einem Prediger, der in der First Church zu Gast gewesen war. Die meisten von uns Presbyterianern überspringen diese Phase jedoch – hatte Wesley Lloyd mir jedenfalls erklärt.

»Also, ich muss schon sagen!« Ich wandte mich wieder dem Fernseher zu.

»Habt ihr das gehört, Leute?« Bruder Vern hielt ein Ende

des Aufklebers in die Höhe. *»Klebt das auf eure Stoßstange, damit jeder auf Autos achtet, die wild durch die Gegend schießen, wenn die letzten Trompeten erschallen! In null Komma nichts werden wir aus unseren Geländefahrzeugen und unseren Pick-ups und unseren Fernsehsesseln gerissen werden. Ist es nicht so, Bruder Stedman? Aber jetzt erzählt uns, was Ihr in Memphis gemacht habt. Ihr wart sehr beschäftigt, habe ich gehört.«*

»Oh ja, das stimmt allerdings«, erwiderte Bruder Stedman. Ich dachte an die sechzehn Kinder und konnte mir lebhaft vorstellen, *womit* er beschäftigt gewesen war. *»Ich habe nicht nur diese Aufkleber gedruckt, sondern auch gegen diese Abtreibungskliniken gekämpft. Zwei mussten dichtmachen. Drei Mal bin ich im Gefängnis gelandet! Ich brauche eure Gebete wirklich dringend, weil diese Liberalen und diese Kirchengegner und diese Homosexuellen alle Front gegen mich machen.«*

»Auf meine Gebete könnt Ihr zählen, Bruder«, versicherte Bruder Vern. Er schwafelte weiter, und mir ging durch den Sinn, dass manche Christen anscheinend immer jemanden oder etwas brauchen, das ihnen als Feindbild dient. Mal ist es die Aufhebung der Rassentrennung, mal die Frauenbewegung; mal der Sexualkundeunterricht, mal die Trennung von Staat und Kirche; mal die Kirchengegner, mal schlicht die Demokraten. Jetzt waren es Verfechter der Abtreibung und Homosexuelle, die angeblich das Land in den Ruin treiben und den Untergang der Christenheit herbeiführen. Nun, *ich* hatte größeres Vertrauen in den Herrn! Er hatte die Dinge von Anbeginn an gelenkt, und ich ging davon aus, dass er auch in unserer Zeit keine Mühe haben würde, alles in den Griff zu bekommen. Außerdem gab es in Ab-

botsville keine Abtreibungsklinik. Und auch keine Homosexuellen.

Bruder Verns Stimme schreckte mich aus meinen Gedanken. *»Und jetzt, Bruder Stedman, möchte ich unseren Zuschauern an den Fernsehschirmen Eure Familie vorstellen! Lächelt, Kinder, stellt euch vor, ihr wärt bei* Versteckte Kamera! *Seht sie euch genau an, Leute, gelobt sei der Herr für die Juwelen in Eurer Krone, Schwester Leesie!«*

Die arme Frau saß da mit starrem Lächeln. Sie hatte bisher kein einziges Wort gesagt – es hatte ja auch niemand mit ihr gesprochen. Wahrscheinlich war sie sowieso zu müde zum Reden. Wie mochte sie es nur geschafft haben, alle diese Kinder zu füttern, zu waschen und für den Fernsehauftritt anzuziehen!

»Seht doch nur!«, rief Lillian plötzlich. Sie sprang auf und tippte mit dem Finger auf den Bildschirm. »Da! Seht ihr?«

»Was denn?« Ich reckte den Hals und versuchte etwas zu erkennen.

»Das ist Junior!« Hazel Marie schnellte vom Sofa hoch. Sie fuhr sich mit der Hand an ihre schmerzenden Rippen und kippte ihren Milchshake über meinen Orientteppich. »Bruder Vern hat ihn zwischen diese Kinder gesteckt! Da, sehen Sie?«

»Tatsächlich!« Er war es. Das schmale Gesichtchen, in dem die Brille mit den dicken Gläsern auf die Nase rutschte, gehörte unverkennbar Little Lloyd. Alle Kinder lächelten locker in die Kamera, wie sie es sicher schon hundert Mal getan hatten – nur der Junge stand da mit ernstem Gesicht und wirkte verloren und verwirrt. Mir fiel auf, dass er die Ansteckfliege trug; wahrscheinlich war keiner imstande gewesen, ihm den Schlips zu binden.

»Ich muss da hin!«, rief Hazel Marie aufgeregt. »Mrs. Springer, ich frag Sie wirklich nicht gern, aber könnten Sie mir vielleicht das Geld für ein Taxi leihen? Sie kriegen es ganz bestimmt zurück, und wenn es zwanzig Jahre dauert!«

»Ein Taxi? Nach Spartanburg? Das sind vierzig Meilen! Kommt überhaupt nicht infrage!« Ich stand auf und schaltete den Fernseher aus. »Kommen Sie, wir nehmen mein Auto!«

Kapitel 19

WARTET AUF MICH!«, rief Lillian. »Ich will auch mit, aber ich muss erst die Flecken rausmachen!«

Ich winkte ab. »Zum Teppichreinigen haben wir keine Zeit! Es sind vierzig Meilen bis nach Spartanburg, und Bruder Vern wird noch« – ich warf einen Blick auf meine Armbanduhr – »anderthalb Stunden im Studio sein. Wenn wir uns beeilen, schaffen wir es gerade noch!«

»Wir dürfen keine Zeit verlieren! Schnell!«, drängte Hazel Marie. Sie zitterte vor Aufregung, und der blaue Satinmorgenrock bebte und schlotterte um ihre schmale Figur.

Lillian sah erst sie, dann mich an. »Soll ich ihr was zum Anziehen holen?«

»Nein«, entschied ich, »das dauert zu lange. Geht ihr schon mal zum Wagen, ich komm gleich nach!«

Ich schnappte meine Handtasche, vergewisserte mich, dass ich genügend Geld eingesteckt hatte, löschte die Lichter und eilte zur Garage. Hazel Marie saß bereits auf dem Beifahrersitz, Lillian stand neben der Fahrertür.

»Soll ich lieber fahren?«

»Wieso? Ich fahr genauso gut.«

»Schon, aber ich weiß, dass Sie nachts nicht so gut sehen.«

»Nicht schlechter als du«, konterte ich. »Außerdem hat der Wagen Scheinwerfer, also steig endlich ein, damit wir losfahren können!«

Sie klappte den Fahrersitz vor und zwängte sich ächzend in den engen Fond. »Puuh«, machte sie, als sie es endlich geschafft hatte, »da hat ja kein normaler Mensch Platz!«

Hazel Marie saß, die Hände im Schoß gefaltet, da und blickte starr geradeaus. Die Anspannung war ihr anzusehen.

In der Stadt herrschte nur wenig Verkehr, aber sooft uns ein Fahrzeug entgegenkam, blendeten mich seine Lichter so sehr, dass ich fast nichts mehr sah. Bis wir den Highway erreicht hatten, hatte ich begriffen, dass ich nicht direkt in die Scheinwerfer schauen durfte. Es waren ohnehin nur einige wenige Autos in der Ferne zu sehen, als ich die Auffahrt hinauffuhr, anhielt und nach rechts und links blickte.

»Mrs. Springer«, sagte Hazel Marie leise und zögernd, »nehmen Sie es mir bitte nicht übel, wenn ich das sage – aber Sie brauchen nicht anzuhalten und zu schauen. Fädeln Sie sich einfach auf der rechten Spur ein.«

»Wer fährt – Sie oder ich?«, gab ich patzig zurück. Doch dann gestand ich mir widerwillig ein, dass sie ja vielleicht Recht haben könnte. Ich hatte immer geglaubt, man müsse stoppen und nach beiden Seiten schauen, wenn man auf eine Hauptstraße einbog.

Nach einer Weile fragte Lillian: »Geht's nicht ein bisschen schneller?«

»Ich fahre fast so schnell wie erlaubt.«

»Sie könnten das Gaspedal ruhig tiefer durchdrücken!

Wir müssen dort sein, bevor er uns mit dem Jungen wieder entwischt!«

»Oh ja, bitte, geben Sie ein bisschen Gas!«, bettelte Hazel Marie.

»Jetzt hört mal zu, ihr zwei, ich will genauso schnell dahin kommen wie ihr, aber ich will in einem Stück ankommen! Also verschont mich mit eurem Genörgel!«

»Wenn Sie möchten, kann ich ja fahren«, schlug Hazel Marie vor.

Ich musterte sie mit einem Seitenblick. Sie krümmte sich schier vor Schmerzen. »Sie können ja kaum aufrecht sitzen, wie wollen Sie da einen Wagen steuern? Ich bring uns schon nach Spartanburg, keine Sorge, und zwar rechtzeitig!«

Nachts zu fahren war tatsächlich nicht so schlimm, wie ich befürchtet hatte. Es herrschte kaum Verkehr, und wenn, dann kam immer ein Pulk Autos auf einmal an uns vorbeigesaust.

»Oh-oh«, machte Lillian, als im Südwesten ein Blitz zuckte. »Sieht aus, als ob da ein Gewitter aufzieht!«

»Bestimmt bloß Wetterleuchten«, sagte ich. Trotzdem war ich beunruhigt. Nach einer Hitzeperiode wie die der letzten Tage gab es hier gern unwetterartige Gewitter, und darauf konnte ich verzichten.

Oft begegnete uns meilenweit kein Fahrzeug. Der vierspurige Highway führte bergauf und bergab an der Continental Divide entlang, schlängelte sich zwischen hohen Felswänden durch und senkte sich dann in die Ebene hinunter. Die Autoscheinwerfer bohrten einen Lichttunnel in die Dunkelheit. Hinter einer Wolke unmittelbar vor uns leuchteten gelegentlich Blitze auf. Ich nahm ein Summen wahr und dachte zuerst, es käme von den Reifen, bis ich merkte, dass es Hazel Marie war, die stöhnte oder vielleicht ein Gebet murmelte.

»Mir ist da grad was eingefallen«, sagte Lillian und beugte sich zwischen den Sitzen zu uns vor. »Was hat der Junge bei diesen Leuten zu suchen? Ob Bruder Vern ihn weggegeben hat?«

»Um Himmels willen, sagen Sie so was nicht!«, kreischte Hazel Marie. »So was würde er nie machen! Oder?«

»Denkbar wär's schon«, erwiderte ich. »Weil er vielleicht hofft, dass wir dann nicht mehr an den Jungen herankommen. Aber keine Bange, wir wissen, dass Bruder Stedman aus Memphis kommt, und es dürfte kein Problem sein, ihn dort aufzuspüren.«

»Ich glaube, ich könnte es nicht ertragen, wenn wir dorthin kämen und Junior wäre nicht mehr da!«

»Er wird da sein, ganz bestimmt«, versicherte ich so zuversichtlich wie möglich. Ich fühlte mich zwar nicht in der Verfassung, noch in derselben Nacht nach Memphis zu fahren, aber wenn es sein müsste, würde ich es tun.

»Da fällt mir noch was ein«, sagte Lillian. »Weiß eigentlich jemand, wo wir in Spartanburg hinmüssen?«

Genau den gleichen Gedanken hatte ich auch gerade gehabt. Das Fernsehstudio war mir so real vorgekommen, dass ich wohl gedacht hatte, ich bräuchte nur in die Stadt hinunterzufahren und wäre da.

»Ich glaube, ich weiß, wo das Studio ist«, sagte Hazel Marie. »Ich war nämlich mal dort. Bruder Vern wollte eine Familienband gründen. The Puckett Pickers oder The Pickin' Pucketts wollte er sie nennen, aber es wurde nichts daraus. Musik sollte zum Ruhme des Herrn gespielt werden, meinte er, aber wir konnten keinen Ton so lange halten, dass es irgendjemandem zum Ruhm gereicht hätte.«

»Ich muss schon sagen!« Ich fragte mich, was für verborgene Talente noch in Hazel Marie schlummern mochten – einmal abgesehen von jenen, die Wesley Lloyd begeistert hatten.

»Mir ist noch was eingefallen!«

»Du meine Güte, Lillian, was denn noch?«

»Sollten wir nicht einen Plan oder so was haben? Ich meine, gehen wir einfach rein und schnappen ihn? Oder warten wir draußen, bis er rauskommt? Ich finde, das sollten wir uns vorher überlegen.«

Ein Schweigen entstand, während wir darüber nachdachten, wie wir ein entführtes Kind entführen konnten. Ich hätte Bruder Vern zu gern genauso ausgetrickst, wie er mich ausgetrickst hatte, aber ich wusste nicht, wie ich das anstellen sollte. Ich schaute zu Hazel Marie hinüber. Im schwachen Schein der Kontrollleuchten am Armaturenbrett sah ich den angestrengten Ausdruck auf ihrem Gesicht. Entweder hatte sie große Schmerzen oder aber sie dachte intensiv nach. Vielleicht beides.

»Äh, Mrs. Springer?« Sie zog den Kopf zwischen die Schultern, und ich fürchtete schon, ihre Schmerzen seien stärker geworden. »Könnten wir vielleicht kurz anhalten?«

»Anhalten?« Ich nahm unwillkürlich den Fuß vom Gas. Ein mit Baumstämmen beladener Lastwagen hupte wütend, scherte dann hinter uns aus und donnerte an uns vorbei. Der Luftzug ließ das ganze Auto erbeben. Ich beschleunigte wieder ein bisschen. »Warum? Ist Ihnen schlecht?«

»Nein, ich ... äh ... ich muss Pipi machen. Dringend!«

»Pipi machen?« Ich hätte fast laut gelacht, doch dann sagte ich mir, sie hätte es auch ordinärer ausdrücken können. »Wir müssten eigentlich bald mal wieder an eine Tankstelle kommen. Halt die Augen auf, Lillian, damit wir nicht dran vorbeifahren!« Doch wir konnten kein Hinweisschild auf eine Tankstelle oder eine Ausfahrt entdecken.

»Ich kann nicht länger warten, Mrs. Springer! Ich muss wirklich dringend!«

»Was soll ich denn machen? Ich kann doch keine Tankstelle mit Toilette aus dem Ärmel zaubern!«

Hazel Marie stöhnte.

»Halten Sie am Straßenrand, dann soll sie eben da machen«, sagte Lillian.

»So was macht man nicht, das ist unfein«, entgegnete ich. »Das ist deine Schuld, Lillian, warum hast du sie auch so abgefüllt?«

»Hier sieht sie doch niemand, also halten Sie endlich an. Wenn man muss, dann muss man, ob's unfein ist oder nicht!«

Widerwillig lenkte ich den Wagen an den Straßenrand. Nach einigem Suchen fand ich die Warnblinkleuchte und schaltete sie ein. Hazel Marie hatte die Tür schon aufgerissen, als der Wagen noch rollte. Lillian zwängte sich hinter ihr hinaus.

»Gehen Sie gleich hier in die Hocke, ich stell mich vor Sie hin, dann sieht Sie keiner.«

»Und wenn, wär's mir auch egal«, stieß Hazel Marie gepresst hervor, während sie den Satinmorgenrock hochraffte und in die Hocke ging.

»Ob's hier wohl Schlangen gibt?«, fragte Lillian. Hazel Marie zuckte zusammen und hätte ihre Nöte fast vergessen.

Plötzlich wurden wir in helles Licht getaucht, als ob mitten in der Nacht die Sonne aufgegangen wäre. Mein Herzschlag setzte aus, als ich das Zischen von Druckluftbremsen vernahm. Ein großer Lastwagen mit Positionslampen über der Fahrerkabine und Scheinwerfern, die so stark waren, dass wir bestimmt meilenweit zu sehen waren, hielt direkt hinter uns an.

»Ich glaub es nicht!« Lillian breitete ihren Rock schützend vor Hazel Marie.

»Macht schon, beeilt euch!«, drängte ich. »Oh mein Gott, er steigt aus!« Ich sah die schemenhafte Gestalt eines Mannes vom Führerhaus herunterklettern und auf mich zukommen.

»Kann ich den Damen behilflich sein?« Er beugte sich herunter und schaute an mir vorbei zur Beifahrerseite hinüber, wo nur Hazel Maries Kopf zu sehen war. Sie schirmte das Gesicht rasch mit einer Hand ab. Ich betrachtete mir den Mann näher, konnte aber nur erkennen, dass er eine Baseballmütze trug. Und er roch intensiv nach Mann! Er schien schon eine ganze Weile in dem Laster unterwegs gewesen zu sein.

»Nein, vielen Dank, sehr freundlich«, antwortete ich. »Alles in Ordnung, nur ein dringendes Bedürfnis, Sie verstehen.«

Er grinste und spuckte auf die Straße. »Oh ja, das kenn ich! Aber seien Sie vorsichtig hier draußen. Hier treibt sich allerhand Gesindel herum.«

»Beeilen Sie sich, Hazel Marie!«

»Ich mach, so schnell ich kann!«

»Wohin soll die Fahrt denn gehen?«, fragte der Trucker.

»Wir wollen nach Spartanburg«, erwiderte Lillian. Ich funkelte sie wütend an, damit sie den Mund hielt. Was sie aber nicht tat. »Dort gibt's einen Fernsehsender. Sie wissen nicht zufällig, wo der ist?«

»Der, der so christliche Sendungen ausstrahlt? Klar weiß ich das. Wenn Sie wollen, können Sie hinter mir herfahren. Ich muss zum Highwaykreuz und weiter zur Milliken-Niederlassung an der I-85, da kommen wir direkt am Sender vorbei.«

In dem Moment tauchte Hazel Marie aus der Versenkung auf. Sie strich den Satinmorgenrock glatt und sagte: »Oh danke, vielen Dank! Das ist ja wunderbar! Wir werden dicht hinter Ihnen bleiben.«

Der Trucker richtete sich auf und schaute sie über das Autodach hinweg an. Dann beugte er sich noch einmal herunter und betrachtete sie durchs Fenster. Anscheinend konnte er sich nicht entscheiden, welche Ansicht ihm besser gefiel. Grün und blau geschlagene Blondinen im Satinnegligé traf er vermutlich nicht alle Tage am Straßenrand – nahm ich jedenfalls an.

»Dann werd ich mich mal wieder in diese Sardinenbüchse quetschen«, sagte Lilian und zwängte sich in den Fond. »Wir haben's ziemlich eilig, Mr. Trucker, also drücken Sie ein bisschen auf die Tube!«

»*So* eilig haben wir es nun auch wieder nicht«, widersprach ich. »Sind Sie drin, Miss Puckett? Ziehst du mal die Tür zu, Lillian?«

»Das kriegen wir schon hin«, meinte der Trucker. Er ging in die Hocke, um Hazel Marie genauer betrachten zu können. »Bleiben Sie einfach ein paar Wagenlängen hinter mir. Haben Sie CB-Funk hier drin?«

»Ich fürchte nein«, antwortete ich.

»Macht nichts. Ich werde rechtzeitig blinken und hupen, wenn wir zu Ihrer Ausfahrt kommen, okay? Bleiben Sie einfach immer in der Spur hinter mir.« Er richtete sich auf und ging auf seinen Laster zu. Nach ein paar Schritten machte er kehrt und kam noch einmal zurück. »Entschuldigen Sie die Frage, aber sind Sie so was wie Gospelsängerinnen?«

Ich hätte fast einen Erstickungsanfall bekommen, als ich mir Lillian in ihrer weißen Schwesterntracht, Hazel Marie im blauen Satinmorgenrock und mich selbst im braven Hemdblusenkleid vorstellte, wie wir im Fernsehen auftraten und Gospels sangen!

»Nein, nein, wir wollen zu dem Gesundbeter, der heute dort auftritt«, schwindelte ich und dachte: Vergib mir, Herr! Aber es schien mir in Anbetracht des Anblicks, den wir boten, die einzige plausible Erklärung zu sein. Ich halte eigentlich nichts vom Lügen, aber wir befanden uns schließlich in einer Notlage.

»Oh, das tut mir ehrlich Leid«, sagte er. »Keine Sorge, wir werden es rechtzeitig schaffen.« Dieses Mal sah er Hazel Marie voller Mitgefühl an.

»Wir müssen uns beeilen«, sagte sie. »Die Sendung geht bis elf und bis dahin muss ich unbedingt dort sein!«

»An mir soll's nicht liegen!« Er sprintete zu seinem Laster und ließ den Motor an. Als er an uns vorbeifuhr, hupte er kurz.

Ich folgte ihm. Es war wirklich ein Kinderspiel, weil ich überhaupt nicht mehr auf die Strecke achten musste. Ich blinkte, wenn er blinkte, wechselte die Spur, wenn er sie wechselte, und blieb dicht hinter ihm.

»Oh-oh«, machte Lillian.

»Was ist?«

»Hinter uns kommt ein großer Laster angerauscht. Vielleicht will er uns aus dem Weg haben.«

»Das glaub ich nicht.« Hazel Marie drehte sich aufgeregt um. »Sie packen uns ein!«

»*Was* machen sie?«

»Er hat bestimmt über Funk unsere Situation erklärt und Hilfe angefordert. Jetzt nehmen sie uns zwischen zwei Dreiachser, damit uns kein anderer Wagen behindert.«

Nach einer Weile kamen uns zwei Sattelschlepper entgegen, die auf der I-26 nach Westen fuhren. Sie hupten und blendeten sämtliche Scheinwerfer auf. Wenig später näherte sich ein Auto. Als es auf gleicher Höhe war, fuhr es neben uns her, und seine Insassen gafften uns neugierig an.

»Was wollen die von uns?«, fragte Lillian argwöhnisch. Mir waren sie auch nicht geheuer!

»Sehen Sie die Antenne?« Hazel Marie zeigte mit dem Finger darauf. »Sie haben CB-Funk im Auto, so haben sie von uns erfahren.«

»Allmächtiger!«, entfuhr es mir, als der Wagen neben uns plötzlich in helles Licht getaucht wurde und eine Hupe wie die Trompeten des Jüngsten Gerichts erscholl. Ein weiterer schwerer Laster donnerte heran und hängte sich an die Stoßstange des Wagens neben uns. Nachdem er ein weiteres Mal aufgeblendet und gehupt hatte, gab der Fahrer des Personenwagens Gas und brauste davon. Er musste sich zu Tode erschrocken haben – was ich ihm nicht verdenken konnte.

Der dritte Laster schloss auf, bis sich der Anhänger auf gleicher Höhe mit uns befand. Abgeschottet von einem Lastwagen vor, hinter und neben uns, rollten wir über den Highway.

»Jetzt sind wir sicher«, sagte Hazel Marie. »Ich danke dir, Herr!« Sie lehnte den Kopf an die Kopfstütze und schien sich zum ersten Mal, seit wir losgefahren waren, zu entspannen.

So leicht war mir das Fahren noch nie gefallen! Ich beschloss, mir CB-Funk einbauen zu lassen, damit ich mir künftig immer eine Eskorte herbeirufen könnte.

Wir fuhren auf der I-26 nach Osten. Der dritte Laster ließ gelegentlich ein schnelleres Fahrzeug überholen, kehrte dann aber an seinen Platz neben uns zurück. Als wir uns dem Highwaykreuz näherten, folgte ich einfach unseren Trucker-Freunden und vertraute darauf, dass sie uns den Weg frei machen würden.

»Ich glaub, ich kann den Sender schon sehen«, sagte Hazel Marie und zeigte mit dem Finger. »Die roten Lichter da oben, sehen Sie die? Das ist bestimmt das Sendehaus.«

»Ich kann jetzt nicht gucken«, sagte ich, »aber ich glaube, Sie haben Recht. Er wechselt zur Abbiegespur. Und jetzt blinkt er. Haltet die Augen auf, damit wir die Ausfahrt nicht verpassen!«

Am Laster vor uns gingen sämtliche Lichter aus und an wie die defekte Beleuchtung an einem Christbaum. Die Hupe ertönte. Ich setzte den Blinker, damit der Fahrer wusste, seine Botschaft war angekommen.

»Da kommt die Ausfahrt!«, schrie Lillian. »Gehen Sie vom Gas runter! Wir müssen hier raus! Fahren Sie rüber!«

»Hupen Sie dem Fahrer«, sagte Hazel Marie.

Die beiden machten mich ganz nervös. »Ich kann doch nicht alles gleichzeitig!« Ich bremste, versuchte zu erkennen, wann die Ausfahrt kam, hupte und hoffte, der Laster hinter uns würde nicht über uns hinwegdonnern. Als wir die Abfahrt erreicht hatten, sandten die Trucker uns Grüße in Form von wildem Gehupe und Geblinke. Das war wahrscheinlich ihre Art, für die arme Hazel Marie zu beten. Ich hoffte, der Herr würde mir meine Notlüge vergeben, aber Hazel Marie konnte ja wirklich jedes Gebet gebrauchen!

Das Sendehaus war ein massiger Betonklotz mit einem Stahlaufbau auf dem Dach, an dem rote Lichter blinkten. Ein unkrautüberwucherter Maschendrahtzaun umgab den Parkplatz. Das Tor, an dem ein Signallicht leuchtete, stand offen. Eine gelbe Glühbirne brannte über dem Hauseingang, und aus einem kleinen Fenster hoch oben drang schwacher Lichtschein. Weit und breit war keine Menschenseele zu sehen, aber auf dem unebenen Asphalt standen etwa ein halbes Dutzend Autos.

»Macht einen reichlich verlassenen Eindruck«, sagte ich, während ich überlegte, wo ich am besten parken sollte. »Ob überhaupt noch jemand da ist?«

»Bestimmt«, meinte Hazel Marie. »Die Studios haben keine Fenster, deshalb ist es so dunkel.«

»Ich werde dort drüben parken, bis wir uns überlegt haben, wie es weitergehen soll.«

»Wenn's Ihnen nichts ausmacht, Mrs. Springer, halten Sie doch lieber irgendwo dort hinten. Ich muss nämlich schon wieder!«

Ich verdrehte die Augen und lenkte den Wagen in die dunkelste Ecke des Parkplatzes. Hazel Marie schlüpfte hinaus. Ich hörte das Rascheln von Satin, als sie in die Hocke ging.

»Sie verliert viel Flüssigkeit«, sagte Lillian. »Wir sollten auf dem Rückweg was zu trinken kaufen.«

»Vergiss es, Lillian!«

»Puuh!«, seufzte Hazel Marie, als sie sich wieder auf den Beifahrersitz schob. »Das war höchste Zeit gewesen! Ich wäre beinah geplatzt.«

»Schön«, sagte ich. »Jetzt sind wir hier, und Bruder Verns Sendung dauert etwa noch zehn Minuten. Wie geht's jetzt weiter?«

»Ich werd mich unauffällig reinschleichen und Junior da rausholen«, sagte Hazel Marie.

»Unauffällig? In Ihrem Aufzug? Das bezweifle ich«, meinte Lillian.

»Ich werde reingehen«, sagte ich. »Little Lloyd kennt mich, er wird mit mir gehen.«

»Hmhm«, machte Lillian, »und Bruder Vern kennt Sie auch. Glauben Sie, er schaut einfach zu, wenn Sie da reinspazieren und den Jungen mitnehmen? Alle da drin arbeiten für Bruder Vern, er braucht bloß zu rufen: ›Haltet die Frau auf!‹, und sie werden genau das tun!«

»Na schön, habt ihr einen besseren Vorschlag?« Ich wurde allmählich nervös.

»Diese Trucker hätten uns bestimmt geholfen«, sagte Hazel Marie. »Ich wünschte, ich hätte daran gedacht, sie zu fragen. Wir hätten ihnen erzählen können, mein Junge sei von einem verrückten Rattenfänger entführt worden oder irgend so was.«

»Zu spät«, sagte ich. Der Gedanke, eine wild gewordene Horde von Truckern könnte während einer Live-Sendung das Studio stürmen, jagte mir einen Schauer über den Rücken. Dann hätte Schwester Rubynell wenigstens einen Grund zum Kreischen gehabt! Von der Kinderschar ganz zu schweigen. »Wir müssen uns was einfallen lassen, und zwar schnell!«

»*Mich* kennt Bruder Vern nicht«, sagte Lillian. »*Ich* werde gehen. Ich hol unseren Kleinen da raus!«

Kapitel 20

ALSO GUT«, STIMMTE ich zu, weil mir nichts Besseres einfiel. »Lassen Sie Lillian aussteigen, Miss Puckett. Und dann klettern Sie nach hinten. Wenn sie mit Little Lloyd herauskommt, muss es schnell gehen!«

Sie nickte, öffnete abermals die Tür und quälte sich aus dem Auto. Als Lillian ausgestiegen war, zwängte sich Hazel Marie ächzend in den Fond. Ein Blitz zuckte und erhellte für Sekundenbruchteile ihr schmerzverzerrtes Gesicht.

Ein gewaltiger Donnerschlag folgte.

»Herr im Himmel!«, entfuhr es Lillian. »Nichts wie weg, bevor ich noch vom Blitz erschlagen werde!«

Sie eilte auf das Sendehaus zu. Ich steckte den Kopf aus dem Fenster und rief sie mit gedämpfter Stimme zurück.

»Warte einen Moment!«

Sie eilte zum Auto zurück und lehnte sich an die Fahrertür. »Was ist?«

Ich hatte zwei neue Hundertdollarscheine aus meiner Handtasche gekramt und hielt sie ihr hin. Ich hatte immer eine Notreserve von mehreren hundert Dollar dabei, falls ich einmal etwas brauchen sollte – und weil ich all die Jahre von Wesley Lloyd höchstens fünfzig Dollar auf einmal bekommen hatte. »Hier, nimm das. Falls man dich nicht einlassen will, sagst du, du arbeitest für jemanden, der zu schwach ist, um selbst zu kommen, der aber Bruder Vern etwas zukommen lassen und einen Autoaufkleber von Bruder Stedman kaufen möchte. Lass dich nicht abwimmeln! Sag, du willst das Geld persönlich im Studio abgeben. Little Lloyd muss dich sehen können!«

»Das ist eine prima Idee!« Sie steckte das Geld ein. »Geld öffnet bekanntlich jede Tür!«

Ihre Absätze schlappten über den Asphalt, als sie auf das Gebäude zueilte. Ich bewunderte ihren Mut. Ich wusste doch, was für eine Angst sie vorm Gewitter hatte – und dann noch mitten in der Nacht bei wildfremden Leuten anzuklopfen!

»Ich werde direkt vor dem Eingang halten«, sagte ich zu Hazel Marie. »Die Tür lassen wir offen, damit sie bloß reinzuspringen brauchen.«

»Lassen Sie auch den Motor laufen«, stieß Hazel Marie zwischen den Zähnen hervor.

Die Tür am Haupteingang war geschlossen. Lillian drückte auf einen Knopf, aber nichts geschah. Endlich ging die Tür auf, und wir beobachteten, wie Lillian mit jemandem redete, minutenlang, wie uns schien. Erst als sie die Geldscheine hochhielt, wurde die Tür weiter geöffnet. Sie ging hinein, und die Tür fiel hinter ihr ins Schloss.

»Sie ist drin!« Ich ließ den Wagen mit ausgeschalteten Scheinwerfern vor den Eingang rollen, beugte mich zur Beifahrerseite hinüber und stieß die Tür auf.

Ich legte meine zitternden Hände aufs Lenkrad und versuchte mir auszumalen, was sich drinnen abspielte. Ich stellte den linken Fuß auf die Bremse, damit ich mit dem rechten gleich das Gaspedal durchtreten konnte, wenn es so weit war. Abgesehen vom Grollen des Donners, Hazel

Maries schweren Atemzügen und dem Verkehrslärm, der gedämpft vom Highway herüberdrang, war alles still.

»Hoffentlich ist nichts schief gegangen«, bangte Hazel Marie. »Sie ist schon so lange da drin! Wenn er sie nun vor die Kamera zerrt? Manchmal sucht er sich nämlich jemanden aus dem Publikum aus, den er dann interviewt.«

Wieder zuckte ein Blitz, sehr viel näher schon, und die ersten Regentropfen klatschten auf die Windschutzscheibe. Ich schaute nach links zum Highway hinüber, wo reger Verkehr herrschte. Mir graute jetzt schon bei dem Gedanken daran, mich wieder dort einreihen zu müssen.

»Lillian würde niemals in ihrer Arbeitskleidung vor eine Fernsehkamera treten.« Um auf andere Gedanken zu kommen, fragte ich: »Welches Priesterseminar hat Bruder Vern eigentlich besucht?«

»Gar keins. Er verkaufte Schuhe, als er den Ruf des Herrn vernahm. Er sagt, den Leuten die passenden Schuhe zu verkaufen hätte ihn mehr über Armut und Elend gelehrt, als er auf dem Priesterseminar je hätte lernen können«, erwiderte Hazel Marie leise und sachlich.

Ich ließ ihr ihren Glauben und erwiderte nichts darauf.

»Na ja, es gibt eben die unterschiedlichsten – da kommen sie!«

Die Eingangstür flog auf und Little Lloyd stürzte heraus, dicht gefolgt von Lillian. Hinter ihnen drängten und schoben sich schreiende Männer und eine Horde Kinder durch die Tür.

»Rein mit euch! Schnell!« Ich warf die Lehne des Beifahrersitzes nach vorn und Little Lloyd hechtete in den Fond.

»Mama! Mama!«

Hazel Marie drückte ihn an sich. »Da bist du ja, mein Schatz! Geht's dir auch gut?«

»Sei vorsichtig, Little Lloyd, deine Mutter ist verletzt! Beeil dich, Lillian, nun mach schon!«

Mittlerweile war das Auto von Männern, Teenagern und jüngeren Kindern umringt. Einer der Männer zerrte von außen an der Tür, Lillian stemmte sich von innen dagegen. Schließlich griff jemand ins Wageninnere und versuchte sie herauszuziehen. Lillian brüllte wie am Spieß. Ich trat das Gaspedal bis zum Anschlag durch. Als ich den anderen Fuß von der Bremse nahm, schoss der Wagen mit quietschenden Reifen nach vorn. Durch den Schwung der Vorwärtsbewegung wurde die Tür erst weiter aufgerissen und dann zugeworfen. Der Kerl, der sich daran festgehalten hatte, wurde zu Boden geschleudert.

Der Maschendrahtzaun raste auf uns zu. Ich riss das Lenkrad herum, und das Auto drehte sich schwankend und schaukelnd um die eigene Achse und vollzog eine komplette Kehrtwendung. Ich hörte Kreischen und merkte, dass es von meinen Mitfahrern kam. Leute, darunter auch Kinder, rannten Arme schwenkend über den Parkplatz, um uns aufzuhalten. Ich hielt direkt auf sie zu.

»Mrs. Springer! Passen Sie auf!«, schrie Hazel Marie.

»Was machen Sie denn?«, kreischte Lillian. »Sie werden sie über den Haufen fahren!«

»Ich kann die Ausfahrt nicht finden!«

»Machen Sie die Scheinwerfer an!«, rief Lillian.

Das half. Ich fand den Schalter für die Scheinwerfer und danach auch die Ausfahrt. Ich preschte auf die Straße hinaus.

»Oh Gott, wie komme ich denn jetzt auf den Highway?«

Ein Graben, in dem Unkraut wucherte, und eine Leitplanke trennten uns von den Autos, die Stoßstange an Stoßstange auf der Fahrbahn neben uns rollten.

Hazel Marie richtete sich auf und spähte durch die Windschutzscheibe. »Da vorn ist eine Auffahrt, gleich hinter der Steigung.«

Mein Magen hüpfte, als wir über den Buckel jagten und dann die Auffahrt zum Highway hinauf. Auf beiden Spuren herrschte lebhafter Verkehr, aber jetzt wusste ich ja, was ich zu tun hatte. Ohne das Tempo zu drosseln oder nach links und rechts zu schauen, lenkte ich den Wagen auf die rechte Spur.

Hupen ertönten, Bremsen quietschten, Little Lloyd kreischte, Lillian flehte Jesus um Hilfe an. Ich achtete nicht darauf.

Ich seufzte erleichtert auf, als der Fahrzeugstrom uns aufgenommen hatte. Lillian hielt die Armstütze so fest umklammert, dass ihre Knöchel weiß hervortraten.

»Folgt uns jemand?«, fragte ich.

Lillian drehte sich um. »Ungefähr zwei Millionen Autos! Aber ich kann nicht erkennen, wer drinsitzt.«

»Hoffen wir das Beste! Alles in Ordnung, Little Lloyd? Schön, dass du wieder bei uns bist!« Genug der Höflichkeiten. »Hilf mir mal, den Schalter für die Scheibenwischer zu suchen, Lillian. Wenn ich das Auto bloß schon ein bisschen länger hätte, damit ich wüsste, wo was ist!«

»Wohin fahren wir eigentlich?«, fragte Lillian, als ich endlich den richtigen Schalter gefunden hatte.

»Keine Ahnung. Hauptsache, weg von Bruder Vern!«

»Wenn wir hier weiterfahren, kommen wir nach Atlanta«, sagte Hazel Marie. »Wir müssen an der Ausfahrt Greenville vom Highway runter, damit wir nach Abbotsville zurückkommen.«

»Allmächtiger!« Das Dröhnen eines starken Motors erfüllte das Wageninnere, und gleißende Scheinwerfer blendeten mich so sehr, dass ich den Innenspiegel verstellen musste. »Muss dieser Kerl so dicht auffahren?«

Lillian, die Augen mit der Hand gegen das starke Licht abschirmend, verrenkte sich, um etwas sehen zu können. »Ein Laster. Scheint mir aber keiner von denen zu sein, die uns vorhin begleitet haben.«

Hazel Marie drehte sich ebenfalls um. Ich hörte, wie sie vor Schmerz scharf den Atem einzog. »Fahren Sie mal links rüber, Mrs. Springer, damit ich ihn mir von der Seite anschauen kann.«

Ich wechselte auf die Überholspur, was mir erneut wütendes Hupen eintrug. Der sollte sich nicht so haben! Ich hatte schließlich geblinkt! Ich gab Gas und ließ die grellen Scheinwerfer hinter mir.

»Jetzt kann ich ihn sehen!«, rief Hazel Marie. »Oh mein Gott, das ist Jeromes Pick-up! Den würde ich unter hunderten an seinen Monsterreifen wiedererkennen!«

In meinem Hirn schrillte eine Alarmglocke.

»Sieh sich bloß einer diese Räder an!« Lillian hatte sich ganz herumgedreht und kniete auf dem Sitz. »Wozu in aller Welt braucht man denn so was?«

»Fürs Truck-Pulling«, antwortete Hazel Marie. Als Lillian fragend die Stirn runzelte, fügte sie hinzu: »Das sind Zugkraftwettbewerbe. Komisch, vorhin auf dem Parkplatz ist er mir gar nicht aufgefallen.«

»Vielleicht war er hinter dem Sendehaus abgestellt«, sagte ich. »Aber wenn es derselbe Pick-up ist, der mich schon einmal verfolgt hat, dann scheint dieses Aus-dem-Nichts-Auftauchen seine Spezialität zu sein. Die Frage ist bloß: Wie werden wir ihn wieder los?«

»Wir müssen uns was einfallen lassen«, drängte Hazel Marie aufgeregt. »Er darf uns auf keinen Fall einholen! Oh Gott, jetzt ist er wieder hinter uns! Wir müssen ihn irgendwie abschütteln!«

»Mama?« Der Junge sah sie ängstlich an.

»Keine Bange, Little Lloyd«, beruhigte ich ihn, »noch hat er uns nicht, und wenn dieses Auto hält, was die Werbung verspricht, wird er uns auch nicht kriegen.«

»Und was machen wir jetzt?«, wollte Lillian wissen. »Vor ihm herfahren bis nach Atlanta?«

Ich warf ihr einen vernichtenden Blick zu. »Hat denn keiner eine Idee?«

»Das einzig Gute ist, dass der Pick-up nicht zu übersehen ist, nicht mal im Dunkeln«, meinte Hazel Marie. »Versuchen Sie, wieder auf die rechte Spur zu kommen, Mrs. Springer. Fahren Sie möglichst in eine Kolonne hinein, damit er sich nicht wieder an unsere Stoßstange hängen kann!«

»Ich hoffe, Sie haben einen Plan! Einen guten!«, sagte ich.

»Und nicht blinken«, fügte Hazel Marie hinzu, »damit er nicht vorgewarnt wird. Hüpfen Sie einfach von Spur zu Spur. Vielleicht verliert er uns aus den Augen.«

Ich machte es so, wie sie gesagt hatte. Den anderen Fahrern gefiel das ganz und gar nicht. Manche sind wirklich so unverschämt, wegen jeder Kleinigkeit zu hupen! Ich hupte einfach zurück.

»Und? Ist er uns gefolgt?«, fragte ich.

»Sehen *Sie* nach, Miss Lillian«, sagte Hazel Marie. »Ich werd mich mit Junior auf den Boden ducken, damit er nur zwei Köpfe sieht und uns vielleicht für jemand anders hält.«

»Er ist immer noch auf der andern Spur«, sagte Lillian. »Und es sind jede Menge Autos zwischen ihm und uns.«

»Sehr gut!«, drang Hazel Maries Stimme gedämpft herauf. »Mrs. Springer, nehmen Sie die erste Ausfahrt nach Greenville, eine mit viel Verkehr, und biegen Sie dann in die erste Straße auf der rechten Seite ein. Fahren Sie an den Straßenrand und machen Sie das Licht aus. Falls er uns vom Highway herunter folgen sollte, fährt er vielleicht weiter, ohne uns zu sehen.«

Das hörte sich an, als hätte sie das schon einmal mit Erfolg praktiziert, und ich fand, es war einen Versuch wert. Wir bogen mit einigen anderen Fahrzeugen vom Highway ab. Als wir das Ende der Ausfahrt erreicht hatten, meinte Lillian, der Pick-up versuche immer noch, auf die Abbiegespur zu gelangen.

Ich hielt in einer düsteren Nebenstraße, schaltete die Scheinwerfer aus und ließ den Motor laufen. Nur unser Atmen und Little Lloyds Schniefen waren zu hören.

»Da ist er!« Lillian deutete auf den rabenschwarzen Pick-up, der weiter vorne an der Einmündung der Seitenstraße vorbeiraste. Das Dröhnen des Motors hallte zwischen den Häusern wider. Ein Schauder rieselte mir den Rücken hinunter. Ich war mir sicher, dass es derselbe Pick-up war, den ich schon zweimal zuvor gesehen hatte. Jetzt wusste ich, wer der Fahrer war, und der Gedanke jagte mir eine solche Angst ein, dass ich mir fast Pipi in die Hosen gemacht hätte, wie Hazel Marie sagen würde.

»Himmel, dieses Monstrum könnte uns irgendwo in den

Bergen von der Straße drängen, und kein Mensch würde es je erfahren«, stieß ich gepresst hervor.

»Was machen wir, wenn er zurückkommt?« Lillian knetete nervös die Hände im Schoß, und ich machte mir Vorwürfe, weil ich sie in diese gefährliche Situation gebracht hatte.

»Bis dahin sind wir längst weg«, sagte Hazel Marie. »Wir fahren am besten auf dem Highway den Weg zurück, den wir gekommen sind. Jerome glaubt ja, wir wären in die andere Richtung gefahren.«

Ich steuerte den Wagen aus der Seitenstraße und über die Überführung, die zum Highway auf der anderen Seite führte. Auch hier herrschte lebhafter Verkehr, aber ich sagte mir, die Masse würde uns Sicherheit bieten.

»Er wird bestimmt bald merken, dass wir ihn an der Nase herumgeführt haben«, sagte ich.

»Bis dahin dürfte unser Vorsprung groß genug sein, dass wir es bis nach Hause schaffen«, meinte Hazel Marie.

»Und wenn wir zu Hause sind, was machen wir dann? Wenn er wirklich hinter uns her ist, wird ihn das nicht aufhalten«, gab Lillian zu bedenken.

»Zu Hause können wir Hilfe holen«, erwiderte ich, um sie – und mich – zu beruhigen. »Ich werde Deputy Bates und Lieutenant Peavey und Binkie Enloe auf ihn hetzen, wenn's sein muss. Keine Sorge, zu Hause sind wir in Sicherheit! Ich will nur nicht mit diesem Kerl allein auf einer einsamen Landstraße sein!«

»Dort drüben ist der Fernsehsender!« Lillian zeigte auf einen Punkt an meinem Gesicht vorbei, aber ich konnte nicht hingucken, weil ich mich auf den Verkehr konzentrieren musste. »Es stehen immer noch Leute auf dem Parkplatz herum. Die reden bestimmt über uns!«

Little Lloyd und seine Mutter steckten die Köpfe zusammen, dann beugte sich der Junge vor und sagte: »Ich möchte mich bei Ihnen bedanken, dass Sie mich da rausgeholt haben, Miss Lillian. Und bei Ihnen auch, Mrs. Springer. Meine Mama und ich sind Ihnen wirklich dankbar dafür.«

»Nichts zu danken, Kleiner, das haben wir doch gern gemacht.« Lillian tätschelte ihm die Hand.

»Manche Dinge muss man einfach tun, weil es das Richtige ist«, sagte ich, wechselte dann aber rasch das Thema, weil ich fürchtete, es habe unfreundlich und grob geklungen. »Was ist eigentlich da drinnen passiert, Lillian?«

»Also zuerst hab ich gedacht, die lassen mich gar nicht rein! Aber die Hundertdollarscheine haben wahre Wunder gewirkt. Der Erste, der an die Tür kam, wollte, dass ich sie ihm gebe, aber da hab ich gesagt: ›Nix da, ich hab meine Anweisungen, ich darf sie nur Bruder Vern und Bruder Stedman persönlich geben!‹ Die seien auf Sendung und könnten nicht gestört werden, meinte er, und da sag ich, dann wart ich eben. So ging das eine Weile hin und her. Schließlich hat er mich doch ins Studio gelassen. Ich müsse aber warten, bis Miss Rubynell zu Ende gesungen habe, dann könnte ich meine Spende übergeben. War mir ganz recht. Die waren nämlich alle so beschäftigt, dass sie mich ganz vergessen haben! Und da stand ich also und hab überlegt, wie ich den Jungen auf mich aufmerksam machen könnte.«

»Ich hab Sie gleich gesehen, Miss Lillian!«, plapperte Little Lloyd dazwischen. Vor lauter Aufregung rutschte ihm die Brille auf die Nasenspitze. »Erst hab ich's gar nicht glauben können, dass Sie das sind!«

»Ich hatte schon Angst, du würdest vielleicht was sagen und mich verraten!«

»Aber ich bin ganz still gewesen, nicht wahr? Ich hab mir überhaupt nichts anmerken lassen!« Er hüpfte auf seinem Platz auf und ab, und ich wollte ihn schon ermahnen, ließ es dann aber, weil seine Mutter ja dabei war. Ich hätte nie gedacht, dass der Junge ein solcher Zappelphilipp sein könnte! Also offen gestanden war er mir vorher lieber gewesen!

»Nein, du warst ganz großartig, Schätzchen, du hast alles richtig gemacht. Ich hab nur den Finger an die Lippen legen und dir ein Zeichen geben müssen, dass du zu mir kommen sollst.«

»Weißt du, was ich dann gemacht hab, Mama? Raten Sie mal, was ich dann gemacht hab, Mrs. Springer! Ich hab zu einem der älteren Jungs gesagt, ich müsse dringend aufs Klo, und er hat gemeint, das sei okay, ich soll nur gehen. Und dann bin ich rausgegangen und Miss Lillian ist mir gefolgt. Und dann sind wir losgerannt, nicht wahr, Miss Lillian?«

»Und wie! Wir haben uns schnurstracks aus dem Staub gemacht«, bestätigte Lillian lachend.

Ich musste die Geistesgegenwart des Jungen unwillkürlich bewundern (und noch schöner wäre es gewesen, wenn er mir nicht so in die Ohren gebrüllt hätte!). Er reagierte wirklich erstaunlich schnell und besonnen für einen Neunjährigen.

»Ich bin ja so stolz auf dich, mein Schatz«, sagte Hazel Marie. »Und so froh, dass ich dich wiederhabe!«

Ich steuerte den Wagen über die Kehre, die uns auf die I-26 zurückführte. Der Verkehr lichtete sich, als wir Richtung Abbotsville hinauffuhren. Keiner sagte ein Wort, alle hingen ihren Gedanken nach.

Kein Pick-up mit grellen Scheinwerfern folgte uns. Ich entspannte mich allmählich. Die Hände locker auf dem Lenkrad, lehnte ich mich zurück. Obwohl wir uns nach allem, was passiert war, sicher auf dem Heimweg befanden, hatte mir niemand ein Kompliment für meine Fahrkünste gemacht! Das kränkte mich schon ein bisschen. Zumal ich jetzt wirklich den Bogen raushatte!

»Äh, apropos dringend aufs Klo müssen«, meinte Hazel Marie zaghaft.

»Vergessen Sie's!«, sagte ich streng. »Ich werde ganz bestimmt nicht hier am Straßenrand halten, wo uns dieser Jerome im Nacken sitzt. Ich werde die nächste Ausfahrt nehmen, und dann suchen wir uns ein Maisfeld.«

Ich weiß wirklich nicht, was daran so komisch war, aber alle lachten darüber, bis wir wieder zu Hause waren.

Kapitel 21

AM NÄCHSTEN MORGEN kamen wir alle bis auf Lillian, die bereits vor sieben dabei war, Deputy Bates etwas zu essen zu machen, nur schwer in die Gänge. Ich hatte Lillian vor dem Zu-Bett-Gehen eingeschärft, dem Deputy gegenüber vorläufig nichts von unseren nächtlichen Aktivitäten zu erwähnen. Wir mussten unsere Geschichte vorher unbedingt miteinander absprechen.

»Lieutenant Peavey hat gesagt, ich darf die Stadt nicht verlassen«, erinnerte ich sie. »Aber was er nicht weiß, macht ihn nicht heiß.«

Ich stand gegen acht auf und sah nach Hazel Marie und dem Jungen.

Hazel Marie versuchte sich aufzurichten. »Ich glaub, ich hab mir etwas gezerrt. Es tut mir echt Leid, dass ich Ihnen so viele Umstände mache, Mrs. Springer! Aber ich bin Ihnen und Miss Lillian ja so dankbar; dass ich mein Kind wiederhabe, das ist die Hauptsache. Ich komm schon wieder in Ordnung.«

»Jetzt bleiben Sie erst mal hübsch liegen. Hier, nehmen Sie eine von denen.« Ich legte Schmerztabletten auf den Nachttisch. »Und wenn das nicht hilft, werde ich Sie zum Arzt bringen. Lauf zu Lillian in die Küche, Little Lloyd, sie soll dir Frühstück machen. Aber weck Deputy Bates nicht auf!«

»Nein, Ma'am«, rief er. Er war fröhlicher und munterer als je zuvor. Nur sein Äußeres war unverändert – leider, möchte ich sagen, weil er so viel von Wesley Lloyd hatte.

»Hat Bruder Vern dich auch anständig behandelt?« Ich hatte mich zu dem Jungen an den Küchentisch gesetzt. Lillian hantierte an der Spüle. Seine Einkaufstüte hatte er sich noch nicht wieder geholt, ich konnte sie jedenfalls nirgends entdecken.

»Doch, schon«, meinte er und streifte mich mit einem Seitenblick, als sei es ihm immer noch unangenehm, mir in die Augen zu schauen. »Ich dachte, er bringt mich zu meiner Mama.«

»Das dachte ich auch, sonst hätte ich dich nicht gehen lassen. Ich möchte, dass du das weißt. Er hat dir doch nicht wehgetan, oder?«

»Nein, Ma'am.«

»Hat er gesagt, was er von dir will?«

»Er hat gesagt, meine Mama weigert sich, ihm etwas zu geben, das sie von meinem Daddy bekommen hat. Er hat gedacht, ich wüsste, wo es ist, aber ich weiß ja nicht mal, was er meint!«

»Dieser Mann führt nichts Gutes im Schilde, wenn Sie mich fragen«, warf Lillian ein.

Ich nickte. »Der Meinung bin ich allerdings auch. Little Lloyd, ich möchte, dass du heute im Haus bleibst und immer entweder in meiner oder Lillians Nähe. Deiner Mutter geht's nicht gut, sie muss das Bett hüten.« An Lillian gewandt, fügte ich hinzu: »Ich möchte dem Jungen keine Angst einjagen, aber ich fürchte, Bruder Vern und Jerome

Puckett werden nicht so schnell aufgeben. Sag mir sofort Bescheid, wenn du diesen Pick-up siehst oder hörst! Das Beste ist, wenn wir alle zusammenbleiben.«

»Ich werd den Kleinen keine Sekunde aus den Augen lassen«, versicherte Lillian. »Komm her zu mir, Schätzchen, du kannst mir helfen, Brötchen für Deputy Bates zu backen.«

Der Junge stand lächelnd auf und ging zu ihr. Zum ersten Mal, seit ich ihn kannte, hatte er für Sekundenbruchteile nicht die geringste Ähnlichkeit mit Wesley Lloyd.

Ich wollte die beiden gerade allein lassen, als es an der Haustür klingelte. Lillian und ich wechselten einen Blick und sahen dann den Jungen an. Er war kalkweiß geworden.

»Hab keine Angst«, beruhigte ich ihn. »Wenn es Jerome wäre, würde er nicht klingeln. Lillian, du bleibst mit dem Jungen in der Küche. Ich schau mal nach, wer da ist, und versuch ihn so schnell wie möglich loszuwerden.« Es sei denn, es ist Sam, fügte ich im Stillen hinzu.

Aber es war nicht Sam, sondern Pastor Ledbetter. Er lächelte selbstsicher und schien nicht im Geringsten zerknirscht, dass unser letztes Zusammentreffen so unerfreulich geendet hatte. Neben ihm stand ein kleiner, dünner Mann in einem blauen und weißen Seersuckeranzug, in dem Wesley Lloyd nicht einmal hätte beerdigt werden wollen. Die wenigen rötlichen Haarsträhnen, die ihm noch geblieben waren, hatte er sorgsam über seine Glatze gekämmt. Er lächelte mit zusammengepressten Lippen. Sein schmaler Oberlippenbart bildete eine gerade Linie zwischen Mund und Nase. Wässrig-blaue Augen musterten mich hinter goldgerahmten Brillengläsern. Es dauerte eine kleine Weile, ehe ich mich auf meine Manieren besann.

»Oh! Guten Morgen!« Ich riss meinen Blick von dem unscheinbaren kleinen Mann los, der mich anstarrte, als wolle er mich hypnotisieren, und wandte mich Pastor Ledbetter zu. Er wirkte zu freundlich, als dass ich mich auf einen weiteren Vortrag über die Pflichten der Frau hätte gefasst machen müssen. Falls er mich jedoch erneut auf Wesley Lloyds Testament anspräche, würde ich aus der Kirche austreten. Und mich vielleicht der Episkopalkirche anschließen, wo es üblich war, dass erwachsene Männer auf die Knie fielen. Das würde anderen Männern, die Presbyterianer mit eingeschlossen, auch nicht schaden. »Ich habe Sie nicht erwartet, Pastor. Aber bitte, treten Sie doch ein!«

»Miss Julia!« Der Pastor ließ dem kleinen Mann den Vortritt und sagte, übers ganze Gesicht strahlend: »Sie müssen entschuldigen, dass wir unangemeldet hereinplatzen, aber ich wollte Ihnen unbedingt das jüngste Mitglied unserer Gemeinde vorstellen. Dr. Fowler, das ist Miss Julia Springer, eins unserer aktivsten Mitglieder. Ich wüsste nicht, was die First Church ohne sie anfangen würde!«

»Freut mich sehr, Mrs. Springer!« Der dünne Mann schüttelte mir die Hand. »Ich bin Dr. Fred Fowler.«

Leuten, die einen mit der Nase auf ihren Titel stoßen, kann man nicht trauen, finden Sie nicht auch? Und die mit einem Ehrentitel sind die Schlimmsten! Ich war also auf der Hut.

Ich führte die beiden ins Wohnzimmer und fragte, ob ich ihnen etwas anbieten könne. Beide lehnten ab, sie seien nur gekommen, damit wir uns kennen lernten. Das kam mir merkwürdig vor, weil Pastor Ledbetter noch nie so viel Aufhebens wegen eines neuen Mitglieds gemacht hatte. Sie saßen nebeneinander auf meinem Sofa und lächelten – der kleine Mann stillvergnügt, als ob er etwas wüsste, was ich nicht wusste, und der Pastor offen und strahlend.

»Wie geht es Ihnen denn so, Miss Julia?«, fragte Pastor Ledbetter. »Fühlen Sie sich nicht ein wenig abgespannt in letzter Zeit?«

»Nein, eigentlich nicht«, erwiderte ich vorsichtig. Was sollte denn diese Frage? »Ich habe zu viel zu tun, als dass ich darüber nachdenken könnte, wie ich mich fühle. Und Sie, Pastor? Wie geht es Ihnen?«

»Oh!« Er lachte und streifte Dr. Fowler mit einem Seitenblick. Der kleine Mann starrte mich unverwandt an. Er hatte noch nicht ein einziges Mal geblinzelt. »Mir fehlt nichts, was ein Nachmittag auf dem Golfplatz nicht beheben könnte!«

»So? Also *mich* würde ein Nachmittag auf dem Golfplatz umbringen!« Die beiden Männer schienen das für eine außergewöhnlich witzige Bemerkung zu halten. »Haben Sie Familie, Dr. Fowler? Wenn ja, würde ich sie gern kennen lernen und hier bei uns willkommen heißen.«

»Nein, ich bin allein stehend. Der Herr hat mich leider nicht in diese Richtung geführt, aber vielleicht lerne ich ja hier jemanden kennen.«

»Wer weiß. Obwohl die Auswahl in Abbotsville nicht besonders groß ist, fürchte ich.« Das war eine glatte Untertreibung: Es herrschte ein ausgesprochener Mangel an verfügbaren Frauen in den Fünfzigern. »Haben Sie die Absicht, hier zu praktizieren, oder möchten Sie sich zur Ruhe setzen?«

»Oh, an Ruhestand denke ich noch lange nicht! Ich liebe meine Arbeit.« Er schlug die Beine übereinander, als ob er sich recht wohl fühlte. Mir hingegen flößte sein seltsamer, stechender Blick Unbehagen ein. Falls er glaubte, er könnte mich dazu bringen, noch einmal auf einen Untersuchungsstuhl zu steigen und die Füße in diese Steigbügel zu stellen, hatte er sich gewaltig getäuscht! Er musterte mich einen Augenblick und fragte dann: »Was würden Sie davon halten, wenn ich meine Praxis in Abbotsville aufmachte?«

»Oh, ich glaube nicht, dass mich das etwas angeht. *Mich* dürfen Sie das nicht fragen! Da müssen Sie sich schon an die Handelskammer wenden oder an einen der anderen Ärzte hier. Sie sind kein ganz junger Mann mehr, wenn Sie mir die Bemerkung gestatten. Ist es in Ihrem Alter nicht ein bisschen spät für einen Neubeginn?«

Sein Lächeln wurde breiter, ohne dass er den Mund dabei öffnete. Ob er als Kind wohl eine Zahnspange gebraucht und sie nicht bekommen hatte? Dr. Fowler und der Pastor tauschten einen Blick, und Pastor Ledbetter zog die Augenbrauen hoch.

»Das finde ich nicht«, antwortete Dr. Fowler. »Ich hatte jahrelang eine Praxis in Chattanooga, aber ich fühle, es ist an der Zeit für eine Veränderung. Hatten Sie dieses Gefühl nie, Mrs. Springer?«

Ich verzog den Mund und ließ den Blick zwischen den beiden Männern hin und her wandern. Das war eine höchst sonderbare Unterhaltung! Aber nun gut, schließlich können auch gebildete Menschen gewisse Defizite an guten Umgangsformen haben. »Ehrlich gesagt nicht. Wer sich ständig verändert oder umzieht, erweckt den Eindruck von Flatterhaftigkeit. Das gilt ganz besonders für Ärzte, wie Sie sicher wissen. Wenn ein Arzt seine Praxis schließt und woanders hinzieht, fragt sich jeder, warum und ob mit ihm vielleicht etwas nicht stimmt. Nehmen Sie mir meine Worte bitte nicht übel, aber ich denke, Sie wissen selbst am besten, wie Menschen so sind.«

»Da haben Sie vollkommen Recht.« Er legte die Hände aneinander und stützte das Kinn auf die Fingerspitzen. »Sie sind eine ausgezeichnete Menschenkennerin, Mrs. Springer. Ich würde mich gern wieder einmal mit Ihnen unterhalten. Vielleicht hätten Sie gelegentlich Zeit für ... nun ja, einen kleinen Plausch?«

»Ich weiß nicht so recht. Ich habe zurzeit ziemlich viel zu tun, aber wenn ich Ihnen irgendwie behilflich sein kann ...«

»Ich bin sicher, Sie werden es einrichten können«, sagte Pastor Ledbetter und erhob sich. Dr. Fowler stand ebenfalls auf und streckte mir die Hand hin. »Sie könnten sich ja in der Kirche treffen«, fuhr der Pastor fort und legte mir die Hand auf die Schulter. »Führen Sie Dr. Fowler herum und erzählen ihm von der Kirche und der Stadt und sich selbst.« Er wandte sich dem kleinen Mann zu. »Niemand kennt die Geschichte der Stadt besser als Miss Julia!«

»Es wäre mir wirklich ein Vergnügen«, sagte Dr. Fowler. »Sagen wir Freitag, zehn Uhr?«

»Freitag ist schlecht, glaube ich.« Ihre vereinten Anstrengungen, mich zu überreden, irritierten mich. »Offen gestanden passt mir Freitag überhaupt nicht. Vielleicht irgendwann nächste Woche. Oder vielleicht findet Pastor Ledbetter jemand anderen, der Sie herumführen kann.«

»Es wäre mir wirklich lieb, wenn *Sie* die Zeit fänden, Mrs. Springer.« Dr. Fowler hielt meine Hand fest und drückte sie ein wenig. Er war zwar kein junger Mann mehr, aber entschieden zu jung, um mit mir zu flirten. Ich hatte allerdings von Männern gehört, die hinter wohlhabenden Witwen gleich welchen Alters her waren. Ich zog meine Hand zurück und trat zur Seite.

»Entweder Sie oder keine, Miss Julia«, scherzte Pastor Ledbetter leutselig.

Ich lächelte und brachte meinen Besuch zur Tür. »Dann sollten Sie sich darauf gefasst machen, dass es keine sein wird.« Sie hielten das offensichtlich für eine clevere Bemerkung und verließen lächelnd und kopfschüttelnd das Haus.

Ich sah ihnen nach. Der Pastor beugte sich über den kleineren Doktor und redete gestikulierend ununterbrochen auf ihn ein. Ich verschränkte die Arme und schüttelte den Kopf. So etwas hatte ich wirklich noch nie erlebt! Mein Prediger spielte den Amor! Ich konnte es kaum erwarten, Lillian davon zu erzählen. Ich lehnte mich an die Tür und lachte in mich hinein. Vielleicht würde ich es sogar Sam erzählen.

Ich ging langsam ins Wohnzimmer zurück. Egal, wie alt eine Frau sein mag – kaum bekundet ein Mann sein Interesse an ihr, fühlt sie sich geschmeichelt und beschwingt! Ich gebe es nicht gern zu, aber das gilt sogar dann, wenn der Mann so unattraktiv ist, dass sich einem fast der Magen umdreht. Warum sind wir Frauen nur so sehr von der wohlwollenden Zuwendung eines Mannes abhängig? Dr. Fowler hatte nichts, aber auch gar nichts, das auf mich anziehend wirkte – abgesehen davon, dass *ich* offensichtlich auf *ihn* anziehend wirkte. Aber das genügte, meine Stimmung beträchtlich zu heben. Frauen sind wirklich törichte Geschöpfe. Ich fürchte, ich bin da keine Ausnahme!

Ich setzte mich in den Stuhl am Fenster und schaute über die Straße zur Kirche hinüber. Erhaben stand sie da, ihren Turm dem Himmel entgegenreckend. Sie war eine geweihte Stätte, ein Ort des Gebets und der Frömmigkeit, und doch hatte es da drinnen schon mehr Aufregungen, Kränkungen, Intrigen, Auseinandersetzungen und Klüngeleien gegeben, als man für möglich halten würde. Und auch jetzt war dort drüben wieder etwas im Gange. Wenn ich nur wüsste, was!

Ich stützte den Ellbogen auf die Armlehne und dachte nach. Im Gegensatz zu unseren früheren Predigern war Pastor Ledbetter kein Mensch, der von irgendjemandem Ratschläge, Empfehlungen oder Anweisungen entgegennahm. Einzig Wesley Lloyd war imstande gewesen, ihn zu lenken, aber Wesley Lloyd weilte nicht mehr unter uns. Folglich bekam der Pastor, was er wollte. Und jetzt, das wurde mir schlagartig klar, wollte er der Familie und den Werten, die sie verkörperte, ein Denkmal errichten – mit einem Freizeitzentrum für die ganze Familie. So ein Vorhaben kostete viel Geld, und was wäre für den Pastor näher liegend, als dabei an das Vermögen Wesley Lloyd Springers zu denken, der ja, wie mittlerweile alle Welt wusste, wie kein Zweiter für die traditionellen Werte der Familie stand!

Ich schoss aus meinem Stuhl hoch wie von der Tarantel gestochen. Prompt fuhr es mir ins Kreuz. *Das* also hatte mein Prediger im Sinn! *Deshalb* war er hergekommen und hatte mir das Gefühl gegeben, er lege großen Wert auf meine Meinung!

Aber wie passte Dr. Fred Fowler, das neue Gemeindemitglied und Spezi des Pastors, ins Bild?

Ich humpelte durchs Zimmer, rieb mir mein schmerzendes Kreuz und versuchte mich in Pastor Ledbetter hineinzuversetzen. Keine leichte Aufgabe! Der Pastor gab nie auf und besaß eine Engelsgeduld – ich wusste es, weil ich erlebt hatte, wie er sich gegen den Ältestenrat durchgesetzt hatte (erst nach Wesley Lloyds Ableben, versteht sich). Es war daher anzunehmen, dass er an seinen Bauplänen festhielt.

Vielleicht musste Dr. Fowler Schwarzgeld unterbringen. Man weiß ja, wie diese Ärzte ihr Geld verdienen! Vielleicht dachte der Pastor, eine Spende von Dr. Fowler und eine von mir würde ihm zur Grundsteinlegung verhelfen.

Genau das war es! Er brauchte nur Dr. Fowler und mich zusammenzubringen, uns das Gefühl zu geben, wir seien für eine Spende an die Kirche *auserwählt*, und schon würde er bekommen, was er wollte! Der Mann schreckte vor nichts zurück, um den Willen des Herrn zu erfüllen. Dass er sich in seiner Deutung des göttlichen Willens irren könnte, kam ihm gar nicht in den Sinn – schließlich hatte er ja einen direkten Draht zum lieben Gott!

Nun, dann würde er die Leitung mal überprüfen müssen – ich hatte nämlich nicht vor, mich von ihm und seinesgleichen manipulieren zu lassen. Die Frage war nur, ob Dr. Fowler in den Plan eingeweiht war oder ob er genauso eingeseift wurde wie ich. Ich musste irgendwie herausfinden, ob sich der gute Doktor für mich als Frau interessierte oder in mir nur das Mittel zur Finanzierung eines Backsteinhaufens mit einer Gedenktafel daran sah.

Ich wusste auch schon, wie ich es anstellen würde. Die beiden hatten mich da auf eine Idee gebracht.

Kapitel 22

LILLIAN«, RIEF ICH in Richtung Küche, »ich bin in der Kirche, wenn was ist.«

»Was wollen Sie denn da?«, rief sie zurück, aber da war ich schon draußen.

Ich lief über die Straße und den Parkplatz und hoffte, dass ich Dr. Fowler noch erwischte. Wenn ich ihn mir allein vorknöpfen könnte, würde ich schon herausfinden, ob er an mir oder meinem Geldbeutel interessiert war.

Ich stieß die Tür zum Versammlungsraum der Gemeinde auf. Die beiden standen am anderen Ende des Saals, wo Pastor Ledbetters Büroräume lagen, und unterhielten sich noch immer. Ihre Augen leuchteten auf, als sie mich sahen.

»Miss Julia«, rief der Pastor und kam mir mit ausgestreckter Hand entgegen. »Ich hatte gehofft, dass Sie Ihre Meinung ändern würden. Ich sagte gerade zu Dr. Fowler, wie sehr wir auf Ihr Engagement angewiesen sind, und er würde Sie zu gern näher kennen lernen.«

»Nun, ich habe heute Morgen zufällig ein bisschen Zeit«, sagte ich. »Wenn Sie also möchten, Dr. Fowler, dann zeige ich Ihnen die Kirche.«

»Sehr gern«, erwiderte er. »Es wäre mir ein Vergnügen, mit einer so charmanten Führerin. Darf ich Ihnen meinen Arm anbieten?«

Das nenne ich einen wahren Gentleman. Ich legte die Hand in die Beuge seines seersuckerbedeckten Arms und lächelte. Lieber wäre es mir allerdings gewesen, ich hätte zu ihm hinauflächeln können anstatt hinunter! Aber Bettler und Witwen dürfen nicht wählerisch sein. Und ich muss gestehen, dass mir der Gedanke, ein Mann, mochte er auch etwas zu kurz geraten sein, könnte sich für mich interessieren, eine freudige Röte ins Gesicht trieb.

»Großartig«, sagte Pastor Ledbetter und entblößte beim Lächeln seine Zähne. »Das trifft sich ja wunderbar. Lassen Sie sich ruhig Zeit, so lange Sie wollen. Es finden keinerlei Veranstaltungen statt, Sie haben die Kirche ganz für sich allein. Ich werde noch ein wenig an meiner Predigt arbeiten. So gegen zwölf stoße ich zu Ihnen, und dann gehen wir irgendwo essen.«

»Einverstanden«, sagte Dr. Fowler und sah mich dabei an. »Miss Julia und ich werden unterdessen dieses prächtige Bauwerk erkunden, nicht wahr, Miss Julia?« Er tätschelte meine Hand auf seinem Arm.

»Jawohl, und ich beginne die Führung damit, indem ich darauf hinweise, dass wir uns hier im Versammlungsraum der Gemeinde befinden, wo wir uns jeden Mittwochabend zum Gebet und gemeinsamen Abendessen versammeln. Früher war das hier der Treffpunkt einer Pfadfindergruppe, bis ein Pastor dem Treiben mit der Begründung ein Ende bereitete, sie seien nicht christlich genug.« Mit der freien Hand machte ich eine Bewegung, die den ganzen großen Kellerraum mit seinem Linoleumboden und den an den Wänden gestapelten Klapptischen und -stühlen einschloss.

Dr. Fowler und ich stiegen die Treppe zur Kirche hinauf.

Er hielt mir die Türen auf und wachte über jeden meiner Schritte. Seinen sonderbaren Augen entging nichts.

Als wir den leeren Andachtsraum betraten, wurde mir erneut seine Größe und Eleganz bewusst. Weiße Wände mit cremefarbenen Zierleisten, ein mit einem tiefroten Teppich ausgelegter Mittelgang, der dank seiner Eignung zum feierlichen Dahinschreiten eine stattliche Anzahl Bräute anlockte, rote Samtpolster für das Gestühl – gestiftet von edlen Spendern mit knochigen Hinterteilen –, acht große Williamsburg-Messingleuchter, zwei Kanzeln, eine Chorempore mit Orgel. Ein wunderschöner und dem Herrn würdiger Ort. Was man bei den enormen Baukosten auch erwarten konnte!

Wir schlenderten Arm in Arm den Mittelgang entlang, und ich zeigte Dr. Fowler, in welcher Bankreihe ich zu sitzen pflegte. Das Gesangbuch, das dort lag, trug auf der Innenseite des vorderen Buchdeckels einen Aufkleber mit Wesley Lloyds Namen darauf.

»Sie vermissen ihn bestimmt sehr«, sagte Dr. Fowler sanft.

»Eigentlich nicht«, erwiderte ich, da ich im Haus des Herrn nicht lügen wollte und außerdem annahm, dass man Dr. Fowler über gewisse Aktivitäten meines verstorbenen Mannes aufgeklärt hatte.

»Nun, Wunden vernarben, und das Herz heilt sich selbst«, sagte er. »Dieser Prozess dürfte auch bei Ihnen eingesetzt haben.« Er schien so voller Mitgefühl für meine missliche Lage, dass ich ihm zugestand, ein besserer Arzt zu sein, als sein Äußeres vermuten ließ.

Im Vorübergehen warfen wir einen Blick in den Übungsraum, wo die dunkelroten Chorgewänder in einer Reihe hingen. Bis wir das neue Sonntagsschulgebäude erreicht hatten, das durch einen Korridor mit der Kirche verbunden war, hatte Dr. Fowler meine Hand genommen. Er hielt unsere ineinander verschränkten Hände fest an sich gepresst. Ich tat so, als bemerkte ich es nicht, und plapperte munter weiter. Ich erzählte, dass dieses Gebäude früher ein Anbau an das ursprüngliche gewesen war, wie viele Räume für die Sonntagsschule es beherbergte, wie viele Gemeindemitglieder es nutzten und so weiter und so weiter. Sie kennen mich ja, wenn ich nervös bin!

»Miss Julia«, sagte er, verlangsamte seine Schritte und beugte sich ein wenig zu mir. »Mir scheint, Sie fühlen sich hier wie zu Hause. Sie sind hier, an diesem geheiligten Ort, ganz in Ihrem Element, das spüre ich.«

Mein Herz, oder was es auch sein mochte, machte einen Hüpfer. Was für ein nettes Kompliment. Zumal ich mich immer für einen äußerst spirituellen Menschen gehalten hatte. Und dieser Doktor hatte es als Einziger erkannt. Er verfügte über eine außergewöhnlich scharfe Beobachtungsgabe, und ich war sicher, dass seine neue Praxis hervorragend laufen würde. Doch die Information, wegen der ich hier war, hatte ich immer noch nicht, deshalb brach ich diese Gedankengänge ab.

»Ich möchte Ihnen gern die Kapelle zeigen«, sagte ich und ging mit ihm den Gang hinunter. »Es ist eine sehr kleine Kapelle und sie wurde von der Familie Belcher gestiftet. Wesley Lloyd hat sich schrecklich geärgert deswegen, weil er nicht zuerst auf den Gedanken gekommen ist. Sehen Sie, das ist sie.« Ich öffnete eine Tür, und wir blickten in einen bezaubernden Raum, den die durch die Farbglasfenster flutende Sonne in schimmerndes Licht tauchte.

»Entzückend«, hauchte er.

Ich nickte und merkte dann erst, dass er *mich* anstarrte. Ich muss schon sagen, so viel Aufmerksamkeit war mir nicht mehr zuteil geworden seit Wesley Lloyds Beerdigung. Ich fühlte, wie sich in mir langsam ein ungewohntes Kribbeln in Abwärtsrichtung ausbreitete, und ich musste alle Kräfte anspannen, um mich zusammenzureißen.

Andererseits war ich so lange nicht mehr in der Nähe eines Mannes gewesen, dass ich annahm, ein erregendes kleines Prickeln – oder auch zwei – würde mir sicher vergeben werden. Wer würde schon davon erfahren? Wesley Lloyd war zwar noch nicht so lange unter der Erde, aber machen wir uns doch nichts vor: Unsere Ehe war für ihn schon seit geraumer Zeit nur noch von untergeordneter Bedeutung gewesen.

»Die Kirche befriedigt eine ganze Reihe von Bedürfnissen, die ihre Mitglieder haben«, sagte ich und versuchte das Zittern in meiner Stimme zu unterdrücken. »Trotzdem ist Pastor Ledbetter offenbar der Meinung, dass wir ein zusätzliches Freizeitzentrum für die ganze Familie brauchen.«

»Ein Freizeitzentrum für die ganze Familie ist etwas sehr Wichtiges«, sagte Dr. Fowler in einem dem geheiligten Ort angemessenen Flüsterton, während sein Blick den meinen suchte, »vor allem heutzutage. Und jetzt, meine Liebe, was möchten Sie mir noch zeigen? Sie dürfen frei über mich verfügen.«

Ich schwöre – was ich so gut wie nie tue –, in diesem Moment gaben meine Knie nach. Mein Verstand sagte mir zwar, dass Dr. Fowler nicht gerade ein Adonis und mit Sicherheit nicht mein Typ war – klein, schmal wie ein Handtuch, blass, strähnig das, was von den roten Haaren übrig geblieben war –, aber meine Sinne befanden sich in Aufruhr, und das lag weiß Gott nicht an irgendwelchen Bauprojekten. Da schaute mir einer tief in die Augen, atmete stoßweise und sagte mir die nettesten Dinge. Welche vernachlässigte Frau würde so einen Mann nicht attraktiv finden?

»Warum gehen wir nicht dort hinüber?«, schlug ich vor. Meine Stimme bebte ein wenig, weil er meine Hand in seine beiden nahm. »Ich würde Ihnen gern den Hochzeitssalon zeigen. In der Kapelle finden viele Trauungen statt, wissen Sie, kleine Hochzeiten und vor allem zweite Hochzeiten.« Ich glaube, ich habe tatsächlich gekichert, als wir den Salon betraten. »Ich meine, Leute, die zum zweiten Mal heiraten. Witwen zum Beispiel.«

»Entzückend«, sagte er abermals und mit einem Seitenblick auf mich.

Es war ein reizender Raum. Teppiche, Wände, Vorhänge, Sessel und Zweiersofa, alles war in verschiedenen Grüntönen gehalten, was sehr beruhigend und einladend wirkte. Wesley Lloyd hatte einen Teil der Einrichtung gestiftet, namentlich die goldgerahmten Porträts früherer Prediger und führender Kirchenmänner, zu denen auch sein Vater und Großvater gehört hatten.

»Ja«, sagte Dr. Fowler und rieb mit der Handfläche über meine Hand, »ich kann verstehen, warum dieser Raum für jemanden, der zum zweiten Mal heiratet, eine besondere Bedeutung hat. Viele finden erst in der zweiten Ehe Erfüllung.«

Ich holte tief Luft und atmete durch den Mund aus.

»Ziemlich heiß hier drin«, sagte ich und fächelte mir möglichst unauffällig Luft zu. »Unter der Woche ist die Kirche nicht so gut klimatisiert.«

Ich deutete auf die Porträts an der Wand. Zu mehr war ich im Moment nicht fähig. Während wir von Bild zu Bild gingen und Dr. Fowler die Namen auf den Messingschildern las, ließ er meine Hand nicht eine Sekunde los.

Ich hatte offen gestanden geglaubt, Empfindungen wie die, die jetzt durch mich hindurchrasten, seien bereits Jahre zuvor zusammen mit meinem ehelichen Liebesleben ad acta gelegt worden, aber der dürre kleine Dr. Fowler war allem Anschein nach Manns genug, das Feuer in mir zu schüren. Und kommen Sie mir jetzt bloß nicht mit meinem Alter! Wer nicht über sechzig ist und sich sein Leben lang in wirklich jeder Hinsicht ladylike verhalten hat, kann sich nicht vorstellen, was einen plötzlich in Erregung zu versetzen vermag, und zwar gerade dann, wenn man am wenigsten damit rechnet. Alter und Verzicht sind starke Stimulanzien, und wer's nicht glaubt, soll warten: Es kommt die Zeit, da wird er es am eigenen Leib verspüren!

Dr. Fowler, der eins der Porträts genauer betrachtet hatte, drehte sich um und hielt den Atem an, weil ich so dicht vor ihm stand. Er wich, noch immer meine Hand haltend, zurück, und bevor ich wusste, was ich tat, machte ich einen Schritt auf ihn zu. Unwiderstehlich angezogen von einer animalischen Anziehungskraft und Old Spice. Ich beugte mich vor und nahm eine kräftige Nase voll. Ich war schon immer verrückt nach Old Spice.

»Oh«, flüsterte ich.

»Miss Julia!«, rief er alarmiert und mit schriller Stimme.

Ich legte seine Hand auf meine Brust, ohne dass sie jedoch etwas Wesentliches berührt hätte, und drängte mich noch dichter an ihn. Vor Erregung pochte mir das Blut wie wild in den Schläfen.

»Miss Julia!« Seine Blicke huschten panisch hin und her.

»Keine Bange, wir sind ganz allein«, wisperte ich und wünschte, er hätte mehr Haare gehabt, damit ich meine Finger darin vergraben könnte. Es gab in der Tat einiges, was ich mir an ihm anders gewünscht hätte, aber wenn ich die Augen zumachte, konnte ich mich ganz auf meine Empfindungen anstatt auf sein Äußeres konzentrieren. Ich war wie berauscht. Ich hatte seit einer Ewigkeit keine vergleichbaren Emotionen mehr gefühlt, deshalb wollte ich sie nach Kräften auskosten, solange er willig war. Und er schien überaus willig.

»Da – das weiß ich«, stammelte er und ließ ein Quieken hören. Männer tun das schon mal aus Leidenschaft.

Ich spürte, wie sich seine Hand in meiner wand, aber ich hielt sie fest und schmiegte das Gesicht an seinen Hals, der jetzt feucht von Schweiß war. Ein Mann in der Hitze der Begierde. Ich hatte fast vergessen, was das war.

»Miss Julia ... bitte«, keuchte er und drehte den Kopf zur Seite, damit ich mich näher an ihn drängen konnte.

Himmel, wer will es einer Frau verdenken, dass sie sich hinreißen lässt, wenn ein Mann so wild nach ihr ist, dass er sie förmlich anfleht?

»Schsch«, machte ich, ohne daran zu denken, dass mein Mund ganz nahe an seinem Ohr war.

Er quäkte. Wirklich und wahrhaftig, genau das tat er, und es wirkte auf mich fast wie eine kalte Dusche. Aber ich hatte irgendwo gelesen, dass manche Männer in höchster

Erregung seltsame Geräusche machen, kreischen oder auch gar keinen Ton von sich geben. Wesley Lloyd hatte zu Letzteren gehört, und ich fand es aufregend, etwas Neues auszuprobieren. Sie wissen ja, Abwechslung ist das halbe Leben!

»Miss Julia«, flüsterte er, während er hektisch zwischen mir und der Wand hin und her zappelte. »Ich muss *wirklich* –«

»Nein, noch nicht«, widersprach ich. Jetzt begriff ich die volle Bedeutung des Wortes »Eile«.

»Sie verstehen nicht«, sagte er. Er legte mir die Hand auf die Taille und versuchte mich in Richtung Zweiersofa zu drehen.

»Und ob ich Sie verstehe«, keuchte ich. Himmel, ich wünschte nur, der Mann wäre ein bisschen attraktiver! Aber zu dem Zeitpunkt hatte mich bereits das Fieber gepackt. Dass ich eigentlich mehr über Pastor Ledbetters Pläne herausfinden wollte, war mir völlig entfallen.

Ich machte die Augen ganz fest zu. Ich musste an Wesley Lloyd denken. Er hatte es stets vorgezogen, die Sache im Dunkeln und tastend zu erledigen.

Als Dr. Fowler mich fester an der Taille fasste, sich von der Wand abstieß und gegen mich prallte, konnte ich sein wachsendes Interesse spüren.

»Ich muss ...«, krächzte er und stieß mich zurück. »Ich muss jetzt *wirklich* –«

Die Tür flog auf, und wir machten beide einen Satz. In entgegengesetzte Richtungen.

»Was in aller Welt ist denn *hier* los?« Pastor Ledbetter traten fast die Augen aus den Höhlen, und sein Mund stand offen.

»... *hier raus!*«, beendete Dr. Fowler mit vor Panik schier überschnappender Stimme seinen Satz. Er lief zum Pastor und versteckte sich hinter ihm. »Die Frau hat den Verstand verloren, Larry, genau, wie Sie gesagt haben! Gütiger Gott, sie hat sich praktisch an mir vergangen!«

Er starrte mich mit hochrotem Kopf an, glättete sich das widerspenstige Haar und rückte sein Jackett zurecht. Mit zitternden Fingern knöpfte er es zu.

»Diese ... diese Frau«, fuhr er fort und seine Stimme bebte vor Empörung. »Sie würden es nicht glauben, Larry.«

»Oh doch«, sagte Pastor Ledbetter. Vor lauter Kummer wurde sein langes Gesicht noch länger, und seine Schultern sackten noch mehr nach vorne. »Oh doch, ich glaube Ihnen. Ich habe es ja mit eigenen Augen gesehen. Miss Julia, was machen wir nur mit Ihnen? So etwas können wir nicht dulden, das ist Ihnen doch wohl klar. Noch dazu in der Kirche. Sie haben mich sehr enttäuscht. Und Sie tun mir aufrichtig Leid.«

»Ich war nicht imstande, sie zu kontrollieren, Larry«, sagte Dr. Fowler, der endlich wieder zu Atem gekommen war. »Ich versuchte mich loszureißen, aber es ging nicht. Ich habe noch nie erlebt, dass ein Patient mit solchen Wahnvorstellungen frei herumläuft.«

Ich ließ die Situation Revue passieren. Als ich begriff, wie Dr. Fowlers Worte und Gesten tatsächlich zu verstehen waren, wäre ich vor Scham am liebsten im Boden versunken. Mein Gott, ich hatte einen kompletten Idioten aus mir gemacht!

Ich tat das einzig Vernünftige. Ich fiel in Ohnmacht.

Als ich wieder zu mir kam, lag ich auf dem grünen Samtsofa im Hochzeitssalon. Meine Beine baumelten über der Seitenlehne. Pastor Ledbetter saß auf einem Stuhl neben meinem Kopf und fächelte mir mit einem Briefumschlag Luft zu.

»Ich wünschte, ich wäre tot, Pastor«, murmelte ich, als die Erinnerung an mein beschämendes Benehmen zurückkehrte.

»Aber nein, so etwas dürfen Sie nicht sagen!«, erwiderte er besänftigend. »Sie haben Satan erlaubt, dass er sich über Sie erhebt, und jetzt müssen Sie ihn bekämpfen, Miss Julia! Er hat Ihre Seele vergiftet.«

»Meinen Sie?« Ich legte die Hand über die Augen. Ich war so erschöpft und entnervt, dass ich das Licht nicht ertragen konnte.

Er nickte. »Das ist auch Dr. Fowlers Meinung.«

Ich schauderte. »Wo ist er eigentlich?«

»Er ist gegangen, keine Sorge. Er meinte, seine Anwesenheit würde möglicherweise einen ... äh ... Rückfall auslösen.«

»Das wird bestimmt nicht passieren!« Ich wandte das Gesicht ab. »Ich weiß nicht, was plötzlich in mich gefahren ist. Ich dachte ... aber das spielt jetzt keine Rolle mehr.«

»Miss Julia, ich weiß, dass das vorhin nicht Sie waren. Sie haben die Kontrolle über sich verloren. Dr. Fowler ist der Ansicht, Sie sollten sich therapieren lassen, damit so etwas nicht noch einmal geschieht.«

»Therapieren?« Die Hand noch immer über den Augen, drehte ich den Kopf und sah den Pastor durch meine Finger hindurch an. »Steht es so schlimm um mich? Was fehlt mir denn?«

»Sagt Ihnen der Begriff« – er senkte die Stimme zu einem Flüstern und beugte sich über mich – »Nymphomanie etwas?«

»Nympho- ...ooohh!« Mein Herzschlag setzte aus, und ich griff mir an die Brust. Ich hatte dieses Wort, das so einen verruchten, verderbten Klang hatte, schon gehört – hinter vorgehaltener Hand war es geflüstert worden. Ich rang nach Atem.

»Verstehen Sie, was das heißt, Miss Julia?« Ich starrte stumm an die Decke und versuchte die niederschmetternde Nachricht zu verdauen. »Wir sprechen hier von einer tödlichen Gefahr! Sie gefährden nicht nur Ihre eigene Seele, sondern auch die jedes Mannes, mit dem Sie in Berührung kommen. Mit Nymphomanie ist nicht zu spaßen! Ich habe mich über diese Sünden des Fleisches genauestens informiert, ich weiß, wovon ich spreche, glauben Sie mir!«

»Was genau bedeutet es?«, wisperte ich.

»Nun, die Meinungen gehen auseinander, Miss Julia.« Pastor Ledbetter lehnte sich zurück und kehrte den Lehrmeister hervor. »Manche der so genannten Experten behaupten, es handle sich um eine angeborene Neigung zu unnatürlichem Verhalten, die nicht korrigiert werden könne. Andere vertreten die Auffassung, es sei eine erworbene Reaktion auf ein Kindheitstrauma, ein Zurückbleiben in einer emotionalen Entwicklungsphase, manche sind sogar der Meinung, es sei eine völlig normale, alternative Lebensweise. Aber wir Christen wissen es besser, nicht wahr? Wir wissen, dass es eine Sünde ist, die durch Willenskraft bekämpft und durch Gnade vergeben wird. Die Betroffenen sind durchaus in der Lage, ein ganz normales, anständiges

Leben zu führen. Und das wollen Sie doch sicherlich, nicht wahr?«

»Von ganzem Herzen, Pastor! Ich habe doch immer ein ganz normales, anständiges Leben geführt. Ich kann mir nicht vorstellen, dass ich das schon immer gehabt habe, ohne etwas davon zu ahnen! Es handelt sich bestimmt um eine einmalige Verfehlung, eine plötzlich auftretende Anomalie oder so etwas!«

»Nein«, erwiderte er so energisch, dass ich mich unwillkürlich tiefer in die Polster drückte. »Sie müssen den Dingen ins Auge sehen. Es ist eine *Sünde* und sonst gar nichts. Bekennen Sie sich dazu und verschließen Sie nicht die Augen davor! Möglicherweise haben nicht einmal Sie selbst etwas von dieser Neigung geahnt, aber durch den Kummer über Mr. Springers Ableben und die Aufregung über dieses heimatlose Kind brach dieser Hang zur Ausschweifung mit aller Macht hervor. Dr. Fowler ist ein Fremder für Sie, und trotzdem konnte so etwas passieren. Nicht auszudenken, was Sie mit jemandem machen würden, den Sie kennen!«

Er hatte Recht. Wenn ich mich jemandem, der so unattraktiv war wie Dr. Fowler, an den Hals warf, war kein Mann in der Stadt vor mir sicher. Bei dem Gedanken, ich könnte mich an Bruder Vern oder Leonard Conover oder Lieutenant Peavey heranmachen, wurde mir übel. Ich dachte an Sam und schlug die Hände vors Gesicht.

»Bitte erzählen Sie niemandem davon, Pastor«, bat ich, während mir die Tränen übers Gesicht liefen. »Versprechen Sie mir, dass Sie das für sich behalten! Ich werde alles tun, ich werde Hilfe in Anspruch nehmen, aber erzählen Sie es bitte nicht weiter!« Ich griff nach seiner Hand, damit er endlich aufhörte, mir Luft zuzufächeln, und flehte: »Vor allem nicht Norma Cantrell, sonst weiß es bald die ganze Stadt!«

Er zog ein großes Taschentuch aus der Hosentasche und reichte es mir. »Ich werde keiner Menschenseele etwas davon erzählen, aber Sie müssen mir versprechen, dass Sie sich helfen lassen. Ich bin fest davon überzeugt, dass Sie geheilt werden können. Gebete, gehorsame Ergebenheit in das Wort Gottes und christliche Unterweisung werden Ihnen helfen, das Problem in den Griff zu bekommen. Und denken Sie daran, dass Sie eine vertrauenswürdige Person brauchen, die Ihre Angelegenheiten regelt, solange dieser beängstigende Zustand anhält.«

»Ich habe Binkie«, erwiderte ich und versuchte, mir auf dem Rücken liegend die Nase zu putzen.

»Miss Enloe ist kein Mitglied unserer Kirche. Ihr Vormund sollte die gleichen sittlichen Wertvorstellungen haben wie Sie.«

»Vormund?«, wiederholte ich fassungslos und stemmte mich mühsam hoch. »Sie glauben, ich brauche einen Vormund?«

»Das ist die übliche Vorgehensweise und völlig legal. Die Person, die zu Ihrem Vormund bestellt wird, nimmt Ihre Interessen wahr. Das geschieht zu Ihrem eigenen Besten, Miss Julia. Wir wollen doch nicht, dass Sie auf richterliche Anordnung hin eingesperrt werden, nicht wahr? Und das könnte durchaus der Fall sein, wenn so etwas noch einmal vorkommen und an die Öffentlichkeit dringen sollte.«

»An die Öffentlichkeit«, echote ich benommen. Dann schwang ich die Beine vom Sofa und probierte aus, ob meine Füße mich schon wieder tragen würden. »Pastor, ich werde alles tun, damit dieser Vorfall nicht zum Stadtgespräch wird. Es wird ganz bestimmt nicht wieder vorkommen, verlassen Sie sich darauf. Von jetzt an werde ich mich von rothaarigen Männern fern halten! Was die Therapie und das Bestellen eines Vormunds betrifft, so möchte ich erst noch einmal darüber nachdenken.«

»Aber nicht zu lange«, warnte der Pastor. Er lehnte sich zurück und sah mich prüfend an. »Es wäre für alle Beteiligten besser, wenn Sie sich freiwillig dazu entschließen könnten. Sollte es zu einer Verhandlung kommen, wird die ganze Geschichte an die Öffentlichkeit gezerrt. Außerdem kann ich als geweihter Diener des Herrn nicht dulden, dass vor meinen Augen gesündigt wird. Gott hat mich bereits auf Sie und einige Ihrer früheren Entscheidungen aufmerksam gemacht!«

Gnade, flehte ich im Stillen und schloss einen Moment die Augen. Nach dieser letzten Drohung wusste ich, dass ich in ernsthaften Schwierigkeiten steckte.

»Ich wäre Ihnen dankbar, wenn Sie Lillian anriefen, damit sie mich abholen kommt«, brachte ich schließlich hervor.

»Ich werde Sie nach Hause bringen. Oder soll ich Sie lieber fahren?«

»Nein, nein, vielen Dank, bemühen Sie sich nicht.« Ich war mit den Nerven völlig am Ende. Ich fing wieder zu weinen an. Ich wollte mich bloß noch daheim verkriechen und sonst gar nichts. »Rufen Sie Lillian an. Bitte, ich möchte, dass Lillian kommt!«

Kapitel 23

Lillian kam, und Pastor Ledbetter erklärte ihr, ich hätte einen Schwächeanfall erlitten und dürfe nicht aus den Augen gelassen werden. Sie sagte nichts, sah mich nur an und brachte mich nach Hause. Ohne Fragen zu stellen, vor sich hin zu brummeln oder entnervt die Augen zu verdrehen, steckte sie mich ins Bett, kühlte mir die Stirn mit einem feuchten Lappen und stellte mir ein Essenstablett hin. Sie war stark und gelassen, und das war genau das, was ich jetzt dringend brauchte.

»Nimm das Tablett wieder mit, Lillian, ich kriege keinen Bissen runter.«

»Sie sollten aber etwas essen! Was in aller Welt ist eigentlich passiert?«

»Oh Lillian, es war furchtbar!« Ich langte hinauf und zog den feuchten Lappen über die Augen. Ich hatte mich nach allen Regeln der Kunst blamiert. Wie sollte ich jemals wieder irgendjemandem in die Augen blicken können?

Sie stemmte die Arme in die Seiten. »Ein Schwächeanfall ist doch nicht so schlimm, es sei denn, man fällt hin und zeigt mehr, als einem lieb ist. Was Sie brauchen, ist ein guter Arzt!«

Ich blinzelte unter dem Lappen hervor. »Ich weiß, und

ich will ja auch einen aufsuchen. Sobald es mir wieder besser geht.«

»Essen Sie die Suppe, dann geht es Ihnen bald wieder besser«, erwiderte sie kurz angebunden. »Sie brauchen Flüssigkeit!« Flüssigkeit war ihr Allheilmittel. Sie hielt mir einen Löffel voll Suppe hin. »Soll ich Sie füttern?«

»Nein!« Ich presste den Lappen an den unteren Lidrand, um die Tränen aufzufangen. »Ich möchte mich nur ein bisschen ausruhen, ich werde später etwas essen.«

Kaum war ich allein, liefen vor meinem geistigen Auge immer und immer wieder Bilder der vergangenen Stunde ab. Ich schämte mich so entsetzlich, dass mir regelrecht übel wurde. Das Schlimmste aber war, dass Pastor Ledbetter und Dr. Fowler Zeugen meines unmöglichen Benehmens geworden waren und mich zwingen wollten, mit jemand anderem darüber zu sprechen. Sollte ich etwa zu einem Arzt gehen und sagen: *»Entschuldigen Sie vielmals die Störung, aber ich bin Nymphomanin«?*

Ich ging in Gedanken alle Ärzte in Abbotsville durch. Meines Wissens war kein Fachmann für plötzlich auftretende, unkontrollierbare körperliche Gelüste darunter. Außerdem waren alle Ärzte Männer – wenn ich nun während der Untersuchung einen neuerlichen Anfall bekäme?

Ich stöhnte laut auf.

Und wenn sie mir ein Rezept ausstellten und Buck Tatum das Medikament für mich heraussuchte – würde er wissen, weswegen ich in Behandlung war?

Ich wand mich vor Scham und Demütigung. Die Suppe schwappte aus dem Teller und überschwemmte das Tablett. Ich brauchte einen Spezialisten, jawohl! Einen vertrauenswürdigen Facharzt, der ein Geheimnis für sich behalten konnte.

Einen Spezialisten? Ich riss mir den Lappen von den Augen herunter, weil ich einen Gedankenblitz hatte. Auf der anderen Seite des Flurs beherbergte ich eine Expertin für solche Fragen! Aber ich würde es nicht über mich bringen, ausgerechnet mit Hazel Marie darüber zu reden. Genauso wenig wie mit Lillian, Binkie oder Sam. Nein, meine schreckliche Veranlagung musste mein Geheimnis bleiben!

Was für eine unerwartete Wendung mein Leben doch genommen hatte! Mir war ganz wirr im Kopf, als ich darüber nachdachte. Pastor Ledbetter war also der Meinung, ich bräuchte einen Vormund. Aber was genau bedeutete das? War ein Vormund nur dazu da, meine Finanzen zu verwalten, oder würde er mir auf Schritt und Tritt folgen, um rechtzeitig eingreifen zu können, falls ich mich auf einen Mann stürzen wollte? Und wenn ich mich nicht selbst um einen Vormund kümmerte, würde *er* die Sache in die Hand nehmen, hatte der Pastor mir mehr oder weniger deutlich zu verstehen gegeben. Er hatte sogar damit gedroht, an die Öffentlichkeit zu gehen.

Mein Gott, und ich hatte gedacht, schlimmer könnte es nicht mehr kommen, als dieses Kind plötzlich vor meiner Tür stand! Was in aller Welt sollte ich denn jetzt machen?

Im nächsten Moment fiel mir die Antwort auf meine Frage ein. Wie oft predigte Pastor Ledbetter, Gebete könnten Berge versetzen? Mal sehen, ob dem wirklich so war! Ich würde beten, wie ich noch nie in meinem Leben gebetet hatte, und auf Gott vertrauen, damit ich geheilt und keinen Vormund brauchen würde.

Dann erinnerte ich mich, dass der Pastor gesagt hatte, alles sei nur eine Frage des Willens, was aus dem Mund eines Calvinisten reichlich sonderbar klang. Wie ließ sich denn der freie Wille mit Vorherbestimmung vereinbaren?

Ich würde mich in Acht nehmen müssen, sonst würde mir, wenn ich noch länger theologische Probleme wälzte, bald der Schädel brummen! Keine unnötigen Komplikationen, schärfte ich mir ein. Ich nahm mir vor, inbrünstig zu beten und mich von Männern aller Art fern zu halten. Jawohl, ich würde den lieben Gott bitten, mich von meiner fatalen Neigung zu heilen und, wo ich schon mal dabei war, auch darum, dass die beiden Zeugen meiner Entgleisung schweigen würden. Und falls das nichts half, würde ich alles abstreiten bis an mein Lebensende!

»Merkwürdig!« Ich legte den Hörer auf und versteckte meine zitternden Hände vor Lillian. Ich war aufgestanden und in die Küche hinuntergegangen. Wenn ich mich den ganzen Tag im Bett verkrochen hätte, wäre Lillian nur unnötig beunruhigt gewesen.

Little Lloyd stand auf einem Schemel an der Spüle und half Lillian bei der Vorbereitung der Maiskolben fürs Abendessen. Ich hatte gerade versichert, mir ginge es wieder glänzend, als das Telefon läutete.

»Was ist?«, fragte Lillian. »Das war doch hoffentlich nicht Bruder Vern?«

»Nein, nein.« Ich zog besorgt die Stirn kraus. »Das war LuAnne Conover. Sie wollte wissen, wie es mir geht.«

»Und? Was ist daran so merkwürdig?«

»Sie hat mir immer tausend Dinge zu erzählen, aber sie hat noch nie gefragt, wie es mir geht. Willst du auch einen

Tee, Lillian? Little Lloyd? Also eins weiß ich – nächsten Sommer hat dieses Haus eine Klimaanlage!«

»Das ganze Haus?«

»Das ganze Haus.«

»Ich wollte Sie schon fragen, ob wir uns nicht so ein kleines Gerät für die Küche anschaffen könnten«, sagte Lillian. »Aber das ganze Haus wäre natürlich noch besser! Dann müsste ich nicht mehr vorm geöffneten Kühlschrank stehen, wenn's zu heiß hier drinnen wird!«

Ich zuckte innerlich zusammen und dachte: Großer Gott, kein Wunder, dass die Stromrechnung so hoch ist!

Ich setzte mich mit meinem Tee an den Tisch und hörte Lillian zu, die dem Jungen erklärte, wie man am besten das Grün vom Maiskolben entfernt. Ich stützte das Kinn in die Hand. Wieder musste ich daran denken, was für einen Idioten ich aus mir gemacht hatte. Am liebsten wäre ich im Boden versunken! Doch dann konzentrierte ich mich auf Dr. Fowlers Reaktionen auf meine Annäherungsversuche. Und je länger ich darüber nachdachte, desto sicherer war ich mir, dass ich mich nicht getäuscht hatte. Ich straffte die Schultern. Zugegeben, es war schon eine ganze Weile her, dass ich mich in einer derartigen Situation mit einem Mann befunden hatte, aber solche Dinge weiß man einfach! Ich konnte mich nicht irren!

Und plötzlich packte mich die Wut. Mich ganz allein hatten sie dafür verantwortlich gemacht, hatten mir einreden wollen, ich sei nicht bei Verstand, mich eine – na ja, Sie wissen schon was, genannt. Und dabei war dieser Kerl genauso wild auf mich gewesen wie ich auf ihn! Und dann alles abstreiten und mich unter Vormundschaft stellen und therapieren wollen!

Ich kniff die Augen zusammen und sah im Geist Pastor Ledbetter, der uns genau zum richtigen Zeitpunkt überrascht hatte. Gütiger Gott, war es möglich, dass die beiden das Ganze von Anfang an so geplant hatten?

Ich konnte nicht glauben, dass mein Pastor zu so etwas fähig war! Andererseits waren mittlerweile einige Männer zu Dingen fähig gewesen, die ich ihnen niemals zugetraut hätte. Jedenfalls war ich keine Nymphomanin. Ausgeschlossen! Eine Nymphomanin klettert nicht Abend für Abend allein in ein kaltes Bett. Mein Bett war nämlich immer einsam und kalt gewesen, selbst dann, wenn Wesley Lloyd mit drinlag.

Der Pastor und der Doktor hatten ein falsches Spiel mit mir getrieben. Aber die sollten mich kennen lernen! Es würde Monate dauern, bis Sam Wesley Lloyds Testament vollstreckt hätte; bis dahin würde niemand an sein Vermögen herankommen. Und was den Vormund für mich betraf, so würde ich ihnen sogar entgegenkommen und gleich zwei bestellen: Binkie und Lillian. Die beiden würden mit Sicherheit meine Interessen wahren! Und um ganz sicherzugehen, würde ich künftig bei jedem Mann, der mir über den Weg lief, besondere Vorsicht walten lassen.

Es klingelte an der Tür. Mal sehen, was meine guten Vorsätze wert sind, dachte ich und sagte:

»Ich geh schon, Lillian.« Ich hoffte halb, es wäre Pastor Ledbetter, damit ich ihn mit meinem Verdacht konfrontieren und ihm gleich mit einer Klage drohen könnte.

Im Esszimmer blieb ich abrupt stehen, als mir klar wurde, dass ich es mir nicht leisten konnte, ihm zu drohen. Er brauchte nur jemandem von meiner angeblichen Veranlagung zu erzählen, und Stunden später würde es die ganze Stadt wissen. Das würde bis in alle Ewigkeit an mir haften bleiben, selbst wenn ich mich in Zukunft als Ausbund an Tugendhaftigkeit präsentierte.

Wieder klingelte es. Ich schreckte aus meinen Gedanken, ging zur Tür und öffnete. Vor mir stand Lieutenant Peavey. Der hatte mir gerade noch gefehlt!

Ich bat ihn herein und tat so, als sei ich erfreut über seinen Besuch. In Wirklichkeit schüchterte er mich ein – jetzt, wo ich einiges mehr zu verbergen hatte, noch stärker als vorher. Ich bot ihm einen Stuhl an und setzte mich auf die andere Seite des Zimmers – nur für den Fall, dass Pastor Ledbetter mit seiner Diagnose richtig liegen und mein Trieb plötzlich hervorbrechen sollte.

Ich versuchte, den Lieutenant nicht zu genau in Augenschein zu nehmen, aber da er größer als alles andere im Zimmer zu sein schien – den Mahagonischrank mit meiner Sammlung von perlmutternen Austerntellern mit eingeschlossen –, war er nur schwer zu übersehen.

»Mrs. Springer«, begann er und zückte sein kleines Notizbuch und einen Kugelschreiber, »ich würde Ihnen gern ein paar Fragen stellen in Zusammenhang mit einem Vorfall, der sich gestern ereignet hat.«

»Fragen möchte ich nur in Anwesenheit meiner Anwältin beantworten.«

»Sie können sie gern anrufen, wenn Sie ihre Anwesenheit für erforderlich halten. Wie heißt sie denn?«

»Binkie Enloe.«

»Oh!« Er fuhr sich mit dem Finger in den Hemdkragen,

als ob er plötzlich kneifen würde. Binkies Name hatte immer eine solche Wirkung auf die Leute. »Vielleicht habe ich mich falsch ausgedrückt, Mrs. Springer. Ich bin nicht hergekommen, um Sie zu vernehmen. Ich habe eine Information und möchte mit Ihrer Hilfe herausfinden, ob möglicherweise ein Zusammenhang zu den Ereignissen besteht, die sich letzte Woche hier ereignet haben.«

Ich richtete mich gespannt auf. »Was für eine Information?«

»Wir bekamen eine Meldung von der Dienststelle in Spartanburg, dass gestern Abend ein Kind, ein kleiner Junge, entführt worden ist.«

Meine Augenlider flatterten. »Das ist ja schrecklich!«

»Ja, Ma'am. Unsere Kollegen bearbeiten den Fall, und vermutlich wird über kurz oder lang das FBI eingeschaltet werden. Anscheinend ist eine Afroamerikanerin in ein Fernsehstudio eingedrungen und hat das Kind einfach mitgenommen. Der Name des Jungen ist Puckett. Als ich den Namen las, dachte ich, es könnte sich um einen der in Abbot County ansässigen Pucketts handeln.«

»Das ist ja schrecklich«, sagte ich noch einmal. Mein Herz hämmerte so laut, dass ich fürchtete, er könnte es hören. »Lieutenant, entschuldigen Sie mich bitte einen Moment. Ich habe etwas auf dem Herd stehen und will es nur rasch herunternehmen, bevor es anbrennt.« Ich sprang auf und eilte in Richtung Küche. »Ich bin gleich wieder da«, rief ich über die Schulter zurück.

Ich schlüpfte in die Küche und schloss die Tür hinter mir. »Sag jetzt nichts, Lillian, kein Wort, hörst du?«, zischte ich. »Komm hier herüber, du auch, Little Lloyd.«

»Wieso, was ist denn los?«

»Schsch, du sollst still sein! In die Vorratskammer! Du auch, Little Lloyd, rein mit euch!« Ich schob beide hinein, folgte ihnen und machte die Tür zu.

»Was ist passiert? Was ist passiert?« Der Junge zappelte so aufgeregt herum, dass seine Brille verrutschte. Dann klammerte er sich an Lillian.

Ich tätschelte ihm beruhigend die Schulter. »Keine Angst, mein Junge, hier wird dir niemand etwas tun. Ihr zwei bleibt jetzt hier drinnen und seid mucksmäuschenstill, verstanden? Egal, was passiert!«

»Was ist denn los da draußen?«, flüsterte Lillian. »Wer war das an der Tür? Bruder Vern?«

»Nein, schlimmer – Lieutenant Peavey. Jeder Polizeibeamte in zwei Staaten sucht nach Little Lloyd.«

Ich legte ihr blitzschnell die Hand über den Mund. »Sei still! Nicht schreien! Ich werde ihn schon loswerden, keine Bange. Du schreist doch nicht, oder?«

Sie schüttelte den Kopf und rollte wild mit den Augen. Dann griff sie nach meiner Hand und riss sie weg. »Natürlich werd ich nicht schreien, wofür halten Sie mich denn?«, empörte sie sich. »Sie werden ihm das Kind doch hoffentlich nicht ausliefern?«

Nun war es an mir, empört zu sein. »Warum, glaubst du wohl, verstecke ich euch in der Vorratskammer? Du bleibst hier bei Lillian, Little Lloyd, hörst du? Hab keine Angst. Sowie er fort ist, werden wir uns etwas überlegen.«

Ich eilte ins Wohnzimmer zurück. »Sie wissen ja, wie das ist«, sagte ich entschuldigend. »Wenn man mehrere Töpfe gleichzeitig auf dem Herd hat, muss man schrecklich aufpassen, dass nichts anbrennt. Wissen Sie, ich koche für mein Leben gern.« Wenn er mir *das* abnähme, würde er mir alles glauben! »Erzählen Sie mir doch bitte mehr über diese Entführung«, bat ich dann. Ich setzte mich und strich meinen Rock glatt.

»Ich versuche zu ermitteln, ob es sich bei dem Kind, das in Spartanburg entführt wurde, um den Jungen handelt, von dem Sie mir gestern erzählten. Ich meine den, der Sonntag hier wegfuhr. Wie war doch gleich sein Name?«

»Wesley Lloyd junior Springer. Puckett, meine ich.«

»Wie heißt er denn nun – Springer oder Puckett?«, fragte er, während er sich Notizen machte.

»Die Sache ist ein wenig kompliziert, Lieutenant. Man kennt ihn als Springer, würde ich sagen, aber rechtlich gesehen ist er ein Puckett.«

»Das verstehe ich nicht so ganz.«

Ich seufzte. »Ich auch nicht, Lieutenant, ich auch nicht.«

Er schüttelte den Kopf und überflog stirnrunzelnd seine Notizen. »Könnten Sie den Jungen beschreiben? Die Beschreibung, die uns gefaxt wurde, gibt nicht viel her. Ungefähr neun Jahre alt, Brille, rotblond.«

»Ja, das könnte er sein.« Ich überlegte, ob ich ihm ein Bild von Wesley Lloyd zeigen sollte – dann würde er sich eine ziemlich genaue Vorstellung von dem Jungen machen können. Ich hätte ihm natürlich auch den Jungen selbst zeigen können! »Gibt es eine Beschreibung von der Frau, die ihn entführt hat?«

»Eine Afroamerikanerin in Schwesterntracht, stämmig, aber nicht dick. Und sehr flink. Sie stieg mit dem Jungen in ein wartendes Auto, dessen Fahrer beinah ein paar Leute überfahren hätte, die sie aufzuhalten versuchten. Das heißt, sie hatte mindestens einen Komplizen. Oder eine Komplizin.«

»Was Sie nicht sagen.« Ich hoffte, er würde das Beben in meiner Stimme überhören. »Und das Auto?«

»Anscheinend ein ziemlich neues, dunkle Farbe, möglicherweise ein ausländisches Fabrikat. Das ist alles. Der Fahrer hatte die Scheinwerfer ausgeschaltet, und laut Zeugenaussagen steuerte er das Fahrzeug absichtlich auf die Menge zu. Die Leute waren zu Tode erschrocken. Der Beamte, mit dem ich gesprochen habe, sagte, dass sich viele Kinder im Studio aufgehalten hätten. Die Eltern behaupten, es handle sich um eine Verschwörung von Liberalen – die Entführer wollten sie erpressen, ihre Glaubensgemeinschaft aufzugeben. Es muss ein ziemliches Chaos geherrscht haben. Ein gutes Dutzend verängstigter, weinender Kinder auf dem Polizeirevier. Aufgeregte Eltern, die Polizeischutz verlangen. Erst nach einer ganzen Weile war klar, um wen es sich bei dem Entführungsopfer handelt – eben um diesen Puckett-Jungen. Seltsamerweise konnte oder wollte sein Onkel, der sich als sein Vormund ausgab, nicht viel über den Jungen sagen.« Die dunkle Fliegerbrille war unverwandt auf mich gerichtet. Der Lieutenant belauerte mich regelrecht. »Eine merkwürdige Situation, nicht wahr?«

»Äußerst merkwürdig«, pflichtete ich ihm bei und zwang mich, ihn ruhig anzusehen. »Eine Kindesentführung ist ein furchtbares Verbrechen, und ich hoffe nur, es handelt sich nicht um den kleinen Jungen, der bei mir zu Besuch war. Es gibt ja so viele Pucketts, wissen Sie.«

»Da haben Sie allerdings Recht.« Er klappte sein Notizbuch zu und stand auf. »Falls Sie von dem Jungen, ich meine Ihrem Gast, hören sollten, geben Sie mir bitte Bescheid, Mrs. Springer, damit ich wenigstens einen von meiner Liste streichen kann.«

»Aber selbstverständlich, Lieutenant. Soviel ich weiß, wollte er nach Raleigh zu seiner Mutter, als er am Sonntag hier wegfuhr.« Das war nicht einmal geschwindelt. »Sie werden das vermutlich überprüfen wollen.«

»Ganz bestimmt sogar. Danke für den Hinweis. Und vielen Dank, dass Sie sich die Zeit genommen haben, Mrs. Springer.«

»Nichts zu danken«, erwiderte ich freundlich und brachte ihn zur Tür. »Ich bin neugierig, wie die Geschichte ausgeht. Hoffentlich finden Sie den Jungen – und seine Entführer.«

»Die kriegen wir schon, keine Sorge.« Mir fiel der harte Zug um seinen Mund auf. Ich schaute rasch weg. Ich war fest entschlossen, solche Einzelheiten an einem Mann künftig nicht mehr zu registrieren. »Typen, die sich an Kindern vergreifen, kann ich nicht ausstehen. Ich weiß nicht, wie Sie das sehen, Mrs. Springer, aber die meisten meiner Kollegen sind froh, dass es in diesem Staat noch die Todesstrafe gibt.«

Ich schluckte. »Äh ... ja, mir geht's genauso«, stammelte ich und hoffte, mein Gesicht sah nicht so blutleer aus, wie es sich anfühlte. Ich sperrte mit fahrigen Bewegungen die Tür hinter ihm zu und lief dann in die Küche.

Kapitel 24

»Ihr könnt rauskommen«, flüsterte ich Lillian und Little Lloyd zu. »Aber bleibt vom Fenster weg!«

»Und wie soll ich dann das Abendessen machen?«, fragte Lillian und lugte hinter der Tür zur Speisekammer hervor.

»Ich will nur sicher sein, dass der Lieutenant wirklich geht und nicht noch einmal zurückkommt. Meine Güte, ich hätte nie gedacht, dass es genauso schwer ist, die Wahrheit für sich zu behalten, wie eine ausgemachte Lüge zu erzählen!«

»Das Lügen bereitet mir weniger Kopfzerbrechen als der Gedanke, ins Kittchen zu wandern!«

»Ich will nicht, dass Sie ins Gefängnis kommen, Miss Lillian«, sagte der Junge ängstlich.

»Hab keine Angst, niemand wird ins Gefängnis kommen, am allerwenigsten Lillian. Ich meine, wenn, dann gehen wir alle zusammen.«

»Meine Mama auch?« Der Junge machte ein bestürztes Gesicht und klammerte sich an Lillian.

»Sie jagen dem Kind Angst ein, Miss Julia! Und mir auch!«

»Tut mir Leid, so war das nicht gemeint«, versicherte ich hastig. »Ich hab nur laut gedacht. Und jetzt lasst uns überlegen, wie es weitergehen soll. Lillian, glaubst du, Miss Puckett kann aufstehen und allein zurechtkommen?«

»Ich weiß nicht so recht. Sie wollen sie doch nicht etwa rauswerfen?«

»Ach was!« Ich machte eine wegwerfende Handbewegung. »Ich dachte nur, wenn ja, dann würde ich sie und Little Lloyd aus der Stadt bringen, bis sich die Lage entspannt hat.«

»Da können Sie lange warten, vor allem jetzt, wo sich die Polizei eingeschaltet hat! Wie sind die uns eigentlich auf die Schliche gekommen?«

Ich hatte befürchtet, dass sie das fragen würde. »Na ja, die Sache ist die – sie denken, der Junge sei entführt worden.«

»Entführt?!«

»Schsch! Man kann dich ja bis auf die Straße hören! Beruhige dich, so schlimm ist es nun auch wieder nicht!«

»Was reden Sie denn da? Schlimmer kann es gar nicht kommen!«

»Ich fürchte doch. Sie haben nämlich eine Beschreibung von der Frau, die ihn entführt hat.«

»Oh gütiger Jesus!« Sie riss den Jungen an sich und drückte ihn so fest, dass ich schon Angst hatte, sie würde ihn ersticken. »Was soll denn jetzt werden, Miss Julia? Ich bin keine Entführerin, das wissen Sie doch, nicht wahr? Ich wollte doch bloß, dass der Kleine wieder bei seiner Mutter ist, wo er hingehört!« Sie war völlig hysterisch geworden.

»Lillian! Beruhig dich, Lillian, keine Panik! Hör zu. Die Dinge haben sich anders entwickelt, als wir gedacht haben, aber wir werden eine Lösung finden. Sie wissen nicht, dass du das warst, sie wissen auch nicht, dass Little Lloyd hier ist. Oder seine Mutter. Sie haben nicht einmal einen Verdacht!«

»Aber sie werden nach uns suchen, nach mir und dem Jungen, und sie werden keine Ruhe geben, bis sie uns gefunden haben.« Sie wischte sich mit einem Zipfel ihrer Schürze über die Augen und presste dann wieder den Jungen an sich. »Aber du bist den ganzen Kummer wert, Schätzchen«, versicherte sie dem Kind.

Little Lloyd schien nicht überzeugt. Genauso wenig wie ich.

»Ich weiß, was wir machen«, sagte ich mit gespielter Zuversicht. »Wir werden Sam und Binkie einweihen, auch wenn ich das nicht gern tu.«

»Wie soll uns Miss Binkie denn aus diesem Schlamassel raushelfen?«, fragte Lillian. »Sie mag ja eine clevere Person sein, aber ich bin nun mal da reingegangen und hab das Kind mitgenommen, und Sie haben das Fluchtauto gefahren. Hier ist der Beweis!« Sie fuhr dem »Beweis« übers Haar.

»Du vergisst seine Mutter! Das Kind ist hier bei seiner Mutter – wie kann es da entführt worden sein?« Ein Gedanke durchzuckte mich, und ich verstummte abrupt. Lieutenant Peavey hatte gesagt, Bruder Vern habe sich als Little Lloyds Vormund ausgegeben. Wenn das der Wahrheit entsprach, und wer konnte schon wissen, welche juristischen Winkelzüge sich Wesley Lloyd ausgedacht haben mochte, dann würde auch Hazel Marie als Komplizin der Entführer verdächtigt werden.

Ach was, Unsinn, sagte ich mir dann. Wesley Lloyd hätte sich niemals mit jemandem wie Vernon Puckett eingelassen. Im nächsten Moment stöhnte ich innerlich auf. Ich hätte auch nie geglaubt, dass er sich mit jemandem wie Hazel Marie Puckett einlassen würde!

»Sag mal, Little Lloyd, waren Bruder Vern und dein Daddy Freunde?«

»Weiß ich nicht«, antwortete er achselzuckend.

»Ich meine, kannten sie sich? Haben sie sich oft gesehen, miteinander geredet?«

»Nein, Ma'am, nur ein Mal, kurz bevor Bruder Vern nach Kalifornien ging. Da hat er draußen im Hof mit meinem Daddy geredet.« Er löste sich aus Lillians Armen und schob mit dem Zeigefinger die Brille nach oben.

»Weißt du auch, worüber?«

Er blinzelte und starrte auf einen Punkt irgendwo über meinem Kopf, während er angestrengt nachdachte. »Ich hab gehört, wie Bruder Vern zu meinem Daddy gesagt hat, er müsse alles berücksichtigen. Und mein Daddy hat ihm geantwortet, das ginge ihn nichts an, und er würde Regelungen treffen, wenn er es für richtig hielte. Oder so ähnlich.«

»Das klingt ganz nach Wesley Lloyd«, murmelte ich nachdenklich vor mich hin. »Freunde könnte man sie also nicht nennen, sagst du.«

»Nein, Ma'am. Bruder Vern hat uns nicht oft besucht, weil er als Prediger immer unterwegs war. Und mein Daddy musste ziemlich viel arbeiten, er hatte kaum Zeit für uns.«

Lillian und ich tauschten einen viel sagenden Blick. Furchtbar, wie dieses Kind aufgewachsen war! Ich schüttelte den Kopf.

»Früher oder später muss diese Lügerei ein Ende haben«, sagte ich zu Lillian. »Aber zuerst müssen wir zusehen, dass wir heil aus dieser Geschichte herauskommen. Wenn irgendjemand erfährt, dass der Junge hier bei uns ist, wird die Polizei ihn entweder zu Bruder Vern zurückschicken oder dem Jugendamt übergeben. Und das werde ich nicht zulassen, und wenn ich dafür das Blaue vom Himmel herunterlügen muss!«

»Er verdächtigt uns, ich weiß es«, sagte Hazel Marie. Ihr zerzaustes blondes Haar lag auf dem Kopfkissen ausgebreitet. Die Blutergüsse im Gesicht hatten sich inzwischen alle gleichmäßig gelb verfärbt, aber Mund- und Augenpartie waren immer noch geschwollen.

»Das glaube ich nicht«, erwiderte ich. »Lieutenant Peavey ist stutzig geworden, als er den Namen Puckett sah, das ist alles.« Ich stopfte das Laken am Fußende des Betts unter die Matratze. »Falls die allerdings tatsächlich eine Entführung daraus machen, stecken wir ziemlich in der Klemme. Ich wollte nur, dass Sie das wissen.«

»Ich glaube, viel mehr verkrafte ich nicht«, flüsterte sie und wandte das Gesicht ab, weil ihr von neuem die Tränen kamen. »Es ist doch mein eigenes Kind! Wie kann es da eine Entführung sein! Ich kann einfach nicht mehr«, schluchzte sie.

»Jetzt nehmen Sie sich mal zusammen«, sagte ich schroff, riss ein Kleenex aus der Schachtel und hielt es ihr hin. »Eins hab ich aus dieser ganzen Geschichte gelernt: Man muss sich selbst helfen. Wenn es drauf ankommt, ist man auf sich allein gestellt, niemand hilft einem, am wenigsten die Menschen, von denen man gedacht hat, man könnte auf sie zählen.« Wobei ich natürlich an Wesley

Lloyd dachte. Aber mehr wollte ich zu diesem Thema nicht sagen.

»Sie sind so eine starke Frau, Mrs. Springer!« Hazel Marie betupfte vorsichtig ihre Augen. »Ich wünschte, ich wär wie Sie.«

Ich schnaubte verächtlich und sagte ihr, sie solle sich ein wenig ausruhen. Als ich hinunterging, erkannte ich plötzlich den Grund für meine vermeintliche oder tatsächliche Stärke: Ich hatte eine Menge Geld im Rücken. Wäre ich ein armer Schlucker gewesen, hätte ich wahrscheinlich auch den Kopf hängen lassen und aufgegeben. Traurig, aber wahr.

Auf einmal bekam ich weiche Knie. Ich musste stehen bleiben und mich am Geländer festhalten. Geld würde mich weder vor Krankheit noch vor Sünde schützen. Oder vor Pastor Ledbetter. Trotz Wesley Lloyds Vermögen war ich keineswegs stärker oder sicherer als diese arme, bedauernswerte Frau in meinem Gästezimmer. Wer weiß, vielleicht wäre ich ohne mein Geld sogar besser dran.

Obwohl die Leuchtstofflampen brannten, war die Küche am Spätnachmittag in grünliches Dämmerlicht getaucht. Ich hörte drohendes Donnergrollen. Zweige der Sauerdornsträucher vor dem Küchenfenster kratzten über das Glas. Ich schaute hinaus. Der Wind fuhr durch die Pappeln, sodass ich die hellgrünen Unterseiten der Blätter sehen konnte.

»Da braut sich was zusammen!« Lillian machte ein ängstliches Gesicht. »Bleib bei Gewitter lieber vom Fenster weg, Schätzchen!« Little Lloyd, an den diese Worte gerichtet waren, schob seinen Stuhl neben die Vorratskammer. Er setzte sich hin, die ineinander verschränkten Hände zwischen den Knien, und rührte sich nicht.

»Sieht nicht gut aus«, sagte ich mit einem weiteren prüfenden Blick in den Himmel. Ein Blitz zuckte, und fast gleichzeitig krachte der Donner. Ich fuhr zusammen. »Das war ganz schön nah. Ich zieh besser den Fernseherstecker raus.«

Als ich das Wohnzimmer erreicht hatte, ging schon ein heftiger Platzregen nieder. Der Wind trieb das Wasser gegen die Fensterscheiben. Es blitzte und donnerte jetzt ununterbrochen. Fröstelnd zog ich die Vorhänge zu. Ich wollte eine Stehlampe anknipsen, aber im gleichen Moment flammte ein greller Blitz auf, und ich zog hastig die Hand zurück.

Ich war im Begriff, in die Küche zurückzukehren, als ich draußen auf der Veranda eilige Schritte hörte. Dann klingelte es an der Tür. Ich spähte misstrauisch zum Fenster hinaus. In letzter Zeit waren zu viele Leute hier aufgetaucht, die uns nur Schwierigkeiten gemacht hatten!

»Binkie! Ach du meine Güte!« Ich riss die Haustür und die Fliegengittertür auf. Binkie war patschnass, ihre Haare trieften, und sie versuchte, sich das Gesicht mit einem aufgeweichten Papiertaschentuch abzutrocknen. »Kommen Sie schnell rein! Was machen Sie denn bei diesem Wetter draußen? Ich bring Ihnen gleich ein paar Handtücher!«

»Tut mir Leid, dass ich Ihnen Ihren Teppich nass mache, Miss Julia. Ich werde wenigstens die Schuhe ausziehen – die sind sowieso durchgeweicht!« Sie war ganz außer Atem, lachte aber. Obwohl sie aussah, als hätte man sie gerade aus einem See gefischt, glänzten ihre Augen, und ihre Wangen hatten ein wenig Farbe. »Ich weiß nicht, wann ich das letzte Mal in den Regen gekommen bin! So bin ich schon lange nicht mehr gerannt! Puh, ich bin nass bis auf die Haut! Ich sehe ja heiter aus!«

Rock und Bluse klebten an ihr und zeichneten ihre Gestalt nach, die noch zierlicher wirkte als sonst. In diesem Augenblick erinnerte sie mich wieder an das Mädchen, das auf dem Weg ins Kino hier vorbeigeradelt war und mir immer einen Gruß zugerufen oder zugewinkt hatte. Sie war damals schon eine Persönlichkeit gewesen. Seit sie nach Abbotsville zurückgekehrt war und sich als Anwältin niedergelassen hatte, musste sie darum kämpfen, ernst genommen zu werden. Jeder verspürte den Wunsch, dem kleinen Persönchen gönnerhaft-herablassend den Kopf zu tätscheln. Einige versuchten es tatsächlich – und erlebten ihr blaues Wunder! Heute nannte sie sich Elizabeth T. Enloe, aber für mich würde sie immer Binkie bleiben.

»Was in aller Welt machen Sie bei dem Wetter draußen?«, fragte ich noch einmal.

»Ich war auf dem Weg vom Gericht in die Kanzlei und dachte mir, ich schau auf einen Sprung vorbei.« Lächelnd strich sie sich das Haar aus dem Gesicht. »Ich hab gedacht, ich würde es noch vor dem Gewitter schaffen, aber das war offensichtlich ein Irrtum.«

Sie schaute an mir vorbei und lächelte wieder. Ich drehte mich um. Deputy Bates war im Wohnzimmer erschienen.

»Oh, entschuldigen Sie, Miss Julia, ich wusste nicht, dass Sie Besuch haben!« Er machte auf dem Absatz kehrt und steuerte auf die Küche zu.

»Nein, nein, schon gut, bleiben Sie nur!«, sagte ich hastig, hob die Hand und wich gleichzeitig zurück. Ich wollte nicht, dass er in die Küche ging – ich hatte mir noch keine Geschichte zurechtgelegt, die erklären würde, warum der Junge wieder hier bei mir war. Und ich wollte andererseits nicht, dass der Deputy mir zu nahe kam – schließlich war er ein Mann, und man konnte ja nie wissen! »Ich möchte Ihnen Binkie Enloe vorstellen, eine der besten Anwältinnen, die Abbotsville zu bieten hat. Binkie, das ist Deputy Bates.«

Binkie streifte mich mit einem Seitenblick, der mir einen Schauer über den Rücken jagte, und ich wusste nicht einmal, weshalb.

Deputy Bates gab ihr die Hand. »Eine der besten Anwältinnen überhaupt. Von ihr könnte sich mancher Anwalt noch eine Scheibe abschneiden«, sagte er – und da war mir klar, was dieser Seitenblick zu bedeuten hatte! »Sie hat mir im Gericht schon ein paar Mal gehörig eingeheizt«, fügte er hinzu, lächelte aber dabei. Binkie erwiderte sein Lächeln.

»Ich werde schnell ein paar Handtücher holen«, sagte ich. »Sind Sie so nett und leisten Binkie solange Gesellschaft, Deputy Bates?«

»Coleman«, sagte er und sah dabei Binkie an.

»Wie bitte?«

»Coleman. Nennen Sie mich Coleman.« Er schaute immer noch Binkie an, redete aber mit mir – glaubte ich jedenfalls.

»Coleman«, wiederholte Binkie leise.

Ich eilte in die Küche und flüsterte Lillian zu, sie solle den Jungen zu seiner Mutter hinaufschicken.

»Ich dachte, Sie wollen nicht mehr lügen!«

Ich machte eine ungeduldige Handbewegung. »Ich muss erst wissen, was Binkie hier will, bevor wir ihr und dem Deputy von Little Lloyd und seiner Mutter erzählen. Nun mach schon!«

Vor sich hin brummelnd, wandte sie sich ab und brachte den Jungen zur Hintertreppe. Ich hörte, wie sie ihm Schokoladenkuchen zum Nachtisch versprach.

Binkie stand noch immer an der Verandatür. Wasser tropfte von ihrem Rocksaum. Durch das Unwetter war es dämmrig im Haus geworden. Aber der Regen hatte schon ein wenig nachgelassen. Die Hände in den Hosentaschen, lächelte der Deputy auf Binkie herab.

»Kommen Sie mit in die Küche«, rief ich. Ich hatte keine Lust, einem durchweichten Besucher einen meiner Samtsessel anzubieten. »Sie müssen endlich raus aus Ihren nassen Sachen, Binkie.«

Der Deputy folgte uns, ohne den Blick von Binkie zu lassen, die in dem nassen Rock, der sich um ihre Hüften und Schenkel schmiegte, wirklich einen reizvollen Anblick bot. Deputy Bates – ich meine Coleman – wäre fast gegen die Küchentür gerannt!

Als Lillian hereinkam und die durchnässte Anwältin sah, schwirrte sie hektisch um sie herum. Sie müsse sofort ihre Sachen ausziehen, sonst würde sie sich noch den Tod holen.

»Ich hol Ihnen gleich einen von Miss Julias Morgenmänteln! Und Ihre Sachen werfen wir in den Trockner.«

Ich führte Binkie ins Gäste-WC im Erdgeschoss, wo sie sich aus ihren Kleidern schälte und meinen blauen Satinmorgenrock überstreifte. Ich verzog unwillig den Mund. Was hatte sich Lillian nur dabei gedacht, ihr ausgerechnet *diesen* Morgenmantel zu bringen! Außerdem hatte ich allmählich das Gefühl, jede zweite Frau in der Stadt mit meinen Sachen einzukleiden.

Also ich muss schon sagen, ich hatte ja keine Ahnung, wozu dieser blaue Satinmorgenrock fähig war! Deputy Bates – ich meine Coleman – fielen fast die Augen aus dem Kopf, als er Binkie darin sah. Auf den Trucker, der Hazel Marie darin erblickt hatte, hatte das gute Stück genau die gleiche Wirkung gehabt. Peinlich berührt, schlang sich Binkie einen Arm um die Taille, hielt mit der andern Hand den Ausschnitt zusammen und setzte sich schnell hin.

»Die sind in ein paar Minuten trocken«, sagte Lillian und raffte Binkies nasse Kleider zusammen. »Möchte jemand Kaffee? Oder Limonade? Oder sonst irgendwas? Es ist auch Schokoladenkuchen da.«

Lillian schnitt den Kuchen auf, stellte jedem einen Teller hin und schenkte Kaffee ein. Coleman schien es gar nicht wahrzunehmen. Ich konnte mich nicht entsinnen, dass er jemals etwas, das Lillian ihm hingestellt hatte, verschmäht hätte! Dafür schenkte er Binkie umso mehr Aufmerksamkeit.

»Danke, Miss Lillian.« Binkie sah mich an. »Miss Julia, Sie fragen sich bestimmt, weshalb ich hergekommen bin. Ich hätte Sie auch in mein Büro bitten können, aber ich dachte, es wäre besser, wenn wir hier miteinander reden.«

Das hörte sich ernst an. Ich warf Lillian, die mitten in der Bewegung innegehalten hatte und die Augenbrauen hochzog, einen beunruhigten Blick zu.

Äußerlich gelassen, aber mit klopfendem Herzen fragte ich: »Was gibt es denn so Wichtiges?«

»Na ja, ich wollte sehen, wie es Ihnen geht.« Binkies

Blick streifte Coleman, heftete sich dann wieder auf mich. »Wäre es Ihnen lieber, wenn wir unter vier Augen reden?«

»Nein, warum? Ich habe nichts zu verbergen und mir geht's glänzend. Oder hat man Ihnen etwas anderes erzählt?« Angriff ist die beste Verteidigung, sagte ich mir. Ich versuchte zu lachen, aber es klang reichlich gequält. »Was ist eigentlich los? Plötzlich sind alle schrecklich besorgt um meine Gesundheit. Erst Pastor Ledbetter, dann LuAnne Conover und jetzt Sie.« Ich ließ meinen Blick von einem zum andern wandern. »Raus mit der Sprache, Binkie! Was haben Sie gehört?«

»Ich habe einige Anrufe bekommen«, erwiderte sie im knappen, sachlichen Tonfall der Anwältin. »Und da Sie meine Mandantin sind, wollte ich mich vergewissern, dass bei Ihnen alles in Ordnung ist. Wie ich sehe, ist es das, also ist der Fall damit erledigt.«

»Oh nein, das sehe ich nicht so!« Ich konnte nur mit größter Mühe die Beherrschung bewahren. Die Anspannung und die Aufregungen der letzten Tage machten sich bemerkbar. »Irgendjemand verbreitet Gerüchte über mich, und ich will jetzt wissen, was das für Gerüchte sind! Was soll ich angeblich haben – einen Herzinfarkt? Eine Gallenkolik? Einen Hirntumor?« *Nymphomanie?*

Binkie winkte ab. »Nein, nein, nichts dergleichen. Machen Sie sich keine Sorgen, das Gerede legt sich von allein wieder.«

»Binkie Enloe, das genügt mir nicht!«, sagte ich streng. »Ich will jetzt wissen, was über mich geredet wird. Was immer es ist – es ist nicht wahr!«

»Na ja ...« Sie schabte mit der Kuchengabel ein bisschen Schokoladenglasur vom Kuchen ab und hob schließlich den Kopf. »Man munkelt, Sie würden geistig ein wenig nachlassen. Sie wissen schon, ein bisschen vergesslich werden, ein bisschen verwirrt. Was ab einem gewissen Alter ja ganz normal ist.«

»Was?« Ich starrte sie mit offenem Mund an. Das schlug wirklich dem Fass den Boden aus! »Die behaupten also, ich würde langsam senil! Das ist es doch, nicht wahr?«

Lillian stand unbeweglich mitten im Raum. Coleman sagte nichts. Um seine Lippen spielte ein betretenes Lächeln, das dieses Mal mir und nicht Binkie galt.

»Hast du das gehört, Lillian? Hältst du mich auch für senil? Mache ich einen verwirrten Eindruck auf dich? Bin ich vergesslich?«

»Auch nicht mehr als sonst«, meinte sie.

»Wer verbreitet solche Gerüchte, Binkie? Wo haben Sie das her?« Das Herz schlug mir bis zum Hals, und ich musste schlucken. War Binkie auch der Meinung, ich wäre in einer Anstalt besser aufgehoben? Nach allem, was ich erlebt hatte, traute ich niemandem mehr.

»Einige Mitglieder Ihrer Kirche riefen mich an. Sie würden sich Sorgen machen, sagten sie, und wollten wissen, wie man Ihnen helfen könnte.«

»Allmächtiger!« Ich sackte in mich zusammen. »Und sie haben *Sie* hergeschickt, um mich zu überprüfen?« Zwar hatte Pastor Ledbetter versprochen, Stillschweigen über den Vorfall zu bewahren, doch der Herr hatte ihm wohl eine andere Richtung gewiesen.

»Nein, meine Aufgabe ist es, Ihre Interessen zu wahren«, sagte sie und strich sich eine Haarsträhne hinters Ohr. »Jemand anders versucht herauszufinden, wie es um Ihren Geisteszustand bestellt ist.«

»Und wer?«

»Ihr Pastor, Mr. Ledbetter. Und irgendein Psychologe von einer christlichen Beratungsstelle. Ein neues Mitglied Ihrer Kirchengemeinde, wenn ich das richtig verstanden habe.«

Ich schnappte hörbar nach Luft. »Dr. Fred Fowler?« Ich lief rot an und schlug die Hände vor mein brennendes Gesicht. Großer Gott, dieses mickrige Männchen war ein Experte für psychische Störungen, und ich war in seinen Augen eine Verrückte – was angesichts meines Verhaltens nicht verwunderlich war!

Und mein Pastor wusste, wie Dr. Fowler mich beurteilte. Schlagartig fiel mir mein Verdacht ein, der Pastor und der Doktor könnten diese Intrige gegen mich eingefädelt haben. Wie kam Pastor Ledbetter, ein Mann Gottes, dazu, sich über Nymphomanie zu informieren, wenn ihn nicht jemand mit der Nase darauf gestoßen hatte? Mit Theologie hatte dieses Thema doch nun wirklich nicht das Geringste zu tun!

Ich kniff die Augen zusammen. In meinem Kopf kreiste unablässig das Wort »Falle«.

»Was könnten sie gegen mich unternehmen, wenn ich ihrer Ansicht nach nicht mehr geschäftsfähig bin?« Am liebsten hätte ich Binkie angefleht mich zu retten, aber dann hätte ich Farbe bekennen müssen, und das wollte ich nicht.

»Das kommt darauf an. Es muss in jedem Fall eine Verhandlung zur Feststellung der Geschäftsfähigkeit beantragt werden, was allerdings mühelos zu erreichen ist. Deshalb möchte ich Sie warnen, Miss Julia. Seien Sie auf der Hut, liefern Sie denen keine Munition durch unbedachte Äußerungen oder Taten! Sie können mich jederzeit anrufen, wenn etwas sein sollte. Sind meine Sachen schon trocken, Miss Lillian? Dann mach ich mich besser auf den Heimweg. Ich glaube, der Regen hat nachgelassen.«

Kapitel 25

Ich blieb wie betäubt sitzen, während Lillian Binkies Kleider aus dem Trockner holte. Immerhin fiel mir auf, dass Binkie in ihren zerknitterten Leinensachen ein Bild für Götter war. Lillian hatte ihr angeboten, schnell mit dem Bügeleisen drüberzufahren, aber das wollte sie partout nicht. Coleman bestand darauf, sie nach Hause zu fahren, und nachdem sie gegangen waren, setzte sich Lillian in der Küche zu mir.

»Das sieht Ihnen aber gar nicht ähnlich, die Flügel so hängen zu lassen«, sagte Lillian. Sie legte beide Hände auf den Tisch und beugte sich vor. »Ich hab gedacht, Sie hätten endlich ein bisschen Mumm in den Knochen und würden anfangen zu leben, jetzt wo Mr. Springer tot ist und Ihnen mehr hinterlassen hat, als Sie jemals ausgeben können. Aber stattdessen hocken Sie genauso geknickt da wie zu seinen Lebzeiten! Sie müssen sich von niemandem irgendetwas gefallen lassen, Miss Julia! Was kann Ihnen dieser Prediger denn schon anhaben? Er hat keine Macht über Sie, also warum benehmen Sie sich, als ob es so wäre?«

»Ach, Lillian!« Mir kamen die Tränen, und der Schmerz in meiner Brust breitete sich aus und brannte mir in der Kehle. »Ich hab das Gefühl, als hätten *alle* irgendeine Macht über mich. Und mein Pastor ... Es tut so schrecklich weh!«

»Es kann nicht wehtun, wenn nichts dran ist! Zeigen Sie denen, dass Ihr Verstand so gut funktioniert wie eh und je!«

»Ich dachte, das hätte ich bereits getan. Ach, Lillian, wenn du wüsstest!«

»Ich weiß, was ich wissen muss, basta! Mit Ihrem Verstand ist alles in Ordnung, und Sie wissen das genauso gut wie ich. Meine Güte, Miss Julia!« Sie straffte sich und schüttelte den Kopf. »Sie haben doch sonst nicht so schnell die Flinte ins Korn geworfen! Warum wollen Sie jetzt damit anfangen? So, und jetzt ist Schluss mit dem Gejammer! Helfen Sie mir lieber, das Essen für Miss Hazel Marie und den Jungen zu richten!«

Wir waren gerade fertig geworden und hatten zwei Tabletts voll beladen, als Coleman anrief und sagte, er werde mit Binkie essen und erst spät nach Hause kommen. Ich schüttelte verwundert den Kopf. Der gute Deputy hatte offensichtlich keine Zeit verloren. Da wir mit dem Essen nicht auf ihn warten mussten, stellten Lillian und ich unsere Teller auf zwei weitere Tabletts und trugen dann alles zusammen zum Gästezimmer hinauf.

»Ein Picknick!«, jubelte Little Lloyd. »Wir machen ein Picknick! Ich war noch nie bei einem Picknick!«

»Dann wird's aber höchste Zeit«, sagte ich. Ich verteilte die Tabletts, half Hazel Marie, sich aufzusetzen, und schalt Lillian, weil sie nicht mit uns essen wollte. »Du setzt dich jetzt hin und isst mit uns! Oder bist du dir zu gut dafür?«, neckte ich sie.

»Ich werde Ihnen Gesellschaft leisten, Miss Lillian!« Der Junge hüpfte vom Bett seiner Mutter herunter und trabte zu Lillian.

»Na, wenn das so ist, kann ich wohl schlecht Nein sagen. Dann komm und stell dein Tablett hier auf den Schreibtisch neben meins.«

»Also ich muss schon sagen, Miss Lillian, ich glaub fast, Sie wollen mir meinen Jungen abspenstig machen«, scherzte Hazel Marie.

»Ach wo, Ma'am, ich will ihn bloß ein bisschen verwöhnen, solange Sie dazu nicht in der Lage sind.« Lillian tätschelte ihm die Schulter, und er strahlte übers ganze Gesicht.

»Ich möchte euch ja nicht die gute Laune verderben«, sagte ich, »aber was machen wir wegen Bruder Vern und dieser Entführungsgeschichte? Ihr zwei könnt schließlich nicht den Rest eures Lebens in diesem Zimmer verbringen.«

»Ich weiß, Mrs. Springer.« Hazel Marie seufzte, lehnte sich zurück und schaute zur Decke hinauf. »Ich bin Ihnen wirklich dankbar für alles, was Sie für uns getan haben. Und Ihnen auch, Miss Lillian. Ich denke, morgen bin ich wieder so weit fit, dass wir uns auf die Socken machen können.«

Ich legte meine Gabel hin. »Und wo wollen Sie hin?«

»Ich weiß noch nicht. Zurück zu meiner Mutter, denk ich. Ihrem neuen Mann wird das zwar nicht gefallen, wo doch schon drei Kinder im Haus sind, aber ich weiß nicht, was ich sonst machen soll. Junior muss bald wieder in die Schule, ich brauch 'nen festen Wohnsitz und 'ne Arbeit.«

Ein Schweigen entstand. Ich fühlte Lillians finsteren Blick auf mir ruhen. »Überstürzen Sie nichts«, sagte ich. »Außerdem ist Fortgehen auch keine Lösung, wenn Lillian wegen Entführung verhaftet werden sollte.«

Lillian starrte mich entgeistert an. »Allmächtiger, sagen Sie doch so was nicht!«

»Entschuldige, so war das nicht gemeint. Ich wollte sagen, dass uns allen möglicherweise eine Anklage wegen Kindesentführung droht und wir die Sache aus der Welt schaffen sollten, bevor sich unsere Wege trennen. Miss Puckett, könnte es sein, dass Mr. Springer Ihren Onkel als Vormund Ihres Sohnes eingesetzt hat, ohne Sie davon in Kenntnis zu setzen? Denken Sie genau nach!«

»Nein, ausgeschlossen! Das hätte er nie getan!«

»Hm, solange die Polizei anderer Meinung ist, müssen wir vorsichtig sein. Überlegen Sie – hat Mr. Springer einmal eine derartige Andeutung gemacht? Könnte er Bruder Vern gegenüber eine Andeutung gemacht haben?«

»Unmöglich!« Hazel Marie stellte ihr Tablett neben sich und richtete sich noch weiter auf. »So etwas hätte Wesley Lloyd nie gemacht. Er hat immer gesagt, ich würde mich gut um den Jungen kümmern. Außerdem konnte er Bruder Vern nicht leiden.«

Darin sind wir uns immerhin einig!, dachte ich sarkastisch.

»Also gut«, sagte ich dann. »Wenn Sie sich wirklich absolut sicher sind, können wir offen zugeben, dass sich der Junge hier bei uns befindet, denn dann haben sie nichts gegen uns in der Hand. Falls Bruder Vern uns Schwierigkeiten machen will, werden wir verlangen, dass er uns Dokumente vorlegt, die seine Bestellung zum Vormund belegen. Und wenn er das nicht kann, werden wir den Spieß umdrehen und *ihm* Kindesentführung vorwerfen.«

»Und mit welchem Recht?«, wollte Lillian wissen. »*Sie* haben ihm das Kind doch freiwillig übergeben. Das ist keine Entführung!«

»Das ist Haarspalterei, Lillian«, erwiderte ich ärgerlich.

»Er ist auf jeden Fall dran wegen Vorspiegelung falscher Tatsachen. Wir brauchen etwas als Druckmittel gegen ihn, verstehst du, falls er uns drohen will. Sie müssen essen, Miss Puckett, bei Ihnen kann man ja alle Rippen zählen!«

Hazel Marie spießte geistesabwesend eine Gurkenscheibe auf die Gabel. »Bruder Vern ist hinter irgendetwas her. Deshalb hat er sich auch so dafür interessiert, ob Wesley Lloyd uns etwas hinterlassen hat. Und Junior hat er mir weggenommen, um mich zu erpressen – damit er bekommt, was er sucht. Dabei habe ich keinen blassen Schimmer, was er eigentlich will!«

»Vielleicht denkt er, Sie hätten ein eigenes Bankkonto«, sagte ich achselzuckend. »Oder das Haus würde Ihnen gehören, und er sucht die Übertragungsurkunde. Schwer zu sagen, was in seinem Kopf vorgeht. Und nach meinen Erfahrungen der letzten Zeit ist auch schwer zu sagen, wozu Wesley Lloyd fähig gewesen war.«

»Schön«, fügte ich nach einer kurzen Pause hinzu. »Wenn wir also Ihrer Meinung nach vor Bruder Vern sicher sind, werden wir Lieutenant Peavey verständigen, damit er seinen Kollegen in Spartanburg und dem FBI Entwarnung geben kann. Wir werden ihm alles, jede Kleinigkeit, über Bruder Vern erzählen. Da kommt einiges zusammen! Danach würde kein Mensch mehr ein Kind in seine Obhut geben, verlasst euch drauf! Aber vorher will ich erst noch mit Sam und Binkie reden – für alle Fälle.«

Am andern Morgen wachte ich viel früher auf als gewöhnlich. Ich ging in die Küche hinunter und schaltete die Kaffeemaschine ein. Es war nach dem Gewitter merklich kühler geworden, und ich zog meinen Morgenrock fröstelnd um mich. Wesley Lloyd war ein geregelter Tagesablauf über alles gegangen. »Es gibt eine Zeit zum Wachsein und eine Zeit zum Schlafen«, pflegte er zu sagen. Für seine Donnerstage galt das natürlich nicht! Aber wahrscheinlich rechnete er die nicht mit, weil er ja einen Teil seiner Nacht tatsächlich im Bett verbrachte – und zwar in Miss Pucketts Haus.

Es hatte auch seine guten Seiten, Witwe zu sein. Man konnte zum Beispiel tun und lassen, was man wollte, ohne mit einem strafenden Blick bedacht oder mit einer bissigen Bemerkung kritisiert zu werden. Mir gefiel es, je nach Lust und Laune ins Bett gehen und aufstehen zu können. Und mir gefiel es auch, dass mich niemand fragte, ob mir etwas fehle oder mein Gewissen mich drücke, wenn ich die Routine durchbrach.

Ich saß also mit meinem Kaffee in der stillen Küche und wälzte die anstehenden Probleme: Da hatten wir erstens Hazel Marie und Little Lloyd, zweitens Lieutenant Peavey und die mögliche Klage wegen Kindesentführung, drittens Pastor Ledbetter und seine Drohung, an die Öffentlichkeit zu gehen, und viertens Bruder Vern, mit dem ich noch ein Hühnchen zu rupfen hatte.

Ich hörte ein Geräusch und schrak zusammen. Es hatte sich wie ein Kratzen oder Scharren angehört. Ich blickte mich vorsichtig um. Dann dachte ich an die Nacht, in der Hazel Marie unversehens aufgetaucht war. Ich stand auf und schlich zur Hintertür. Nichts zu sehen. Als ich mich umdrehte, hörte ich es wieder.

Es kommt aus der Vorratskammer, schoss es mir durch den Kopf. Mäuse, war mein nächster Gedanke. Mich schauderte. Ich stand ganz still und lauschte. Der Kühlschrank sprang an, aber sonst war es totenstill. Ich war zwar nicht erpicht auf eine Begegnung mit einer Maus, wollte andererseits aber auch nichts essen, das ein Nagetier vielleicht schon vor mir probiert hatte. Ich schaute mich nach einer Waffe um und schnappte einen Kochtopf vom Herd.

Auf Zehenspitzen tappte ich zur Vorratskammer, legte das Ohr an die Tür und horchte. Nichts. Doch! Es kam eindeutig von da drin. Ich riss die Tür auf.

Den Kochtopf über dem Kopf schwingend, rief ich: »Kschkschksch! Raus mit euch, ihr widerlichen Biester! Haut ab, aber dalli!«

Nichts rührte sich. Ich ließ langsam den Topf sinken. Mir kam ein schrecklicher Gedanke: Hatte Pastor Ledbetter möglicherweise doch Recht? Bildete ich mir jetzt schon ein, Geräusche zu hören? Ich hatte mich halb abgewandt, als ich ein Glucksen und ein unterdrücktes Schluchzen hörte. Und das hatte ich mir bestimmt nicht eingebildet!

»Wer ist da? Was soll das? Kommen Sie da raus!«

Eine Kinderstimme drang gedämpft hinter einem Stapel Küchenrollen hervor: »Ich bin's! Bitte nicht schießen!«

»Was?« Für einen Augenblick verschlug es mir die Sprache, dann musste ich herzhaft lachen. »Du lieber Himmel, Little Lloyd, ich werde doch nicht auf dich schießen! Was treibst du denn da drin?«

Er duckte sich unter einem Regal hervor. Er hatte noch den Cowboyschlafanzug an, den ich ihm gekauft hatte, und hielt die braune Einkaufstüte in der Hand. Die Haare standen ihm nach allen Richtungen vom Kopf ab, und die Brille saß ihm schief auf der Nase.

»Es tut mir Leid«, schniefte er und fuhr sich mit dem Handrücken über das tränenfeuchte Gesicht.

»Das braucht dir doch nicht Leid zu tun. Meinetwegen kannst du gern um fünf Uhr morgens in der Speisekammer hocken, aber findest du nicht, am Tisch wäre es bequemer? Möchtest du einen Kaffee? Oder lieber Milch?«

»Lieber Kaffee.« Die Papiertasche an die Brust gepresst, stand er vor mir. Seine Schultern bebten.

»Ist dir kalt?«

»Nein, Ma'am. Ich wollte Sie nicht stören.«

Ich schenkte Kaffee ein und stellte die Tasse auf den Tisch.

»Du störst mich doch nicht, Little Lloyd«, sagte ich freundlich und zog ihm einen Stuhl heran. »Komm, setz dich zu mir. Ich freu mich über deine Gesellschaft.«

»Danke, Ma'am.« Er gab ordentlich Zucker und Sahne in seinen Kaffee. Mich schüttelte es schon beim bloßen Anblick. Wie konnte man so etwas Widerliches trinken? Aber jedem das seine!

»Kein Wort zu Lillian, dass ich dir Kaffee gegeben habe, okay?«

Er schaute mich von unten herauf an, sah, dass ich lächelte, und lächelte auch. »Okay.«

Nach einer Weile sagte ich: »Wir müssen eine Bleibe für dich und deine Mutter finden, bevor die Schule wieder anfängt.«

»Ja, Ma'am.«

»Freust du dich, dass du bei deiner Großmutter wohnen wirst?«

»Nein, nicht besonders.«

»Ach so? Und warum nicht?«

»Weiß nicht.« Er zuckte mit den Schultern und ließ den Blick durch die Küche wandern. »Mir gefällt's hier.«

»Wirklich?«, staunte ich. »Das freut mich aber. Aber du wirst dich anderswo auch wieder einleben«, fügte ich tröstend hinzu. »Meinst du nicht?«

»Ja, Ma'am, ich denk schon.«

Wir tranken schweigend unseren Kaffee und warteten darauf, dass es draußen hell wurde. Mir fiel nichts ein, worüber ich mich mit dem Jungen hätte unterhalten können. Die Dinge, die mich beschäftigten, waren kein Thema für ein Kind.

Plötzlich stellte er seine Tasse ab und setzte sich kerzengerade hin. Sein Blick huschte zwischen mir und dem Tisch hin und her und blieb schließlich an mir hängen. Er holte tief Luft. »Mrs. Springer?«

»Ja?«

»Wenn Ihnen jemand etwas zum Aufbewahren gibt, was würden Sie machen?«

»Nun, ich denke, dann würde ich es auch aufbewahren. Du nicht?«

»Doch, schon.« Er führte seine Tasse mit beiden Händen zum Mund, blies über den heißen Kaffee und stellte die Tasse dann, ohne getrunken zu haben, wieder hin. »Würden Sie nicht wissen wollen, wie lange Sie es aufbewahren müssen?«

Ich tat, als müsste ich gründlich über diese Frage nachdenken. »Wahrscheinlich schon. Wenn dieser Jemand von sich aus nichts gesagt hat ...«

Er schüttelte den Kopf. »Aber das ist noch nicht alles. Wenn Sie es nun gar nicht mehr zurückgeben können?«

»Du meinst, weil du es verloren hast?«

»Nein, Ma'am!« Er riss erschrocken die Augen auf. »Ich würde es niemals verlieren!«

»Das war rein hypothetisch, weißt du.«

»Was? Ich meine, wie bitte, Ma'am?«

»Hypothetisch. Das heißt so viel wie ›ganz allgemein gesprochen‹. Ich hab damit nicht dich persönlich gemeint«, versicherte ich – obwohl ich eigentlich davon ausgegangen war, dass er von sich redete.

»Fangen wir noch einmal von vorn an. Du willst wissen, was ich machen würde, wenn mir jemand etwas zum Aufbewahren gegeben hat. Ich habe es nicht verloren, aber zurückgeben kann ich es auch nicht. Und jetzt ist die Frage, wie lange ich es aufbewahren muss. Richtig?«

Den Blick auf mich geheftet, nickte er eifrig. Na also, sagte ich mir, ist doch gar nicht so schwer, sich mit einem Kind zu unterhalten!

»Lass mich überlegen.« Ich trommelte mir mit den Fingern auf den Mund. »Sag mal, es ist doch nicht kaputt, oder? Und du kannst es deshalb nicht zurückgeben?«

»Nein, Ma'am.«

»Und du hast es immer noch. Du hast es nicht irgendjemand anders gegeben.«

Er schüttelte feierlich den Kopf.

»Du hast also gut darauf Acht gegeben. Hm. Ich hab's! Du möchtest es lieber selbst behalten, anstatt es zurückzugeben!«

»Nein, Ma'am, ich will es nicht mehr haben. Aber ich weiß nicht, wohin damit.«

»Nun, dann sag doch demjenigen, der es dir gegeben hat, du kannst es nicht länger behalten. Das würde ich an deiner Stelle tun.«

Er ließ die Schultern hängen und sackte in sich zusammen. »Das geht nicht. Ich hab's von meinem Daddy bekommen.«

»Ach so. Dann sieht die Sache natürlich anders aus. Hör zu. Wenn dein Daddy dir nicht gesagt hat, was du damit machen sollst, dann wollte er bestimmt, dass du es behältst. Da bin ich ganz sicher.«

Ich dachte an Wesley Lloyds goldene Taschenuhr. Doch dann fiel mir ein, dass sie sie ihm abgenommen und mir gegeben hatten, bevor der Sarg geschlossen worden war. Ein Scheck vielleicht? Oder ein großer Geldschein?

»Wenn es Geld ist, Little Lloyd, dann wäre dein Vater bestimmt stolz auf dich, wenn du es auf die Bank bringen würdest. Dann wird sogar noch mehr daraus! *Er* hätte es bestimmt so gemacht, das weiß ich.«

»Es ist aber kein Geld!« Er spielte mit dem Kaffeelöffel, und ich betrachtete seine Hände. Sie waren klein und zart wie die seiner Mutter. Ich begriff auf einmal, dass es für das Kind keineswegs ein Spiel, sondern ein ernstes Problem war, das ihn bedrückte.

»Schön, pass auf.« Ich beugte mich zu ihm hinunter, um ihm ins Gesicht zu blicken. »Ich sag dir was. Sprich mit deiner Mama darüber. Sie wird wissen, was das Richtige ist.«

»Hab ich mir auch schon überlegt.« Er sprach so leise, dass ich mich noch weiter hinunterbeugen musste, um ihn zu verstehen. »Aber mein Daddy hat es mir in der Nacht gegeben, als er in den Himmel kam, und er hat gesagt, ich darf mit niemandem darüber reden.«

»Ach so«, sagte ich lahm. »War dein Daddy ... ich meine, glaubst du, er hat gewusst, dass er ... äh ... in den Himmel kommen würde, als er es dir gab?« Szenen jener schrecklichen Nacht, als ich Wesley Lloyd tot hinter dem Lenkrad seines Autos fand, blitzten in meiner Erinnerung auf. Ich sah die in der Dunkelheit zuckenden roten und blauen Lichter von Kranken- und Streifenwagen, die Schläuche und Wiederbelebungsapparate, an die er angeschlossen wurde, die jungen Deputys, die mit rauer Herzlichkeit die alte Frau zu trösten versuchten, die zitternd auf der Verandatreppe saß.

»Weiß nicht.« Der Junge schniefte und wischte mit dem Handrücken die Tränen fort. Ich gab ihm meine Serviette. »Es ging ihm nicht gut, aber er konnte nicht bleiben. Als meine Mama einen Doktor rufen wollte, ist er böse geworden. Er ging ins Wohnzimmer, allein, und als er nach einer Weile wieder rauskam, hat er mich gerufen, und ich bin mit ihm zum Auto gegangen. Da hat er es mir gegeben. Das müsste ich für ihn aufheben, und ich dürfte niemandem davon erzählen, und er würde nächste Woche wiederkommen.« Er zog die Nase hoch. »Aber ich hab ihn nie wiedergesehen.«

Das klang ganz nach Wesley Lloyd! Er hätte nie einen Arzt kommen lassen, bloß weil ihm nicht gut war – in seinen Augen wäre das ein Zeichen von Schwäche gewesen. Seine Sturheit überraschte mich nicht im Geringsten. Aber ich rechnete es Hazel Marie hoch an, dass sie zumindest versucht hatte, ihn zur Vernunft zu bringen.

»Du meinst also, wenn er gewollt hätte, dass deine Mutter davon erfährt, dann hätte er es ihr und nicht dir gegeben?«

Er nickte, nahm dann die Brille ab und rieb sich müde die Augen mit den Fäusten.

»Da hast du ja eine ganze Menge mit dir herumgetragen.« Ich tätschelte seine Schulter. »Weißt du, es ist nicht schlimm, dass du ein Geheimnis vor deiner Mutter hast. So war dein Daddy eben. Er hat dich wie einen Mann behandelt, und er fand, Frauen« – gleichgültig, ob es sich um Mütter, Ehefrauen oder Freundinnen handelt, hätte ich ergänzen können – »sollten sich nicht in Männerangelegenheiten einmischen.«

»Haben Sie meinen Daddy gekannt?«, fragte er mit brüchiger Stimme und den Tränen nahe.

Ich betrachtete ihn eine ganze Weile. Dieses Kind hatte seinen geliebten Vater verloren und trauerte immer noch um ihn. Was war ich nur für ein Mensch, dass ich das bisher völlig übersehen hatte! Der Gedanke, auch andere könnten leiden, hatte mich nie auch nur gestreift.

Ich holte tief Luft – besser gesagt, ich versuchte es, aber meine Kehle war wie zugeschnürt. »Ja«, stieß ich hervor, »ich habe ihn gekannt, und es tut mir Leid, dass er gestorben ist. Du vermisst ihn bestimmt, aber solche Dinge passieren eben. Wir müssen stark sein. Das Leben geht weiter, weißt du.« Ich merkte selbst, wie abgedroschen das klang, aber außer Gemeinplätzen fiel mir nichts ein. Unbeholfen klopfte ich ihm auf den Rücken.

Er nickte und rutschte auf seinem Stuhl hin und her. Die Papiertüte auf seinem Schoß knisterte.

»Jetzt wissen wir aber immer noch nicht, was du mit dem, was er dir gegeben hat, machen sollst. Das heißt, ich wüsste vielleicht doch was! Du suchst jemanden aus, dem du vertraust, erzählst ihm, was du von deinem Daddy bekommen hast, und lässt diese Person dann entscheiden. Dein Daddy wollte bestimmt nicht, dass du es bis in alle

Ewigkeit versteckst. Du solltest es nur an einem sicheren Ort für ihn aufbewahren.«

Er zog die Stirn kraus und die Brille rutschte ihm fast bis auf die Nasenspitze. »Meinen Sie wirklich?«

»Ganz bestimmt! Jetzt, wo er nicht mehr da ist, würde er sicher wollen, dass dir die Verantwortung abgenommen wird. Du solltest dir allerdings gut überlegen, wem du dein Geheimnis anvertrauen willst. Deputy Bates vielleicht? Oder Lillian? Sam Murdoch? Nicht zu vergessen deine Mutter. Jeder von denen würde dir gerne helfen, davon bin ich überzeugt.«

Er hatte die Hände auf die Einkaufstasche gelegt und starrte den Tisch an. Nach einer Weile flüsterte er kaum hörbar:

»Und Sie?«

»Ich?« Ich traute meinen Ohren nicht. Womit hatte ich dieses Vertrauen verdient? Oder andersherum ausgedrückt – womit hatte ich verdient, dass mir noch eine Last aufgebürdet wurde? Hatte ich nicht schon genug zu tragen? Dennoch sagte ich: »Freilich, ich auch. Ich helfe dir gern, wenn ich kann, aber vielleicht wäre jemand anders besser geeignet.«

»Nein, Ma'am, meine Mama sagt, so jemanden wie Sie wünscht sich jeder zum Freund!«

»So, sagt das deine Mama. Tja, in dem Fall ...«

»Ich hab's hier drin.« Er faltete die Einkaufstasche auseinander, und ich bereitete mich seelisch darauf vor, ein Bilderbuch über Löwen mit der gebotenen Ernsthaftigkeit zu bestaunen. Allmählich fragte ich mich, ob der Junge noch recht bei Trost war – so viel Aufhebens um ein albernes Buch zu machen!

Er zog es aus der Tasche und legte es, nachdem er seine Kaffeetasse zur Seite geschoben hatte, auf den Tisch. Andächtig blätterte er um. Zwischen zwei Seiten steckte ein dünner, rosaroter Umschlag.

Als er ihn mir reichte, trafen sich unsere Blicke, und in diesem Moment sah ich nicht mehr Wesley Lloyd, sondern den Jungen.

Ich drehte den Umschlag langsam um. Er war versiegelt. Ich zögerte. Es widerstrebte mir, diese ganz persönlichen Zeilen zu lesen, die mein Mann in seinen letzten Stunden seinem Sohn geschrieben hatte. Außerdem fühlte ich mich nicht in der Lage, sein trauerndes Kind zu trösten. Durch diese Botschaft aus dem Grab – oder wie immer man es nennen wollte – würde die Wunde doch unweigerlich wieder aufgerissen werden. Wenn Lillian doch nur da wäre!

»Hast du gelesen, was drin steht?«

»Nein, Ma'am. Ich hab's nur aufbewahrt, so wie er es mir aufgetragen hat.«

»Na schön!« Ich atmete tief durch. »Dann wollen wir mal sehen.«

Ich langte ein Brotmesser von der Arbeitsfläche, schlitzte den Umschlag auf und zog ein dünnes, rosarotes Blatt Papier heraus. Ich faltete es auseinander und erkannte sofort die Handschrift meines Mannes und seine Unterschrift wieder. Ich las, was er geschrieben hatte, und fühlte, wie sich alles rings um mich her zu drehen begann. Eine Welt brach für mich zusammen.

»Das war richtig von dir, dass du mir das gezeigt hast, Little Lloyd«, flüsterte ich heiser. »Es hat mit den Geschäften deines Vaters zu tun, weißt du, und ich muss mir erst noch überlegen, wie wir das am besten in seinem Sinne regeln werden. Warum gehst du nicht rauf und ziehst dich an? Oder schlaf noch ein bisschen, es ist noch so früh. Aber sei leise, damit du deine Mutter nicht weckst!«

»Okay.« Sein Gesicht strahlte vor Erleichterung. »Jetzt kann ich diese blöde Papiertüte endlich wegwerfen!« Er knüllte sie zusammen und warf sie beim Hinausgehen in den Mülleimer. »Danke für den Kaffee, Mrs. Springer!«

Ich schaute ihm nach und hörte das Tappen seiner nackten Füße auf dem polierten Holzboden zwischen meinen Orientteppichen. Dann wanderte mein Blick zu dem rosaroten Briefbogen zurück – dem Testament meines verstorbenen Mannes.

Kapitel 26

Der junge vertraute mir, dadurch gewann ich ein bisschen Zeit. Er hatte das Schreiben nicht gelesen, und wenn er es gelesen hätte, würde er wahrscheinlich nicht verstanden haben, was es bedeutete. Niemand auf Gottes weiter Welt wusste also davon – niemand außer mir.

Ich betrachtete das Blatt Papier in meiner Hand. Es war am oberen Rand mit pastellfarbenen Blümchen verziert. Wesley Lloyd hatte offenbar Hazel Maries Briefpapier benutzt, um mich zu enterben.

Das Testament war auf den Tag datiert, an dem er gestorben war. Ich versuchte mir vorzustellen, was sich an jenem Abend in Hazel Maries Haus abgespielt hatte. Er musste geahnt haben, dass er nicht mehr lange leben würde. Aber sein Testament so radikal zu ändern! Wäre ihm mehr Zeit geblieben, hätte er seinen Entschluss bestimmt noch einmal überdacht und sichergestellt, dass ich versorgt wäre. Oder auch nicht, dachte ich niedergeschlagen. Vielleicht war ich ihm so gleichgültig gewesen, dass er mich bewusst übergangen hatte.

Ich schlug die Hände vors Gesicht. Die schmerzliche Erkenntnis, meinem Mann nichts bedeutet zu haben, ihm in seinen letzten Stunden nicht einmal einen Gedanken wert gewesen zu sein, traf mich bis ins Mark. Langsam ließ ich die Hände sinken und las noch einmal, was er geschrieben hatte: »Hiermit setze ich meinen einzigen Sohn Wesley Lloyd Junior Puckett (Springer) zu meinem Alleinerben ein. Ich bestimme Sam Murdoch zum Vollstrecker meines Testaments und bis zur Volljährigkeit meines Sohnes zu seinem Vormund und zum Treuhänder seines Vermögens.« Darüber hatte er das Datum eingetragen, darunter seine Unterschrift gesetzt.

Mit zwei Sätzen hatte mein Mann mich nach vierundvierzig Ehejahren zum Sozialfall gemacht. Mein Haus, meine Möbel, mein Auto – all die Dinge, auf die ich so stolz gewesen war, gehörten jetzt einem Kind, das niemals hätte geboren werden dürfen. Ich besaß nichts mehr bis auf die Kleider, die ich am Leib trug!

Eine ohnmächtige, besinnungslose Wut packte mich. Ich hätte diesen Wisch am liebsten zerfetzt! Ich hätte ihn auf den Boden schmeißen und darauf herumtrampeln können! Ich hätte mir die Haare ausreißen und die Lunge aus dem Leib schreien können! Es wäre mir ein Vergnügen gewesen, Wesley Lloyd wehzutun, wie er mir wehgetan hatte.

Ich zitterte vor Anstrengung, nicht die Beherrschung zu verlieren, am ganzen Körper. Die Heftigkeit meiner Gefühle erschreckte mich. Ich holte röchelnd Luft und versuchte der Tatsache, dass ich schlagartig arm geworden war, ins Auge zu sehen.

Dank dieser unverhofften Wendung würde sich Hazel Marie keine Sorgen mehr zu machen brauchen, wovon sie sich und den Jungen ernähren oder wo sie unterkommen sollten. Sie konnten gleich hier in meinem Haus bleiben! Dann würde Lillian für *sie* arbeiten können – was sie wahrscheinlich auch um des Jungen willen tun würde. Hazel Marie könnte meine Freunde einladen, an meiner Sonntagsschulklasse teilnehmen, in meiner Kirchenbank sitzen, mein Auto fahren. Sie könnte in meine Identität schlüpfen, wie sie schon in das Bett meines Mannes geschlüpft war. Und nicht genug damit, dass ich arm wie eine Kirchenmaus war, hielten mein Pastor und die halbe Stadt mich für senil, unzurechnungsfähig und mannstoll!

Das konnte ich mir nicht gefallen lassen. Was zu viel war, war zu viel!

Ich musste nachdenken, in aller Ruhe. Ich faltete das Blatt Papier zusammen, schob es in den Umschlag zurück und steckte ihn in die Tasche meines Morgenrocks. Dann trank ich meinen Kaffee aus; er war kalt und schmeckte bitter. Eins nach dem andern, sagte ich mir. Und angesichts dieser unerwarteten Entwicklung stellte dieses neue Testament das dringlichste Problem dar.

Little Lloyd ging davon aus, dass ich die Angelegenheit, die er mir anvertraut hatte, regeln würde. Er würde mir keine Fragen stellen, er wusste ja nicht, dass es dabei um ihn ging. Da er Wesley Lloyds Anweisungen strikt befolgt und seiner Mutter nichts gesagt hatte, war Hazel Marie ahnungslos. Sam, der das ältere und angemessenere Testament vollstreckte, wusste ebenfalls nichts davon. Wenn ich den Mund hielt, würde alles seinen Gang gehen, so wie es sein sollte. Mir fiel ein, wie furchtbar wichtig es für Wesley Lloyd gewesen war, alles so zu machen, wie es gemacht werden *sollte*. Und *sollte* das Vermögen eines Mannes nicht seiner Ehefrau zufallen? Das war doch nur recht und billig.

Außerdem könnte man argumentieren, Wesley Lloyd sei

an jenem Abend nicht im Vollbesitz seiner geistigen Kräfte gewesen. Ich meine, als er dieses Testament aufsetzte, ging es ihm nicht gut, er lag ja praktisch schon in den letzten Zügen. Und notariell beglaubigt und von einem Zeugen unterschrieben war das Testament auch nicht. War es dann überhaupt gültig? Wenn ich doch nur mit Sam darüber sprechen könnte!

Mich durchzuckte eine Idee. Als Wiedergutmachung für meine eigenmächtige Abänderung von Wesley Lloyds letztwilliger Verfügung würde ich ein Konto für die Ausbildung seines Sohnes einrichten. Und ihm und seiner Mutter eventuell einen monatlichen Unterhaltszuschuss zahlen. Hazel Marie würde mir unendlich dankbar sein, und alle würden mir die höchste Achtung entgegenbringen, weil ich mich zu diesem großzügigen Akt christlicher Nächstenliebe und Barmherzigkeit herabgelassen hatte.

Hazel Marie würde mich für die beste Freundin halten, die man sich wünschen konnte.

Wieder schlug ich die Hände vors Gesicht und fing an zu schluchzen. Mir war plötzlich klar geworden, dass ich, wenn es nach Pastor Ledbetters Willen ginge, gar nicht imstande sein würde, mich großzügig zu zeigen! Ich verwünschte Wesley Lloyd, weil er mich in diese Lage gebracht hatte.

Ich hörte Schritte die Einfahrt heraufkommen. Das war sicher Lillian. Ich stand hastig auf. Ich fühlte mich nicht in der Lage, ihr jetzt gegenüberzutreten. Ich eilte die Treppe hinauf und schloss mich in meinem Schlafzimmer ein. Ich konnte niemandem unter die Augen treten in dem Bewusstsein, von meinem Mann als seiner Fürsorge unwürdig abgeschrieben worden zu sein. Und ich konnte niemandem unter die Augen treten in dem Bewusstsein, dass ich erwog, bis ans Ende meiner Tage mit einer Lüge zu leben.

Ich setzte mich ans Fenster, in den Sessel mit dem geblümten Chintzbezug, den Wesley Lloyd gehasst hatte. Blumenmuster oder Pastellfarben hatte er nie gemocht, deshalb waren Wohn- und Esszimmer auch seinem Geschmack entsprechend in dunklem Weinrot gehalten. Ich war der Meinung gewesen, die Schlafzimmer könnten eine verträumte, etwas weiblichere Note vertragen, aber als er den Sessel gesehen hatte, den ich hatte aufpolstern lassen, hatte er die Fassung verloren. Der Sessel war das Einzige in diesem Haus gewesen, das ich ganz allein ausgesucht hatte. Und Wesley Lloyd hatte ihn gehasst.

Ich war mir sicher, dass das etwas zu bedeuten hatte.

Ich fuhr mit der Hand über die Armlehne und dachte an all das, was er mir angetan hatte und was er mir über seinen Tod hinaus selbst heute noch antat. Ich fühlte einen brennenden Schmerz in Kehle und Brust, als ich mir einzureden versuchte, dass es mein gutes Recht sei, dieses Testament zu vernichten. Wer würde es mir verdenken können?

Niemand, weil niemand davon erfahren würde.

Dann fiel mir Bruder Vern ein, und ich setzte mich ruckartig auf. Wusste er von dem Testament? Ausgeschlossen. Woher hätte er davon wissen sollen? Er hatte gehofft, Wesley Lloyd hätte den beiden Pucketts etwas von Wert hinterlassen, aber von dem neuen Testament konnte er nichts erfahren haben. Oder doch? Selbst wenn er einen Verdacht hegte – was könnte er schon unternehmen?

Allerdings: Falls Little Lloyd jemals irgendjemandem erzählen sollte, er habe mir einen Brief von seinem Vater gegeben, könnte Bruder Vern mich natürlich beschuldigen. Und nicht nur er! Jeder würde sich denken können, was der Inhalt dieses Briefs war. Ich wäre in dieser Stadt erledigt. Hazel Marie könnte mich verklagen. Little Lloyd würde mir nicht mehr über den Weg trauen und sich immerzu fragen, ob ich ihn um sein rechtmäßiges Erbe gebracht hätte.

Schön, dann würde ich eben von hier wegziehen. Ich könnte das Haus verkaufen, der Stadt und ihren misstrauischen Einwohnern den Rücken kehren und in Florida unbeschwert den Herbst meines Lebens genießen.

Ich stieß einen tiefen Seufzer aus. Ich machte mir nichts vor – genießen würde ich dieses Leben nicht. Aber egal, was ich tat, ob ich das Testament nun vernichtete oder Sam übergab – mein Groll auf Wesley Lloyd würde mein Leben ohnehin vergiften. Herr, vergib mir die Bitterkeit in meinem Herzen, betete ich im Stillen.

Ich zog mich langsam und sorgfältig an. Alles schien sich gegen mich verschworen zu haben. Reißverschlüsse klemmten, Knöpfe fanden nicht ins dazugehörige Knopfloch, die Haarbürste fiel herunter, Haarnadeln rutschten mir aus den Fingern. Doch ich schaffte es, indem ich jede Bewegung bewusst ausführte, während mein Verstand völlig losgelöst auf einer ganz anderen Ebene umhertrieb.

Zu guter Letzt schob ich den Umschlag in mein Dekolleté und heftete ihn an mein Kleid. Als ich den Stoff glatt strich, wusste ich plötzlich, was ich machen würde: Ich würde mein Geheimnis noch ein paar Tage mit mir herumtragen. Dann würde sich ja zeigen, ob ich damit leben könnte oder nicht. Und dann wäre immer noch Zeit, eine Entscheidung zu treffen.

Jawohl, genauso werde ich es machen, dachte ich zufrieden. Vorläufig werde ich so tun, als ob dieser Wisch nicht existiert. Ich werde so tun, als ob sich seit dem Augenblick, da Little Lloyd mir sein Vertrauen geschenkt hat, nichts geändert hätte. Und wo wir gerade dabei sind – ich werde so tun, als hätte ich mich nie an Dr. Fred Fowler herangemacht.

Ich war schließlich viel zu beschäftigt, als dass ich meine Zeit mit einem in letzter Minute abgefassten und zweifellos ungültigen Testament verschwenden könnte!

Mit diesem Gedanken verließ ich erhobenen Hauptes das Schlafzimmer. Jetzt war ich bereit, den anderen unter die Augen zu treten.

»Sie sehen aber gar nicht gut aus heute Morgen. Fehlt Ihnen was?«, fragte Lillian, als ich die Küche betrat.

Oh mein Gott, bin ich so leicht zu durchschauen?, schoss es mir panisch durch den Sinn.

»Nein, nein, bloß schlecht geschlafen«, erwiderte ich. »Mir geht einfach zu viel durch den Kopf.«

»Es wird Zeit, dass Sie was unternehmen«, sagte Lillian streng. »Sie können Miss Puckett und den Jungen nicht ewig verstecken, und Sie können der Polizei auch nicht ewig irgendwelche Geschichten auftischen.«

»Das weiß ich auch. Und ich denke, heute ist ein guter Tag, reinen Tisch zu machen.« Müde und niedergeschlagen wie selten ließ ich mich auf einen Stuhl fallen und stützte die Arme auf den Tisch. »Warum meine ich immer, ich müsste die Probleme der ganzen Welt auf meinen Schultern tragen? Hazel Marie ist eine erwachsene Frau und durchaus in der Lage, selbst für sich und ihr Kind zu sorgen. Warum sollte ich sie vor der Polizei verstecken oder vor ihren eigenen Verwandten schützen?«

»Das klingt aber gar nicht nach Ihnen.« Lillian musterte mich stirnrunzelnd, trocknete sich die Hände an einem Geschirrtuch ab und fragte: »Fehlt Ihnen auch wirklich nichts?«

Der rosarote Umschlag brannte mir auf der Haut.

»Nein, nein, alles in Ordnung.« Ich schaute in ihre Richtung, brachte es aber nicht fertig, ihr in die Augen zu sehen. »Mir ist nur klar geworden, dass ich mir zu viel aufgebürdet und mich in Dinge eingemischt habe, die mich nichts angehen. Damit muss jetzt Schluss sein.«

»Hmm«, machte sie. Sie faltete das Geschirrtuch zusammen und legte es auf die Arbeitsfläche. »Und wie wollen Sie das anstellen?«

»Ich weiß noch nicht genau.« Ich rieb mir die Stirn. Der Umschlag knisterte unter meinem Arm. »Ich hätte nicht übel Lust, aus meiner Gemeinde aus- und in die Episkopalkirche einzutreten. Ich kann mir nicht vorstellen, dass Pastor Ledbetter es wagen würde, ein Mitglied einer anderen Gemeinde zu verleumden! Dann sollte ich Lieutenant Peavey anrufen, ihm von Hazel Marie und dem Jungen erzählen und ihm reinen Wein einschenken.«

»Das können Sie doch nicht machen!«

Ich seufzte. »Ich fürchte, ich habe keine andere Wahl.«

»Und was ist mit Bruder Vern? Wenn er nun herkommt und Little Lloyd seiner Mama wegnimmt?«

»Das wird er nicht. Er wollte das Kind nur, weil er dachte, Wesley Lloyd hätte den beiden etwas hinterlassen. Sowie er von Sam und Binkie erfährt, dass die beiden keinen roten Heller geerbt haben, wird er wieder abziehen.«

Der rosarote Umschlag schien im Rhythmus meines Herzens zu pochen wie ein lebendiges Wesen.

»Und was ist mit mir?«, fragte Lillian angsterfüllt. »Die Polizei sucht mich wegen Kindesentführung! Glauben Sie, die vergessen das einfach?«

»Ganz bestimmt sogar, wenn ich ihnen die Wahrheit erzähle.« Wenn auch nicht die ganze, fügte ich im Stillen hinzu.

Falls Pastor Ledbetter bezüglich meiner Neigung und der damit für die Männerwelt verbundenen Gefahren Recht hatte, würde ich Sam durch einen Besuch einem gewissen Risiko aussetzen. Ich suchte ihn trotzdem auf. Als ich den breiten Weg zum Haus hinaufging, der wie die Verandastufen aus hellroten Backsteinen bestand, fiel mir auf, dass der Holzboden der Veranda einen frischen grauen Anstrich bekommen hatte. Rechts und links der geöffneten Haustür stand je ein breiter, weißer Schaukelstuhl.

»Julia!« Sam hielt mir die Fliegengittertür auf. »Ich hab dich kommen sehen. Ist was passiert?«

»Mehr, als du ahnst, Sam.« Ich ging hinein und folgte Sam in der angenehmen Kühle ins Wohnzimmer. Auf Tischen und auf dem Boden stapelten sich Bücher, auf dem Sofa lagen Zeitungen herum. Man sah, dass Sam in diesem Zimmer lebte. Mein Wohnzimmer dagegen glich einem Museum – immer kalt und ordentlich.

»Nimm Platz, Julia. Kaffee?«

»Nein, danke. Ich möchte nur eins – irgendwie aus dem Schlamassel, in den ich mich hineinmanövriert habe, wieder herauskommen!«

Sam lächelte und seine Augenwinkel legten sich in kleine Falten. »Wo möchtest du anfangen?«

Gute Frage. Welche meiner heimlichen Sünden belastete mich am meisten? Auf dem Weg hierher hatte ich mit dem Gedanken gespielt, ihm Wesley Lloyds rosaroten Umschlag zu zeigen und die Konsequenzen, wie sie auch aussehen mochten, zu akzeptieren. Doch zu guter Letzt hatte ich den Gedanken wieder verworfen. Ich würde noch eine Weile abwarten. Ich war gespannt, ob mein düsteres Geheimnis und Sams Aufrichtigkeit sich miteinander vertragen würden.

Seltsamerweise kam ich gar nicht auf die Idee, Sam könnte sich, falls ich ihn einweihte, bereit erklären, Stillschweigen zu bewahren. Sam war eine ehrliche Haut. Im Gegensatz zu mir.

»Pastor Ledbetter«, begann ich und erzählte, wie er Dr. Fowler auf mich angesetzt hatte, um mich zu begutachten. Die besonderen Umstände, die sie zu der Vermutung veranlassen könnten, ich sei vollkommen verdorben und nicht ganz richtig im Kopf, erwähnte ich allerdings nicht. »Was meinst du, können die das machen?«

Sam lehnte sich zurück und machte ein Gesicht, als wollte er gleich in gespielter Verzweiflung die Augen verdrehen – was aber gar nicht sein Stil gewesen wäre. »Ach, Julia, ich kenne niemanden, der weniger gesunden Menschenverstand hätte als Prediger – Ärzte ausgenommen.« Er beugte sich vor. »In diesem Staat ist es kein Problem, jemanden für geschäftsunfähig zu erklären. Sie müssen lediglich nachweisen können, dass du nicht imstande bist, die Konsequenzen deines Handelns richtig einzuschätzen.«

»Das bin ich sehr wohl – schließlich muss ich ja mit ihnen leben. Sam, du ahnst ja nicht, was die mir alles vorwerfen! Ich muss etwas unternehmen!«

»Mach es wie Sophokles und schreib ein Stück«, erwiderte er lachend.

Ich schaute ihn verständnislos an. »Was hat das denn damit zu tun?«

»Sein Sohn wollte vor Gericht erreichen, dass man ihn für geschäftsunfähig erklärt, damit er sich den väterlichen Besitz unter den Nagel reißen konnte. Der alte Mann bat, man möge ihm die Gelegenheit geben, seine Tüchtigkeit zu beweisen, und die Richter gewährten ihm die Bitte. Also ging er nach Hause und schrieb sein Ödipus-Stück. Als er es den Richtern vorlas, wiesen sie die Klage des Sohnes ab und geleiteten den Vater sogar nach Hause. Könnte mir denken, dass sie dort noch ein Fass Wein aufgemacht haben! Und das alles geschah bereits im fünften Jahrhundert vor Christus.«

»Das weiß ich selbst«, brummte ich und machte ein pikiertes Gesicht. Ich muss allerdings zugeben, dass ich kein Bücherwurm so wie Sam war. »Wenn die Beurteilung meines Geisteszustands davon abhängt, ob ich ein Stück schreiben kann, ist meine Lage noch hoffnungsloser, als ich dachte.«

Sam lachte schallend. »Das war nur ein Beispiel, Julia!« Ernst fuhr er fort: »Ich möchte dir keine Angst machen, aber ich denke, es ist besser, wenn ich die Angelegenheit mit Binkie bespreche. Verstehst du, jeder kann beantragen, eine bestimmte Person für geschäftsunfähig zu erklären. Es kommt dann zu einer Verhandlung, bei der die Interessen des Betreffenden durch einen Prozessvertreter wahrgenommen werden. Ergeht der Beschluss, dass diese Person tatsächlich geschäftsunfähig ist, wird ein Vormund bestellt, und das war's dann.«

Ich ließ mir das einen Augenblick durch den Kopf gehen. Mich einer so erniedrigenden Prozedur unterziehen zu müssen, wäre mein Untergang. Trotzdem schienen mir im Fall des Falles genügend Sicherheitsvorkehrungen vorhanden.

»Na schön, Sam, falls es sich nicht vermeiden lässt, wäre es mir immerhin ein Trost, dich als Prozessvertreter und Binkie als Vormund zu haben. Ich meine, dann würde doch alles so weitergehen wie bisher auch, bloß dass ich dann keine Rechtsgeschäfte mehr tätigen könnte. Oder? Eigentlich hört sich das gar nicht so schlimm an!«

Sam schüttelte den Kopf und senkte den Blick. »So einfach ist die Sache leider nicht, Julia. Aber mach dir deswegen keine Gedanken, Binkie und ich machen das schon! Wir werden nicht zulassen, dass sie mit falschen Anschuldigungen oder einem manipulierten Verfahren ihr Ziel erreichen. Lass dich nicht unterkriegen! Zeig ihnen die Zähne! Ich weiß, dass du das kannst. Mir zeigst du sie ja auch!«

Ich brachte trotz des rosaroten Umschlags, der mir unter dem Kleid ein Loch in die Haut brannte, ein schwaches Lächeln zustande.

Kapitel 27

Ich betrat mein Haus durch die Hintertür in der Küche, und als ich von Lillian erfuhr, dass Pastor Ledbetter und Dr. Fowler im Wohnzimmer auf mich warteten, hätte ich am liebsten auf dem Absatz kehrtgemacht. Ich stützte mich auf der Arbeitsfläche ab und flehte im Stillen eine Ohnmacht herbei, damit ich den beiden nicht gegenübertreten müsste. Es funktionierte leider nicht.

»Ich hab ihnen gesagt, dass ich nicht weiß, wann Sie zurückkommen, aber sie haben gemeint, sie wollten trotzdem warten.« Lillian stellte Gläser mit Limonade auf ein Tablett. »Gehen Sie lieber rein. Miss Puckett ist oben in ihrem Zimmer, sie versucht, ob sie sich allein anziehen kann.«

»Und der Junge?«, brachte ich mühsam hervor.

»Oben bei seiner Mama. Ich hab ihnen eingeschärft, dass sie oben bleiben und mucksmäuschenstill sein müssen.«

Lillian richtete eine Silberplatte mit Käsestangen, und ich bereitete mich seelisch auf die bevorstehende Tortur vor. Ich versuchte, meine Verlegenheit zu verdrängen, indem ich mich in Wut hineinsteigerte (was mischten sich die beiden so unverschämt in mein Leben ein?). Aber es fiel mir schwer. Der rosarote Umschlag an der Innenseite meines

Dekolleté s schien mir alle Kraft zu rauben. Plötzlich erschien alles so sinnlos.

Doch dann holte ich tief Luft und hielt Lillian die Tür auf. Beide Männer erhoben sich, als ich eintrat. Pastor Ledbetter tarnte seine schändlichen Absichten mit einem strahlenden Lächeln.

Ich nickte den beiden nur zu, weil ich keinen Händedruck riskieren wollte, und setzte mich dann auf einen der viktorianischen Stühle am Kamin. Lillian stellte das Tablett auf dem niedrigen Tisch vor dem Sofa ab, auf dem die beiden Platz genommen hatten. Sie bot ihnen von den Käsestangen an und ließ uns dann, nach einem letzten aufmunternden Blick in meine Richtung, allein.

Entgegen meiner Art, Konversation mit meinen Gästen zu machen, schwieg ich eisern. Ich hatte die beiden nicht gebeten herzukommen, warum also sollte ich es ihnen leicht machen, wo es für mich selbst eine Qual war? Ich sah, wie sie über ihre Limonadengläser hinweg Blicke tauschten. Dann schauten sie mich an, und eine heiße Welle von Scham flutete durch mich hindurch. Ich konnte Dr. Fowler nicht in die Augen blicken, ich konnte mir nicht einmal ein Glas Limonade vom Tablett nehmen. Ich saß da, die Hände im Schoß, den Kopf hoch erhoben, und wartete.

Zu guter Letzt räusperte sich Pastor Ledbetter. »Äh, Miss Julia«, begann er, stellte sein Glas ab und betupfte sich den Mund mit einer Serviette. »Haben Sie über unser Gespräch in der Kirche nachgedacht? Wir können die Angelegenheit nicht endlos aufschieben.« Er warf Dr. Fowler einen schnellen Seitenblick zu – wahrscheinlich, um sich zu vergewissern, dass er seine Sache richtig machte.

»Über unser Gespräch im *Hochzeitssalon* habe ich nachgedacht, Pastor, und ich bin zu dem Schluss gekommen, dass Sie sich irren. Ich bin außerdem zu dem Schluss gekommen, dass Sie gemeinsam mit Dr. Fowler ein Komplott gegen mich geschmiedet haben, um mich in eine kompromittierende Situation zu bringen. Es würde mich interessieren, wie Sie das dem Gericht erklären würden – vor allem, wenn ich aussage, was ich in Dr. Fowlers Hosentasche« – das letzte Wort betonte ich mit Nachdruck – »gespürt habe. Sie verstehen, was ich meine.«

»Einen Augenblick!«, protestierte Dr. Fowler und hob sein Hinterteil von meinem Sofa.

Pastor Ledbetter brachte ihn mit einer Handbewegung zum Schweigen. »Lassen Sie mich das machen, Fred. Dr. Fowler hat mir bereits alles erklärt, Miss Julia! Was Sie gespürt haben – wenn Sie überhaupt etwas gespürt haben –, war ein durch einen unerwünschten Reiz ausgelöster Reflex. Jeder Mann würde in Anbetracht der Umstände Verständnis dafür haben. Ich rate Ihnen daher dringend ab, dieses Detail in irgendeiner Weise zu verwenden. Das wäre nur ein weiterer Beweis für Ihre kindliche Unerfahrenheit. Und jetzt«, fuhr er fort, während er nach vorn rutschte und sich vorbeugte, »kommen wir zur Sache. Niemand möchte rechtliche Schritte gegen Sie unternehmen, Miss Julia, aber so kann es nicht weitergehen! Wir würden unsere Entscheidung allerdings nur ungern über Ihren Kopf hinweg treffen. Haben Sie sich überlegt, was Sie machen möchten?«

»Ich hatte noch keine Zeit dazu«, erwiderte ich knapp.

»Sie sollten sich die Zeit nehmen, Miss Julia.« Er ließ die ineinander verschränkten Hände zwischen den Knien baumeln und sah mich mit ernster Miene an. »Ich will ehrlich zu Ihnen sein. Dass Sie dieses Kind, diesen angeblichen Sohn von Mr. Springer, bei sich aufgenommen haben, hätte uns bereits eine Warnung sein sollen. Das war das erste Anzeichen für eine beginnende geistige Verwirrung. Jetzt sehen wir ja, wohin das geführt hat!« Er breitete die Hände aus.

»Ich habe nicht die leiseste Ahnung, wovon Sie sprechen, Pastor.«

»Nun, es ist doch so«, begann er und legte die Hände auf die Knie. Nach einem weiteren flüchtigen Blick auf Dr. Fowler, der sich zurückgelehnt und seinen sonderbaren Blick unverwandt auf mich gerichtet hatte, fuhr er fort: »Wir, das heißt, die Glaubensgemeinde, sind Ihre Familie, die einzigen Angehörigen, die Sie in dieser Stadt haben. In einer Familie ist man füreinander da. Ich bin nicht als Ihr Pastor, sondern als Mitglied dieser Familie zu Ihnen gekommen, Miss Julia, um Ihnen zu sagen, dass wir uns große Sorgen um Sie machen. Ich spreche nicht nur von diesem bedenklichen Vorfall, dessen Zeuge ich geworden bin. Ihr höchst merkwürdiges Benehmen ist inzwischen auch anderen Leuten aufgefallen, wie mir zu Ohren kam. Offensichtlich muss ich mir vorwerfen, die Angelegenheit auf die leichte Schulter genommen zu haben. Ich weiß natürlich –«

Er hob gebieterisch die Hand, um mich zum Schweigen zu bringen, als ich den Mund aufmachte, aber ich ignorierte ihn.

»Was genau ist Ihnen denn zu Ohren gekommen?«, fragte ich scharf.

»Aber Miss Julia!« Lächelnd schüttelte er den Kopf. »Wir brauchen doch nicht ins Detail zu gehen. Halten wir einfach fest, dass mehrere Leute, denen etwas an Ihnen liegt und die Ihnen helfen möchten, Dinge bemerkt haben, die zu ernster Besorgnis Anlass geben.«

»Wer?«, fragte ich nur.

»Aber, aber, wer wird sich denn gleich aufregen? Lassen Sie uns vernünftig miteinander reden und eine Lösung finden, die für Sie das Beste ist.«

»Wer?«, fragte ich noch einmal.

Der Pastor seufzte. »Sehen Sie, Miss Julia, genau das meine ich! Ihre Gedankengänge sind verworren. Sie sollten an die Zukunft denken, nicht an die Vergangenheit! Die liegt hinter uns. Und weil ich an Ihre Zukunft denke, habe ich eine wundervolle Neuigkeit für Sie: Dr. Fowler hat nämlich eine Seniorenresidenz eröffnet, ein behagliches, christliches Haus, in dem unsere älteren Mitbürger bei bester Betreuung ihren Lebensabend verbringen können. Man kann seine eigenen Möbel und persönlichen Gegenstände mitbringen und ist im Krankheitsfall oder bei Pflegebedürftigkeit durch geschulte Kräfte bestens versorgt. Es ist einfach wundervoll dort, glauben Sie mir! Jeden Morgen findet ein Gottesdienst statt und jeden Abend wird gemeinsam gebetet. Das Pflegepersonal arbeitet in Schichten rund um die Uhr, es gibt einen Diätassistenten und verschiedene Ärzte, ja sogar einen Freizeitmanager! Er organisiert alle möglichen Ausflüge und Veranstaltungen, zum Beispiel Aerobic-Kurse, gemeinsames Singen, Geburtstagspartys. Jeder Tag ist ausgefüllt mit gesunden Aktivitäten, und die Mahlzeiten werden in einem bezaubernden Speisesaal auf weißen Tischdecken und abends bei Kerzenlicht serviert!«

Ich spürte, wie das alte Feuer in mir aufloderte, und ich

vergaß den rosaroten Umschlag, der an mein Dekolleté geheftet war. Ich richtete mich kerzengerade auf – ein Glück, dass ich immer fleißig Kalzium zu mir genommen habe! – und blickte dem Pastor direkt in die Augen.

»Werden Sie mir jetzt endlich sagen, *wer* Ihnen zugetragen hat, ich würde mich seltsam benehmen? Oder ist es vielleicht so, dass Sie Ihr Versprechen gebrochen und diese Gerüchte selbst in die Welt gesetzt haben?«

»Aber, aber, Miss Julia, wer wird denn gleich so gereizt sein?«

»Gereizt?« Meine Stimme war bei der zweiten Silbe eine Oktave höher geklettert. Ich zwang mich zur Ruhe und fuhr dann in gemäßigterem Ton fort: »Ich möchte lediglich wissen, aufgrund welcher Aussagen Sie zu dem Schluss gekommen sind, dass ich in einem Altersheim besser aufgehoben wäre.«

»Nun ja ...« Der Pastor streifte den schweigsamen Dr. Fowler mit einem weiteren Seitenblick und strich sich dann seufzend das Haar aus der Stirn. »Mir wurde zum Beispiel von einer besorgten Mitbürgerin berichtet, Sie wollten Ihr Haus in ein Heim für streunende Hunde verwandeln. Und Sie hätten eine ganze Reihe von Medikamenten sowie Verbandsmaterial und andere ungewöhnliche Dinge gekauft, für die Sie gar keine Verwendung hätten. Sie müssen zugeben, dass das seltsam ist und Ihnen gar nicht ähnlich sieht! Und wenn man Sie auf der Straße anspreche, bekäme man komische oder überhaupt keine Antworten, als ob Sie völlig abwesend wären. Dies sind nur einige Beispiele, Miss Julia. Ich muss Sie doch nicht an jenen anderen Vorfall erinnern? Den ich im Übrigen vertraulich behandelt habe und auch weiter vertraulich behandeln werde – vorausgesetzt, Sie lassen sich helfen. Und dann dieses Kind, das Sie bei sich aufgenommen haben, ohne auch nur seinen Namen oder seine Absichten zu kennen! Sie sind nicht mehr Sie selbst, Miss Julia! Sie müssen vor sich selbst geschützt werden. Ihr Wohlergehen liegt uns allen am Herzen, und wir machen uns große Sorgen um Sie!«

»Oh ja, das kann ich mir denken! Norma Cantrell ist bestimmt schon halb krank vor lauter Sorge um mich!«, bemerkte ich sarkastisch. »Genau wie Buck Tatum und Troy Beckworth. Die beiden sollten ihre Nase lieber in ihre eigenen Angelegenheiten stecken. Denen würde ich nicht von hier nach da trauen – die ziehen doch über jeden her! Und dass Normas Hirn bestenfalls erbsengroß ist, müsste inzwischen sogar Ihnen klar geworden sein!«

Ich war nun in Fahrt gekommen. Ich wirbelte herum und sah Dr. Fowler ins Gesicht. »Und Sie, Doktor? Worum geht es Ihnen bei dieser ganzen Geschichte? Verfolgen Sie noch andere Ziele außer dem, sich an einsame alte Frauen heranzumachen, damit Sie die Zimmer in Ihrem Altersheim voll kriegen?«

»Ich ...«, begann er. Er hatte mit übereinander geschlagenen Beinen dagesessen. Jetzt stellte er die Füße nebeneinander und wandte zum ersten Mal den Blick von mir ab. »Pastor Ledbetter und der Kirchenältestenrat baten mich, Ihren Geisteszustand zu begutachten. Zu Ihrem eigenen Besten, wie ich betonen möchte.«

Ich erschrak. Wenn die Beurteilung meiner geistigen Verfassung tatsächlich von Dr. Fowler abhing, konnte ich mich auch gleich begraben lassen. Ich hatte also die Wahl zwischen Pest und Cholera: Ich konnte freiwillig auf meine Rechte verzichten oder warten, bis ein Richter mich für geschäftsunfähig erklärte. Was natürlich nur zu meinem Besten geschähe!

Während ich noch nach einer Antwort suchte, hörte ich Schritte auf der Veranda und dann die Türglocke.

Kapitel 28

»Nanu, Bruder Vern!« Während ich ihn durch das Fliegengitter anstarrte, überschlugen sich meine Gedanken. Wusste er Bescheid? Ahnte er etwas? Was hatte er vor? Ich war vor Schreck wie gelähmt, nur mein Verstand arbeitete auf Hochtouren. Wie wurde ich ihn wieder los? Und Pastor Ledbetter und Dr. Fowler am besten gleich mit dazu. Ich musste Lillian und Hazel Marie warnen! Aber wie?

Er legte die Hand auf die Fliegengittertür und sagte: »Mrs. Springer! Darf ich reinkommen?«

»Ach so, ja, selbstverständlich«, brachte ich hervor. »Bitte, treten Sie ein.«

Er nickte den beiden Männern zu, die sich bei seinem Eintreten erhoben. Mir fiel auf, wie Pastor Ledbetter den Blick über Bruder Vern und seinen braunen Polyesteranzug, den gelben Schlips und die weißen Schuhe wandern ließ. Unter dem Jackett schien er ein kurzärmeliges Hemd zu tragen – es guckten jedenfalls keine Manschetten unter den Ärmeln hervor. Es musste ihm ziemlich warm geworden sein: Sein gerötetes Gesicht glänzte, das schwarze Haar schimmerte feucht.

Ich machte die Herren miteinander bekannt, und die beiden Prediger taxierten einander mit abschätzenden Blicken. Dr. Fowler ignorierten sie, als wäre er gar nicht anwesend.

Der Pastor durchschaute Bruder Vern vom ersten Moment an – ich konnte es an seiner Haltung ablesen.

»Reverend Puckett hat eine eigene Fernsehsendung, die wöchentlich ausgestrahlt wird. *Schüret das Feuer Gottes*, nicht wahr?« Ich war heilfroh, die Unterhaltung in eine andere Richtung lenken zu können.

»So ist es.« Er nickte. »Ich predige jede Woche einer Gemeinde von vierzig- bis fünfzigtausend Gläubigen – lobet den Herrn!«

Wer bietet mehr?, dachte ich. Irgendwie tat es mir gut, die beiden gegeneinander auszuspielen. Verstehen Sie mich nicht falsch – ich möchte nicht sagen, dass ich es genoss, aber wenigstens ließen sie *mich* in Ruhe.

»Ein Fernsehprediger!« Pastor Ledbetter warf Dr. Fowler einen viel sagenden Blick zu. »Ich wusste gar nicht, dass Sie sich für *diese* Art der Religionsausübung interessieren, Miss Julia!« Er freute sich sichtlich über die zusätzliche Munition, die ich ihm geliefert hatte.

»Ich glaube nicht, dass sich Gottesverehrung auf sonntags elf Uhr beschränkt«, konterte ich.

»Da bin ich ganz Ihrer Meinung«, pflichtete Bruder Vern mir eilfertig bei. »Der Herr ist zurzeit sowieso im Begriff, eine ganze Menge Dinge zu ändern. Haben Sie Ihren Sonntagabendgottesdienst schon auf Freitagabend vorverlegt, Bruder?«

»Wie?« Pastor Ledbetter machte ein verwirrtes Gesicht.

»Oh ja, die Zukunft gehört dem Freitagabend, wussten Sie das nicht?« Die Gelegenheit, einem Geistlichen einer ordentlichen Kirche eine kleine Lektion zu erteilen, ließ sich Bruder Vern nicht nehmen. »Der Herr hat zu einer ganzen Reihe von Predigern, hauptsächlich evangelischen, gesprochen und sie ermahnt, dass der Sonntag der Familie gehören und nicht durch Gottesdienste unterbrochen werden soll. Der Freitagabend ist ein wunderbarer Ersatz – der angemessene Start ins Wochenende! Und außerdem eine gute Möglichkeit, die Leute von Bars und Tanzlokalen fern zu halten.«

Pastor Ledbetter sammelte sich, straffte die Schultern und erwiderte: »Ich nehme doch an, Sie kennen das Gebot, dass man den Sabbat ehren und heiligen soll!«

»Wie ich sehe, haben Sie die Bibel gelesen, Bruder«, entgegnete Bruder Vern und seine Augen funkelten hinterlistig. »Aber denken Sie an unsere jüdischen Freunde – sie ehren den Sabbat an jedem Samstag! Und wir evangelischen Christen preisen den Herrn doch an jedem Tag der Woche, welcher es auch sein mag.«

»Schon, aber –«

Ich fiel dem Pastor ins Wort. »Mr. Puckett, darf ich nach dem Grund Ihres Besuchs fragen? Pastor Ledbetter und Dr. Fowler wollten gerade gehen.«

Der Pastor fand seine Stimme wieder. »Entschuldigen Sie, Miss Julia, aber wir sind noch nicht fertig! Vielleicht kann Mr. Puckett sagen, worum es geht, damit wir unsere Unterhaltung fortsetzen können.«

Pastor Ledbetter wollte mich ungern mit einem Prediger allein lassen, der das Fernsehen benutzte, um Geld aufzutreiben, damit er weiter im Fernsehen auftreten konnte. Er hielt mich wahrscheinlich für eins jener bedauernswerten Geschöpfe, die allen Ernstes glaubten, ein Prediger, der einen teuren Cadillac fuhr, bräuchte ihren Sozialhilfescheck dringender als sie selbst. Dr. Fowler zog einen kleinen Notizblock aus der Jackentasche.

»Dann setzen wir uns doch«, sagte ich. Ich konnte mir zwar nicht vorstellen, dass Bruder Vern mir in meiner gegenwärtigen Situation irgendwie von Nutzen sein könnte, aber er lenkte die andern beiden immerhin für eine Weile von mir ab. Und, wie ich überglücklich feststellte, ich reagierte in keiner Weise auf ihn! »Was kann ich für Sie tun, Mr. Puckett?«

Er setzte sich mir gegenüber auf den zweiten viktorianischen Stuhl und beachtete den Pastor und den Doktor auf dem Sofa nicht weiter. »Sie haben sicherlich gehört, dass mein Großneffe entführt wurde.«

Der Pastor und der Doktor tauschten verblüffte Blicke, und Dr. Fowler machte sich Notizen.

»Ich habe davon gehört. Das heißt«, verbesserte ich mich rasch, »ich habe gehört, dass in Spartanburg ein Kind entführt wurde. Sagen Sie bloß nicht, das war der kleine Schatz! Ach du meine Güte, Mr. Puckett, das ist doch nicht möglich! Sie haben doch gesagt, Sie bringen ihn nach Raleigh! Entführt? Das gibt's doch nicht!« Ich fürchtete schon, ich hätte ein wenig zu dick aufgetragen, aber er schien es nicht zu bemerken.

»Nun ja«, begann er, zog ein großes, weißes Taschentuch hervor und rieb sich damit die Handflächen trocken, »wir waren unterwegs nach Raleigh, als ich den Ruf des Herrn vernahm. Also hielt ich an, um eine Predigt zu halten.«

»Aber Sie haben das Kind am Sonntag hier abgeholt, und der Lieutenant, der mich befragte, sagte, das Kind sei Dienstagnacht entführt worden, zu einer Zeit, als es eigentlich ins Bett gehört hätte! Mir scheint, man hat sich nicht so um den Jungen gekümmert, wie es angebracht gewesen wäre!«

»Er hat genügend Schlaf bekommen, glauben Sie mir«, erwiderte Bruder Vern. »Und ich wollte ihn ja auch gleich nach meiner Fernsehsendung zu seiner Mama nach Raleigh bringen.« Er wischte sich mit dem Taschentuch übers Gesicht.

Pastor Ledbetters Blick huschte zwischen uns hin und her, während er sich im Geist Notizen von diesem weiteren Skandal machte, in den ich verwickelt war. Dr. Fowler schrieb einfach mit.

»Es war vielleicht ein Fehler, dass ich den Jungen nicht gleich nach Raleigh gebracht hab«, fuhr Bruder Vern fort. Jetzt schwang ein bittender Ton in seiner Stimme mit. »Aber ich hab ein reines Gewissen! Ich hab mir nichts vorzuwerfen! Woher hätte ich wissen sollen, dass plötzlich eine Schwarze auftaucht und sich den Jungen schnappt? Ich bin hergekommen, weil ich Sie um Ihre Hilfe bitten möchte, Mrs. Springer. Die Polizei tut, was sie kann, aber ich meine, wenn wir eine Belohnung aussetzen, sind die Chancen, ihn zurückzubekommen, größer.« Er trocknete sich die Stirn und sah mich mit seinen schwarzen Augen an. »Deshalb bin ich hier – um an Ihre christliche Nächstenliebe zu appellieren.«

Pastor Ledbetter fuhr ruckartig hoch und öffnete den Mund, um zu protestieren. Ich ließ es gar nicht so weit kommen.

»Wie viel?«, fragte ich.

»Was immer Sie in Ihrer Güte für angemessen halten. Es sollte natürlich so viel sein, dass es ein Anreiz für die Leute ist, sich zu melden, wenn sie irgendetwas wissen, das uns weiterhelfen könnte. Vielleicht so viel, dass sogar die Entführerin in Versuchung geführt wird, sich zu melden. Ich werde in meiner Sendung darüber berichten und alle werden nach diesem wunderbaren Kind Ausschau halten!«

»Wie viel?«

»Miss Julia!« Jetzt wurde Pastor Ledbetter energisch. »Sie sollten nichts überstürzen! Ich rate Ihnen erst einmal zum Gebet. Wer weiß, wo sich dieses Kind aufhält? Oder wer es in seiner Gewalt hat? Mischen Sie sich da nicht ein, solange Sie nichts Näheres wissen!«

Dr. Fowler hatte glänzende Augen – und mittlerweile die zweite Seite voll geschrieben.

Ich wischte Pastor Ledbetters Einwände mit einer Handbewegung beiseite, ohne ihn eines Blickes zu würdigen.

»Wie viel?«

»Na ja, ich dachte an ... vielleicht ... zehntausend?«, sagte Bruder Vern vorsichtig.

»Zehntausend«, wiederholte ich langsam.

»Fünf würden natürlich auch reichen«, versicherte er hastig.

»Ich hatte eher an fünfundzwanzigtausend gedacht. Für den Anfang.«

Bruder Verns Miene hellte sich auf, und Pastor Ledbetter sackte in sich zusammen.

»Der Herr segne Sie, Mrs. Springer!«, rief Bruder Vern. »Jetzt werde ich den Jungen bestimmt zurückbekommen, gelobt sei der Herr!«

»Tun Sie das nicht, Miss Julia«, warnte der Pastor. »Sie sind nicht Sie selbst – wir wissen das, und Sie wissen es auch. Treffen Sie keine unüberlegten Entscheidungen, warten Sie ab, bis ein Vormund bestellt worden ist! Ich bitte Sie inständig, verschleudern Sie nicht Mr. Springers Vermögen, für das er so hart gearbeitet hat! Sehen Sie, solche Dinge sind es, die Dr. Fowler und ich durch unsere Fürsorge zu verhindern suchen.«

»Ich brauche Ihre Fürsorge nicht, Pastor, und Mr. Springers Vermögen ist so sicher wie an dem Tag, an dem er dies Jammertal verließ.« Ich lächelte erst ihn, dann Dr. Fowler und schließlich Bruder Vern zuckersüß an. »Lassen Sie es mich wissen, wenn Sie noch mehr brauchen, Bruder Vern.«

»Der Herr segne Sie, Mrs. Springer!«, rief er abermals. Er lehnte sich zurück und schaute, ein triumphierendes Lächeln auf den Lippen, zum Pastor hinüber.

In diesem Moment schwang die Küchentür auf, und ich hörte Lillians Absätze über den Boden in Richtung Wohnzimmer schlappen. Mit klopfendem Herzen sprang ich auf.

»Hier kommt frische Limonade«, rief sie fröhlich, ein Tablett mit einem vollen Krug in den Händen.

Bruder Vern schoss hoch wie von der Tarantel gestochen. »Das ist sie!« Er zeigte mit einem bebenden Zeigefinger auf Lillian. »Das ist die Frau! Holt den Sheriff!«, schrie er.

»Heiliger Jesus, hilf mir!«, kreischte Lillian. Sie riss die Arme hoch, und das Tablett mitsamt dem Krug flog durch die Luft. Eine Limonadefontäne spritzte quer durchs Zimmer. Lillian lief schreiend in die Küche zurück.

»Halt! Stehen bleiben!« Bruder Vern nahm die Verfolgung auf. »Bleiben Sie stehen! Sie sind festgenommen!«

»Was in aller Welt ...?« Pastor Ledbetter war aufgestanden und schüttelte seine limonadedurchtränkten Hosenbeine. »Sind denn alle verrückt geworden?«

Dr. Fowler nickte eifrig, befeuchtete einen Finger, drehte eine Seite seines Notizblocks um und kritzelte noch schneller.

Kapitel 29

ICH LIEF AUS dem Zimmer zur Treppe. »Der Mann hat den Verstand verloren!«, schrie Pastor Ledbetter. »Holen Sie die Polizei!«

»Bin ja schon dabei!«, schrie ich zurück und hetzte die Treppe hinauf. Wozu den Sheriff anrufen, wenn man einen Deputy im Haus hat?

Aus der Küche hörte ich Bruder Vern, der lautstark seiner Empörung Luft machte, und Lillian, die um Hilfe und nach mir rief.

Atemlos oben angekommen, hämmerte ich panisch an die Tür. »Deputy Bates! Stehen Sie auf! Schnell! Sie müssen uns helfen!«

»Was ist denn?«, rief er von drinnen.

Ich schlug fester gegen die Tür. »Schnell! Machen Sie auf! Es geht um Leben und Tod!«

Ich hörte drinnen im Zimmer ein Rascheln.

»Miss Julia!«, rief Pastor Ledbetter erbost von unten herauf. »Wenn *Sie* nicht die Polizei rufen, werde *ich* es tun! Das geht einfach zu weit! So etwas kann ich beim besten Willen nicht dulden!«

Ich beugte mich über das Geländer. »Pastor, die Polizei ist bereits unterwegs. Gehen Sie lieber in die Küche und halten Sie diesen Idioten von Lillian fern!« Ein

Topf knallte gegen die Wand und fiel scheppernd zu Boden.

Ich hämmerte mit beiden Fäusten gegen die Tür und schrie: »Deputy Coleman Bates, stehen Sie endlich auf! Wir müssen Lillian retten! Haben Sie mich verstanden? Setzen Sie sich endlich in Bewegung!«

Hinter mir flog eine Tür auf. Little Lloyd, die Augen vor Schreck weit aufgerissen, kam herausgelaufen. Seine Mutter folgte ihm.

»Was ist denn passiert?«, fragte sie besorgt. »Brennt es? Lauf, Junior, schnell, wir müssen alle in Sicherheit bringen!«

»Feuer! Feuer!«, brüllte der Junge. Er hüpfte auf und ab und ruderte wild mit den Armen.

»Nein, nein! Hör auf!« Ich packte ihn und hielt ihn fest, bis er sich beruhigt hatte. »Wir müssen Lillian helfen, aber ich kriege Deputy Bates nicht wach!«

Hazel Marie hatte eins von meinen Kleidern an und sah zum ersten Mal wieder wie ein einigermaßen zivilisierter Mensch aus. Sie schlug mit der flachen Hand gegen die Tür und wir brüllten beide:

»Deputy Bates!«

Endlich öffnete sich die Tür einen Spaltbreit. Ein grimmig funkelndes Auge unter zerzaustem Haar spähte heraus.

»Was ist denn los?« Er schien nicht sehr erfreut über die Störung.

»Lillian! Bruder Vern ist auf sie losgegangen!« Hazel Marie zuckte erschrocken zusammen, als sie den Namen hörte. Ich sah die Panik in ihrem Gesicht und befürchtete schon, sie werde sich umdrehen und weglaufen. »Sie müssen ihn verhaften, bevor er ihr etwas antut!«

Der Deputy zog den Reißverschluss einer dunkelblauen Uniformhose zu, schnappte sich ein weißes Unterhemd und streifte es sich über den Kopf. »Ist er gewalttätig geworden?«

»Ja!« Ich hätte vor Ungeduld fast mit dem Fuß aufgestampft. »Das versuche ich Ihnen doch die ganze Zeit zu erklären. Er hat sie hier, in meinem eigenen Haus, angegriffen!«

»Sie dürfen nicht zulassen, dass er Miss Lillian wehtut, Deputy Bates!«, rief Little Lloyd aufgeregt.

»Hallo, Sportsfreund! Wie kommst du denn hierher?« Verblüfft hielt der Deputy in der Bewegung inne. Sein Blick wanderte von dem Jungen zu Hazel Marie. Ihr Gesicht sah zwar schon bedeutend besser aus, konnte einem aber, wenn man nicht darauf vorbereitet war, immer noch einen tüchtigen Schreck einjagen. Und der Deputy war eindeutig nicht darauf vorbereitet gewesen.

»Hier, sehen Sie sich das an«, sagte ich und deutete auf Hazel Marie. »Da können Sie sehen, wozu der Mann fähig ist! Das war er oder einer seiner Handlanger. Und er steckt auch hinter dem Einbruch hier! Und jetzt will er Little Lloyd seiner Mutter wegnehmen!« Mir fiel ein, dass der Deputy Hazel Marie gar nicht kannte. »Das hier ist seine Mutter.«

»Ma'am.« Er nickte ihr zu, machte aber ein Gesicht, als könnte er mir nicht ganz folgen.

Ein gellender Schrei von Lillian und erregte Männerstimmen ließen uns alle zusammenfahren.

»Er wird Miss Lillian umbringen!«, kreischte der Junge. Er trat von einem Fuß auf den andern und fuchtelte wild mit den Armen. »Wir müssen ihr helfen!«

»Verdammt, den Eindruck hab ich auch!« Der Deputy drehte sich um, lief zum Schrank und griff sich das schwarze Halfter mit seiner Dienstwaffe. »Ihr bleibt hier oben, verstanden?«

Er hatte die Tür weit aufgerissen, als er barfuß an uns vorbeistürmte, die Waffe herauszog und das Halfter einfach fallen ließ. Ich dachte gar nicht daran, oben zu bleiben, aber dann fiel mein Blick in sein Zimmer, und ich erstarrte.

»Binkie?« Ich traute meinen Augen nicht. Einen Moment lang konnte ich mir gar nicht erklären, was sie hier machte. Dann dämmerte es mir. »Oh!«

»Hi, Miss Julia!« Mit rotem Kopf knöpfte sie sich hastig die Bluse zu. »Schön, Sie wiederzusehen!«

Sie schlüpfte in ihre Schuhe und fuhr sich mit den Fingern durchs Haar, dabei hätte sie eigentlich Kamm und Bürste gebraucht!

Hazel Marie und der Junge standen neben mir und wussten nicht so recht, was tun. Ich besann mich auf meine Umgangsformen und stellte sie einander vor.

»Freut mich«, sagte Hazel Marie mit einem kleinen, wissenden Lächeln.

Das Tohuwabohu unten hörte schlagartig auf, und in die plötzliche Stille hinein sagte Deputy Bates energisch: »Wir werden die Sache jetzt in Ruhe klären, verstanden?«

Erstaunlich, was ein Mann in Uniform – und sei es nur in Uniformhose! – bewirkt! Zumal wenn er eine Waffe in der Hand hält.

Ich wandte mich Binkie zu. »Gut, dass Sie da sind. Ich fürchte, einige von uns werden einen Anwalt brauchen können. Kommt, gehen wir hinunter.«

Noch vor nicht allzu langer Zeit wäre ich über das, was

sich in Bates' Zimmer unter meinem Dach abgespielt hatte, entrüstet gewesen. Aber ich hatte zu viele andere Sorgen, als dass ich mir den Kopf über Binkies und Deputy Bates' Freizeitaktivitäten hätte zerbrechen wollen. Wesley Lloyd hätte das sicherlich anders gesehen und sich fürchterlich empört – wie alle Heuchler.

Mich durchzuckte ein Gedanke. Sollte Binkie eine ähnliche Veranlagung haben wie die, die Pastor Ledbetter mir unterstellte? Wenn ja, schien es Deputy Bates nicht sonderlich zu stören.

Kapitel 30

ALS WIR VIER hinunterkamen, saßen Pastor Ledbetter, Dr. Fowler, Bruder Vern und Lillian im Wohnzimmer. Deputy Bates stand vor dem Kamin, die auf den Boden gerichtete Waffe in der Hand, und hatte die Situation offenbar trotz seines wenig Respekt einflößenden Aufzugs voll und ganz unter Kontrolle.

»Oh Miss Julia!« Lillian ließ die Schürze sinken, in die sie das Gesicht vergraben hatte. »Sie dürfen nicht zulassen, dass ich ins Gefängnis komme! Sie wissen doch, dass ich unseren kleinen Schatz nicht entführt habe!«

Little Lloyd rannte zu ihr hin und legte die Arme um sie. Hazel Marie eilte ebenfalls zu ihr und tätschelte ihr die Schulter. »Du wirst nicht ins Gefängnis kommen, Lillian«, beruhigte ich sie. »Tun Sie doch was, Binkie!«

»Wie lautet die Anklage, Deputy?«, fragte sie, ganz Anwältin, obwohl ihre Bluse verkehrt zugeknöpft war.

»Noch liegt nichts gegen irgendjemanden vor«, erwiderte er mit einem flüchtigen Lächeln, das ihr allein galt. »Ich versuche gerade herauszufinden, wer was getan hat.«

»Das kann ich Ihnen erklären«, sagte ich. Aber schon redeten alle wild durcheinander.

»Diese Frau«, donnerte Bruder Vern und zeigte auf Lillian, »hat dieses Kind entführt!« Sein Zeigefinger schwenkte auf Little Lloyd. »Und die dort« – jetzt hatte er Hazel Marie im Visier – »ist ein unmoralisches Weibsbild, das nicht zur Mutter taugt!«

»Miss Julia!« Pastor Ledbetter schickte sich an aufzustehen, um seinen Worten mehr Nachdruck zu verleihen, aber Deputy Bates hob nur die Hand, und der Pastor setzte sich ganz schnell wieder. »Miss Julia, ich muss aufs Schärfste protestieren! Was geht hier eigentlich vor? Wer ist diese Frau? Wer ist dieser Mann? Und warum werden Dr. Fowler und ich gegen unseren Willen hier festgehalten?« Er schaute von Hazel Marie zu Bruder Vern und hob dann seinen Blick zur Decke. Dr. Fowler, dessen Notizblock mittlerweile voll gekritzelt war, durchsuchte seine Taschen verzweifelt nach Zetteln, damit er weiterschreiben konnte.

»Sie werden nicht gegen Ihren –«, begann Deputy Bates, doch da schnellte Bruder Vern von seinem Stuhl hoch und rief:

»Ich verlange, dass Sie diese Frau wegen Kindesentführung verhaften! Und wenn Sie's nicht tun, werde *ich* sie festnehmen – ich kenne die Gesetze!«

»Das würde ich Ihnen nicht raten, Freundchen!«, sagte Binkie drohend.

»Nun mal langsam! Immer mit der Ruhe, Leute«, versuchte der Deputy die erhitzten Gemüter zu beschwichtigen.

»Wie soll ich ruhig bleiben, wenn die mich ins Gefängnis stecken wollen!«, schluchzte Lillian.

»Das dürfen die nicht, Miss Lillian«, sagte Little Lloyd schniefend. »Das werd ich nicht zulassen!«

»Halt du dich da raus, mein Junge«, befahl Bruder Vern

und warf ihm einen eisigen Blick zu. »Sonst landest du schneller im Heim oder in der Erziehungsanstalt, als dir lieb ist! Du hast mir schon genug Scherereien gemacht.«

»Halt gefälligst dein großes Maul, Vernon Puckett!«, fuhr Hazel Marie ihn an. Sie zog den Jungen an sich und rückte dichter an Lillian heran. »*Du* hast *uns* schon genug Scherereien gemacht! Du hast mich von deinen Schlägern halb totprügeln lassen, und du hast mir meinen Jungen weggenommen! Ich werde dich anzeigen und einsperren lassen!«

»Ruhe, bitte! Ruhe!« Das war Pastor Ledbetter, der es nicht gewohnt war, sich Gehör verschaffen zu müssen. »So kommen wir doch nicht weiter. Ich weiß nicht, worum es hier eigentlich geht, aber es liegt doch wohl auf der Hand, dass der eine oder andere nicht bei klarem Verstand ist.« Er schaute mich dabei an. »Außerdem frage ich mich, was hier vorgefallen ist – was machen zwei junge Frauen und ein Hüter des Gesetzes im oberen Stockwerk Ihres Hauses, Miss Julia? Man kommt sich ja vor wie in einem Bordell! Aber das passt zu den anderen Dingen, die ich über Sie weiß. Dem muss Einhalt geboten werden!«

Das war eine unmissverständliche Drohung, und mir wurde ganz mulmig bei dem Gedanken, er könnte mein Geheimnis ausplaudern und mich vor allen hier blamieren.

»Sie haben das in den falschen Hals bekommen, Pastor. Es ist nicht so, wie es aussieht.« Ich verschränkte die Arme über der Brust und hörte den rosaroten Umschlag auf der Innenseite meines Kleids leise knistern. Fast hätte ich ihn vergessen!

»Hallo! Jemand zu Hause?« Sam steckte den Kopf zur Haustür herein. Er warf einen kurzen Blick ins Zimmer.

»Oh, du bist beschäftigt, Julia! Dann komm ich später wieder.«

»Nein, nein, Sam, du kommst wie gerufen! Ich werde dich brauchen können.« Wenn ich schon der Verantwortung für mich selbst enthoben werden sollte, wäre es mir eine Beruhigung, Sam in meiner Nähe zu wissen.

»Das ist ja ganz was Neues«, erwiderte er mit einem verschmitzten Lächeln, während er den Blick gleichzeitig über die seltsame Versammlung wandern ließ. Er kannte weder Hazel Marie noch Bruder Vern oder Dr. Fowler, aber ich sah ihm an, dass er jede Person richtig in die Situation einordnete. Hätte ich mich nicht so vor den möglichen Folgen gefürchtet, wäre ich am liebsten an seine Seite geeilt!

Er zog die Augenbrauen hoch, als er die Waffe in der Hand des Deputys bemerkte. »Hat es Ärger gegeben?«

»Im Grunde viel Lärm um nichts«, antwortete Deputy Bates. Er legte die Waffe auf den Kaminsims, blieb aber daneben stehen. »Okay, Leute. Fangen wir noch mal von vorn an, aber bitte nicht alle auf einmal. Sie zuerst, Miss Lillian. Haben Sie diesen Jungen entführt?«

»Nein, Sir, das habe ich nicht.« Sie richtete sich kerzengerade auf und strich ihre Schürze glatt. Sie hatte Vertrauen zu Deputy Bates – er würde sie ausreden lassen und keine voreiligen Schlüsse ziehen. »Dieser Bruder Vern hat Miss Julia was vorgeschwindelt, damit er den Kleinen von hier wegholen konnte. Er würde ihn zu seiner Mama bringen, hat er gesagt, aber stattdessen hat er ihn mitgenommen und ins Fernsehen gesteckt, und dann haben wir erfahren, dass das arme kleine Ding hier« – sie blickte zu Hazel Marie auf und betupfte sich die Augen – »von diesem Jerome ganz furchtbar verprügelt worden war. Sogar ein paar Zähne hat er ihr ausgeschlagen. So was darf man doch nicht frei rumlaufen lassen! Dieser Mensch ist eine Gefahr für jeden anständigen Bürger!«

»Eine Gefahr?« Bruder Vern fuhr ein zweites Mal von seinem Stuhl hoch. Der Deputy tippte ihm auf die Schulter, und Bruder Vern setzte sich wieder. »Ich sage euch, wer eine Gefahr ist! Dieses wild gewordene Weibervolk, das den Willen des Herrn missachtet! So viele Jahre hat Hazel Marie in Sünde gelebt, ich versuche nichts weiter, als mich um das Kind zu kümmern, das dieser sündigen Beziehung entsprang. Sein Daddy hätte sich gewünscht, dass eine verantwortungsvolle Person diese Aufgabe übernimmt, und diese Frau weiß doch gar nicht, was Verantwortung heißt!« Bruder Vern war zutiefst beunruhigt. Die Worte sprudelten nur so aus ihm hervor, während ihm der Schweiß von der Stirn rann.

»Und dann kommt diese Frau«, fuhr er fort und zeigte anklagend auf Lillian, »dringt einfach in mein Fernsehstudio ein, während ich *auf Sendung* war, und bringt dieses Kind hierher zurück, an diesen Ort der Sünde und der Lasterhaftigkeit!«

»Sie ahnen ja nicht, wie Recht Sie haben, Bruder!«, pflichtete Pastor Ledbetter ihm bei und warf mir einen bedeutungsvollen Blick zu.

Ich bekam weiche Knie und klammerte mich an einer Stuhllehne fest. Lieber Gott, mach, dass er den Mund hält, flehte ich im Stillen.

»Moment mal«, sagte Binkie. »Wenn ich das richtig sehe, haben wir hier das Kind und hier seine Mutter. Wo, bitte schön, haben wir hier eine Entführung?«

»Aber sie hat mir den Jungen doch weggenommen«, protestierte Bruder Vern.

»Aber Sie haben *mir* den Jungen weggenommen«, wandte ich ein.

»Aber er ist mein Kind«, sagte Hazel Marie. »Und ich habe ihn in Mrs. Springers – nicht seiner – Obhut zurückgelassen. Er hat kein Anrecht auf meinen Sohn! Er braucht sich gar nicht so aufzuspielen.«

»Die Anklage wegen Kindesentführung wäre damit schon mal vom Tisch«, stellte Binkie mit Nachdruck fest. »Oder sehen Sie das anders, Sam?«

»Keineswegs. Der Junge ist da, wo er hingehört.«

»So? Na ja dann ... Aber ... aber was ist mit der Belohnung?«, stammelte Bruder Vern. »Sie haben angeboten, eine Belohnung auszusetzen, Mrs. Springer, und ich finde, ich habe Anspruch darauf. Wenn ich nicht gewesen wäre, wär der Junge vielleicht nicht so schnell wieder aufgetaucht!«

»Da haben Sie gar nicht so Unrecht«, sagte Pastor Ledbetter zu unser aller Erstaunen. Sogar Bruder Vern war perplex über diese unerwartete Hilfestellung. »Entgegen meinem Rat hat Miss Julia voreilig eine Zusicherung gemacht, und ich denke, sie sollte ihr Versprechen jetzt auch einhalten. Sie hat in letzter Zeit öfter überstürzt gehandelt, also soll sie auch die Konsequenzen tragen. Falls sie überhaupt in der Lage ist, sie zu verstehen.«

»Einen Augenblick«, warf Sam ein. »Bevor Sie sich zu weit aus dem Fenster lehnen – von was für einer Belohnung reden Sie eigentlich?«

»Ja, das würde ich auch gern wissen«, meinte Binkie.

Der Pastor brachte Bruder Vern mit einem Ich-übernehme-das-Blick zum Schweigen. »Miss Julia hat sich bereit erklärt, eine Belohnung in Höhe von fünfundzwanzigtausend Dollar für Hinweise auf das entführte Kind auszusetzen. Ich war Zeuge, Dr. Fowler ebenfalls – so wie wir bereits Zeugen eines ähnlich unglaublichen Vorfalls waren, nicht wahr, Miss Julia? Meiner Meinung nach müssen Sie Ihre Zusage einhalten.«

»Aber –«

»Es hat nie eine Entführung gegeben«, fiel Binkie mir ins Wort. »Keine Entführung, keine Belohnung.«

»Wir haben die ganze Zeit etwas übersehen«, sagte Dr. Fowler und bewies damit, dass er nicht nur schreiben, sondern auch sprechen konnte. Ich wappnete mich für seinen Beitrag. »Als Außenstehender bin ich natürlich nicht mit allen Einzelheiten des Vorgangs vertraut, aber mir scheint, es wäre wichtig, die Antwort auf *eine* entscheidende Frage zu wissen.«

»Und die wäre?« Binkie blinzelte verwirrt.

»Nun, wenn ich richtig verstanden habe, wurde das Kind in eine andere Stadt gebracht. Aufgetaucht ist es aber hier, in diesem Haus. Die Frage ist doch: Wie ist es hierher gekommen? Hat diese Frau« – er zeigte auf Lillian – »es zu Fuß hierher gebracht? Oder im Auto? Hat ihr jemand dabei geholfen?«

Hazel Marie und Little Lloyd sahen mich betreten an. Allmächtiger, worauf wollte Dr. Fowler hinaus?

»Miss Julia!«, wimmerte Lillian.

»Sehr richtig!«, rief Bruder Vern. »Jemand hat das Auto gefahren! Alle haben ausgesagt, dass jemand anders das Auto gefahren hat!« Er drehte sich mir zu und kniff die Augen zusammen. »Waren Sie dieser Jemand, Mrs. Springer? Waren Sie Komplizin bei einer Kindesentführung?«

»Antworten Sie nicht darauf«, sagte Binkie schnell.

»Da es keine Entführung gab, spielt es auch keine Rolle, wer was gefahren hat«, warf Sam ein.

»Aber es gab eine Verabredung zur Durchführung einer Kindesentführung«, sagte Pastor Ledbetter. »Doch das ist längst nicht alles: zielloses Herumfahren, Pläne, dieses schöne Haus in ein Tierasyl zu verwandeln, merkwürdige Antworten auf ganz normale Fragen, Belügen der Polizei, der Versuch, Betäubungsmittel zu kaufen, die Aufnahme von Fremden, als wären es Mitglieder der eigenen Familie, das Versprechen, einem praktisch Wildfremden fünfundzwanzigtausend Dollar zu geben, eine Entgleisung, die Abscheu bei Ihnen allen hervorriefe, wenn ich Ihnen davon erzählte. Es summiert sich, wie Sie sehen. Diese Hinweise auf Veränderungen in Miss Julias Persönlichkeit dürfen nicht ignoriert werden! Sie braucht Hilfe – notfalls muss sie per Gerichtsbeschluss dazu gezwungen werden, sich helfen zu lassen. Mir und ihrer Kirchenfamilie liegt jedenfalls so viel an ihrem Wohlergehen, dass wir nicht tatenlos zusehen werden, wie sie sich selbst Schaden zufügt. *Wir* werden uns um sie kümmern, da es klar auf der Hand liegt, dass sie selbst nicht dazu imstande ist.«

»Vollkommen klar«, bekräftigte Dr. Fowler. »Das kann ich bezeugen!«

Kapitel 31

ICH BLICKTE IN banger Erwartung von Sam zu Binkie. Warum sagte denn keiner was? Warum sagte keiner, die Vorwürfe seien absolut lächerlich? Sam legte gedankenverloren die Stirn in Falten, Binkie knabberte an ihrem Daumennagel.

»Was ist? Können die das wirklich machen?«, fragte ich.

»Sie müssten es beweisen«, antwortete Sam zögernd. Er schien sich zu fragen, was das war, das ich getan hatte und er nicht wusste.

»Was ihnen schwer fallen dürfte«, ergänzte Binkie.

»Nun, das kommt darauf an, *was* bewiesen werden soll«, sagte Dr. Fowler. »Eine Straftat wäre sicherlich schwer zu beweisen, eine verminderte Geschäftsfähigkeit hingegen nicht, wenn man Bruder Verns Aussage und die so vieler anderer, meine und die des Pastors mit eingeschlossen, berücksichtigt.«

Binkie wirbelte herum. »Sagen Sie mal, wer sind Sie eigentlich?«

Er warf sich in die Brust. »Dr. Fred Fowler, Arzt für klinische Psychologie. Der Ältestenrat der First Presbyterian Church hat mich mit der Prüfung der Sachlage beauftragt.«

»Ich fass es nicht!« Binkie griff sich an den Kopf.

Sam verdrehte die Augen. Hazel Marie legte den Arm fester um Lillians Schultern, und Pastor Ledbetter lehnte sich zurück, faltete die Hände über dem Bauch und machte ein selbstzufriedenes Gesicht. Bruder Vern belauerte uns in der Hoffnung auf weitere unverhoffte Glücksfälle.

»Mrs. Springer, wir möchten Sie nicht beunruhigen«, fuhr Dr. Fowler mit sanfter Stimme fort, als ob er es mit einer Schwachsinnigen zu tun hätte. »Niemand wird Ihnen etwas tun, das verspreche ich Ihnen. Und niemand wird irgendwelche peinlichen Vorfälle erwähnen, solange Sie sich von uns helfen lassen. Alles wird wieder gut, Sie werden sehen! Wir wollen doch nur Ihr Bestes. Ich schlage vor, Sie unterziehen sich in meiner Klinik freiwillig einigen Tests. Sie könnten die Zeit wunderbar zum Ausspannen nutzen!«

»Sam?« Angst packte mich, als ich begriff, dass sie mich tatsächlich in eine Anstalt einweisen könnten, wo ich in Gesellschaft von Geisteskranken den Rest meines Lebens vor dem Fernseher vor mich hin dämmern würde.

»Wir werden gut für Sie sorgen, Miss Julia«, versicherte Pastor Ledbetter scheinheilig. »Mr. Springer hätte es so gewollt.«

Lillian, die Augen vor Entsetzen weit aufgerissen, fragte: »Wovon reden die denn?«

»Binkie?« Ich warf ihr einen flehenden Blick zu.

»Ich überlege ja, ich überlege ja!« Sie wanderte im Zimmer auf und ab. »Das Problem ist – das *große* Problem ist ... Wissen Sie, worauf ich hinauswill, Sam?«

»Allerdings. Der Urkundsbeamte.«

»Der Urkundsbeamte?« Mich hätte fast der Schlag getroffen! »Du meinst *Leonard?* Leonard *Conover?*«

»Denselben.« Sam nickte. »Die Sache fällt in seine Zuständigkeit. Bei ihm liegt die endgültige Entscheidung über die Annahme oder Ablehnung des Antrags. Und er ist derjenige, der einen Vormund bestellen würde.« Als er sah, wie ich in mich zusammensackte, fügte er beruhigend hinzu: »Nun verlier nicht gleich den Mut, Julia, wir haben noch ein paar Trümpfe im Ärmel.«

»Da wäre ich mir nicht so sicher«, sagte Pastor Ledbetter. »Wenn Sie wüssten, was *ich* über Miss Julia weiß ...«

Er beendete den Satz nicht, aber ein Blick auf seine selbstgefällige Miene und in die glitzernden, sonderbaren Augen Dr. Fowlers sagte mir, dass sie nicht davor zurückschrecken würden, mein Leben zu zerstören. Ich sah im Geist Freunde und Nachbarn vor Gericht bezeugen, wie sehr ich mich verändert hätte. Ich sah Dr. Fowler, wie er den Vorfall im Hochzeitssalon schilderte, und ich sah Leonard Conover, für den Pastor Ledbetters Wort das Evangelium war, über mein Schicksal entscheiden. Ein Zittern überlief mich. Männer, fromme Männer, hatten mein Leben lang über mich bestimmt, mir gesagt, mach dir keine Sorgen, tu, was ich dir sage, ich weiß, was das Beste für dich ist, was du willst, ist unwichtig. Und ich hatte mich gefügt, weil ich glaubte, sie hätten Recht, sie wüssten mehr als ich und es stünde mir nicht zu, eine eigene Meinung zu haben. Ich hatte mich lächelnd untergeordnet, während der Groll allmählich wuchs, bis er mich schier umbrachte. Erst nach Wesley Lloyds Tod hatte ich angefangen, mich wie ein richtiger Mensch zu fühlen. Insofern hatte Pastor Ledbetter Recht: Ich hatte mich tatsächlich verändert. Ich war nicht mehr die, die ich immer gewesen war. Heute machte ich aus meinem Herzen keine Mördergrube mehr. Heute tat ich, wozu ich Lust hatte, und nicht, was man mir sagte. Heute folgte ich meinen Neigungen und nicht den Anweisungen anderer. Ich hatte entdeckt, dass ich weder ein Kind noch ein Schwachkopf war. Folglich wollte ich auch nicht so behandelt werden. Ich war eine erwachsene Frau.

Kein Wunder, dass plötzlich alle dachten, ich hätte den Verstand verloren!

Mir war aber auch klar, dass sich kein Mensch für meine geistige und seelische Gesundheit interessieren würde, wenn ich nicht Wesley Lloyds Vermögen geerbt hätte. Ich könnte mich jedem Mann in der Stadt an den Hals werfen, und kein Hahn würde danach krähen! Wäre ich ein armer Schlucker wie Hazel Marie, würden sie mir an Weihnachten vielleicht einen Schmortopf und eine Packung Puderzucker vorbeibringen, aber sie würden ganz bestimmt nicht versuchen, mich in ein Pflegeheim einweisen zu lassen, das zweihundert Dollar am Tag kostete. Mein Geld hatte mir eine ungeahnte Freiheit beschert – jetzt drohte es mir zum Verhängnis zu werden.

Mit zitternden Händen griff ich mir ans Dekolleté und begann mein Kleid aufzuknöpfen.

Bruder Vern schnappte zischend nach Luft, Dr. Fowler und der Pastor sprangen auf und wichen langsam zurück. Pastor Ledbetter, der sich offensichtlich als mein nächstes Opfer wähnte, war kalkweiß im Gesicht geworden und stierte mich mit offenem Mund an.

»Nicht!«, keuchte er. »Tun Sie doch etwas, Fred!«

Aber Fred zog den Kopf ein und drückte sich an der Wand entlang zur Tür. Er hatte noch genug vom ersten Mal.

Sam und Binkie starrten mich genauso entgeistert an wie Lillian und Deputy Bates.

Hazel Marie dagegen handelte. Sie trat dicht vor mich hin und legte ihre Hände auf meine.

»Nicht, Liebes«, flüsterte sie kaum hörbar. »Tun Sie's nicht. Lassen Sie mich das machen. Gehen Sie nach oben!«

Mir schossen die Tränen in die Augen, und ihr armes, zerschundenes Gesicht verschwamm. Noch nie hatte jemand, der es auch wirklich so meinte, wie er sagte, mich mit einem Kosenamen angeredet.

»Das ist schon in Ordnung«, wisperte ich. »Wirklich.«

Wir sahen uns einen Moment lang an, dann nickte sie und nahm ihre Hände weg, blieb aber vor mir stehen, bis ich mein Kleid so weit aufgeknöpft hatte, dass ich hineingreifen und den rosaroten Umschlag herausziehen konnte. Hazel Marie knöpfte mir das Oberteil wieder zu und stellte sich dann neben mich.

»Hier, Sam.« Ich hielt ihm den Umschlag hin. »Der ist für dich. Dadurch dürfte sich einiges ändern.«

Kapitel 32

Sam nahm mir den Umschlag aus der Hand. Er faltete den Briefbogen auseinander, las, was darauf stand, und schaute mich an. Ich konnte den Ausdruck in seinen Augen nicht recht deuten. War es Bewunderung oder Mitleid? Alle blickten Sam an, der die Zeilen ein zweites Mal überflog, den Kopf schüttelte und nachdenklich die Lippen spitzte. Hazel Marie legte den Arm um meine Taille, und ich war ihr dankbar dafür, weil ich ziemlich wacklig auf den Beinen war. Jeder im Raum hatte mittlerweile begriffen, dass es mit dem dünnen, rosaroten Stück Papier etwas Besonderes auf sich haben musste. Aber *wie* besonders es war, wussten nur Sam und ich.

»Was ist das?«, fragte Binkie schließlich.

»Ein holografisches Testament«, sagte Sam.

»Ein holo – was?« Hazel Marie machte ein verwirrtes Gesicht.

»Ein eigenhändig geschriebenes Testament.« Sam reichte es Binkie. »Laut Datum hat Wesley Lloyd Springer es am Tag seines Todes verfasst. Das ändert tatsächlich einiges.«

»Was steht denn drin?«, fragte Lillian neugierig. »Und wann hat er es überhaupt geschrieben – bevor er starb oder danach?«

Binkie unterdrückte ein Schmunzeln. »Ich schätze, davor, Lillian.«

»Lesen Sie es vor, Binkie«, sagte ich. »Damit alle Bescheid wissen.«

Sie gab es Sam zurück. »Das ist Ihre Aufgabe, Sam.« Sie ging zu Deputy Bates hinüber.

»Diese Zeilen«, begann Sam, »besagen, dass Mr. Springer seinen gesamten Besitz seinem Sohn, dem hier anwesenden Little Lloyd, vermacht hat.«

Es war totenstill im Raum geworden. Alle starrten den Jungen an. Nur ich hatte genug mit mir selbst zu tun: Ich versuchte verzweifelt das Zittern zu unterdrücken, das mich befallen hatte, während ich auf die mitleidigen Blicke und Worte wartete, die unweigerlich kommen würden.

»Was?« Pastor Ledbetter fasste sich als Erster wieder. »Das ... das kann doch nicht sein! Das kann er doch nicht machen! Ist dieser Wisch überhaupt rechtsgültig?«

»Ohne jeden Zweifel«, sagte Sam. »Das ist Wesley Lloyds Unterschrift, das kann ich bezeugen.«

»Ich glaub das einfach nicht! Miss Julia, ich ... Sie ... wir müssen etwas dagegen unternehmen! Es anfechten, für ungültig erklären lassen, was weiß ich!«

»Vergessen Sie's, Pastor«, sagte Binkie, die unter Deputy Bates' Arm – er hatte ihn auf den Kaminsims gelegt – stand. »Das Testament ist hieb- und stichfest – was vermutlich niemand mehr als Miss Julia bedauern dürfte.«

Pastor Ledbetter schaute sich Hilfe suchend nach Dr. Fowler um, doch der war genauso ratlos. Bruder Vern machte einen Schritt auf Sam zu. »Was genau hat das zu bedeuten? Könnten Sie mir das mal erklären, Bruder?«

»Es bedeutet, dass der Junge das Vermögen seines Vaters erbt, sobald er volljährig geworden ist.«

»Sie meinen – er bekommt *alles?*«

»Genauso ist es.«

»Gelobt sei der Herr! Kind«, fuhr er fort und setzte eine gütige Miene auf, »dir ist eine unglaubliche Gnade zuteil geworden! Und deiner Familie natürlich auch! Hazel Marie, du wirst bei der Erziehung des Jungen sicherlich Hilfe brauchen. Das ist eine große Verantwortung, aber ich werde nicht davor zurückschrecken, sie mit dir zu teilen!«

Hazel Marie hatte sich nicht vom Fleck gerührt. Sie blickte von Sam zu Bruder Vern und wieder zu Sam.

»Sie meinen, sobald Junior erwachsen ist, wird er das gesamte Vermögen von Wesley Lloyd erben?«, sagte sie langsam.

Sam nickte. »Aber bis dahin wird finanziell gut für Sie und den Jungen gesorgt sein.«

Hazel Marie zitterte am ganzen Leib. Sie schlug die Hand vor den Mund und flüsterte: »Ich verstehe das nicht ...«

»Das ist doch ganz einfach«, sagte ich. »Von jetzt an brauchen Sie sich nie wieder von irgendeinem Kriecher irgendetwas gefallen zu lassen.«

Die Hände vors Gesicht geschlagen, sank sie schluchzend an meine Schulter. »Oh Mrs. Springer, das kann doch nicht sein!«

»Aber natürlich!« Ich tätschelte ihr den Rücken. »Sam hat sich noch nie geirrt.«

»Nein, ich meine, das ist einfach nicht gerecht! Sie waren doch seine rechtmäßige Ehefrau! Wie kann er so etwas machen?«

»Mama?« Little Lloyd zupfte sie am Rock und schaute

ängstlich zu uns auf. »Was ist denn, Mama? Warum weinst du? Was werden sie mit uns machen?«

»Hab keine Angst, Little Lloyd«, beruhigte ich ihn. »Deine Mama weint vor Freude, weil jetzt alle eure Probleme gelöst sind. Ihr braucht euch keine Gedanken mehr zu machen, wie es weitergehen soll oder wo ihr hinsollt. Ihr könnt sogar hier in diesem Haus wohnen, wenn ihr wollt.« Den einen Arm um Hazel Marie gelegt, den andern um die Schultern des Jungen, versuchte ich die beiden in ihrem Glück zu trösten.

»Hier?« Little Lloyds Gesicht leuchtete auf. »Bei Ihnen? Und Miss Lillian? Hast du das gehört, Mama? Mrs. Springer sagt, wir dürfen hier wohnen bleiben!«

Ich seufzte. »Ach, Kind!« Mir brach schier das Herz.

Ich warf einen Blick zu Lillian hinüber. Den Kopf nach hinten geworfen, saß sie da mit geschlossenen Augen. Ihre Lippen bewegten sich, und ich hoffte, sie würde ein Gebet für uns alle sprechen. Insbesondere für mich – ich hatte es am nötigsten!

»Es tut mir ja so Leid, Miss Julia«, sagte Pastor Ledbetter. Er ließ sich auf einen Stuhl fallen, stützte die Ellbogen auf die Knie, fuhr sich mit beiden Händen übers Gesicht und schüttelte dann langsam den Kopf. »Das war nun wirklich nicht vorherzusehen!« Er blickte Dr. Fowler an und fügte hoffnungsvoll hinzu: »Gibt es eine Möglichkeit, Miss Julia zu helfen, dieses neue Testament anzufechten?«

»Wohl kaum«, blaffte er, als hätte er von der ganzen Geschichte die Nase voll, »wenn es tatsächlich echt ist. Außerdem würde es vor Gericht wohl keinen allzu guten Eindruck machen, wenn wir ihr erst helfen, das Testament anzufechten, und dann den Antrag stellen, sie für geschäftsunfähig zu erklären.«

»Der Meinung bin ich allerdings auch«, bemerkte Blinkie.

»Nun«, sagte der Pastor, »auch wenn mir das wahrscheinlich niemand glaubt, aber ich mache mir ernsthaft Sorgen um Miss Julia. Was soll denn jetzt aus ihr werden, wo sie praktisch verarmt ist? Wie kann die Kirche ihr helfen, Sam?«

»Am besten, indem sie ihr Gelegenheit gibt, diesen Schock zu verarbeiten«, erwiderte Sam ruhig. »Sie hat einige Alternativen, die sie in Ruhe überdenken sollte. Deshalb halte ich es für das Beste, Sie und der Doktor – oder was immer er auch ist – geben ihr ein wenig Zeit. Sie wird es Sie wissen lassen, wenn sie die Hilfe der Kirche benötigen sollte.«

»Ja, ich denke, das ist eine gute Lösung.« Er erhob sich und kam zu mir. »Das alles tut mir schrecklich Leid, Miss Julia. Ich habe die Angelegenheit vielleicht falsch angegangen, aber ich möchte, dass Sie wissen, dass ich in bester Absicht gehandelt habe.«

»Das weiß ich, Pastor, und ich bin Ihnen dankbar dafür. Und ich wäre Ihnen noch dankbarer, wenn Sie Leonard zurückpfeifen könnten, bevor er größeres Unheil anrichten kann.«

Er nickte und murmelte etwas von einer neuen seelsorgerischen Aufgabe, die der Herr ihm anvertrauen wolle. Es heißt zwar, dass wir unsern Schuldigern vergeben sollen, aber es fiel mir schon unglaublich schwer, eine Bemerkung über seine derzeitige seelsorgerische Arbeit hinunterzuschlucken.

Nachdem sich der Pastor und der Doktor verabschiedet

hatten, schien sich Bruder Vern förmlich aufzublähen. »Ich möchte Ihnen ebenfalls sagen, wie Leid es mir für Sie tut, Mrs. Springer«, meinte er und konnte dabei kaum ein Grinsen unterdrücken. »Und du reiß dich zusammen, Hazel Marie! Wollen doch mal hören, was diese Anwälte hier uns über das Erbe erzählen können. Wir sollten uns am besten gleich entscheiden, wie wir alles regeln wollen. In solchen Dingen darf man nicht nachlässig sein!«

Hazel Marie hob den Kopf von meiner Schulter und wandte ihr tränenüberströmtes Gesicht ihrem Onkel zu. »*Wir?* Es gibt kein *wir*, Bruder Vern! Deputy Bates, ich möchte, dass diesem Mann bei Strafe verboten wird, sich uns zu nähern! Können Sie das für mich veranlassen?«

»Selbstverständlich, Ma'am. Ich begleite Sie zum Richter, und Sie reichen eine entsprechende Klage ein. Und bis dahin rate ich Ihnen, Bruder Vern, sich von diesen Leuten fern zu halten, kapiert?«

»Aber, Hazel Marie, ich bin dein Onkel und dein nächster männlicher Verwandter«, jammerte er. »Dein nächster erwachsener männlicher Verwandter, meine ich. Bedeutet dir die Stimme des Blutes denn gar nichts? Vergiss nicht«, fügte er drohend hinzu, »ich kann dir das Sorgerecht entziehen und mich selbst zum Vormund des Jungen ernennen lassen. Ich würde es nicht gern tun, aber wenn du mich dazu zwingst ...«

»Vielleicht sollten Sie sich das hier erst einmal durchlesen, bevor Sie daran denken, die Gerichte anzurufen«, sagte Sam und hielt ihm das Testament hin, ohne es allerdings aus der Hand zu geben.

Bruder Vern las es. Einmal, dann ein zweites und sogar noch ein drittes Mal. Und jedes Mal wurde sein Gesicht noch ein bisschen länger. »Hazel Marie ist gar nicht der Vormund?«

»Nein«, antwortete Sam. »Der bin ich.«

Hazel Marie spannte sich unwillkürlich an. »Heißt das, er will mir den Jungen wegnehmen?«, fragte sie mich erschrocken.

»Nein, nein«, beruhigte Sam sie. »Das bedeutet nur, dass ich der Testamentsvollstrecker und der Vormund des Jungen sein werde. Das Gericht wird mir die Aufgabe übertragen, mich um seine Ausbildung zu kümmern, seine finanziellen Angelegenheiten zu regeln, sein Vermögen zu verwalten, bis er alt genug ist, die Dinge selbst in die Hand zu nehmen. Sie als seine Mutter bleiben die Erziehungsberechtigte, und ich werde dafür Sorge tragen, dass es Ihnen beiden finanziell an nichts fehlen wird. Im Übrigen«, fügte er streng hinzu und sah dabei Bruder Vern an, »würde es an der Sachlage nicht das Geringste ändern, wenn Sie Miss Puckett das Sorgerecht entziehen ließen. Ich würde weiterhin Treuhänder des Vermögens bleiben, das ausschließlich dem Jungen zugute kommt. Abgesehen davon wird jedes Gericht in diesem Land Wert auf mein Urteil legen, was Miss Pucketts Tauglichkeit als Mutter angeht, und so weit ich das erkennen kann, ist sie dem Jungen eine ausgezeichnete Mutter.«

Bruder Verns Miene hatte sich zunehmend verfinstert. Nach Sams Ausführungen sah er keinen Grund mehr, uns noch länger Gesellschaft zu leisten. Missmutig und ohne sich zu verabschieden stürmte er hinaus und knallte die Tür hinter sich zu. Manche Leute haben einfach keinen Stil!

»Ich kann es noch immer nicht glauben«, flüsterte Hazel Marie und war wieder den Tränen nahe. »Und trotzdem ist es nicht gerecht! Was bedeutet denn das alles für Sie, Mrs. Springer?«

»Nun ...« Ich holte tief Luft und versuchte mich mit mehr Größe als Bruder Vern in mein Schicksal zu fügen. »Es bedeutet, dass ich mittellos bin. Es bedeutet, dass es Wesley Lloyd völlig gleichgültig war, ob ich auf der Straße stehen werde oder nicht.«

»Aber mir ist es nicht gleichgültig, Mrs. Springer!«, rief der Junge aufgeregt. »Sie kann doch hier bei uns bleiben, nicht wahr, Mama?«

»Ja, klar!« Hazel Marie lächelte mit geschlossenem Mund, damit man ihre Zahnlücke nicht sah. Hoffentlich ließ sie sich von Wesley Lloyds Geld als Erstes ihre Zähne richten! Und kaufte als Zweites dem Jungen eine anständige Brille! »Ich würde mich wirklich freuen, Mrs. Springer!«

»Nein, nein, das geht doch nicht! Das ist sehr freundlich von Ihnen, aber ich möchte keine Almosen. Nein, ich werde mich dem Willen des Herrn fügen – oder dem meines verstorbenen Mannes, wem auch immer ich das alles zu verdanken habe! Der Herr gibt und der Herr nimmt«, fügte ich hinzu, obwohl ich sonst nicht zu solchen Frömmigkeitsbekundungen neigte und mir im Moment auch nicht danach zumute war.

»Na ja«, sagte Sam gedehnt. Seine Augen funkelten belustigt und er lächelte mich strahlend an. »*Alles* hat er nicht genommen.«

Binkie platzte laut heraus und schmiegte sich an Deputy Bates. Schmiegte sich an ihn! In meinem Wohnzimmer! Halt, sagte ich mir dann, das ist nicht mehr mein Wohnzimmer. Was stört's mich also, ob sie sich an ihn schmiegt oder nicht.

»Ich weiß nicht, was so komisch daran ist, wenn eine alte Frau plötzlich ohne Dach über dem Kopf dasteht und hungern muss«, empörte ich mich. »Ihr könntet ruhig ein wenig mehr Mitgefühl zeigen oder wenigstens mit dem Lachen warten, bis ich fort bin.«

»Keine Angst, Mrs. Springer, solange ich einen Cent in der Tasche habe, sollen Sie nicht hungern müssen«, versicherte Hazel Marie.

Binkie und Sam wollten sich vor Lachen ausschütten. Sie konnten sich gar nicht mehr beruhigen, und ich wurde allmählich richtig sauer.

»Sagen Sie es ihr, Sam«, japste Binkie atemlos.

»Julia, Julia, Julia!« Sam schüttelte den Kopf. »Entschuldige diesen Heiterkeitsausbruch, aber ich schätze, wir haben alle, die dich zur Ader lassen wollten, ganz schön aufs Kreuz gelegt! Die Sache ist nämlich die« – er kam her zu mir – »in diesem Staat erhält der Ehegatte immer einen Teil des Vermögens. Ganz egal, was in Wesley Lloyds Testament steht, und ich könnte mir denken, er hat das gewusst – als seiner Witwe steht dir die Hälfte seines Vermögens zu. Und das ist ein hübscher Batzen, der nicht zu verachten ist! Wir müssen zwar noch einen entsprechenden Antrag stellen, aber das ist reine Formsache.«

Ich musste mich setzen. Ich merkte, dass ich ganz vergessen hatte zu atmen, und fing wieder damit an. Am liebsten wäre ich Sam um den Hals gefallen, aber wer weiß, was das für Folgen gehabt hätte!

»Heißt das, dass Miss Julia und unser kleiner Schatz sich Mr. Springers Vermögen teilen werden?«, fragte Lillian.

»Jawohl, genau das heißt es«, antwortete Sam grinsend.

»Danke, lieber Gott!«

»Und danke dem Staat North Carolina«, fügte ich hinzu. Dank, wem Dank gebührt! Dann kniff ich die Augen zusammen. »Sag mal, Sam, habt ihr beide, du und Binkie, das etwa die ganze Zeit gewusst?«

»Na klar«, erwiderte Binkie. »Ich hatte schon Angst, Dr. Fowler oder einer von den andern wüsste es vielleicht auch.«

»Das ist ja ein Hammer!«, sagte Deputy Bates und legte die Arme fest um Binkie. Er strahlte vor Glück, und ich hatte das Gefühl, ich könnte mit ihm um die Wette strahlen!

»Du hast dir doch nicht ernsthaft Sorgen gemacht, Julia, oder?«, wollte Sam wissen. »Du weißt doch, dass du in meinem Haus jederzeit willkommen bist.«

»Ich? Woher soll ich das denn wissen?« Er würde sein Angebot ganz schnell zurückziehen, wenn er von meiner mutmaßlichen Veranlagung erführe!

»Ach, komm, du weißt doch, dass ich für dich sorgen würde!«

»Jetzt will ich dir mal was sagen, Sam Murdoch. Ich brauche keinen Mann, der für mich sorgt, weder dich noch irgendeinen anderen. Ich kann sehr wohl für mich selbst sorgen! Und Little Lloyd und Hazel Marie werden mir dabei helfen, wenn sie möchten. Das Haus ist groß genug für uns drei. Und Deputy Bates. Und Binkie, wenn sie will.«

»Und ich?«, fragte Lillian.

»Sie natürlich auch, Miss Lillian«, jubelte Little Lloyd. Ich fürchtete schon, er werde vor lauter Freude gleich wieder anfangen, mit seinen dünnen Ärmchen herumzufuchteln.

»Gelobt sei der Herr!« Hazel Marie lächelte und zeigte allen ihre klaffende Zahnlücke.

Das würde eins der ersten Dinge sein, die wir beheben lassen müssten! Aber zuallererst würde ich mich behandeln lassen – nur für den Fall, dass Pastor Ledbetter doch richtig lag mit seiner Vermutung. Wenn es sein müsste, würde ich sogar in die Schweiz oder nach Schweden fahren oder wo immer sie diese Kliniken hatten, in denen sie einen praktisch übers Wochenende zu einem neuen Menschen machen. Und dann würde ich eine Liste anfertigen mit all den Dingen, die erledigt werden mussten, und Hazel Marie und ich könnten uns eine Zeit lang damit amüsieren, Wesley Lloyds Geld zu verpulvern. Er hatte immer geglaubt, er könnte es mitnehmen, aber jetzt gehörte es uns, und wir würden garantiert mehr damit anzufangen wissen als er! Wir würden auch garantiert mehr Spaß dabei haben.

Das Geldausgeben macht uns immer noch Spaß. Lillian kommt nach wie vor jeden Tag, und Binkie geht hier ein und aus, obwohl Deputy Bates auch ziemlich viel Zeit bei ihr verbringt. Die beiden sollten allmählich ans Heiraten denken. Wenn sie nicht von selbst auf die Idee kommen, werde *ich* es ihnen sagen!

Bruder Vern hat nichts mehr von sich hören lassen, aber im Fernsehen schürt er immer noch das Feuer Gottes. Vor ein paar Wochen habe ich ihm zwanzig Dollar geschickt und ein Buch dafür bekommen, das er selbst geschrieben hat. Irgendetwas über das Ende der Welt und das Buch Daniel und Russland und die Offenbarung und Gesinnungswechsel. Ich habe es ehrlich gesagt nicht so ganz verstanden.

Pastor Ledbetter lässt sich nicht mehr oft blicken. Er betreut jetzt die Insassen eines Altersheims und predigt den Kranken, den Debilen und den Sterbenden – keins von alledem trifft auf mich zu! Wenn ich sonntags zur Kirche gehe, grüßt er mich jedes Mal voller Anteilnahme, wie um mir zu zeigen, dass er weiß, wie schwer ich es habe. Hazel Marie traut er immer noch nicht über den Weg. Aber das beruht auf Gegenseitigkeit. Die presbyterianischen Riten, das Ernste, Gesetzte ist ihr bis heute fremd geblieben, doch sie begleitet mich trotzdem und trägt die Nase hoch.

LuAnne Conover kann es nicht fassen, dass ich mit Hazel Marie unter einem Dach wohne. Sie könnte sich niemals mit einer Frau anfreunden, mit der ihr Leonard was hätte, sagt sie. Darüber braucht sie sich den Kopf bestimmt nicht zu zerbrechen – die Frau, die etwas mit Leonard anfangen würde, muss erst noch geboren werden! Seit Hazel Marie ihr ein paar nette Frisuren gezeigt hat, kommt sie wieder öfter vorbei.

Ich habe mich recht schnell an unser Zusammenleben gewöhnt. Mein Schlafzimmer habe ich mir im Erdgeschoss in Wesley Lloyds ehemaligem Arbeitszimmer eingerichtet, und Hazel Marie hat unser eheliches Schlafzimmer bekommen. Unser Ehebett habe ich rausgeworfen und für Hazel Marie und mich neue Betten gekauft. Ich will so wenig wie möglich an meine Ehe erinnert werden.

Das Haus ist groß genug, sodass jeder seine Privatsphäre wahren kann. Sobald Deputy Bates ausgezogen ist, werden wir aus seinem Zimmer ein Wohnzimmer für Hazel Marie und den Jungen machen. Dann hat sie über die Hintertreppe sogar einen separaten Eingang und kann ungestört Besuch empfangen. Bisher lebt sie sehr zurückgezogen – trotz der viel sagenden Blicke, die ihr ein, zwei Witwer in der

Kirche zugeworfen haben. Ich glaube, Hazel Marie ist wie ich ein gebranntes Kind – und sich an einem Mann wie Wesley Lloyd Springer zu verbrennen, ist kein Vergnügen, glauben Sie mir!

Ich muss sagen, ich fühle mich wohl in ihrer Gesellschaft, und ich lerne viel von ihr.

Sam ist Sam, und ich mag ihn, wie er ist – mehr möchte ich nicht dazu sagen.

Oder vielleicht doch. Vor einiger Zeit hat er mich gefragt, ob es etwas gäbe, das er wissen müsse.

»Was meinst du?«, fragte ich beklommen. Ob er etwas von meinem schrecklichen Geheimnis ahnte? Ich fand eigentlich, dass ich meine Neigung – sofern es sie überhaupt gab – ziemlich gut unter Kontrolle hatte. In letzter Zeit hatte kein Mann, der sich in meiner Nähe aufgehalten hatte, für irgendwelche inneren Turbulenzen gesorgt.

Mit Ausnahme von Sam, wenn ich ehrlich bin. Er brauchte mich nur anzulächeln, und schon regte sich etwas in mir.

»Ledbetter hat so seltsame Andeutungen gemacht. Du bist doch nicht etwa krank, Julia?« Er legte die Hände auf meine Arme. »Du würdest es mir doch sagen, wenn dir etwas fehlt?«

Seine Besorgnis trieb mir die Tränen in die Augen. »Ach, Sam!«, flüsterte ich. »Es ist so furchtbar – du würdest es bestimmt nicht wissen wollen.«

»Du kannst mir alles sagen, Julia. Ich möchte dir doch helfen!«

»Es ist unheilbar, Sam – hat der Pastor jedenfalls gesagt.« Ich lehnte den Kopf an seine Schulter, und alles, was sich an Scham und Verlegenheit in mir angestaut hatte, schien plötzlich hervorzubrechen. »Er hat gesagt, es sei eine Sünde, vor der ich mich ständig in Acht nehmen müsse. Ich weiß nicht, ob das stimmt! Ich hab so viel gebetet, Sam, ich kann einfach nicht mehr. Ich weiß nicht mehr weiter!«

»So schlimm wird es schon nicht sein, Liebling«, tröstete er und zog mich an sich. Er ahnte ja nicht, in welche Gefahr er sich möglicherweise begab!

»Vielleicht ist es besser, wenn wir uns nicht mehr sehen, Sam. Pastor Ledbetter und Dr. Fowler haben nämlich gesagt, ich hätte« – ich senkte die Stimme, ich traute mich kaum, das Wort auszusprechen, aber ich musste Sam doch vor den Folgen meines Leidens bewahren – *»Nymphomanie.«*

»Wa-as?« Er fing an zu lachen und konnte nicht mehr aufhören. Ich versuchte mich loszumachen, damit ich mich irgendwo verkriechen konnte, aber er hielt mich fest. »Ach, Julia, warum hast du mir das nicht schon längst gesagt?« Er fuhr mit dem Finger zärtlich über meine Wange. »Ich kann dich davon heilen, hast du das nicht gewusst?«

Und das hat er gemacht. Mehr werde ich jetzt aber bestimmt nicht zu diesem Thema sagen!

Wir kommen alle prima miteinander aus. Little Lloyd ist ein bisschen größer und kräftiger geworden und sieht seiner Mutter immer ähnlicher. Dafür hat er manche Eigenart von mir, behauptet Lillian. Ich bin überzeugt, dass er nur davon profitieren wird! Sam hat ihm ein Girokonto eingerichtet, und ich zeige ihm, wie man Schecks ausstellt und Kontoauszüge liest. Ich muss sagen, er hat schnell begriffen und macht seine Sache sehr gut. Man ist nie zu jung, um den richtigen Umgang mit Geld zu lernen. Oder zu alt – ich bin der beste Beweis dafür!

Ich habe überhaupt eine ganze Menge gelernt. Die wichtigste Lektion ist sicher die, dass es sich nicht lohnt, mit einer Lüge zu leben. Wesley Lloyd hat das getan, und was hat es ihm eingebracht? Einen Herzinfarkt, hervorgerufen durch zu viel Stress, und zwei Frauen, die kaum einen Gedanken an ihn verschwenden. Ich war versucht gewesen, mit einer Lüge zu leben. Ich habe es nicht getan und was hat es mir eingebracht? Eine richtige Familie, auch wenn sie nicht mit mir verwandt ist, und ein absolut reines Gewissen. Ich finde, das ist die Hälfte von Wesley Lloyds Vermögen allemal wert!

Der neue New-York-Times-Bestseller von Fannie Flagg

Elmwood Springs, Missouri, 1945–2000: In der idyllischen kleinen Stadt ist die Welt noch in Ordnung. Fannie Flagg ist es wieder gelungen, Figuren zu erschaffen, die dem Leser ans Herz wachsen. Sie macht den Leser neugierig auf das bunte Kaleidoskop der Sorgen und Freuden, das diese durchleben. Im Mittelpunkt steht die Familie Smith: Mutter Dorothy versorgt die Bewohner der näheren Umgebung mittels ihrer Radioshow mit dem neuesten Klatsch und leckeren Rezepten. Doc Smith gehört der einzige Drugstore am Ort, und er erfährt in seiner Funktion als Apotheker mehr über die Geheimnisse der Nachbarn, als ihm lieb ist. Teenagertochter Anna Lee wird langsam erwachsen – was natürlich einige Probleme mit sich bringt – und der 10-jährige Bobby hält alle mit seinen Streichen in Atem.

ISBN 3-404-15123-2

BASTEI LÜBBE

Nach der KELTENNADEL ein neuer Super-Schocker des »King of Crime« aus Irland:
Im Dschungel von Yukatan lauert ein Unheil aus alter Zeit ...

Während einer spektakulären Sonnenkonstellation über der alten Mayastadt Yukatan wird ein amerikanischer Fernsehproduzent geköpft. Vor dem Hintergrund wachsender Spannungen zwischen den USA und Mexiko werden die Meeresbiologin Jessica Madison und ihr Kollege Ken Arnold von der mexikanischen Polizei engagiert, um im Zenote, dem heiligen Opferbrunnen, nach dem verschwundenen Kopf des Ermordeten zu suchen. Ihr Tauchgang hat schreckliche Folgen, und schon bald werden die beiden mit weiteren unerklärlichen Todesfällen konfrontiert ...

ISBN 3-404-15089-9

BASTEI
LÜBBE

Drei Schwestern auf der Suche nach dem Glück

April, May und March sind die drei Töchter der englischen Familie Rising. Jede von ihnen hat einen anderen Weg eingeschlagen. March wird von dem Mann betrogen, der Vater ihres Kindes ist und den sie trotz allem liebt. May ist schwanger. Doch der zukünftige Vater ist Musiker und will vom Familienleben nichts wissen. April ist als einzige verheiratet, doch ihr Mann leidet immer noch unter seinen traumatischen Kriegserlebnissen. Werden die drei ihren Traum von Liebe und Glück finden?

ISBN 3-404-15090-2

BASTEI LÜBBE

Sarah Booth Delaneys vierter Fall

Sarah Booth Delaney ist keine gewöhnliche Privatdetektivin – und hat es diesmal auch nicht mit einem gewöhnlichen Mord zu tun. Der Tote ist Ivory Keys, ein begabter schwarzer Pianist, und seine Ermordung zeitigt jene Art von Rassendiskriminierung, wie man sie in Zinnia, Mississippi, seit dem Bürgerkrieg nicht mehr erlebt hat. Als Hauptverdächtiger gilt ein reicher junger Mann. Sarah wird angeheuert, seine Unschuld zu beweisen. Keine leichte Aufgabe, zumal die Ermittlungen ihre Heimatstadt zu spalten drohen. Die schlummernden Leidenschaften der Einwohner sind unsanft geweckt worden, und Sarah Booth ist gefangen zwischen ihrem Bedürfnis, die Wahrheit zu ergründen, und den Konsequenzen, die das für ihre Stadt hätte ...

ISBN 3-404-15068-6

BASTEI
LÜBBE